谨以此书

纪念

为国铸盾的元勋！

为国铸盾

——中国原子弹之路

胡思得　主审
荣正通　著

上海交通大学出版社
SHANGHAI JIAO TONG UNIVERSITY PRESS

我们现在已经比过去强，以后还要比现在强，不但要有更多的飞机和大炮，而且还要有原子弹。在今天的世界上，我们要不受人家欺负，就不能没有这个东西。

毛泽东

1956 年 4 月 25 日

如果六十年代以来中国没有原子弹、氢弹，没有发射卫星，中国就不能叫有重要影响的大国，就没有现在这样的国际地位。这些东西反映一个民族的能力，也是一个民族、一个国家兴旺发达的标志。

邓小平

1988年10月24日

编辑工作委员会

许仲毅　李　景　陈华栋

钱天东　梁胜朝

（注：按照姓氏笔画排序）

序

原子弹利用铀-235或钚-239等重原子核裂变瞬时产生的光热辐射、冲击波和放射性污染可造成大规模杀伤和破坏。1945年7月16日，美国在新墨西哥州的沙漠中成功爆炸了世界上第一颗原子弹，标志着人类从此进入核武器时代。8月上旬，美国在日本广岛和长崎先后投下了两颗原子弹，加速了日本投降的进程。

核武器的出现对大国的军事战略和国际关系演变产生了深远影响。在冷战时期，核武器成为美苏两个超级大国用来实施核威胁、核讹诈的工具，中国就多次面临核威胁。基于“核恐怖平衡”的战略核威慑确保了美苏之间长期的总体和平，但也曾使全人类在好几次危机中空前接近毁灭的边缘。核武器可以用来制造毁灭，也可以用来遏止战争。

在近代饱受帝国主义侵略的中国人民深知：没有巩固的国防和强大的军队，和平发展就没有保障。新中国成立后，仍然受到战争的威胁，包括核武器的威胁。特别是朝鲜战争爆发以后，美国五角大楼就一直在研究对中国使用核武器的可能性。严酷的现实使中国最高决策者意识到，为了国家安全，中国必须拥有核武器，制造自己的核盾牌。中国是在美国军政要员多次威胁要用核武器对付中国的情况下，才决定发展核武器的。中国要生存、要发展，别无选择。

以毛泽东为核心的中国共产党第一代中央领导集体审时度势，及时作出了研制原子弹的战略决策，并且制定和执行了“自力更生为主，力争外援为辅”的正确方针。在向中国提供有限的核技术援助后，苏联很快就因为中苏关系变化中断援助。现实使中国人明白，想依靠外援来铸造强大核盾牌的可能已不复存在。党中央决定完全依靠自己的力量研制核武器。在逆境中，中国的原子弹研制计划迎难而上，依靠科技攻关的举国体制，突破了一个又一个技术难关。

中国相继突破原子弹、氢弹，为国家安全作出重要贡献，提升了中国的国际地位，也促进了国内许多科学技术的发展。正如邓小平同志指出的：“如果六十年代以来中国没有原子弹、氢弹，没有发射卫星，中国就不能叫有重要影响的大国，就没有现在这样的国际地位。这些东西反映一个民族的能力，也是一个民族、一个国家兴旺发达的标志。”

经过60多年的不懈努力，中国核武器事业取得了辉煌的成就，在创建中国核武器事业辉煌的同时，也缔造了“两弹一星”精神：“热爱祖国、无私奉献，自力更生、艰苦奋斗，大力协同、勇于登攀。”

习近平总书记指出：“‘两弹一星’精神激励和鼓舞了几代人，是中华民族的宝贵精神财富。”“把‘两弹一星’精神一代一代传下去，使之变成不可限量的物质创造力。”

中国共产党是勇于创造历史、善于总结历史、长于运用历史的伟大政党。中国共产党领导中国人民在物质技术基础十分薄弱的条件下研制出原子弹的非凡历史在党史、新中国史、社会主义发展史、中华民族发展史上都是浓墨重彩的篇章。回顾那段波澜壮阔的历史能够让我们更加深刻地理解中国共产党为什么能、中国特色社会主义为什么好。

学史而惜今，知史而自信，信史而笃行。2022 年 9 月 20 日，习近平总书记在为《复兴文库》所作题为《在复兴之路上坚定前行》的序言中指出：“修史立典，存史启智，以文化人，这是中华民族延续几千年的一个传统……当前，世界百年未有之大变局加速演进，中华民族伟大复兴进入关键时期，我们更需要以史为鉴、察往知来。我们要在学好党史的基础上，学好中国近代史，学好中国历史，弄清楚我们从哪里来、要到哪里去，弄清楚中国共产党人是干什么的、已经干了什么、还要干什么，弄清楚过去我们为什么能够成功、未来怎样才能继续成功。”

近年来，科技在改变国家力量对比方面的决定性作用日益凸显，大国之间围绕科技制高点的竞争不断升级。习近平总书记强调：“形势逼人，挑战逼人，使命逼人。我国广大科技工作者要把握大势、抢占先机，直面问题、迎难而上，瞄准世界科技前沿，引领科技发展方向，肩负起历史赋予的重任，勇做新时代科技创新的排头兵。”面对美国在关键核心技术上对中国实施的封锁、围堵甚至遏制，我们需要借鉴“两弹一星”经验，弘扬“两弹一星”精神，健全新型举国体制，强化国家战略科技力量，优化配置创新资源，加快实现高水平科技自立自强，加快建设科技强国。

胡思得

目　录

第一章　风起太平洋　1

开启魔盒　2

日落扶桑　10

原子弹热　15

未雨绸缪　26

第二章　决断中南海　41

核战阴云　42

招贤纳士　59

战略决策　72

第三章　援助与限制　83

民用先行　84

军用跟进　100

背信弃义　118

迎难而上　131

▶ **第四章　跨越核门槛** **141**

春风送暖 142

协同攻关 156

草原会战 172

▶ **第五章　震颤罗布泊** **189**

沙海建场 190

大漠惊雷 199

国际反响 224

▶ **第六章　迈向新高度** **241**

两弹结合 242

氢弹速度 258

以身许国 282

继往开来 290

▶ **结语** **305**

▶ **参考文献** **309**

▶ **后记** **317**

第一章

风起太平洋

原子弹是美国反动派用来吓人的一只纸老虎，看样子可怕，实际上并不可怕。当然，原子弹是一种大规模屠杀的武器。但是决定战争胜败的是人民，而不是一两件新式武器。

——毛泽东

（1946年8月6日）

开启魔盒

第二次世界大战（以下简称“二战”）是人类有史以来规模最大的世界性战争，战火遍及全球。为了赢得这场战争，德国、英国、美国、苏联、日本在二战期间都曾试图研制原子弹。研制原子弹的理论基础源于物理学家阿尔伯特·爱因斯坦于1905年提出的质能方程 $E=mc^2$。E 表示能量，m 代表质量，而 c 则表示光速（常取 $c=299\ 792\ 458$ 米/秒）。这个方程不仅显示可以通过轻核的聚变和重核的裂变释放结合能，也可用于估算释放的结合能的量。德国在研制原子弹的道路上先行一步，曾经引起英、美等盟国领导人和科学家们的极大恐慌。幸运的是，由于自身原因和盟军破坏，德国研制原子弹的企图最终未能实现，最后只有美国在二战结束前成功研制出原子弹。

二战爆发前后，德国在人才资源、铀矿来源和工业能力方面已经具备了制造原子弹的条件。1901—1939 年，全世界共有 127 人获诺贝尔自然科学奖，其中德国 36 人，排在首位，占总数的 28.3%。① 德国科学家对原子理论的研究成果数量多，水平高。1938 年 12 月，德国物理学家和化学家奥托·

① 王文庆．纳粹德国原子弹计划的失败[J]．军事历史，1993（6）：31.

哈恩和助手斯特拉斯曼发现了核裂变现象。他们发现，当中子撞击铀原子核[①]时，一个铀核吸收一个中子可以分裂成两个较轻的原子核，在这个过程中质量发生亏损，因而放出很大的能量，并产生两个或三个新的中子。在一定的条件下，新产生的中子会继续引起更多的铀原子核裂变，这样一轮又一轮地传下去，像链条一样环环相扣，所以科学家将它命名为链式裂变反应。链式裂变反应使原子弹拥有了史无前例的巨大威力。

在铀矿来源方面，德国既夺取了捷克斯洛伐克的铀矿，又在本国萨克森发现了新铀矿。德国在占领比利时后，还抢走了从比属刚果开采的 1 200 多吨精选铀矿石，这个数量几乎占当时世界精选铀矿石库存的一半。这么多的铀矿石足够德国研制原子弹。在工业能力方面，德国拥有巨大的工业生产潜力。德国在金属冶炼、机器制造、发电技术等方面仅次于美国，在世界上排名第二，在化学工业方面则超过美国。

德国科学家在二战爆发前就认识到核裂变武器具有划时代的军事价值。1939 年 4 月 24 日，德国核物理学家、汉堡大学教授保罗·哈特克给德国陆军部写信说："恕我们冒昧地提醒你们注意在核物理中最新的发展。依我们看来，这种发展也许会使生产比常规炸药强很多个数量级的爆炸物成为可能……最先使用它的国家，将对其他国家占有不可超越的优势。"[②]陆军部答复同意进行开发研究。为此，德国有关当局于 4 月底在柏林召开秘密会议，并决定从此禁止铀矿石出口。这标志着德国官方开始悄悄酝酿制造原子弹。

1939 年 9 月 1 日，德国进攻波兰，第二次世界大战爆发。9 月 16 日和

① 原子，是指化学反应不可再分的基本微粒。原子由原子核和绕核运动的电子组成。原子核由中子和质子组成。中子由于不带电，所以容易被打进原子核内，引起各种核反应。

② 罗兹．原子弹出世记[M]．李汇川，周文枚，蒋正豪，等译．北京：世界知识出版社，1990：328.

26 日，德国陆军部在柏林召开了两次高级物理学家会议，制订出“从事利用核裂变实验的工作计划”，简称“铀规划”。柏林威廉皇家研究院物理研究所被定为“铀规划”的科研中心，直接受陆军部军备规划局领导。该所所长是 1932 年诺贝尔物理学奖获得者沃纳·海森堡教授。海森堡于 1939 年 12 月、卡尔·弗里德里希·冯·魏茨泽克教授于1940 年 7 月都在原子弹理论研究上取得重要进展。1941 年 9 月，海森堡在莱比锡使用重水进行链式反应实验，结果发现放出的中子要比吸收掉的中子多。综合其他德国科学家的研究成果，海森堡当时乐观地声称：“从 1941 年 9 月开始，我们看到我们前面有一条畅通的路，通向原子弹。”①

随着德军在苏德战场上接连遭受重挫，盟军由战略防御逐渐转入战略进攻，疲于应付的德军变得只对能在战争结束前研制出来的新式武器感兴趣，德国的“铀规划”随之走上了下坡路。相关变化表现为原子弹研制工作的领导权由陆军部转交教育部，“铀规划”的优先地位下降，“铀规划”的设计目标由制造原子弹变为制造铀发动机。与此同时，盟军和反法西斯地下抵抗组织的破坏也发挥了重要作用。地下抵抗组织成员在德国核物理研究所需的石墨中偷偷加入多种杂质，导致德国科学家误以为石墨会吸收过多的中子而不能使天然铀维持链式反应。这就导致德国科学家只能使用重水充当减速剂，而德国的重水来源主要是挪威生产重水的诺尔斯克工厂。1940 年德军占领该厂后责令其扩大产量，以供实验使用。从 1943 年 2 月到 1944 年 1 月，英国特工、挪威地下抵抗组织和美国的轰炸机多次对该厂进行破坏，使德国无法获得足够多的重水，沉重打击了“铀规划”。直到 1945 年 5 月 8 日德国战

① 罗兹．原子弹出世记[M]．李汇川，周文枚，蒋正豪，等译．北京：世界知识出版社，1990：432.

败投降，“铀规划”也没能取得重大突破。

对任何一个国家来说，研制原子弹都不是一件容易的事情。要想研制出原子弹，正确的技术路线、顶尖的科技人才、巨额的研制经费、发达的基础工业、丰富的铀矿资源、充沛的电力供应等条件缺一不可。美国在二战结束前研制出原子弹离不开天时、地利、人和。美国加入世界反法西斯战争并发挥重要作用，这是天时。美国本土的东西两岸分别受到大西洋和太平洋的保护，远离欧亚战火，这是地利。最重要的当然还是人和。美国的曼哈顿计划集中了当时西方国家（除纳粹德国外）最优秀的核科学家，动员了 10 万多人参加这一工程，历时 3 年多，耗资 20 亿美元。

1939 年底，英国在利物浦秘密成立了原子弹研究小组，开始研究原子弹制造的可行性问题，这就是代号“合金管”的原子弹研制计划。然而，德国空军的持续轰炸和无孔不入的德国间谍使英国政府对于能否在本土及时研制出原子弹信心不足。得知德国也在秘密研制原子弹后，英国政府一方面加强了对德国核计划的破坏，另一方面希望与美国合作研制原子弹。1942 年 6 月，英国政府正式决定，暂时不在本国研制原子弹。经过多次协商，英美两国于 1943 年 8 月签订《魁北克协定》：英国核科学家为躲避德军轰炸机的空袭，将去美国和美国科学家一起研制原子弹，英国合金管计划并入美国曼哈顿计划，两国原子弹研制项目实现整合并且由美国主导。1943 年 9 月，英国首批核科学家启程前往美国，开始与美国科学家一起研制原子弹。如果没有英国科学家的加入，美国至少要推迟一年才能研制出原子弹。

在二战爆发前夕，一些美国科学家也认识到研制原子弹的可行性、必要性和紧迫性。1939 年 8 月 2 日，爱因斯坦在核物理学家利奥·西拉德等人的协助下致信美国总统富兰克林·罗斯福，建议美国抓紧研制原子弹，防止纳粹德国抢先拥有原子弹。这封来信使罗斯福总统深受触动。第二次世界大战爆发后，罗斯福总统在同年 10 月决定成立铀顾问委员会（后来改组为 S－1 委员会），开展预先研究。1941 年 11 月，铀顾问委员会转由科学研究发展局领导。此时美国科学家正在努力寻找把铀－238 与铀－235 分离开来的方法，以及如何将铀－238 转变成一种能裂变的新元素——钚－239。

1942 年初，美国科学家通过理论与实践证明，铀－235 可以通过离心法、扩散法和电磁法与铀－238 分离开来，而钚可以从铀—石墨反应堆或铀—重水反应堆中获得。此时，他们已经意识到研制原子弹不仅对技术要求高，而且对人力、物力和财力都有巨大的要求，明显超出了科研机构的能力范围。罗斯福总统的科学顾问、科学研究发展局局长范内瓦·布什认为，只有军队以最高优先权才能在战争结束前生产出足够多的核原料来。3 月 9 日，他在给罗斯福总统的报告中强调了研制原子弹的必要性和可行性，提议把研制任务移交给军队。6 月 17 日，布什向罗斯福总统提交了一份将核计划移交给军队管理的详细报告。罗斯福总统很快就批复了布什的报告，并赋予核计划高于一切行动的特别优先权。

在陆军参谋长乔治·马歇尔上将的支持下，美国军方同意按照 S－1 委员会的建议，开始建设四种分别采用不同方法（热扩散法、气体扩散法、离心法和电磁法）的铀同位素分离工厂和其他的研制生产基地。1942 年 9 月 23 日，莱斯利·格罗夫斯准将就任美国负责研制原子弹的曼哈顿工程区司令。经过考察，格罗夫斯选定在田纳西州的橡树岭建设铀同位素分离工厂，在华盛顿州本顿县建设汉福德基地，通过核反应堆来生产钚。1944 年 3 月，橡树岭工厂生产出第一批浓缩铀－235。汉福德基地生产的浓缩钚被用于第一次原子弹爆炸试验以及最终投在长崎的原子弹——“胖子”。

1942 年 12 月 2 日，在物理学家恩里科·费米的指导下，芝加哥大学建成了世界上第一个实验型原子反应堆——“芝加哥一号堆”，成功进行了可控的链式反应。人类从此进入原子能时代。曼哈顿计划的最终目标是赶在战争结束前造出原子弹。虽然 S-1 委员会早就肯定了它的可行性，但要实现这个目标，还有大量的理论和工程技术问题需要解决。在众人的推荐下，格罗夫斯邀请物理学家罗伯特·奥本海默负责主持这项工作。为了使原子弹研制计划能够顺利完成，根据奥本海默的建议，美军决定在新墨西哥州建立一个新的快中子反应和原子弹结构研究基地，这就是后来举世闻名的洛斯·阿拉莫斯国家实验室。1943 年，奥本海默被任命为洛斯·阿拉莫斯实验室主任，开始领导上千名科学家秘密工作。科学家们早期的工作主要聚焦于枪式起爆方式的设计。经过研究，他们发现这种起爆方式更适合铀弹，而钚弹更适合采用内爆式。鉴于在核原料方面钚比铀充足，到 1944 年 7 月，科学家们的大部分精力已被用于设计钚弹。

1945 年 7 月 16 日早晨 5 时 30 分，代号“小玩意”的世界上第一颗原子弹在新墨西哥州的霍尔纳达-德尔穆埃托沙漠爆炸成功。这是一颗技术比较复杂的内爆式原子弹，橘子状的钚芯质量仅为 6.1 公斤，钚芯外面是常规烈性炸药。“小玩意”事先被安放在 30 多米高的钢架上，爆炸当量约为 1.9 万吨 TNT（三硝基甲苯）。这次核爆炸把地面炸出了一个直径为 360 多米的大坑，高温把爆心附近的沙子熔化成了绿色的玻璃状物质。爆心 200 公里外的玻璃都被震碎，整个新墨西哥州都感受到了震动。为了保密，美国军方随后发表了事先准备好的公报，谎称这是由沙漠中的一个弹药库意外爆炸导致的。这次核试验标志着人类从此进入核武器时代。

在爆炸的一瞬间，现场受邀观看的 1 000 多名观众欢呼雀跃，而作为总设计师的罗伯特·奥本海默望着那朵腾空而起的蘑菇云，心里却为人类未来的命运担忧起来，感觉是自己亲手打开了潘多拉魔盒。此时此刻，奥本海默想到了经常读的印度梵文诗选段：

> 漫天奇光异彩，有如圣灵逞威。
>
> 只有一千个太阳，才能与其争辉。
>
> …………
>
> 我是死神，是世界的毁灭者。

在听到原子弹爆炸试验成功的消息后，正准备参加波茨坦会议的杜鲁门总统兴奋不已。他认为，美国研制出了世界上最可怕的武器，应该对垂死挣扎的日本使用原子弹。杜鲁门和英国首相丘吉尔商量后，决定向苏联暗示美国已经研制出了原子弹，希望借此提高谈判筹码。7 月 24 日，杜鲁门在波茨坦会议休息期间假装漫不经心地告诉苏联领导人斯大林，美国掌握了一种新型炸弹，它具有极其可怕的破坏力。斯大林早就知道美国在秘密研制原子弹，因此若无其事地点了点头。他表示很高兴听到这个消息，希望杜鲁门用它来对付日本人。①美国对苏联的第一次核讹诈落空了，苏联反而因此加快了研制原子弹的步伐。

苏联政府一向重视国外情报的收集工作，尤其是科技情报。早在 1941 年 9 月 25 日和 10 月 3 日，苏联驻伦敦情报机构就先后向国内通报了 1941 年 9 月 16 日和 9 月 20 日英国铀委员会会议的情况及铀委员会呈报给战时内阁

① 彭继超．东方巨响：中国核武器试验纪实[M]. 北京：中共中央党校出版社，1995：12.

的报告内容。1942 年 9 月 28 日，斯大林在国防委员会密令《开展铀研究》上签字，责成科学院恢复核能利用研究，组建科学院下属的原子核专门实验室，在 1943 年 4 月 1 日前向国防委员会提交制造铀弹或铀燃料的可行性报告。1943 年 7 月 30 日，原子核专门实验室主任库尔恰托夫向国防委员会副主席和人民委员会第一副主席莫洛托夫递交了研制铀弹和生产铀燃料的可行性报告。在美国试验第一颗原子弹之前，苏联便已经掌握了有关情报。1945 年 3 月 16 日，库尔恰托夫对与美国原子弹的装料和构造原理有关的情报内容进行了评估。8 月 20 日，斯大林签署国防委员会秘密决议，决定成立以贝利亚为主席的国防委员会专门委员会、以万尼科夫为主席的专门委员会技术委员会和万尼科夫兼任局长的苏联人民委员会第一管理总局，负责建造核设施，研制原子弹。

日本在二战期间也曾经尝试研制原子弹，但是缺乏战略资源、缺乏合格人才、缺乏关键技术，尤其缺乏铀矿资源和电力资源，因此根本不具备在战争结束前研制出原子弹的条件。为了研制原子弹，日本陆军航空本部推出了“仁计划”，海军舰政本部则推出过“F 计划”，最终都以失败告终。因为深知日本不可能在战争结束前研制出原子弹，所以美国曼哈顿工程负责人格罗夫斯将军虽然收到过相关情报，但对此并未给予重视。

日落扶桑

1945年5月8日，纳粹德国宣布向盟国无条件投降，欧洲战事基本结束。世界反法西斯战争胜利在望，轴心国中只剩下日薄西山的日本仍在负隅顽抗。7月2日，美军发起的冲绳战役胜利结束，下一步美军即将登陆日本本土。明知败局已定，日本军国主义分子却愈加疯狂，不断叫嚣“本土决战”“一亿玉碎”等口号。7月26日，美国、英国和中国发表《波茨坦公告》，敦促日本迅速无条件投降，但是日本政府置之不理。为了震慑日本使其尽快无条件投降，也为了避免美军在登陆日本本土的作战中出现大量伤亡，美国政府最终决定对日本使用刚刚研制成功的原子弹。

8月6日凌晨2时40分，美国陆军航空兵第509混成大队一架名为“埃诺拉·盖伊”号的B-29“超级空中堡垒”轰炸机由保罗·蒂贝茨上校驾驶，从马里亚纳群岛中的提尼安岛上腾空而起，在茫茫夜色中向日本列岛飞去。这架飞机经过特殊改造，装有一颗质量约为4.1吨、代号“小男孩”的原子弹。同行的还有五架B-29轰炸机，其中两架负责伴随观测，另外三架负责提前侦察广岛、长崎、小仓三座日本城市的天气状况。根据气象侦察机早晨7时反馈的天气情况，美军最终选择广岛作为第一个核打击目标。

8月6日上午7时31分，“埃诺拉·盖伊”号收到无线电指令，随即飞往广岛。大约40分钟后，“埃诺拉·盖伊”号飞抵广岛上空。因为已经连续数天有零星的B-29轰炸机飞临广岛上空侦察和模拟轰炸，所以很多广岛市民见怪不怪，不但没有躲进防空洞，反而抬头观望。

8时12分17秒，蒂贝茨上校通知机组人员戴上防强光伤害的护目镜。

8时13分47秒，投弹手托马斯·费雷比少校开始使用诺顿瞄准镜搜索目视轰炸瞄准点——广岛市中心的相生桥。

8时15分17秒，“埃诺拉·盖伊”号的炸弹舱门打开，原子弹从9 600米的高空落了下去，仅仅比预期时间晚了17秒。“埃诺拉·盖伊”号完成投弹后，立即掉头155度反方向飞行，加速撤离现场，尽量避开原子弹爆炸产生的冲击波。

8时16分整，原子弹在距离广岛地面580米左右的高度爆炸。

这是人类历史上第一次核打击。

“小男孩”的爆炸威力约为1.4万吨TNT炸药的能量。原子弹爆炸时间只有百万分之几秒，爆炸中心的温度为一千万开尔文（接近一千万摄氏度），压力为一千万亿帕斯卡。在爆心附近的人直接被气化，没有留下任何痕迹。在一阵耀眼的白光之后，一个巨大的红色火球开始迅速膨胀。冲击波携带着滚滚热浪，以排山倒海的气势从爆心向四周扩散，摧毁了沿途的建筑，点燃了一切可燃物。当一团巨大的蘑菇状烟云张牙舞爪地升上天空后，广岛市区已经变成了恐怖的人间地狱，到处是尸体，遍地是废墟。由蘑菇云吸入天空的烟尘在下落时形成了带有高强度核辐射的“黑雨”，使核污染进一步扩散。原子弹爆炸产生的核辐射使很多人后来得了各种怪病，在病痛的折磨中走向死亡。广岛当天因为原子弹爆炸死了78 000多人，受伤和失踪的有 51 400 多人，92%的建筑物被摧毁。①

当美国总统哈里·杜鲁门收到核打击成功的消息时，他刚开完波茨坦会议，正乘坐“奥古斯塔”号巡洋舰回国。秘书送来一张电报，上面写着“成功向广岛投放巨型炸弹”。杜鲁门总统长吁了一口气，意气风发地说：“这是有史以来最伟大的一天。”不久之后，美国政府以总统的名义发表了一个关于广岛原子弹爆炸的公报：“16 个小时前，一架美国轰炸机在日本的重要军事基地广岛投掷了一颗炸弹。这颗炸弹的威力相当于 2 万吨 TNT。日本卑鄙地偷袭了珍珠港，挑起了太平洋战争，现已遭到数倍的报复……为了将日本人民从毁灭中挽救出来，我们于 7 月 26 日在波茨坦向日本发出了最后通牒，但是遭到日本政府的断然拒绝。如果日本政府继续顽固不化，拒绝投降，那么有史以来从未有过的毁灭性的原子激流，将从天而降如雨般落在日本人头上。”②

在向广岛投掷原子弹后，美国马上对日本展开宣传攻势，通过电台广播和投放传单的方式宣传原子弹的巨大威力，呼吁日本人民敦促天皇结束战争。然而，日本军方判断美国拥有的原子弹数量很少，决定顽抗到底，以便争取更好的停战条件。于是，日本政府选择向人民掩盖广岛原子弹爆炸的真相，依然不肯无条件投降。杜鲁门总统在 8 月 7 日批准对日本实施第二次核打击，以便让日本人彻底放弃幻想。

8 月 8 日晚 10 时，一颗质量约为 4.9 吨、代号为“胖子”的原子弹被装载至第 509 混成大队一架名为“博克之车”号的 B－29 轰炸机的弹舱内。这是一颗钚弹，与在广岛投放的铀弹“小男孩”相比，结构更复杂，威力也更大。

---

① 加尔布雷．日落东瀛[M]．王宏林，译．合肥：安徽文艺出版社，2011：265－266.

② 加尔布雷．日落东瀛[M]．王宏林，译．合肥：安徽文艺出版社，2011：159－160.

8 月 9 日凌晨 3 时 47 分，“博克之车”号装载着“胖子”从提尼安岛机场拔地而起，飞往首选目标——小仓。

上午 9 时 5 分，“博克之车”号飞抵小仓上空。这天小仓上空的气象条件很差，空中布满厚厚的云层，能见度极低。“博克之车”在小仓上空盘旋了三圈，始终未能找到瞄准点——5 号军火库。这时小仓的地面防空部队发射出密集的高射炮火，日本战斗机也可能即将升空拦截，任务指挥官查尔斯·斯威尼少校当机立断，决定转向飞往备选目标——长崎。

10 时 28 分，“博克之车”号飞抵长崎上空。恰巧这天长崎也是多云天气，“博克之车”号在长崎上空盘旋了几圈也未能找到目视轰炸瞄准点。眼看返程燃料已经不足，斯威尼心情异常紧张，决定改用雷达搜索目标，一定要把“胖子”投下去。

10 时 58 分，军械师阿希沃思中校启动雷达装置，准备投弹。此时，投弹手克米特·比汉上尉突然发现机身下方两块云团之间有一大段空隙，透过空隙可以清楚地看到瞄准点——三菱重工长崎造船厂。他立即通知斯威尼，可以进行目视轰炸。比汉随后瞄准了三菱重工长崎造船厂以北 2.5 公里的长崎市中心体育场，从 8 500 米高空扔下了“胖子”。

“胖子”的爆炸高度为 503 米左右，爆炸时间为上午 11 时 02 分，爆炸当量约为 2.2 万吨 TNT。因为长崎三面环山，山体阻挡了部分光热辐射和冲击波，所以原子弹爆炸造成的损失小于广岛，但是同样使这里变成了人间地狱。长崎当天因为原子弹爆炸死了 34 000 多人，75 000 多人受重伤，37%的建筑物被摧毁。①

① 加尔布雷．日落东瀛[M]．王宏林，译．合肥：安徽文艺出版社，2011：265-266.

广岛、长崎两次原子弹爆炸造成的巨大损失和空前震撼沉重打击了日本军国主义的嚣张气焰。日本军方认识到之前低估了美国拥有的原子弹数量，很多军方高层丧失了继续抵抗的勇气。“八纮一宇”的亚洲帝国迷梦在原子弹爆炸的蘑菇云中彻底幻灭。

面对前所未有的核威胁，加上8月8日苏联向日本宣战，日本政府在8月10日凌晨被迫决定接受《波茨坦公告》。拥有装备和兵力双重优势的苏军大举进攻被日军控制的中国东北地区，使日本失去了可以依托的“大后方”。8月10日上午6时45分，日本外务省电告瑞士、瑞典驻日本公使，请他们的政府将日本接受《波茨坦公告》的照会转交美、英、中、苏四国政府。8月15日，日本政府公开宣布接受《波茨坦公告》，昭和天皇以广播《停战诏书》的形式宣布无条件投降。这标志着世界反法西斯战争和中国抗日战争取得全面胜利。

美国扔在广岛和长崎的两颗原子弹有力地推动了日本军国主义的覆灭，也震惊了全世界。作为日本军国主义的最大受害者，已经坚持抗战14年的中国人民一方面对日本法西斯的最终覆灭拍手称快，另一方面对原子弹的巨大威力充满了惊奇。

原子弹热

美国的原子弹刚在日本爆炸，就在中国社会各界引起强烈反响，全国上下都沸腾了。一时间，原子弹的惊人威力和神秘之处成为中国媒体关注的焦点，也成为中国百姓聊天的热门话题。《中央日报》《新华日报》《申报》在1945年至1949年间刊登的与原子弹直接相关的报道和文章共计581篇，其中关于原子弹的介绍和议论占了半数以上。①1945年8月20日《中央日报》发表的科普文章《原子弹》这样描述当时全民关注原子弹的情景："各地报纸，都以极大篇幅记载此消息；街头巷尾，也莫不以此为谈论中心。"②9月9日，化学家曾昭抡在《正义报》上发表《从原子弹说起》一文，对当时中国人的"原子弹热"描绘得更加详细："素来不讲究科学的中国，这次也为原子弹的惊人功效所震眩。一月以来，街头巷尾，茶余饭后，不分老少，大家都在时常谈论着原子弹，连苏联进军东三省后进展如此神速的奇迹，也为原子弹所掩盖。报纸杂志，不断有关于这方面的文章，发表出来。"③

---

① 杨佳伟．原子弹知识在中国的传播及其影响（1945—1949）[J]．广西民族大学学报（自然科学版），2021（2）：60．

② 杨昌俊．原子弹[N]．中央日报，1945-08-20（5）．

③ 王洪鹏．20世纪40年代原子弹爆炸在中国产生的震荡[D]．北京：首都师范大学，2007：2．

当时中国媒体对原子弹的介绍主要是三个方面：一是介绍原子弹的威力，二是分析原子弹的影响，三是科普原子弹的知识。

中国媒体对原子弹的威力大加宣传。1945 年 8 月 8 日《中央日报》援引杜鲁门总统的话介绍说："人类理想中最有威力武器之新式原子炸弹，已对日使用。此项'具有宇宙间基本力量'之革新武器，具有大于二万吨（TNT）之威力，较英国十一吨'地震式'炸弹之爆炸力多二千倍。"① 8 月 9 日《解放日报》以《战争技术上的革命，原子弹袭敌国广岛》为题，转发了美国新闻处、合众社、英国路透社等发的 8 条关于原子弹爆炸威力和破坏力之大的消息。《从原子弹说起》一文比较准确地指出："两枚原子弹炸死几十万人。据今所知，广岛被炸以后，若干日内，人民继续死去。到了今天，那一度闻名东亚的海军基地与工业城市，完全变成了死城。地面一切生物完全灭绝……一颗总重不过四百磅，含铀仅只六两重的原子弹，不但其爆炸力相当于两万磅的高（能）炸药，而且炸过以后，因有放射元素的产生，其事后影响，对于生物，亦具有毁灭性。被炸地点数十年内不能有生物存在一说，虽未免言之过甚，但是若干时间以内，没有人愿意冒险去广岛或长崎居住，却是很显然的。"②

关于原子弹的影响，当时中国媒体主要关注原子弹对未来战争的影响、对迫使日本投降的作用、原子能的和平利用这三个方面。

在美国对日本广岛实施核打击后，中国报纸评论说，美国发明原子弹在武器制造史上开辟了一个新时代，带来了科学和军事的革命性变化。1945 年

① 原子炸弹威力空前，灭亡大雨将降倭上，美总统发表声明各方震惊，盟国已获控制和平之武器[N]. 中央日报，1945-08-08（2）.

② 王洪鹏. 20 世纪 40 年代原子弹爆炸在中国产生的震荡[D]. 北京：首都师范大学，2007：4.

8月8日《中央日报》以《科学与军事的大进步》为题发表社论，认为英国、美国和加拿大三国科学家和美国军方合作研制出来的原子炸弹既是科学的大进步，也是武器的大进步。这一大进步将促成科学革命与军事革命。8月9日《新华日报》的时评《从原子炸弹所想到的》指出："原子炸弹的发明和初次使用，震撼了整个世界，科学革命和战争革命在同一天发生了。"①鉴于原子弹的恐怖威力，8月8日《中央日报》发表的《某专家谈原子炸弹造成军事上大革命》《原子炸弹沙漠中试验，二百五十哩②外皆震动》两篇报道都提出了原子弹有可能消灭战争的观点。不久之后，中国报纸上出现了不同的观点。8月12日《解放日报》在《每日先驱报主张，公布原子炸弹的秘密》一文中引用英国工党机关报的社论，认为原子弹会对世界和平构成威胁。

当时中国报纸上的很多文章都认为原子弹是迫使日本投降的决定性因素。1945年8月8日《中央日报》发表的社论《科学与军事的大进步》指出，正如坦克结束了第一次世界大战一样，原子炸弹将结束第二次世界大战。同日《中央日报》发表的《某专家谈原子炸弹造成军事上大革命》一文指出："原子炸弹……其威力超过两万吨之黄色炸药，同盟国家以此新武器加诸日本后，不仅将在日本人民心理上造成严重之后果，抑且可促使日本早日无条件投降，否则日本将陷入整个毁灭之途。"③8月11日《东南日报》发表《从原子弹说起》一文，认为原子弹的巨大破坏力将迫使日本不得不投降，以免亡国灭种。8月14日，宋美龄在《胜利播讲》中说："科学家发明

---

① 从原子炸弹所想到的[N]. 新华日报，1945-08-09（2）.

② 旧指英里。

③ 王洪鹏. 20世纪40年代原子弹爆炸在中国产生的震荡[D]. 北京：首都师范大学，2007：8.

原子弹，无疑加速了日本投降的决定，结束了野蛮而徒劳的挣扎。”①与此同时，报纸上的另一些文章认为日本早就败局已定，美国向日本投掷原子弹只是让日本提前投降。8 月 10 日《解放日报》以《苏联参加对日战争是远东战局转折点》为题转发了路透社的评论，强调苏联红军参战是迫使日本投降的重要因素。曾昭抡也认为，原子弹的确是促使日本投降的重要因素，却不是唯一因素。

除战争话题外，1945 年 8 月 13 日的《解放日报》也谈到了战后原子能在工业上的利用问题。8 月 18 日《中央日报》刊文介绍了浙江大学师生对原子能和平利用的憧憬。“校内师生对原子弹之研究，发生极大兴趣。据物理系王淦昌教授称‘一克物质之能力等于一千吨煤，如能将原子能之利用，改为动力，则世界一切事物，又当改一新面目’。理工两院对此已有人从事研究。”②8 月 18 日，俞思聪在《东南日报》上发表《应用原子动力的原子弹》一文，认为原子能的用处很多，不仅能够用于战争，还能用来驱动火车、轮船和飞机。“火车、轮船、飞机的燃费都将大大的减削，交通工具大大进步，旅行可以便利而经济，一切生产因动力成本减低，产量大增，品质优异，人类生活水准当可日趋提高。倘原子炸弹能运用得当，成为维护战后和平之利器，世界将更日臻幸福之境矣。”③

虽然当时中国从未开展过原子弹的相关研究，但是中国科学家在第一时间通过报纸向大众科普原子弹的相关知识，在一定程度上消除了大众对原子弹的误解。1945 年 8 月 8 日《中央日报》介绍了美国研制原子弹的主要技术

① 杨树标，杨芳．百年宋美龄[M]．南昌：江西人民出版社，2002：213.

② 王洪鹏．20 世纪 40 年代原子弹爆炸在中国产生的震荡[D]．北京：首都师范大学，2007：7.

③ 王洪鹏．20 世纪 40 年代原子弹爆炸在中国产生的震荡[D]．北京：首都师范大学，2007：7.

负责人奥本海默和欧内斯特·劳伦斯，还第一次提到原子弹中含有铀元素。8月9日《解放日报》转发了路透社的报道《阿特里及史汀生，谈原子炸弹发明经过》。8月14日，刘宜伦在《中央日报》上发表《原子炸弹》一文，介绍了原子弹爆炸的基本原理。该文章的三个一级标题分别为“激发不稳定的U-235分裂”“无数原子分裂有极大威力”“原子能的利用缩短了战争”。① 8月23日《中央日报》发表《制造原子弹可用镨代铀》一文，援引美联社的报道，指出美国投在长崎的原子弹是用镨（后改称“钚”）制造的。俞思聪、杨昌俊也先后在《东南日报》《中央日报》上发文介绍原子弹的爆炸原理和西方科学家的研究历程。9月4日《中央日报》又以《原子炸弹是什么》为题详细介绍了制造原子弹的基本原理。

在报纸和期刊的积极宣传下，以介绍原子弹的威力、基本原理、研制历史及影响为主要内容的科普图书成为当时中国“原子弹热”的另一个重要组成部分。1945年9月30日的《新平日报》对当时出现的“原子科普图书”做了广告宣传。“全世界之科学家莫不注目原子炸弹之构造。考意研究，我国在美之研究原子炸弹者亦不乏人，如现任辅大之物理学教授之原子物理博士王普氏，即为发明原子炸弹中之‘迟发中子’及‘原子能’实际利用者。我国科学界亦于日前在重庆举行‘原子炸弹座谈会’，平市一部科学人才有鉴于此，特编印科学知识丛书‘原子炸弹’……完全以科学根据详加剖述，内容极为珍贵，现已出版。”②

中国很快出现了出版原子弹科普图书的热潮。据不完全统计：1945—1949年期间直接以“原子弹”为书名的图书有4种，直接以“原子炸弹”命

① 刘宜伦．原子炸弹[N]．中央日报，1945-08-14（5）．

② 王洪鹏．20世纪40年代原子弹爆炸在中国产生的震荡[D]．北京：首都师范大学，2007：10.

名的图书有 6 种，书名中含有“原子弹”或者“原子炸弹”的有 16 种，与原子弹紧密相关的原子能科普图书有 15 种。从原子弹科普图书的内容来说，覆盖了与原子弹相关的方方面面，如美国的曼哈顿计划、原子弹在日本的爆炸情形以及受伤人员的治疗经过、原子弹的防护、原子弹的发明史、原子弹的构造和基本原理、原子弹对军事的影响、原子弹对人类未来的影响、美国在比基尼环礁的原子弹试验、原子能的和平利用、原子能的国际管制等。① 当时中国科技人才稀缺，比较熟悉核物理的作家就更是凤毛麟角，所以出版界在组织中国科学家和作家编写原子弹科普图书的同时，果断采取“拿来主义”。当时中国出版的与原子弹相关的科普图书共计 41 种，其中有 19 种是翻译过来的英国、美国、苏联和加拿大图书。

1941 年 12 月 8 日太平洋战争爆发后，毛泽东一直在密切关注着美日两国在太平洋战场上的较量。随着美军不断向日本本土推进，他认识到中国战场上的大反攻也即将到来。当得知美国对日本广岛实施了核打击、日本损失惨重后，正在批阅文件的毛泽东放下了手中的笔，在震惊之余陷入了沉思。他嘱咐秘书尽快收集相关资料，以供研究之用。此时，毛泽东对原子弹的关注重点，已经从结束对日作战，转移到了更远的战后大国关系。

在黄土高原上的窑洞中，毛泽东凭借有限的资料，运用唯物辩证法，对这种划时代的武器提出了影响深远的精辟见解。鉴于当时国内媒体的相关报道夸大了原子弹的作用，他在 1945 年 8 月 13 日指出，原子弹不能解决战争，也不能使日本投降。这个振聋发聩的观点破除了很多人心中的“唯武器论”。1946 年 8 月 6 日，毛泽东在和美国记者安娜·路易斯·斯特朗的谈话中

① 王洪鹏．20 世纪 40 年代原子弹爆炸在中国产生的震荡[D]．北京：首都师范大学，2007：10－11.

第一次提出并阐述了“原子弹是纸老虎”的著名论断。当斯特朗问毛泽东怎么看待美国拥有原子弹时，他深吸了一口手中的香烟，深邃的眼神凝视了远方片刻，然后富有哲理地说：“原子弹是美国反动派用来吓人的一只纸老虎，看样子可怕，实际上并不可怕。当然，原子弹是一种大规模屠杀的武器。但是决定战争胜败的是人民，而不是一两件新式武器。”①

在认识到原子弹的毁灭性威力后，蒋介石领导下的国民政府自然而然地也想拥有原子弹。当时中国战区美军司令兼蒋介石的参谋长阿尔伯特·魏德迈少将，通过国民政府军政部（1946 年 6 月改组为国防部）兵工署署长俞大维，送给军政部一份尚未解密的、介绍美国原子弹研制经过的《士迈上报告》，并且直截了当地问俞大维：“你们要不要派人到美国学造原子弹？”②魏特迈的热忱建议使国民政府深受鼓舞，误以为美国政府愿意帮助中国研制原子弹，其实魏特迈提出的建议并不代表美国政府的态度，仅仅是他的个人想法。基于对美援不切实际的幻想，国民政府在秘密制订原子弹计划时，一开始就把重点放在派遣科学家赴美国考察和学习原子弹技术上。

在蒋介石的特许下，军政部部长陈诚和俞大维负责筹划派员赴美学习原子弹技术一事。经过讨论，陈诚和俞大维决定从当时在国内的物理学家、化学家、数学家中各挑选一名代表，向他们咨询相关事宜。1945 年秋，吴大猷、曾昭抡、华罗庚被陈诚和俞大维从昆明召到重庆，咨询和讨论中国研制原子弹的计划。军政部决定选派六名青年学者跟随吴大猷、曾昭抡、华罗庚赴美考察学习，青年学者的人选由吴大猷、曾昭抡、华罗庚从西南联合大学

---

① 彭继超，伍献军．核盾牌：国家最高决策（1949—1996）[M]．北京：中国青年出版社，2012：9.

② 王士平，李艳平，戴念祖．20 世纪 40 年代蒋介石和国民政府的原子弹之梦[J]．中国科技史杂志，2006(3)：198.

的助教和学生中物色。吴大猷负责物理学人选，他推荐了朱光亚和李政道；曾昭抡负责化学人选，他推荐了唐敖庆和王瑞駪；华罗庚负责数学人选，他推荐了孙本旺和徐利治。但徐利治因为参加过西南联大的学生运动，所以被军政部否决了。到了美国后，华罗庚补选了已在当地留学的徐贤修。

1946 年 6 月，隶属于国防部的秘密机构“原子能研究委员会”正式成立，俞大维任主任委员。蒋介石知道培养核技术人才的重要性，因此专门把赴美学习原子弹技术的科学家和青年学者召集到庐山，鼓励他们说：“你们到了美国，要好好地学，早去早回！”他还习惯性用金钱利诱他们，许诺说：“你们学成归来后，我给你们钱，给你们房子，尽快造出原子弹！”① 8 月，华罗庚、朱光亚、李政道、唐敖庆、王瑞駪、孙本旺怀着远大的理想在上海黄浦江码头登上“美格将军号”邮轮，启程赴美考察和学习原子弹技术。曾昭抡已经先期赴美，吴大猷则因故晚一些抵达美国。这些中国学者希望能够进入美国的原子弹研制机构参观学习，以便回国后建立类似的机构。然而，美国已将原子弹技术列为核心机密，根本不可能向中国学者传授研制原子弹的关键技术。在四处碰壁后，他们最后只得分别到美国各大学从事研究工作或继续深造。

国民政府在把研制原子弹的主要希望寄托在美国身上的同时，也意识到有必要在中国建立原子能研究机构，自主开展原子能研究，但令人无奈的是相关措施不是流于形式，就是拖而不决。这股“原子弹热”似乎并未真正点燃国民政府的热情。1945 年 10 月 17 日，国民政府宣布将北平研究院镭学研究所改组为原子学研究所，但因为科研经费和科研设备迟迟无法落实，北平

① 顾迈男．他用自己的智慧和心血圆了一个梦：采访著名核物理学家朱光亚教授的经过[J]．新闻爱好者，2006 (3)：10.

研究院对镭学研究所的改组计划一拖再拖。

1946 年 8 月 6 日，曾任中央大学校长的顾毓琇在美国拜访加州大学辐射研究所所长欧内斯特·劳伦斯。劳伦斯热情地向顾毓琇表示，他愿意协助中国建造粒子加速器，并估价最少需要 25 万美元。顾毓琇随即报告蒋介石，恳求他“高瞻远瞩，赐准制造原子试验器”。① 蒋介石收到报告后，批准拨款 50 万美元作为研制经费。然而随着国库日渐空虚，这笔经费最后变成了一张空头支票。

担任国民政府国防部长的白崇禧一直很重视研制原子弹。1947 年 4 月，根据最初拟订的原子弹研制计划，白崇禧上书蒋介石，建议设立一个原子物理研究所。然而当时忙于反共反人民的内战，国民政府根本没有多余的经费来支持核物理研究。眼看迟迟没有等到蒋介石的回应，白崇禧便接二连三地上书。蒋介石最终被催得没办法，实在拖不下去了，于是明确批复道：“所请设立原子物理研究所一案，似应缓办。”接到指示的行政院因此在该计划的公文栏目中写道：“拟从缓办理。”②

在蒋介石那里碰壁后，白崇禧转而指示国防部委托北平研究院镭学研究所研究各种氧化铀的晶体差别及构造。1947 年 10 月，国防部国防科学委员会与北平研究院签订合约，为期一年。国防部为此向北平研究院拨款法币 8 亿元，在 1947 年和 1948 年各拨付 4 亿元。③ 不过此时的法币早就因为持续

---

① 王士平，李艳平，戴念祖．20 世纪 40 年代蒋介石和国民政府的原子弹之梦[J]．中国科技史杂志，2006（3）：199.

② 读史阅世．国民党的原子弹梦想：虎头蛇尾，最终流产[EB/OL]．（2021－04－06）[2022－08－15]．https://baijiahao.baidu.com/s?id=1696275549894162742&wfr=spider&for=pc.

③ 李艳平，王士平，戴念祖．20 世纪 40 年代在中央研究院和北平研究院流产的原子科学研究[J]．自然科学史研究，2006（3）：195.

超额发行而大幅度贬值了。法币在 1947 年的实际购买力甚至不及 1937 年的万分之一。1947 年 100 元法币只能买到一个煤球或者四分之一根油条。1947 年的 4 亿元法币的实际购买力不大，而 1948 年的 4 亿元法币更加不值钱。

与此同时，白崇禧没有忽视国防部与中央研究院的合作。1948 年初，《科学》杂志报道了国防部与中央研究院物理研究所的合作情况："该所已决定还京，国防部邀之合作从事原子能及其他国防科学之研究，闻已向美国订购仪器，今春即可开始原子能之研究工作矣。"①

1947 年 10 月初，北平研究院物理研究所和镭学研究所向国民政府呈送了《研究铀元素和原子弹之报告》。这份报告侧重于调研中国的铀矿资源，对于原子弹的爆炸原理和制造问题只提出了幼稚的设想。10 月 7 日，国民政府文官处将该报告的摘要呈送蒋介石。10 月 20 日，国民政府资源委员会奉命向北平研究院等机构秘密索要中国的铀矿资料和研究铀矿的人才资料。11 月 7 日，北平研究院院长李书华在复电中推荐了钱三强、杨承宗、顾功叙、陆学善，但是当时钱三强和杨承宗都在法国。

国民政府的高官一度对钱三强很感兴趣，希望他能带头领导中国科学家研制原子弹。1948 年 7 月下旬，交通部部长俞大维接见刚回国不久的钱三强。在交谈中，俞大维问："从建造完成第一个核反应堆到研制出原子弹大约需要多长时间？"钱三强回答："如果政府重视，进度顺利的话，大约需要三到四年。"②几天后，负责国防科研工作的国防部第六厅厅长钱昌祚在励志社设宴，邀请钱三强、王淦昌共同讨论中国如何研制原子弹。可笑的是，因

① 王洪鹏 . 20 世纪 40 年代原子弹爆炸在中国产生的震荡[D]. 北京：首都师范大学，2007：28.

② 葛能全 . 钱三强年谱[M]. 济南：山东友谊出版社，2002：63.

为钱三强谈锋甚健，钱昌祚怀疑他是共产党员，所以后来就不敢再找他讨论如何研制原子弹了。

国民政府一方面腐败无能，另一方面忙于内战，根本无法满足研制原子弹的基本要求，再美好的计划也注定是镜花水月。1949 年，随着国民党在军事上和经济上的大溃败，国民政府在中国大陆的各种原子能研究计划和原子弹研制计划都终告失败。然而，希望正在国民政府的围墙外萌发。

▶ 晚年钱三强

未雨绸缪

广大中国知识分子都是爱国的，他们渴望通过自己的努力，使祖国和人民不再遭受帝国主义的侵略和压迫。他们在认识到原子弹的巨大威力后，大多希望中国也能早日拥有原子弹。抗战胜利后，中国的核物理学家们很快就发现因为各方面的条件限制，中国不可能在短期内研制出原子弹。他们决定先从事相关的研究工作，努力掌握各种有助于研制原子弹的知识，同时想方设法积累研究资料、购买仪器设备。

1945 年 10 月，核物理学家吴有训出任国立中央大学校长。他当时密切关注着核物理的最近发展，应邀先后在昆明和重庆做了两场有上千人参加的介绍原子弹的科普报告。1946 年中央大学从重庆搬回南京后，吴有训在校内主持建立了原子核研究室。与此同时，中央大学还和中央研究院合作，在南京九华山下建造中国第一个原子能研究实验基地。当时为了保密，双方给联合发展原子能研究的计划取了个代号——“数理化中山计划”。当时，蒋介石对研制原子弹还比较热心，因此国民政府很快就拨给“数理化中山计划”一笔外汇，其中包括购买核物理研究设备的 5 万美元经费。① 这笔经费后来

① 聂冷．吴有训传[M]．北京：中国青年出版社，1998：215.

发挥了重要作用。

在广岛原子弹爆炸前，中央研究院并不重视核物理研究。1946 年夏，中央研究院物理研究所所长丁燮林辞职，随后由中央研究院总干事萨本栋兼任代理所长。当时萨本栋和吴有训是楼上楼下的邻居，都对研制原子弹感兴趣。“数理化中山计划”正是他们多次协商和共同推动的结果。萨本栋呼吁在中央研究院设立近代物理研究所，专门从事原子能和微波研究，但是没有得到蒋介石的批准。同年 10 月，萨本栋在《国立中央研究院第二届第三次年会总干事报告》中提到此事：“此次战争，世界科学发明一日千里，尤以超短波无线电侦察器及原子能武器震惊寰宇。我国跻于世界领导国家之林，应以急起直追。本院为国家最高学术之研究机关，尤属责无旁贷。经签呈蒋主席请设置近代物理研究所专司其事。奉代电‘近代物理研究所可先筹划设计、暂时缓办’。”①

虽然蒋介石否决了在中央研究院设立“近代物理研究所”的提议，但是萨本栋并没有因此放弃推动中国核物理研究的努力。他转而对中央研究院物理研究所的研究计划作出重大调整，增加了原子核物理和电子学两个研究方向，并把原子核物理学作为重点研究领域中的重中之重。中央研究院物理研究所于 1947 年 8 月 22 日制订的年度计划书中提出购买回旋加速器和同步加速器及配套器材。购买这些科研设备和器材需要 50 万美元，大大超出国民政府愿意支付的范围，因此该计划最终也流产了。

1946 年 7 月，美国在太平洋上的比基尼环礁进行代号为“十字路口行动”的核试验（包括 7 月 1 日代号为“Able”的空中核试验及 7 月 25 日代号

① 第二届第三次年会总干事及秘书报告[A]. 南京：第二历史档案馆，全宗号：393（2），卷宗号：128.

为“Baker”的水下核试验），以测试原子弹对水面舰艇的打击威力。为了向二战中的盟友炫耀武力，美国政府提前邀请中国、英国、法国、苏联等国派代表参观这次核试验。国民政府外交部长王世杰建议由教育部和军政部各派一名代表参加。5 月 2 日，教育部部长兼中央研究院代理院长朱家骅发电报给萨本栋，建议派丁燮林或赵忠尧代表教育部前往。因为丁燮林正准备辞职，所以中央研究院最终推荐赵忠尧前往参观这次核试验。

赵忠尧是我国著名的物理学家，是我国原子核物理、中子物理、加速器和宇宙线研究的先驱者和奠基人之一。他于 1927 年前往美国加州理工学院，师从诺贝尔奖获得者罗伯特·密立根教授，并于 1930 年获得博士学位。1931 年回国后，赵忠尧在清华大学开设我国第一门核物理课程，主持建立我国第一个核物理实验室。全面抗战爆发后，他先后任云南大学、西南联合大学教授。20 世纪三四十年代，赵忠尧倾心培养出王淦昌、彭桓武、钱三强、杨振宁、李政道、朱光亚、邓稼先、周光召等一批卓越的核物理人才。抗战胜利后，吴有训在中央大学新设了核物理课程，还聘请赵忠尧担任了物理系主任。

参观完这次规模空前的核试验后，赵忠尧顺便到美国访问了一些核物理实验室，了解美国核物理研究的最新进展，并争取在那里做短期研究。他首先到加州大学拜访回旋加速器的发明者欧内斯特·劳伦斯，想在辐射实验室工作。劳伦斯本来答应安排赵忠尧在辐射实验室工作，不料美国原子能委员会开始禁止外籍科学家在其所属的核物理实验室内工作，赵忠尧被迫转而前往麻省理工学院寻找机会。

赵忠尧刚在麻省理工学院安顿下来，就接到萨本栋通过中国驻美大使馆转交给他的两笔汇款。第一笔是 5 万美元，就是国民政府给“数理化中山计划”的拨款。萨本栋委托赵忠尧用这笔钱替中央研究院在美国购买一些核物理实验设备。第二笔钱是 7 万美元，萨本栋委托赵忠尧代管，用来购买其他科研器材。赵忠尧深知萨本栋说服国民政府拨款 5 万美元用于购置核物理实验设备已经实属不易，但是这点钱远远不够。

夏末秋初的波士顿气候宜人，清朗的夜空中繁星点点，赵忠尧在临时租住的寓所中却愁得辗转难眠。这些日子在美国的所见所闻，使赵忠尧愈发思念远隔重洋的祖国，愈发渴望把最先进的核物理实验设备带回祖国。他最后下定决心，要充分调研，货比三家，把这笔极其有限的采购经费用在刀刃上。

根据近 20 年的研究经验，赵忠尧认为，静电加速器是中国开展核物理研究最急需的设备。当时美国已经开始着手建造数十亿电子伏特的静电加速器，但是这显然超出中国的财力范围。可是就算只订购一台完整的 200 万电子伏特静电加速器，也要至少 40 万美元，而他只有 5 万美元采购经费。在权衡利弊后，赵忠尧决定自行设计一台尺寸较小但结构比较先进的静电加速器。既然经费不足，在美国就只采购国内买不到的器材和定制国内无法加工的部件。

当时有朋友劝他，难得来美国一次，何不趁机多做些研究工作，争取多出成果，不要在采购静电加速器上花费太多的时间和精力。赵忠尧感谢朋友的好意，但是他认为祖国的强大比个人的荣誉更重要。他愿意为了发展中国的核物理实验研究，牺牲个人的学术事业发展。

为了自行设计加速器的主要部件，赵忠尧需要尽可能详细地参考样机。他最初想参考麻省理工学院物理系正在组装的质子静电加速器，但因意外未果。赵忠尧转而求助于同样拥有静电加速器的麻省理工学院电机系，结果得到了该系静电加速器实验室主任约翰·特朗普的热情帮助。于是，赵忠尧根据特朗普提供的资料开始设计一台 200 万电子伏特的高压型质子静电加速器。赵忠尧还在实验室学习了封接加速管的技术。不久之后，实验室有一台旧的大气型高压静电加速器要拆除，特朗普对赵忠尧说："你们刚刚开始造加速器，也许可以利用它做初步试验。"①特朗普随后设法把这台旧加速器当作废料转让给了赵忠尧。新中国后来建造 70 万电子伏特静电加速器时就使用了这台旧加速器中的绝缘柱。

在麻省理工学院电机系的静电加速器实验室工作几个月后，赵忠尧于 1947 年春转到位于华盛顿的卡内基地磁研究所工作。这个研究所有两台质子静电加速器，还有一台回旋加速器。所长图夫对赵忠尧很友好，为他研究加速器的结构提供了很多便利。赵忠尧在这里遇到了即将回国的物理学家毕德显，于是劝说他推迟半年回国，帮助自己完成静电加速器的设计。毕德显在美国一家无线电公司的实验室工作过，有丰富的实践经验，因此在设计加速器的电子线路方面弥补了赵忠尧的不足。他们还联名请示萨本栋，从代管的 7 万美元中提取 2 万，用于购买制造加速器所需的电子器材和其他核物理实验器材。

在完成静电加速器的机械设计后，赵忠尧在华盛顿地区找不到工厂来加工关键零部件。于是，赵忠尧在 1947 年冬又回到麻省理工学院，一方面在物理系的宇宙射线实验室进行研究工作，另一方面四处奔波，想办法解决静电加速器的加工问题。实验室主任罗西对赵忠尧很热情，专门派一个无线电技师为他焊接了 8 套用于核物理实验的电子线路。

① 蔡漪澜，马彤军．为了祖国，为了科学：记赵忠尧教授[J]．自然杂志，1983（10）：781．

赵忠尧很快发现，要在工厂较多的波士顿找到合适的加工厂也不是一件容易的事情。静电加速器的机械部件都是专用的，每种用量都不大，对加工精度的要求却很高。技术水平高的工厂业务很忙，通常不愿意接受这种费时费力、金额又小的订单。个别技术水平高的工厂愿意接受订单，但是开出高价，赵忠尧承受不起。他辗转打听，四处奔走，有时一天要跑十几处地方，终于联系到一家开价较为合理的制造飞机零件的工厂。赵忠尧请这家工厂制造了静电加速器的运转部分、绝缘柱和电极。他还在其他工厂定制了包括加速管绝缘圈在内的非金属器材。

设计、制造和购买核物理实验设备花费了赵忠尧整整两年时间。赵忠尧这两年的生活费由中央研究院实报实销，实际上没有工资。除了 12 万美元的购置经费外，他身边只有回国的航空旅费和头三个月参观核试验结余的出差费。[①] 为了换取学习和咨询的机会，赵忠尧在上述几个实验室和研究所都是义务劳动。他的义务劳动也换来了一些代制的电子学仪器和其他零星器材，节约了购置核物理实验设备的开支。

旅美期间，赵忠尧为了节约生活开支，在吃住行等方面能省则省。1947 年 4 月 1 日，教育部部长兼中央研究院代理院长朱家骅给赵忠尧的回信既肯定了他在美国的工作成效，也反映了他在美国的生活窘境。信中说："邀毕德显自行设计、制图、配置，以有限之经费成就较大之仪器，遥念贤劳，至为钦慰，在美监造仪器之生活费用，自应筹汇，惟申请结购需时，拟请台端及毕德显先生在设备购置费项下暂各支取美金一千元，作为监造期内之生活费用，一俟奉准结购即行汇划归垫。"[②]

---

① 柯遵科．赵忠尧赴美购置加速器始末[J]．民主与科学，2014 (5)：35.

② 业务卷[A]．南京：中国第二历史档案馆，全宗号：393，卷宗号：94.

1948 年底，赵忠尧完成了在美国订购静电加速器零部件和其他器材的工作。他原来预计此时可以回国，但国内局势急剧变化，中国人民解放军节节胜利，国民党军队屡战屡败，国民政府风雨飘摇。赵忠尧感到不如待局势平稳之后，再回国参加和平建设。除此之外，他考虑到自己对于加速器上的实验没有什么经验，因此决定在美国再留些时间，多学些必要的实验技术，以备随时回国。十余年前赵忠尧曾在加州理工学院攻读博士学位，有不少师友，因此经过协商，他很快就来到加州理工学院，从事短期研究工作。这时，加州理工学院有两台中等大小的静电加速器，具备研究核反应所需要的重粒子和 β 谱仪，正适合初学者借鉴。赵忠尧在加州理工学院的开洛辐射实验室工作了近两年。

故地重游，赵忠尧思绪万千。1929 年他和英、德的几位物理学家同时独立地发现了当硬 γ 射线①通过重元素②时，除了康普顿散射和光电效应引起的吸收外，还存在着反常吸收。为进一步研究反常吸收机制，他开展了硬 γ 射线散射的研究，并首先观察到硬 γ 射线在铅中还会产生一种特殊辐射。这些结果先后发表在《硬 γ 射线的吸收系数》和《硬 γ 射线散射》的论文中。赵忠尧的这些工作，是正电子发现的先驱。1932 年，赵忠尧的同学卡尔·D. 安德森在威尔逊云雾室中观测到宇宙线中的正电子径迹后，人们才认识到他发现的“反常吸收”实际上是硬 γ 射线在物质中产生电子对的效应；而他发现的“特殊辐射”实际上是首次观察到正负电子对的湮灭辐射。1936 年，安德森因为发现正电子径迹荣获诺贝尔物理学奖。当时很多人为赵忠尧与诺贝尔奖擦肩而过感到惋惜，但是他对个人得失并不在意，只是为没能替祖国争光

---

① 硬 γ 射线指频率较高的 γ 射线，这样的 γ 射线能量高，穿透力强。

② 重元素主要是指原子序数较高、相对原子质量较大的元素。这些元素包括但不限于铀、钚、锕等。

感到遗憾。现在祖国解放在即，中国核物理研究的春天即将到来，赵忠尧精神振奋，深感重任在肩，只想抓紧时间做好准备工作。

1949 年，赵忠尧开始做回国的准备工作。在他看来，最重要的是那批花了几年心血定制的静电加速器部件与核物理实验器材。不巧的是，赵忠尧起先联系的是一个国民党官僚资本经营的轮船公司，货已经存到了他们联系的仓库里。为了将器材运回新中国，必须设法将其转到别的运输公司。赵忠尧利用 1949—1950 年初中美之间短暂的通航时期，设法将货取出来，重新联系了一个轮船公司，办理托运回新中国的手续。没想到，联邦调查局盯上了这批仪器设备，怀疑它们将被用于研制原子弹。他们不但派人私自到运输公司开箱检查，还到加州理工学院去调查。幸好，加州理工学院回答问题的杜蒙德教授告诉他们这些器材与研制原子弹毫无关系，只能用来做普通的物理研究。联邦调查局探员对此将信将疑，于是胡乱扣押了少数器材，包括赵忠尧从麻省理工学院宇宙射线实验室获得的八套电子线路中的四套。① 最终成功运回中国大陆的静电加速器部件和核物理实验器材共有大小三十余箱。

在中国研制原子弹的过程中，钱三强发挥了巨大的作用。钱三强 1936 年从清华大学本科毕业，1937 年到巴黎大学镭学研究所居里实验室攻读博士学位，1940 年获得法国国家博士学位，1946 年获得法国科学院亨利·德巴微物理学奖，1947 年任法国国家科学研究中心研究员、研究导师。听说美国研制出原子弹后，钱三强非常激动。此时此刻，他身在法国，心却已经飞回中国。虽然钱三强希望中国也能早日研制出原子弹，但是他知道以中国当时的条件必须先从准备工作开始做起。

① 蔡漪澜，马彤军．为了祖国，为了科学：记赵忠尧教授[J]．自然杂志，1983（10）：782.

二战结束后，暂时留在法国继续从事核物理研究的钱三强非常关注中国的核物理研究动向。当时清华大学、北京大学、北平研究院、中央研究院、中央大学竞相邀请钱三强回国主持核物理研究，纷纷给他发去电报、信件、聘书，并给他汇寄回国路费。钱三强一时间难以选择。1947 年 2 月 1 日，他致函梅贻琦校长，建议母校清华大学建立一个原子核物理研究中心。清华大学很快就同意了钱三强的建议，并准备拨款 5 万美元作为建设原子核物理研究中心的起步经费。眼看清华大学这么支持自己的建议，钱三强最终决定接受母校的聘任。

当时除了清华大学外，北京大学也在积极筹备开展核物理研究。早在 1946 年 3 月，北京大学原理学院院长兼物理系主任饶毓泰就致函即将就任北京大学校长的胡适，建议北大物理系未来把重点放在原子核物理研究上。他还建议胡适亲自求见美国总统，为中国科学教育事业的发展谋求援助。[①] 当时饶毓泰和胡适都在美国。1947 年春夏之交，胡适致函国防部长白崇禧和参谋总长陈诚，建议在北京大学集中全国一流的核物理科学家，并由军方下拨 50 万美元科研经费，用于专门研究原子能理论和技术，同时培养青年学者，以便将来用于研制原子弹。结果此事没有下文。

钱三强婉拒了胡适邀请他到北京大学任职的好意，同时认识到中国发展核物理研究比美国更需要集中力量，于是向胡适建议由北京大学、清华大学和北平研究院联合建立原子核物理研究中心。梅贻琦、清华大学物理系首任系主任和理学院首任院长叶企孙也支持由清华大学、北京大学和北平研究院联合在北平建设一个原子核物理研究中心，并建议由三方联合向国民政府申

---

① 耿云志．胡适年谱[M]．成都：四川人民出版社，1989：329.

请外汇（为期三年，每年 9 万美元），用于购置科研设备。[1] 北平研究院和北京大学先后响应。三方对此事一度信心十足，经过媒体发酵很快就形成了舆论声势，结果却让美国政府盯上了钱三强。

钱三强的回国决定让导师弗雷德里克·约里奥-居里感到有些意外。约里奥-居里认为当时中国正处在战乱中，钱三强回国后不可能顺利开展科研工作。他希望钱三强在巴黎再工作一段时间，在科学上取得更大的成就。钱三强满怀深情地对导师说："我同样想到了这些，也舍不得离开这里。我的科学生涯，是在您和伊蕾娜夫人指导下开始的，我永远不会忘记这一点。但同样，我从来也没有忘记我的祖国，现在我的国家很落后，正需要发展科学技术，我想应该尽早回去为祖国效力。"约里奥-居里是法国共产党党员，也是一位进步科学家。他明白钱三强的良苦用心，于是转变了态度。伊蕾娜·约里奥-居里在临别前送给钱三强一句话："要为科学服务，科学要为人民服务。"[2]

1948 年 5 月 2 日，钱三强携妻子何泽慧抱着襁褓中的女儿，谢绝了朋友们的挽留，从法国马赛乘船启程东返。经过漫长的海上航行，他们于 6 月 10 日回到祖国，下榻于北平研究院上海镭学研究所。不料美国驻中国大使馆在幕后捣鬼，钱三强的行李被海关扣在上海两个多月，使他无法及时北上到清华大学就职。因为钱三强的导师约里奥-居里是共产党员，钱三强在法国留学期间也表现得比较进步，所以美国政府怀疑他也是共产党员。

当时冷战已经爆发，美国政府不希望内战前景未卜的中国发展原子能技

---

① 清华大学校史研究室．清华大学校史选编（四）[M]. 北京：清华大学出版社，1994：282.

② 陈丹，葛能全．钱三强传[M]. 北京：中国青年出版社，2017：96－97.

术，更不希望看到由钱三强这个有亲共嫌疑的科学家来主持中国的核物理研究机构。中国共产党万一打败了国民党，就会接收国民政府的核物理研究计划成果。为了垄断核武器，更为了避免中国共产党获得核武器，美国大使馆于1948年7月19日发函给中央研究院总干事萨本栋，打探这方面的消息。此后，美国大使馆一等秘书卡尔·勃林格又多次到中央研究院当面向萨本栋询问。对此，萨本栋不得不敷衍说："这一煽动性消息已起起落落了很长时间。"①与此同时，萨本栋多次发电报、致函给梅贻琦和胡适，告诫他们低调行事。

美国驻中国大使馆盯上钱三强也与一次记者采访有关。6月11日，萨本栋代表朱家骅到上海迎接和宴请钱三强，并邀请钱三强夫妇到南京讲学。钱三强抵达南京后，有记者提问："美国已经研制成功了原子弹，今日的中国有条件研究核物理吗？"钱三强回答："原子弹并不像人们想象的那样神秘，但它却要消耗惊人的财力和人力。以目前中国所具备的财力和人力，可以培养人才并着手研究工作。希望政府和社会各界力量，对本国科学家能够有个正确认识，使其尽其所能。"②钱三强通过媒体公开呼吁国民政府组织科学家研制原子弹难免使美国大使馆紧张起来。

8月3日，梅贻琦派叶企孙到上海当面催钱三强北上赴任。叶企孙向钱三强介绍了需要他北上主持工作的紧急性和重要性，还详细说明了清华大学、北京大学、北平研究院联合开展原子核物理研究一事的进展。8月6日，梅贻琦再次发电报催钱三强北上。几天后，钱三强终于得以北上受聘为清华大学物理系教授。8月中旬，钱三强和清华大学教务长周培源、叶企孙

① 葛能全．钱三强和早期中国原子能科学[J]．中国科技史料，2004（3）：196.

② 王洪鹏．20世纪40年代原子弹爆炸在中国产生的震荡[D]．北京：首都师范大学，2007：26.

商议如何利用中美基金委员会的款项在清华大学筹建一个原子核物理研究机构。因为多种原因，这个计划没能实现。

1948 年 9 月 10 日，北平研究院正式将镭学研究所改组为原子学研究所，钱三强应邀兼任所长。北平研究院成立原子学研究所一事早在 1945 年 10 月已有定论，美国大使馆也不好说什么。这是当时中国学术界排除美国政府干扰开展核物理研究的最佳方案。北平研究院原子学研究所成立时，全职员工只有研究员何泽慧、助理研究员杨光中、技术员黄静仪、技工白国梁、工人毕会文这 5 个人。为了增强研究力量，钱三强设法聘请清华大学物理系的同学、留学英国的理论物理学家彭桓武兼任该所研究员。

彭桓武和钱三强一样，也是放弃国外优越的工作和生活条件，选择回来报效祖国的。1985 年年初，一个记者问彭桓武："当年为什么回国？"彭桓武对记者说："你这个问题的提法不对！你应该说为什么不回国。回国不需要理由，不回国才需要理由！学成归国是每一个海外学子应该做的，学成而不回国报效国家才需要说说为什么不回来！我是中国人，我有责任利用自己的所学之长来建设国家，使她强盛起来，不再受列强的欺负。"①

当时原子学研究所严重缺乏仪器设备，第一年的科研经费只够买十几只真空管。钱三强与何泽慧不得不到北平天桥旧货市场买来一台旧机床，自己动手制作一些简单的科研仪器。对于原子学研究所的困境，北平研究院院长李书华看在眼里，急在心里。但是巧妇难为无米之炊，原子学研究所急需添置中子源，需用一克镭，国际价格约为 15 万美元。1948 年 9 月至 10 月，北平研究院向美国公司订购的少量原子学科研仪器，总价仅有一千多美元。②

① 王霞．彭桓武传[M]．北京：中国青年出版社，2015：183.

② 关于购买原子仪器的往来文书[A]．南京：中国第二历史档案馆，全宗号：394，卷宗号：00242.

因为人财物皆缺，北平研究院原子学研究所的科研工作举步维艰。

为了解决原子核物理研究的困境，钱三强在 1948 年秋冬之际先后向梅贻琦、胡适和李书华求援，希望能够集中国内分散的研究力量，并统筹科研经费加快开展科研工作，结果都无功而返。因为既得不到国民政府的经费支持，又受到美国政府的持续打压，三方合作之事早已成为过眼烟云，自立门户、各自为政重新成为主流意见。梅贻琦、胡适和李书华虽然支持钱三强的建议，却因为没钱，都无能为力。在内外交困中，三方联合建设北平原子核物理研究中心的计划无果而终。不久之后，在平津战役的隆隆炮声中，钱三强找了个借口谢绝坐飞机撤往南京，留在北平迎接解放。

在南京解放前夕，中央研究院物理研究所设立了原子核物理实验室，但是只有吴有训、赵忠尧（在美国）、李寿枏等 5 名科研人员。新中国成立前夕，留在大陆的原子核科学高级研究人员只有 10 人左右，还分散在各处，至于设备，连一台小型加速器都没有。① 旧中国虽然有优秀的科学人才，但是在反动政府的腐败统治下，他们没有必要的条件开展核物理研究工作。

当时很多中国科学家虽然不以核物理为主要研究方向，但是同样非常关注核物理的发展。著名空气动力学家和火箭导弹专家钱学森在获悉美国对日本实施核打击后，在第一时间敏锐地意识到原子弹的出现将引发新的军事革命，为了不再遭受帝国主义的侵略，中国必须拥有原子弹。他希望通过公开渠道，尽可能多地获取美国研制原子弹的技术资料，然后带回中国，帮助中国研制原子弹。从广岛核爆炸的次日起，钱学森就开始收集关于原子能技术的英文剪报，共积累了 6 本 753 页。他搜集的相关剪报，除了涉及原子弹技

① 《当代中国》丛书编辑部．当代中国的核工业[M]．北京：中国社会科学出版社，1987：5.

术中的核裂变外，还涉及氢弹技术中的核聚变，既有新闻报道，也有科普宣传，还有很多照片和示意图。虽然这些资料都是零碎的、孤立的，但是长期积累下来就变得比较全面和系统了。

在广泛收集原子能技术资料的基础上，钱学森深入研究原子能的和平利用问题。1945 年底，他在参与编写题为《迈向新高度》的系列报告的第七卷第五节时探讨了飞机动力装置使用原子能的可能性，并设想了一种以铀-235 为发电燃料的核动力推进方案。此后，钱学森在美国又发表了《原子能》《利用核能的火箭及其他热力喷气发动机——关于多孔反应堆材料利用的一般讨论》《热核电站》三篇论文。1956 年 11 月在钱学森返回中国一年多后，美国《大众机械》杂志在《跟上原子的步伐》一文中说："加州理工学院的钱学森博士经过计算认为，一座小型核聚变发电厂的发电量至少是美国 1954 年发电总量的五倍。"①

1955 年钱学森回国后，有一次中国科学院邀请他作报告。听众以为钱学森会讲导弹技术，不料他却讲核技术与核武器。那次钱学森谈了如何实现受控热核反应，还分析了研制核动力飞机和核动力潜艇的必要性。几十年后，很多听众对他当时的精彩报告记忆犹新。钱学森正因为既是导弹技术权威，又懂原子弹技术，所以后来才会被中共中央任命为中国"两弹结合"试验的技术总负责人，并在技术协调方面发挥了不可替代的作用。"两弹结合"试验成功后，很多核专家认为，钱学森站在核领域之上看核技术，有些问题比身处核领域的人看得还清楚。由此可见，钱学森旅美期间未雨绸缪积累的原子能技术知识在"两弹一星"工程中发挥了重要作用。

---

① Keeping up with the atom[J]. Popular Mechanics, 1956 (11): 126.

从抗战胜利到1949年初，在经历了一系列挫折后，广大中国先进知识分子都认识到，中国在国民党领导下不可能研制出原子弹。眼看解放战争胜利在即，他们都把中国早日拥有原子弹的希望寄托在即将夺取全国政权的共产党身上。

第二章

决断中南海

现在又要打原子战争，洲际导弹，我就不懂了。我还是希望搞一点海军，空军搞强一点的。还有那个原子弹，听说就这么大一个东西，没有那个东西，人家就说你不算数。那么好，我们就搞一点。搞一点原子弹、氢弹，什么洲际导弹，我看有十年工夫完全可能的。

——毛泽东

（1958 年 6 月 21 日）

核战阴云

从朝鲜战争中美兵戎相见到尼克松访华解冻中美关系，美国曾经多次威胁对中国使用核武器，以此对中国实施核威胁与核讹诈。在朝鲜战争期间和两次台海危机中，美国政府和军方公开对中国发出核威胁，并且制订了对中国实施核打击的各种作战计划。

1949 年 10 月 1 日中华人民共和国成立后，美国政府的对华政策一度非常模糊，既不采取实际行动改善与中国政府的关系，也不公开采取反华政策，而是等待“尘埃落定”。美国总统杜鲁门和国务卿艾奇逊先后表示美国不干涉中国内政，不准备使用武力保护逃到台湾的国民党政权。为了赢得冷战，美国政府一度幻想通过政治手段和经济手段拉拢中国，离间中苏关系。1950 年 2 月 14 日，中国与苏联在莫斯科签订《中苏友好同盟互助条约》，标志着中国“一边倒”的外交政策“尘埃落定”。在接下来的四个多月中，美国对华态度逐渐从冷淡走向敌视，开始把中国视为苏联在亚洲最重要的军事盟友和政治盟友。

1950 年 6 月 25 日，朝鲜战争爆发。美国政府决定使用武力干涉朝鲜内战，而且把中国也作为军事遏制的对象。6 月 27 日，美国总统杜鲁门命令美国第七舰队驶入台湾海峡，阻碍中国人民解放军跨海作战，对中国的国家安全和领土完整构成严重威胁。7 月 7 日，美国组织“联合国军”赴朝参战。10 月 8 日，陷入困境的朝鲜政府请求中国政府出兵援助。朝鲜战争不仅使中美两国在朝鲜半岛发生长达近三年的军事冲突，还使中国第一次遭到来自美国的核威胁。

“联合国军”赴朝参战后不久，因为担心中国会出兵支持朝鲜作战，美国开始考虑对中国使用原子弹的问题。1950 年 7 月，美国国务院政策规划委员会提交报告，认为在苏联与中国公开出兵加入朝鲜战争或者美国希望取得决定性胜利的情况下，如果将核打击局限于军事目标，并且不会导致美国原子弹储备的大幅下降，美国就应该使用原子弹。美国国防部特种武器计划主任尼克劳斯向国务院政策规划委员会主任保罗·尼采指出，为了防止美军被赶出朝鲜半岛，即使苏联、中国不介入朝鲜战争，美国也应该使用原子弹。①“联合国军”总司令麦克阿瑟在 7 月多次提议在朝鲜使用原子弹，切断朝鲜连接中国和苏联的运输线。

1950 年 7 月底，在朝鲜人民军的持续打击下，美国第八集团军被迫退守釜山周边地区。为了防止在朝美军被赶下海，也为了防止中国大陆趁势解放台湾，美国总统杜鲁门批准把 10 架可以携带原子弹的 B－29 轰炸机部署到关岛，并由战略空军司令部控制。为了更好地发挥威慑作用，《纽约时报》公开报道了这个消息。9 月 15 日，美军发起仁川登陆作战，随后一举扭转朝鲜战局。在朝美军彻底摆脱困境后，这些 B－29 轰炸机才奉命返回美国本土。

中国政府注意到了美国政府发出的核威胁，但是并没有被吓倒。1950 年

---

① 赵学功．核武器与美国对朝鲜战争的政策[J]．历史研究，2006 (1)：137－138.

8 月 5 日，中共中央主席、中央人民政府主席、中央军委主席毛泽东在接见第 13 兵团司令员邓华时说：“你们集结东北后的任务是保卫东北边防，但要准备同美国人打仗，要准备打前所未有的大仗，还要准备他打原子弹。他打原子弹，我们打手榴弹，抓住他的弱点，跟着他，最后打败他。我还是那句老话，在战略上藐视他，当作纸老虎，在战术上重视他，当作真老虎。”①这表明毛泽东此时已经准备好与美国打核战争。

9 月 5 日，毛泽东在中央人民政府委员会第九次会议上公开提出要准备好和美国打核战争。10 月 5 日，毛泽东主持中共中央政治局扩大会议，讨论朝鲜战局和中国出兵援朝问题。毛泽东针对林彪提出的美军有原子弹的观点指出：“它有它的原子弹，我有我的手榴弹，我相信我的手榴弹会战胜它的原子弹，它无非是个纸老虎。”②会议最后作出“抗美援朝，保家卫国”的战略决策。

10 月 25 日至 12 月 24 日，中国人民志愿军在朝鲜人民军配合下，接连发起抗美援朝战争中的第一次战役和第二次战役，打得美军节节败退，一举把战线从鸭绿江畔向南推进到“三八线”附近。眼看美军从高歌猛进变成落荒而逃，美国国内多种势力一致要求政府对中国使用原子弹。然而，美国国务院和其他势力考虑到国际影响，不支持对中国使用原子弹。美国军方内部对此也没能达成共识。美国陆军倾向于对中国使用原子弹，认为“一旦中国共产党发动全面攻势，对其部队和物资集结地使用原子弹，也许是使‘联合国军’守住防线或尽早向中国东北边境推进的决定性因素”③。11 月 28 日，

---

① 中共中央文献研究室．毛泽东年谱（1949—1976）第一卷[M]. 北京：中央文献出版社，2013：169.

② 中共中央文献研究室．毛泽东年谱（1949—1976）第一卷[M]. 北京：中央文献出版社，2013：205.

③ 赵学功．核武器与美国对朝鲜战争的政策[J]. 历史研究，2006（1）：139.

美国陆军部要求政府向中国发出警告，除非中国人民志愿军立即撤军，否则美国有可能对中国使用原子弹。美国空军则认为朝鲜缺乏有价值的核打击目标，发射原子弹却很有可能导致苏联公开参战。

尽管美国政府内部仍在讨论，杜鲁门总统却已经迫不及待地向中国公开发出核威胁。11 月 30 日，杜鲁门在记者招待会上声称美国将采用一切必要的手段来应对朝鲜战场形势变化。当有记者问是否包括使用原子弹时，杜鲁门回答说："我们一直在积极考虑使用原子弹。"[①]他还表示将由"联合国军"总司令麦克阿瑟根据战场形势来决定是否使用原子弹。杜鲁门的言论引起轩然大波，沙特、印度、加拿大、英国、法国、荷兰等国都反对美国擅自在朝鲜半岛使用原子弹。12 月初，杜鲁门不顾国际舆论反对，下令将分解后的核弹头部件空运至远东，储存在一艘航空母舰上。

随着朝鲜战局恶化，美国军方越来越倾向于对中国和苏联实施核打击。麦克阿瑟提出在中朝边界沿着鸭绿江投掷 26 枚原子弹，从而建立一条放射性隔离地带。他还建议，一旦苏联公开参战，美国就向包括北京、海参崴在内的中国和苏联远东地区的主要城市投掷原子弹。美国远东空军司令斯特拉特迈耶提议，一旦美国与中国和苏联爆发全面战争，美国就对北京、上海、天津、南京、沈阳、吉林、丹东、海参崴、哈巴罗夫斯克实施核打击。但美国国务院并不认同军方的观点，并影响了杜鲁门总统的判断。国务卿艾奇逊坚持认为，原子弹的威慑作用只能把美国的盟友吓得半死，对苏联却起不到什么作用。美国如果对中国和苏联使用原子弹，后果将难以预料。[②]

1951 年在抗美援朝战争第四次战役期间，美国军方怀疑苏联正准备在远

---

① 江峡．论冷战时期美国对中国的核讹诈与核威胁[J]．湖北行政学院学报，2014（4）：92.

② 赵学功．核武器与美国对朝鲜战争的政策[J]．历史研究，2006（1）：143.

东采取重大军事行动。4 月 5 日，参谋长联席会议主席布雷德利向杜鲁门总统建议，在关岛和冲绳部署原子弹。经过紧急磋商，杜鲁门批准了布雷德利的建议。4 月 9 日，9 架携带核弹头的 B－50 轰炸机（B－29 轰炸机的改进型）奉命飞往关岛。美军随后又向关岛增派携带核弹头的轰炸机。虽然国务院政策规划委员会认为中国适合核打击的三四个军事或重工业目标全在东北，参谋长联席会议依然把上海、天津等中国工业城市列入核打击目标。5 月上旬，美国政府授权“联合国军”新任总司令李奇微，在遭到来自朝鲜半岛以外的大规模空袭时，可以对中国东北和山东的空军基地实施核打击。

在朝鲜停战谈判于 1951 年 6 月启动后，美国继续把原子弹视为向中朝两国施压的法宝。随着美国成功研制出用于实现战术目的的小型原子弹①，很多原本反对美军在朝鲜战场使用核武器的高官纷纷改变立场。一时间，核武器的使用门槛好像大幅度降低。经过几次讨论，由杜鲁门批准，美军于 9、10 月间在朝鲜进行了多次投掷模拟战术核武器的秘密军事演习。在接连进行战术核打击模拟演习的同时，美国政府高官和国会议员不断向中苏两国发出警告：美国很可能将在朝鲜使用战术核武器。

进入 1952 年后，朝鲜停战谈判在战俘遣返问题上因为双方意见分歧太大陷入僵局。为了迫使中朝方面就范，参谋长联席会议建议杜鲁门总统使用战术原子弹，摧毁位于中国东北的军事基地。8 月底，联合战略计划委员会在报告中指出，如果美军希望取得朝鲜战争的全面胜利，就必须授权使用原子弹打击远东地区的军事目标。与此同时，美国政府和军方通过各种渠道向中国和朝鲜发出核威胁，希望借此迫使中朝两国按照美国的条件实现停战。

---

① 这种威力和体积较小的原子弹通常被称为战术原子弹，杀伤范围较小，有利于精确打击军事目标，减少附带的平民伤亡，从而降低使用原子弹的国内外舆论压力。

杜鲁门总统越来越不能容忍停战谈判的久拖不决，他希望尽快按照美国的要求停战，以便为他的竞选连任加分。他想用全面核战争来威胁中国和苏联，把莫斯科、列宁格勒、斯大林格勒、海参崴、北京、上海、沈阳、大连等工业城市都列为核打击目标。杜鲁门在日记中写道："共产党是想结束在朝鲜的冲突还是准备让中国和西伯利亚被毁掉？他们必须两者选择其一，非此即彼。"①新任"联合国军"总司令克拉克在1952年9月29日、10月16日两次要求参谋长联席会议授权他在必要的时候对中国东北、华北的空军基地和其他重要军事目标实施核打击。为了取得全面胜利，克拉克计划在中国和朝鲜使用342～482枚战术原子弹。但这个核打击计划过于庞大，连杜鲁门都不看好，因此很快就被搁置。

1952年12月上旬，在美国总统竞选中获胜的艾森豪威尔为了履行竞选诺言，秘密前往朝鲜战场视察。这次视察使他同样认识到，美国不能在僵持不下的朝鲜战场上继续流血了。在回国途中，他向即将上任的同事们指出：要让中国明白，如果不能尽快停战，美国将不仅从朝鲜，还将从其他战线向中国发动进攻，包括使用核武器。12月14日，艾森豪威尔在记者招待会上公开表示，他将使用强硬手段来实现朝鲜战争的"体面停战"。事实上，他早在1950年6月28日就向布雷德利建议向朝鲜合适的目标投掷一到两枚原子弹。他此时认为，如果想把战线向北推，使用核武器是性价比最高的方案。

在艾森豪威尔就任总统后，为了早日在朝鲜战场实现停战，美国对中国实施核打击的可能性越来越大。1953年2月11日，艾森豪威尔在新政府召

① 赵学功．核武器与美国对朝鲜战争的政策[J]. 历史研究，2006 (1)：147.

开的首次国家安全委员会会议上明确指出，美国应该在朝鲜开城地区使用战术原子弹，该地是使用这种武器的理想目标。他补充说，无论如何，朝鲜战争不能无限期地拖延下去。① 国务卿杜勒斯在会上表示支持美国在朝鲜战场上使用原子弹。3 月 31 日，艾森豪威尔在国家安全委员会会议上再次提出在朝鲜战争中使用原子弹的问题。他说："虽然在朝鲜没有很多合适的战术核打击目标，但是如果使用原子弹，我们能够（1）取得对共产主义军队的实质性胜利，（2）在朝鲜的腰部形成一条防线，这是值得的。"②

1953 年 4 月 2 日，美国国家安全委员会完成了一份题为《分析在朝鲜可能的行动方案》的长篇报告。报告认为，美国未能如愿在朝鲜半岛达成停战的基本原因是没有对中朝两国施加足够大的军事压力。报告认为美国使用原子弹首先能够大幅度增加"联合国军"的作战能力，并抵消美国在朝鲜半岛增兵对其他地区造成的负面影响；其次，它将大幅度削弱中国军队的战斗力，并有助于增强美国核力量在全面战争和有限战争中对苏联的威慑力；再次，它比使用常规武器能够更迅速、更有效、更廉价地消除对美国在朝鲜半岛的军事地位的威胁。报告也指出，使用核武器会使盟国不再支持美国在朝鲜战场上的政策。③ 总的来说，这份报告表明核武器已经成为美国政府向中朝两国极限施压的"王牌"。

相对于美国杜鲁门政府和艾森豪威尔政府一脉相承的僵硬政策，中国政府在朝鲜停战谈判中采取了较为灵活的政策。在中方的努力下，中断半年的

① Foreign Relations of the United States (Hereafter FRUS), 1952-1954, Korea, vol. XV, part 1, doc. 391.

② Office of the Historian in the United States Department of State. FRUS, 1952-1954, Korea, vol. XV, part 1, doc. 427.

③ National Archives, NSC 147, "Analysis of Possible Courses of Action in Korea," April 2, 1953, RG 273.

停战谈判于1953年4月26日正式恢复。但艾森豪威尔和杜勒斯依然没有放弃扩大战争的企图。5月初，美国秘密将核弹头运到冲绳。5月6日，艾森豪威尔在国家安全委员会会议上提议对朝鲜的4个空军基地实施核打击。他说："我们必须把原子弹看成是武器库中的一种（非特殊的）武器，在必要时是可以使用的。"①

5月7日，在停战谈判中，中朝两国在战俘遣返问题上再次作出灵活处置，缩小了双方的分歧。不料韩国从中作梗，并影响了美国的立场，导致谈判再度陷入僵局。在这种情况下，美国军方继续鼓吹在朝鲜战场使用核武器。联合战略计划委员会更是建议用战术核武器摧毁中国东北的军事基地。在5月13日的美国国家安全委员会会议上，艾森豪威尔总统、尼克松副总统和军方代表都主张对中朝军队使用核武器。艾森豪威尔坚持认为，核武器比常规武器更适合用来对付隐蔽在坑道中的中朝军队，还能抵消他们的数量优势。

根据美国国防部长查尔斯·威尔逊的要求，参谋长联席会议于5月19日提交了一份新的行动报告，建议美国在战略上和战术上广泛使用原子弹。艾森豪威尔总统肯定了军方的立场。他认为，如果美国想在朝鲜半岛采取更加积极的行动，就有必要把战争扩大到中国，并使用原子弹。为此，艾森豪威尔指示国务院尽快说服盟国认同美国扩大战争并使用原子弹的计划。5月20日，美国国家安全委员会正式批准了军方的建议。美国国防部随后指示"联合国军"总司令克拉克、战略空军司令部、太平洋舰队司令一起准备一份作战计划，一旦朝鲜停战谈判破裂，美国就对中国和朝鲜实施核打击。

---

① Office of the Historian in the United States Department of State. FRUS, 1952 - 1954, Korea, vol. XV, part 1, doc. 500.

1953 年 5 月下旬，美国通过多个渠道向中朝两国发出核威胁，要求尽快达成停火。与此同时，美国政府在战俘遣返问题上也作出了让步。经过共同努力，交战双方于 6 月 8 日终于就战俘遣返问题达成协议，从而消除了朝鲜战场实现停战的最后障碍。7 月 27 日，交战双方在开城板门店举行朝鲜停战协定签字仪式。

在朝鲜停战协议签订后，美国政府仍考虑在哪些情况下对中国实施核打击的问题。1953 年 10 月 29 日，艾森豪威尔在国家安全委员会会议上指出："如果共产党破坏停战协议，再次挑起事端，我们都同意使用原子弹来应对这种局面。"①参谋长联席会议随后根据艾森豪威尔的指示制订了朝鲜半岛应急作战计划。12 月中旬，参谋长联席会议根据国家安全委员会和杜勒斯的建议对朝鲜半岛应急作战计划进行了修改。1954 年 1 月 8 日，国家安全委员会批准了修改后的朝鲜半岛应急作战计划，同意在中朝两国撕毁朝鲜停战协议后，美国立即对中国和朝鲜实施核打击。严酷的现实使中国最高决策者意识到，为了国家安全，中国必须拥有核武器，制造自己的核盾牌。

朝鲜停战后，美国基于在全球范围内遏制共产主义扩张的战略考虑，开始加紧武装国民党军队。台湾当局也一再要求与美国政府签订所谓《共同防御条约》。1954 年 7 月 7 日，毛泽东主持召开中共中央政治局扩大会议，提出要破坏美国跟台湾订条约的可能。② 7 月 23 日，《人民日报》发表社论《一定要解放台湾》，重申中国人民一定要解放台湾，不达目的，决不罢休。7 月 26 日，《人民日报》再次发表社论，强调解放台湾和击败美国对台湾的侵略

① 江峡．论冷战时期美国对中国的核讹诈与核威胁[J]．湖北行政学院学报，2014 (4)：93.

② 中共中央文献研究室．毛泽东年谱（1949—1976）第二卷[M]．北京：中央文献出版社，2013：256 - 257.

颠覆活动是中国人民当前最重要的任务。8 月 1 日，中国人民解放军总司令朱德在建军 27 周年纪念会上指出，中国人民一定要解放台湾，绝不容许别国干涉。

面对中国解放台湾的宣传攻势，美国政府很快公开表明立场。8 月 17 日，艾森豪威尔总统发表谈话，重申美国准备用第七舰队保卫台湾。8 月 24 日，国务卿杜勒斯在记者招待会上宣称要用美国的海空军保卫台湾和澎湖列岛。为了阻止美国与台湾国民党当局签订所谓《共同防御条约》，中央军委于 8 月 25 日下达炮击金门的命令。9 月 3 日，中国人民解放军开始炮击金门，重创国民党军队。第一次台海危机的爆发使中美两国继在朝鲜半岛之后，再次面临兵戎相见的危险。

美国政府最初并不理解中国人民解放军炮击金门的真实意图，一度认为这是中国大陆解放台湾的前奏。当时艾森豪威尔总统奉行“大规模报复”战略，声称“在任何可能卷入的小型冲突中，美国将对军事目标使用战术核武器”。① 美国参谋长联席会议主席雷德福、空军参谋长特文宁和美军驻远东部队司令赫尔都在第一时间建议择机对中国实施核打击，艾森豪威尔也表示会为阻止中国大陆解放台湾而使用核武器。但这没有吓倒中国领导人。10 月 23 日，毛泽东在会见印度总理尼赫鲁时针对美国的核威胁指出：“我想武器虽然有变化，但是除了杀伤的人数增多以外，没有根本的不同……如果发生战争，我们的经济和文化计划都要停止，而不得不搞一个战争计划来对付战争。这就会使中国的工业化过程延迟。但是把中国全部毁灭，炸到海底下去，是有困难的，中国人是会永远存在的。”②

---

① 赵学功．第二次台湾海峡危机与美国核威慑的失败[J]．历史研究，2014（5）：144.

② 中共中央文献研究室．毛泽东年谱（1949—1976）第二卷[M]．北京：中央文献出版社，2013：307.

美国政府无视中国政府的警告，一意孤行。11 月 2 日，美国政府和台湾当局关于签订所谓《共同防御条约》的谈判在华盛顿开场。11 月 23 日，在草签《共同防御条约》的同一天，中国最高人民法院军事审判庭以间谍罪判处 11 名在朝鲜战争期间入侵中国领空而被击落的美国飞行员 4～10 年有期徒刑，判处 2 名美国间谍无期徒刑和 20 年有期徒刑。美国参谋长联席会议因此再次建议对中国实施核打击，这个建议得到了国家安全委员会几乎全体成员的支持。12 月 1 日，艾森豪威尔召见国防部长威尔逊和原子能委员会主席施特劳斯，决定增加美国部署在海外的核武器数量，并把原子弹的控制权从原子能委员会转移到国防部。

美国政府与台湾当局于 1954 年 12 月 2 日最终签订了所谓《共同防御条约》。这标志着美国正式承担起在军事上“保护”台湾当局的义务，结束了美国对台政策自 1949 年以来的动摇和徘徊。中国政府对此表示强烈反对和谴责，并指出这是对中国政府和中国人民的战争挑衅。12 月 5 日，《人民日报》发表社论《中国人民不解放台湾决不罢休》。

为了表明中国解放台湾的决心，中国人民解放军于 1955 年 1 月 18 日进行了首次海、陆、空联合作战，只用几个小时就解放了一江山岛。艾森豪威尔对此感到非常震惊，以为中国大陆下一步会解放金门和马祖，乃至澎湖列岛和台湾。1 月 19 日，杜勒斯在一个内部会议上表示，美国不怕和中国开战，在必要时将使用原子弹来阻止解放军攻占金门。1 月 24 日，艾森豪威尔向国会提交咨文，要求国会授权他在必要时调动美国军队来保卫台湾、澎湖列岛及与之密切相关的地区。1 月 25 日和 28 日，美国众议院和参议院先后通过所谓《福摩萨决议案》，同意了艾森豪威尔的要求。这是美国国会第一次在和平时期授予总统发动战争的广泛权力。美军随后调集以 5 艘航空母舰为核心的庞大舰队到中国东南沿海耀武扬威。

中国政府高度关注这个《福摩萨决议案》的影响。1 月 28 日，毛泽东在接受芬兰首任驻中国大使孙士敦递交国书时指出：“今天，世界战争的危险和对中国的威胁主要来自美国的好战分子。他们侵占中国的台湾和台湾海峡，还想发动原子战争。我们有两条：第一，我们不要战争；第二，如果有人来侵略我们，我们就予以坚决回击……美国的原子讹诈，吓不倒中国人民。我国有六亿人口，有九百六十万平方公里的土地。美国那点原子弹，消灭不了中国人。即使美国的原子弹威力再大，投到中国来，把地球打穿了，把地球炸毁了，对于太阳系说来，还算是一件大事情，但对整个宇宙说来，也算不了什么。我们有一句老话，小米加步枪。美国是飞机加原子弹。但是，如果飞机加原子弹的美国对中国发动侵略战争，那末，小米加步枪的中国一定会取得胜利。全世界人民会支持我们。”①

进入 1955 年 2 月后，美国对中国使用核武器的倾向更加明显。杜勒斯多次鼓吹战术核武器可以彻底摧毁军事目标，同时可以避免大规模平民伤亡。美国参谋长联席会议命令战略空军司令部开始为对中国大陆实施大规模核打击选定目标，以备不时之需。2 月 13 日，艾森豪威尔批准在美国内华达州进行一系列当量在 5 万吨以下的战术原子弹试爆，既作为对中国政府施压的组成部分，也作为使美国公众对大规模使用战术原子弹的核战争“有所准备”的动员。在得知美国政府可能会使用原子弹对付中国后，英国首相丘吉尔于 2 月 15 日向艾森豪威尔表示强烈反对，因为英国不愿意为此卷入与社会主义阵营的核战争。

① 毛泽东、周恩来关于原子弹和原子能问题的若干论述（一九五五年一月——一九六四年十一月）[J]. 党的文献，1994（3）：13.

美国政府不顾盟国的反对，不断向中国发出核威胁。3 月 8 日，杜勒斯发表广播电视讲话，宣称美国军队拥有强有力的新式武器，既能彻底摧毁军事目标，又不会伤及大量平民。美国有决心回应军事挑衅，中国不要把美国当作“纸老虎”。3 月 12 日，杜勒斯再次发表讲话，说美国政府已经决定，如果在台湾地区发生战争，美国将使用战术核武器。3 月 15 日，杜勒斯公开宣称，美国正在考虑在金门和马祖地区使用核武器。3 月 16 日，艾森豪威尔在记者招待会上威胁说：“在任何交战中，如果核武器被严格用于军事目标和军事目的，我认为没有理由不能像使用子弹或其他武器那样使用核武器。”副总统尼克松也表态说：“战术核武器现在已经属于常规武器的范畴，它们将被用来对付任何进攻力量的目标。”①

在《福摩萨决议案》新鲜出炉的背景下，美国对中国实施战术核打击似乎已经箭在弦上。面对美国的核威胁，中国既不畏惧，又灵活自如。1955 年 4 月 23 日，周恩来总理在出席万隆会议的八国代表团团长会议时发表声明：“中国同美国人民是友好的。中国人民不要同美国打仗。中国政府愿意同美国政府坐下来谈判，讨论和缓远东紧张局势的问题，特别是和缓台湾地区的紧张局势问题。”②这个声明表明了中国的和平诚意，也给进退维谷的美国政府走出困境提供了一个台阶。4 月 26 日，杜勒斯在记者招待会上发表声明，肯定了周恩来的提议。杜勒斯在回答记者提问时又说，美国愿意同中共进行双边和多边的谈判。中方的友好提议和美方的积极回应使空前紧张的台海局势得以迅速缓和。8 月 1 日，中美两国开始在日内瓦举行大使级会谈。这不仅标志着第一次台海危机正式结束，也标志着美国对中国的第二次核威

① 赵学功．核武器与美国对第一次台湾海峡危机的决策[J]．美国研究，2004 (2)：109.

② 中共中央文献研究室．周恩来年谱（1949—1976）上卷[M]．北京：中央文献出版社，1997：470.

胁被成功化解。

第一次台海危机结束后，美国继续加强在台湾地区的军事存在。与此同时，台湾当局不顾美国的反对，不仅向金门和马祖增兵，还不断骚扰福建和广东沿海地区。1958 年初，美国将能够携带核弹头的“斗牛士”巡航导弹部署在美军台南基地。同年 5 月，美国国务院和国防部经过讨论达成共识：如果美国与中国在金门、马祖发生军事冲突，美国需要对中国大陆的军事基地实施核打击；如果中国大陆进攻台湾，美国就需要对整个中国大陆实施核打击。

7 月 15 日，美军入侵黎巴嫩，中东局势骤然紧张。台湾当局蠢蠢欲动，于 7 月 17 日命令部队进入“特别戒备状态”。在侦察到中国向东南沿海地区增兵后，美国政府再次讨论如何进行军事干涉的问题。在 8 月中旬的国家安全委员会会议上，参谋长联席会议主席特文宁阐述了军方的观点：“无论是应对进攻还是封锁，美国要有效干涉就必须对大陆的基地进行核攻击。”①美国军方建议首先使用战术原子弹轰炸厦门附近的空军基地，如果效果不好，就对远至上海的目标实施核打击。美国战略空军司令部随后命令部署在关岛的 15 架 B-47 轰炸机进入警戒状态，准备在必要时轰炸中国东南沿海的空军基地。②

为了反击国民党军队对大陆的骚扰和支援阿拉伯人民的反美斗争，中国人民解放军奉命从 1958 年 8 月 23 日起炮击金门。第二次台海危机由此爆发。艾森豪威尔政府对此非常紧张，一方面认为苏联在幕后支持中国发动这

---

① 赵学功．第二次台湾海峡危机与美国核威慑的失败[J]．历史研究，2014（5）：146.

② 陈波．危局中的赌局：第二次台海危机中美国使用核武器决策再考察[J]．军事历史研究，2021（3）：95.

次突袭，另一方面认为金门和马祖的失守将产生“多米诺骨牌效应”，不仅台湾会被中国大陆解放，就连日本都有可能落入苏联之手。基于上述判断，美国政府对解放军炮击金门、马祖作出强烈反应。

美国参谋长联席会议在第一时间建议对上海、南京和广州实施核打击。8月24日，美国国防部宣布将在台海地区部署以6艘航空母舰为核心的庞大舰队。8月29日，艾森豪威尔总统批准了美国的军事干涉方案。他当时在是否对中国使用核武器的问题上态度比较谨慎，强调美军只有在最后阶段并在他的授权下，才能对中国使用战术核武器。国务卿杜勒斯、参谋长联席会议主席特文宁、空军参谋长怀特、海军作战部长伯克、太平洋司令部司令费尔特等都坚决主张对中国大陆使用核武器，并认为这是美军帮助国民党军队守住金门、马祖等沿海岛屿的唯一方法。经过杜勒斯的多次劝说，艾森豪威尔同意把能使用核炮弹的203毫米口径榴弹炮运抵金门。艾森豪威尔“明确要求这一部署应该能够被看到”，以便达到威慑效果。①

中国人民解放军既然敢于再次炮击金门，就不会被美国政府的战争边缘政策和核威胁吓倒。9月5日，毛泽东在最高国务会议第十五次会议上针对美国的核威胁指出：“第一，我们不要打，而且反对打，苏联也是，要打就是它们先打，逼着我们不能不打。第二，但是我们不怕打。氢弹、原子弹的战争当然是可怕的，是要死人的，因此我们反对打。但是这个决定权不操在我们手中，帝国主义一定要打，那么我们就得准备一切，要打就打。世界上的事情你不想到那个极点，你就睡不着觉。但是它一定要打，是它先打，它打原子弹，这个时候，怕，它也打，不怕，它也打。既然是怕也打，不怕也

① 邦迪．美国核战略[M]．褚广友，译．北京：世界知识出版社，1991：383.

打，二者选哪一个呢？我看，还是横了一条心，要打就打，打了再建设。”[①]毛泽东一如既往地在战略上藐视美国的核威胁，在战术上重视美国的核威胁。

当时美国的主要盟国和国内主流舆论都反对美国为了金门和马祖对中国使用核武器。在内外交困中，杜勒斯于9月4日发表“新港声明”，一方面强调美国“保卫”台湾及外岛的所谓决心，另一方面提议恢复被美方中断9个多月的中美大使级会谈，以便直接与中方讨论台湾地区局势。9月6日，周恩来总理代表中国政府发表关于台湾海峡地区局势的声明，表示为了维护和平，愿意恢复中美大使级会谈。紧张的中美关系由此得以缓和，美国军方也随之把对中国实施核打击作为各种预案中的最后选项。9月15日，中美大使级会谈在华沙复会。

在摸清中国炮击金门的真实意图后，苏联领导人赫鲁晓夫于9月7日致函美国总统艾森豪威尔，呼吁美国政府谨慎行事，不要轻易采取后果可能无法收拾的举动。信中说：“中国不是孤立的，它有着忠实的朋友，这些朋友在中国一旦遭到侵略时随时援助它。”[②]9月19日，苏联政府向美国政府重申了9月7日发出的警告。来自苏联的警告也使美国政府不得不考虑对中国使用核武器的严重后果。虽然9月27日美国空军部长道格拉斯公开宣称，美军已经做好准备对中国实施核打击，但是美国军方的意见已不是“铁板一块”了，这种色厉内荏的叫嚣不过是高潮过后的余波。此后，为了粉碎美国制造“两个中国”的阴谋，中国在炮击金门的问题上逐渐改变斗争策略，使

① 中共中央文献研究室．毛泽东年谱（1949—1976）第三卷[M]．北京：中央文献出版社，2013：436.

② 姜长斌，罗斯．从对峙走向缓和：冷战时期中美关系再探讨[M]．北京：世界知识出版社，2000：61.

台海局势从 10 月底起渐趋缓和。

面对美国接二连三的核威胁，中国从没有坐以待毙。一方面，在自己还不拥有原子弹的情况下，积极研究和练习各种抵御核打击的方法；另一方面，早在各方面条件还不具备的情况下，中国共产党就已经开始秘密进行研制原子弹的前期准备工作。

招贤纳士

当原子弹的蘑菇云在日本广岛和长崎先后升起时，中国还是一个积贫积弱的农业国，几乎没有重工业，科技水平也很落后，文盲率高达80%。在这种情况下，中国想要在短期内研制出原子弹，无异于痴人说梦。原子弹对中国意味着什么？中国要不要研制原子弹？中国该如何研制原子弹？这三个问题同时摆在蒋介石和毛泽东的面前。很显然，蒋介石回答得不太正确，导致他的原子弹计划几乎一无所获。

要研制原子弹，首先要正确认识原子弹。早在1946年8月6日，毛泽东就向美国记者安娜·路易斯·斯特朗指出："原子弹是美国反动派用来吓人的一只纸老虎，看样子可怕，实际上并不可怕。当然，原子弹是一种大规模屠杀的武器。但是决定战争胜败的是人民，而不是一两件新式武器。"[①]毛泽东关于原子弹的上述论断其实包含着"原子弹是纸老虎"和"原子弹是真老虎"这两层意思，也符合他一贯坚持的"在战略上藐视敌人，在战术上重视敌人"的战略战术思想。如果忽视毛泽东认为原子弹还有"真老虎"的一面，就无法解释中国后来为什么会克服各种困难，坚持研制原子弹。如果原

① 彭继超，伍献军．核盾牌：国家最高决策（1949—1996）［M］．北京：中国青年出版社，2012：9．

子弹纯粹只是一个吓唬人的工具，无法对中国构成真实的威胁，那么中国就没有必要研制原子弹。正是为了防御帝国主义的核打击，中国才需要不惜代价地铸造核盾牌。也正是因为看到原子弹在军事上和政治上的巨大价值，中国共产党才在延安时期就开始团结和保护海内外核物理人才，为将来中国研制原子弹做准备。

1945 年夏，中央职工运动委员会书记邓发在英国伦敦海员工会约见钱三强。当时钱三强正在布里斯托大学鲍威尔实验室学习原子核乳胶技术。邓发向钱三强介绍了延安和全国革命形势，建议他以导师为榜样加入中国共产党。1946 年 1 月，邓发在回国前特意邀请钱三强参加中共旅法支部扩大会议，并当众称他为同志。钱三强后来回忆说：“他们回国前，邓发同志还热情地同我照相，并且动身前夜向在巴黎的党员谈话，还邀我参加。当时我很受感动，觉得很惭愧，因为舍不得放弃科学研究而不能同吴新谋同志一同入党。我还记得他说：‘我们与蒋介石在抗日立场上是联合的，但是他反复不定，将来可能与我们发生严重的斗争，因此同志们不要过分暴露，尤其是最近将要回国的同志。’邓发同志给我的印象与教育非常之深，我思想的进步和转变与他很有关系。”①

1946 年 7 月 7 日，钱三强在旅法华侨和平促进会成立大会上与国民党特务进行了英勇和机智的斗争。当时法国报纸上刊登了蒋介石破坏政协、发动内战等消息，中共巴黎支部副书记孟雨找钱三强商量组织旅法华侨和平促进会一事，钱三强当即表示完全支持，并愿意积极参加。开会时，国民党特务率领四百多名打手携带武器霸占了会场，而参会的进步华侨只有一百多人。

① 陈丹，葛能全．钱三强传[M]．北京：中国青年出版社，2017：71.

在这种情况下，反动派凭借人数优势，有可能使会议通过对蒋介石有利的议案。正义感及愤怒使钱三强冒着生命危险，登台痛斥蒋介石利用美援发动内战，企图消灭进步力量的迷梦，成功扰乱了会场，使之散会。会后巴黎小报在报道此事时称赞钱三强是“李逵式的人物”，单刀直入，敌人望风披靡。

1948 年初，钱三强准备启程回国到清华大学任职。为了防止钱三强在回国途中或回国后遭遇不测，中共旅法支部负责人曾出面劝说他推迟行程，但是没能成功。2 月的一天，中共欧洲工作组党组书记刘宁一在巴黎卢森堡公园约见钱三强，讨论他的回国问题。在听完钱三强解释为何选择此时回国后，刘宁一支持他回国后到北方工作，认为不久之后国内形势将发生大变化。[①] 刘宁一还叮嘱钱三强：回去后，就在那里埋头教书，什么会也不要参加，只讲科学，不讲政治。国内目前形势很复杂，谁进步谁落后，你一时闹不清，最好多观察，坚持到新形势的到来。[②]

从 1948 年底到 1949 年初，中国人民解放军先后取得三大战役的伟大胜利，全国解放指日可待。此时，已经在东北和华北建立人民政权的中国共产党终于有条件考虑如何发展科技事业。为了解决科技人员短缺问题，中共中央积极动员旅居海外的科技人才回国效力。1949 年夏，周恩来向外交部门有关同志说：你们的中心任务是动员在美国的中国知识分子，特别是高级技术专家回来建设新中国。[③] 12 月 18 日，周恩来总理通过中央人民广播电台，代表中国共产党和中央人民政府向海外人才发出了“祖国需要你们”的热切召

---

① 葛能全．钱三强年谱[M]．济南：山东友谊出版社，2002：55.

② 陈丹，葛能全．钱三强传[M]．北京：中国青年出版社，2017：95－96.

③ 欧阳雪梅．第一代中央领导集体的科技战略思想与新中国的科技进步[J]．毛泽东邓小平理论研究，2012(1)：49.

唤，诚挚邀请他们回国参加社会主义建设。23 位“两弹一星”元勋中的王淦昌、彭桓武、任新民、吴自良、程开甲、王希季、邓稼先、朱光亚都是在 1949 年至 1950 年回国的。

在新中国成立前夕，中国共产党还开始尝试利用缴获的外汇从西方国家购买从事核物理研究所需的仪器设备。1949 年 3 月上旬，北平军管会派丁瓒通知钱三强，让他准备作为中国代表团成员出席将于 4 月在巴黎举行的第一届世界保卫和平大会。大会主席正是钱三强的导师约里奥-居里。钱三强认为机会难得，随后主动约见丁瓒，建议借机携带大约 20 万美元的采购经费，请约里奥-居里代购一些紧缺且必需的核物理研究仪器设备和图书资料。3 月 22 日，周恩来在西柏坡签发题为“关于参加世界和平拥护者大会的中国科学技术界团体及人员的意见”的电报，内容包括：“钱三强购买实验设备事，请先调查外汇如何汇去，实验设备如何运回。到之，具体情况再面谈。”① 4 月初，中共中央统战部部长李维汉在中南海约见钱三强，告知他中共中央已经采纳了他的建议。虽然当时中央财政非常困难，但是为了发展新中国的核物理研究，中央决定先拨出 5 万美元专款，由钱三强和代表团秘书长刘宁一共同商量使用。

中共中央对发展核物理研究的高度重视和对钱三强的高度信任使他感动不已。1990 年 9 月，钱三强在《中国原子核科学发展的片段回忆》一文中写道：

> 我作为一名自然科学工作者，也还应该有自己业务方面的一份责任。于是想到这次去巴黎会见到我的老师约里奥-居里先生，如果请他帮忙订购些原子核科学研究的必要仪器设备和图书资料，穿过封锁运回

① 葛能全．钱三强年谱[M]．济南：山东友谊出版社，2002：69.

来，正是极好机会。可是转念一想，外汇拿得出来吗？我抱着成与不成试试看的心理，把以上想法当面跟一位组团的联系人提出了，并且说了大约要20万美元的数额。

此后三天未见信息。我心中忐忑不安。我埋怨自己书生气太重，不识时务，不懂国情。战争还没有停息，刚解放的城市百废待举，农村要生产救灾，国家经济状况何等困难！怎么可能在这种时候拨出外汇购买科学仪器呢！这不是完全脱离实际的非分之想么？

第四天，接到一个电话，要我到中南海去。有关什么事，没有说。在中南海里，等待我的是中共中央统战部部长李维汉。他热情招呼之后，便说："三强，你的那个建议，中央研究过了，认为很好。清查了一下国库，还有一部分美金，有这个力量，决定给予支持。估计一次用不了你提的全部款项，因此在代表团的款项内，先拨出5万美元供你使用。"还说，"你是代表团成员，和代表团秘书长刘宁一又熟悉，用款时，你们商量着办就成了。"

此时此刻，我心如潮涌，眼前一片模糊……

当我得到那笔用于发展原子核科学的美元现钞时，喜悦之余，感慨万千。因为这些美元散发出一股霉味，显然是刚从潮湿的库洞中取出来的。不晓得战乱之中它曾有过多少火与血的经历！今天却把它交给了一位普通科学工作者。这一事实使我自己都无法想象。……尽管5万美元对于发展原子核科学所需，不是过大的要求。然而他们的远见卓识和治国安邦之道，一举之中昭然天下，让人信服，给人希望。①

---

① 葛能全．钱三强年谱[M]．济南：山东友谊出版社，2002：69－70.

后来因为法国政府拒绝给中国代表团成员发放签证，刘宁一、钱三强等人被迫在捷克布拉格分会场参加世界保卫和平大会，钱三强也无法亲手把代购经费交给约里奥-居里。大会结束时，钱三强和刘宁一商量后，决定从专项经费中提取 5 000 美元，交给巴黎方面来的可靠人士转交给约里奥-居里，用于购买相关仪器和图书资料。约里奥-居里以严肃认真的态度对待这件事，一度把这笔钱埋藏在家中的小花园里。他精心选购图书资料，后来委托从英国回国的杨澄中于 1951 年上半年带回新中国。约里奥-居里还设法购买了一台 100 进位计数器和其他一些实验材料，委托从法国回国的杨承宗于 1951 年下半年带回。

旧中国遗留给新中国的科研机构总共只有 40 个左右，其中还有一些是搞社会科学研究的，研究人员总共只有 650 多人。按当时的人口平均计算，每 1 125 万人才有一个研究机构，每 70 万人中才有一个科研人员。① 除了地质学、生物学、气象学等地域性调查工作和一些可以不依靠实验设备而勉强进行的科研工作以外，现代科技在旧中国几乎是一片空白。中共中央和中央人民政府高度重视科技工作，在 1949 年 11 月 1 日正式成立中国科学院，随后又把设立机构开展原子能研究提上议事日程。

1950 年 1 月 15 日，中国科学院决定设立近代物理研究所（1953 年 10 月更名为物理研究所，1958 年 6 月更名为原子能研究所）。它的研究方向以原子物理学和放射化学为主，主要任务是发展原子核科学技术的基础，为原子能应用做准备。5 月 19 日，中国科学院近代物理研究所正式成立，政务院任命吴有训为所长，钱三强为副所长。因为吴有训另有重任，1951 年 3 月 2

① 周均伦．聂荣臻的非常之路[M]．北京：人民出版社，2004：110．

日，钱三强接任近代物理研究所所长。为了办好近代物理研究所，钱三强把清华大学的彭桓武和浙江大学的王淦昌请来共同主持筹建工作，他们俩后来长期担任副所长。到 1956 年底，物理研究所已经从初创时的十几个人发展到 638 人，其中科技人员有 377 人①，为中国研制原子弹准备了一支可以信赖、可以依靠、可以托付的人才队伍。

钱三强在新中国成立后继续设法从法国采购核物理研究所需的仪器设备。1951 年 6 月，钱三强致信刚刚取得巴黎大学理学博士学位的杨承宗，欢迎他回国效力，还托人带给他 3 000 美元，请他代购一些科研仪器。为了多采购一些科研仪器，杨承宗把自己在法国期间省下来的生活费充公了，最后他买到的科研仪器装满了 13 个箱子。为了支持中国发展放射化学，伊蕾娜·约里奥-居里送给杨承宗10 克极其珍贵的碳酸钡镭标准源。这些毫不起眼的粉末后来成为中国开展铀矿探测和电离辐射计量研究唯一的标准源。为了确保杨承宗能把敏感仪器带上回国的邮轮，伊蕾娜·约里奥-居里不但派助教布歇士一路护送，而且以居里实验室的名义开具证明信，还帮忙请巴黎第五区警察局开具证明信。

1951 年 10 月，杨承宗带着沉甸甸的行李顺利突破封锁，回到魂牵梦绕的祖国。看到杨承宗带回来那么多珍贵的科研仪器，钱三强喜出望外。可是当杨承宗看到妻子拿出来一大叠欠债单时，他愣住了。杨承宗没想到自己在法国时，家中生活竟如此困难。怎么办？他没有向组织提出报销那笔被他充公的“私款”，而是把心爱的蔡司照相机和欧米茄手表变卖了。在从此之后的 30 多年里，这位业余摄影爱好者竟然一直没钱再买一台像样的照相机。②

① 葛能全．钱三强年谱[M]．济南：山东友谊出版社，2002：131.

② 邵一江．杨承宗：没有勋章的“两弹一星”功臣[J]．百年潮，2008（4）：39.

吴有训、赵忠尧、钱三强等中国第一代核物理学家非常重视到苏联核物理研究机构参观考察的机会。1953 年 3 月 5 日，以钱三强为团长的中国科学院访苏代表团抵达莫斯科。恰逢苏联最高领导人斯大林在同一天因病逝世，葬礼安排在 3 月 9 日举行。3 月 8 日，周恩来率领中国党政代表团也来到莫斯科参加斯大林的葬礼。在莫斯科期间，周恩来抽出时间认真听取了钱三强等人的汇报，并给予指导和帮助，使钱三强后来有机会参观被苏联列入保密范围的一些核科学研究和人才培养机构。

访苏期间，根据出访前中共中央宣传部副部长胡乔木的指示，钱三强在得到中国驻苏联大使张闻天和在苏联谈判援建“一五”计划的重工业部部长李富春的同意后，直接向苏方接待人员提出要求，希望在日程中增加参观原子核物理方面的研究机构和设备的项目。在周恩来的斡旋下，苏方经过研究，同意安排钱三强额外参观莫斯科物理研究所回旋加速器等三个相关项目，并安排钱三强在巴黎居里实验室的老同事斯柯别里琴院士与他会谈。会谈中，钱三强代表中方试探性地提出：苏联能否在建造回旋加速器和实验性反应堆方面给予中国援助？斯柯别里琴表示，回旋加速器也许可以，反应堆则需要更高一层领导研究。

朝鲜战争爆发后，美国政府盯上了旅美中国理工科留学生和学者，尤其是那些研究领域涉及原子弹技术和导弹技术的中国学者，想方设法阻止他们回国。1950 年 8 月 23 日，美国政府突然禁止钱学森离境，还扣押了他回国的行李。9 月 6 日，钱学森在洛杉矶被美国司法部移民归化局逮捕，随后被关进特米诺岛监狱。9 月 23 日，钱学森在缴纳 1.5 万美元巨额保释金后才得以出狱。此后，他被美国政府软禁长达 5 年之久。

在抓紧完成在美国的工作后，赵忠尧于 1950 年 3 月正式办理回国的手续。由于美国移民局不断进行阻挠和刁难，直到5个月后的8月份，他才拿到经过香港回国的“过境许可证”。8月底，赵忠尧在洛杉矶登上开往香港的“威尔逊总统号”邮轮。可是一上船，联邦调查局的人又来找麻烦，把他的行李翻了一遍，扣留了一批公开出版的物理书籍和期刊，硬说这些是“不需要的东西”。邮轮终于开动了，赵忠尧虽然可惜那些书籍，但也庆幸自己得以脱身。

然而，赵忠尧回国之旅中的磨难还远没有结束。1950年9月12日，“威尔逊总统号”邮轮抵达日本横滨，赵忠尧和罗时钧、沈善炯这三个从加州理工学院回国的人被美军便衣人员叫去检查，硬说他们可能带有秘密资料，随身行李被扣下来逐一检查，连肥皂也不放过，称之为“看起来像肥皂的一块东西”。赵忠尧的工作笔记本都被抄走了。大件行李被压在货舱里拿不出来，还要等空船从香港返回时再查。赵忠尧等人当天就被驻日美军关进位于东京的中野监狱，罪名是所谓与核机密有关的“间谍嫌疑”，不久又被转运至主要用于关押日本战犯的巢鸭监狱。

在巢鸭监狱，赵忠尧等人被迫换下原来的衣服，穿上了印有“P”（“囚犯”的英文prisoner的首字母）字样的囚服，且被分别关押。赵忠尧被关在18号牢房，另外两个人被关在19号和40号牢房内。囚室里一边放着一张木板硬床，上面有一条麻袋片似的旧毯子，两张床中间放了一个方便用的马桶。赵忠尧一被扣押就严正抗议美国对他的无理拘禁，指责美国侵犯人权、违反国际公约，要求从速处理此事，还要求公开审查并请律师为自己辩护。但是扣押他们的驻日美军却答复道：“我们只是执行华盛顿的决定，没有权力处理你们的事。”[①]因为不知道事情还要拖多久，赵忠尧便决定利用在监

---

① 中国核先驱赵忠尧：归国途中美军连发三道拦截令[EB/OL].（2010-08-24）[2023-12-29]. https://www.seu.edu.cn/2010/0824/c124a50029/page.psp.

狱里的空闲，找到同住的懂日文的中国难友当老师，上起了日文课。他利用一切机会，不断学习和充实自己。

退守台湾的国民党政权派出三名驻日代表劝说赵忠尧等人要么返回美国，要么前往台湾。为迫使赵忠尧等人屈服，国民党政权驻日代表竟然说服驻日美军安排了一次假枪决。有一天，赵忠尧等三人被押到一间空屋里，一一面对墙壁站着。赵忠尧很快就听见美国宪兵在他们背后拉枪栓和子弹上膛的声音，并得知他们如果不承认“罪行”，坚持不到台湾去“洗心革面”，就枪毙他们。赵忠尧最初心想这下完了，随即又认为美军不敢也不会这样处决他们，仍然无所畏惧地挺立着。眼看他们宁死不屈，美国宪兵最后只能失望地收起无耻的把戏。硬的不行，就来软的。赵忠尧的老朋友、时任台湾大学校长的傅斯年从台北发来急电：“望兄来台共事，以防不测。”赵忠尧却回电说：“我回大陆之意已决！”[①]对于美国和台湾方面的一切威逼利诱，赵忠尧等人一律回答：我们决不去台湾，更不会去美国，坚持要求回到中国大陆去！

除了钱学森、赵忠尧、罗时钧、沈善炯外，还有数以千计的中国留学生也被美国政府禁止返回中国大陆。中国政府非常关心被美国政府无理扣押的中国留学生和学者，并通过各种渠道积极营救。中央人民政府政务院总理兼外交部长周恩来为此发表严正声明，强烈抗议美国无理扣押我归国科学家赵忠尧等人。1950 年 9 月 24 日，中华全国自然科学专门学会联合会主席李四光分别致电联合国大会主席安迪让、世界科学工作者协会书记克劳瑟博士、美国总统杜鲁门，控诉美国无理扣押准备回国的钱学森、赵忠尧、罗时钧和沈善炯，要求美国政府立刻释放他们。9 月 25 日，中国人民保卫世界和平大会委员会主席郭

① 中国核先驱赵忠尧：归国途中美军连发三道拦截令[EB/OL].（2010-08-24）[2023-12-29]. https://www.seu.edu.cn/2010/0824/c124a50029/page.psp.

沫若致电世界保卫和平大会主席约里奥-居里，呼吁号召全世界科学家谴责美国无理扣押钱学森的行为，并要求美国政府立即释放被扣押的中国科学家。

迫于国内外舆论压力，美国政府不得不释放赵忠尧、罗时钧和沈善炯。11 月下旬，赵忠尧在历尽磨难后终于安全回到祖国。后来在他的主持下，中国于 1955 年研制成功 70 万电子伏特质子静电加速器，于 1958 年研制成功 250 万电子伏特高压型的质子静电加速器。1958 年中国科学技术大学成立，赵忠尧根据中国核科学人才的需要，创办了中国科学技术大学的原子核物理和原子核工程系，即现在的近代物理系。他亲任首届系主任，一任就是 20 年。赵忠尧精心挑选师资，建设课程体系，编制教学大纲和专业教材，亲自登台讲授“原子核反应”课程，为中国原子核物理、中子物理、加速器和宇宙线研究培养了一大批优秀人才。

在取得抗美援朝战争的胜利后，中国政府加快了通过外交手段帮助被迫滞留在美国的中国留学生和学者回国的步伐。这为中国研制原子弹提供了重要的科技人才来源。当时美国政府正好也有与中国政府谈判解决在华美侨回国问题的需求。新中国成立后，在华美侨大部分先后回国，极少数人因为触犯中国法律而被扣押、审判和正在服刑。在朝鲜战争期间，一些美国军事人员因为非法入侵中国领海、领空而被捕。在拒不承认新中国的情况下，争取被关押的在华美侨早日回国成为令美国政府头痛的问题。1954 年 3 月 24 日，艾森豪威尔总统在指责中国“抓捕并扣留美国人为罪犯”等行为的同时，指示国务卿杜勒斯积极采取实际行动来解决问题，毕竟“行胜于言”。①

1954 年在瑞士日内瓦召开的关于朝鲜问题和印度支那问题的国际会议为

① Office of the Historian in the United States Department of State. FRUS[A]. 1952 - 1954, China and Japan, Vol. XIV, part1, doc. 180.

中美双方提供了一个难得的接触机会。在日内瓦会议期间，美方于 5 月 19 日通过英国驻华代办杜维廉作为中间人同中方进行接触。周恩来总理获悉后连夜召集会议研究对策，决定同意接触。5 月 27 日，中方表示愿意就被关押人员问题同美方进行直接谈判。从 6 月 5 日到 6 月 21 日，美方代表、时任美国驻捷克斯洛伐克大使约翰逊与中方代表、时任中国驻波兰大使王炳南在日内瓦会议期间共进行了四次会谈。由于中美双方都不肯轻易作出大幅度的让步，这四次会谈没有取得实质性进展。日内瓦会议结束后，中美双方在日内瓦举行的领事级会谈也没有取得多大进展。

进入 1955 年后，为了加快解决侨民回国问题，中美双方都作出了一些有利于改善两国关系的举动。6 月 10 日，美国总统艾森豪威尔与国务卿杜勒斯在华盛顿进行了一次重要谈话。杜勒斯想把被中国关押的美军飞行员与中国侨民问题区分开来，认为美国没有义务必须送还中国留学生。艾森豪威尔则认为："当那些中国留学生来到美国时，他们默认自己将被允许返回祖国。我们应该让所有的中国留学生回去。"杜勒斯指出："国防部认为有两个中国留学生（钱学森和王克信）不一定适合放回中国大陆，因为他们掌握了高度机密的信息。"艾森豪威尔认为这不应该成为障碍，他们掌握的信息可能没有国防部认为的那么有价值。[①] 6 月 11 日，美国国防部专门开会讨论这两个中国留学生的回国问题，然后向总统提交了一份备忘录。6 月 13 日，艾森豪威尔批准了国防部的决定，即同意释放他们离境。

在原则上允许所有在美华侨离境后，美国政府决定把中美日内瓦会谈的级别从领事级提高到大使级。1955 年 7 月 11 日，杜勒斯请英国驻华代办代

---

① Office of the Historian in the United States Department of State. FRUS[A]. 1955 - 1957, China, Vol. II, doc. 266.

表美方向中方口头转达上述意愿。7 月 15 日，周恩来总理在会见新任英国驻华代办欧念儒时表示接受美方的建议。经过一系列的磋商，中美双方在 7 月 25 日发表了中美两国同意在日内瓦举行大使级会谈的新闻公告。7 月 31 日，为表示中方对中美大使级会谈的诚意和所持的积极态度，中国最高法院在周恩来部署下判决提前释放 11 名美国空军人员。

1955 年 8 月 1 日，中国驻波兰大使王炳南和美国驻捷克斯洛伐克大使约翰逊在日内瓦开始举行中美大使级会谈。在当天的会谈中，王炳南宣布了中国在前一天释放 11 名美国空军人员的消息，并说他们将在 8 月 4 日抵达香港。8 月 4 日，美国司法部移民归化局致函钱学森，通知他现在可以自由地离开美国。9 月 10 日，中美两国经过多轮谈判，终于就双方平民回国问题达成协议。23 位“两弹一星”元勋中的郭永怀、钱学森、杨嘉墀、陈能宽都是因此得以回到祖国参加社会主义建设。周恩来曾评价说：“中美大使级会谈至今虽然没有取得实质性成果，但我们毕竟就两国侨民问题进行了具体的建设性的接触，我们要回了一个钱学森。单就这件事来说，会谈也是值得的，有价值的。”①

经过多年准备，中国在 20 世纪 50 年代中期已经初步具备研制原子弹所需的人、财、物条件。从 1949 年 10 月到 1956 年 12 月，共有 1 805 名侨居海外的科学家陆续回到祖国。② 他们大都成为各方面的学术带头人和科研领路人。在苏联的大力援助下，中国顺利实施第一个五年计划，国民经济持续快速增长，科技人才队伍显著壮大。中苏同盟关系在经历朝鲜战争血与火的考验后更加亲密，争取苏联帮助中国研制原子弹看上去不是没有可能性。

---

① 王炳南．中美会谈九年回顾（八）[J]．世界知识，1985（2）：21.

② 武力．新中国科技事业的奠基[EB/OL]．(2010-01-26)[2022-09-19]．http://www.hprc.org.cn/wxzl/wxxgwd/201001/t20100126_42746.html.

战略决策

毛泽东、刘少奇等中央领导早就认识到中国必须拥有原子弹，问题的关键在于什么时候适合启动原子弹研制计划。在1949年8月29日苏联第一颗原子弹爆炸成功前，中国共产党就知道苏联已经掌握了原子弹技术。刘少奇在6月26日至8月14日秘密访苏期间曾提出参观苏联核设施的请求，结果被斯大林拒绝。当毛泽东在1949年底到1950年初访问苏联时，斯大林炫耀性地请毛泽东观看了苏联进行原子弹试验的纪录影片。斯大林愿意向新中国提供核保护，但是绝不愿意与中国分享原子能和原子弹的秘密。毛泽东在回国后曾对身边的警卫员说："这次到苏联，开眼界哩！看来原子弹能吓唬不少人。美国有了，苏联也有了，我们也可以搞一点嘛。"①这可能是毛泽东第一次提出中国也要搞原子弹。

1951年夏，约里奥-居里对即将回国的杨承宗说："你回国后请转告毛泽东主席，你们要反对原子弹，你们必须要有原子弹。原子弹也不是那么可怕的，原子弹的原理也不是美国人发明的。"②约里奥-居里强调中国有自己的核物理学家，例如钱三强、何泽慧、杨承宗等。杨承宗回国后把约里奥-居里

① 温卫东．叶子龙回忆录[M]．北京：中央文献出版社，2000：185-186.

② 葛能全．钱三强年谱[M]．济南：山东友谊出版社，2002：89.

的肺腑之言先后转告钱三强和中共中央宣传部科学处联系科学院工作的龚育之。钱三强随即请中国科学院党组副书记丁瓒向中央领导汇报约里奥-居里的口信。这个口信对新中国领导人下决心尽快启动原子弹计划起到了推动作用。

1952年5、6月间，中央军委和总参谋部在编制《五年军事计划纲要》时，曾考虑过是否要开始研制原子弹，但是对于怎么研制、何时上马，还需要对实际情况进行调研。时任周恩来军事秘书的雷英夫对此于1990年10月20日回忆道：

> 为此周总理曾专门写过一个介绍信要我去找中国科学院副院长竺可桢，征求一下他的意见。我去后和竺可桢谈了三个多钟头，主要内容有三：
>
> 一、了解原子弹、导弹的一般性能；
>
> 二、对原子导弹武器的防护措施；
>
> 三、研究试制原子弹导弹等尖端武器技术的必备条件。
>
> 在商谈第三个问题时，竺提出了三个必备条件：
>
> 1. 要有专家人才，并须成龙配套，集中研究，他说当时我国内也有一些人才如钱三强等，但比较分散，我国在国外也有许多专家人才，须力争他们回国，以便形成专家队伍。
>
> 2. 要进口一些尖端的资料设备，如能争取到苏联的援助最好，否则只有采取各种手段分散购买一些。
>
> 3. 要花大钱，搞尖端武器技术比常规武器技术要贵得多，动一动都要以亿来计算。

> 同竺谈后，我向周总理作了汇报，认为竺的意见是内行话。为了加快这一战略措施，除采纳了一些竺的意见，进行了一些力所能及的措施外，总理还曾向苏联方面进行过试探，请求他们援助。苏方认为中国不具搞尖端技术的条件，应先搞常规的，一步步来，因此除同意中国成立军事工程学院外，对提供原子导弹等尖端武器技术资料和专家问题，根本不谈。①

1953 年 3 月 5 日斯大林去世以后，苏联领导层接连发生激烈的权力斗争。赫鲁晓夫为了战胜政治对手，积极调整苏联的对华政策，加大了苏联援助中国的力度。中国领导人顺势争取苏联帮助中国研制原子弹。

1953 年 7 月，钱三强和丁瓒一起向国家计委主任汇报中国科学院代表团访苏情况，陈述争取苏联援助中国发展原子核科学的意见。钱三强谈到如果不能从苏联引进，就必须自行研制回旋加速器和实验性反应堆，就要动员地质、冶金、化工、机械制造等工业部门和科研设计力量共同协作来完成。②

因为武器装备落后，中国人民志愿军虽然取得了抗美援朝战争的胜利，但是付出了沉重的代价。志愿军第一任司令员兼政治委员彭德怀对此感触很深，从朝鲜战场回国后就致力于推动中国人民解放军的武器装备现代化和国产化。1953 年 11 月下旬，主持中央军委日常工作的彭德怀在审阅修改在军事系统高级干部会议上的报告稿时说："要赶上美国的军事技术，可能要十五年至二十年。我们可不可以快一点呢？在十年左右赶上美国。美国有的武

① 葛能全．钱三强年谱[M]．济南：山东友谊出版社，2002：95.

② 葛能全．钱三强年谱[M]．济南：山东友谊出版社，2002：103.

器我们都要有（包括原子弹）。”①这是彭德怀第一次提出中国也要研制原子弹。从此，他成为中国原子弹计划的积极推动者。

1954 年 8 月 20 日，国防部长彭德怀在宿舍约见钱三强，当面请教原子弹、氢弹的原理和构造，并询问发展原子能事业的必需条件。谈话末了，彭德怀问钱三强：“中国要搞原子弹，怎么搞？最关键的技术、设备是什么？”钱三强回答说，当前最重要的是要研制实验性反应堆和回旋加速器，培养人才，聚集力量，为建设原子核工业和研制核武器做准备。② 在生产核燃料的问题上，通过反应堆把铀-238 变成钚-239 比通过气体扩散法提纯铀-235 省钱省力，希望向中央反映，争取早建。彭德怀说，我支持你的主张。③ 这次会谈使彭德怀认识到研制核反应堆和回旋加速器（简称“一堆一器”）的极端重要性，此后一直放在心上。

9 月 10 日，彭德怀率领中国军事代表团赴苏联参观有原子弹爆炸的实兵对抗演习，代表团成员有刘伯承、粟裕、陈赓、许光达、刘亚楼、邓华、陈锡联、宋时轮、周希汉、王尚荣等。9 月 17 日，在演习总结会上，苏联部长会议主席兼国防部长布尔加宁把一个精美的礼品盒赠给彭德怀，里面装着飞行员投放原子弹的金钥匙。随后，中国军事代表团成员争相传看这把金钥匙。陈赓看了一眼说：“光给钥匙，不给原子弹有啥用？”彭德怀立即说：“你是军事工程学院院长，你可以组织研制嘛！咱们还是自己干吧！”④访苏期间，彭德怀曾和陈赓一起向苏方试探援助研制核反应堆和回旋加速器的可

---

① 王焰．彭德怀年谱[M]．北京：人民出版社，1998：563.

② 葛能全．钱三强年谱[M]．济南：山东友谊出版社，2002：112.

③ 王焰．彭德怀年谱[M]．北京：人民出版社，1998：575.

④ 《陈赓传》编写组．陈赓传[M]．北京：当代中国出版社，2018：533.

能性，但是没有得到积极回应。

随着中苏关系进入蜜月期，中国向苏联寻求核技术援助一事很快迎来了转机。1954 年 9 月下旬，苏联共产党第一书记赫鲁晓夫、部长会议主席布尔加宁和副主席米高扬等苏联领导人应邀来华参加新中国成立五周年庆典。彭德怀心里惦记着请苏联援建核反应堆和回旋加速器的事情，因此在 9 月 28 日对负责中苏合作谈判的李富春说："要把建造反应堆和加速器问题，提请苏联帮助。宁可削减别的项目，这个堆和器一定要争取尽早建立起来。"①

10 月 3 日下午，毛泽东、赫鲁晓夫等中苏两国领导人在中南海颐年堂举行会谈。会谈气氛非常融洽，赫鲁晓夫主动问中方还有什么要求。毛泽东趁机提出中国对原子能和原子弹感兴趣，希望苏联在这方面给予援助。对于这个重大请求，赫鲁晓夫感到既突然，又为难。一方面，原子弹是国之重器，任何国家都不可能轻易向其他国家转让相关技术；另一方面，苏联政府刚向美国政府表示，愿意在和平利用原子能问题上继续进行谈判。显然，在这种情况下，苏联不可能同意帮助中国研制原子弹。思索片刻后，赫鲁晓夫劝说毛泽东集中力量抓经济建设，不要搞原子弹这个耗费巨资的东西，并表示中国只要有苏联的核保护伞就够了。眼看赫鲁晓夫在原子弹问题上不肯松口，毛泽东退而求其次，请求苏联帮助中国研制实验性核反应堆。赫鲁晓夫不想惹毛泽东生气，因此回答说可以考虑帮助中国建造一个实验性核反应堆，用于原子核物理研究和培养技术人才。②

虽然赫鲁晓夫只是在和平利用原子能的问题上松了口，但是这项工作的开展无疑将为中国研制原子弹奠定重要的技术基础。原子弹是在瞬间释放出

---

① 葛能全．钱三强年谱[M]．济南：山东友谊出版社，2002：113.

② 沈志华．援助与限制：苏联与中国的核武器研制（1949—1960）[J]．历史研究，2004（3）：113.

巨大的原子能，核反应堆则是受控制地、缓慢地释放出原子能。原子弹和核反应堆在科学原理上是一致的。在毛泽东看来，赫鲁晓夫的表态基本上意味着苏联政府将会同意中国政府的请求，而这也将成为中国启动原子弹计划的第一步。1954 年 10 月 23 日，毛泽东在中南海颐年堂与来访的印度总理尼赫鲁兴致勃勃地谈起原子弹。毛泽东一方面继续在战略上藐视原子弹，另一方面有意无意地透露中国“正在开始研究”那个东西。这种看似矛盾的表态体现了毛泽东作为哲学家、军事家、政治家和大国领袖的独特气质。

如果中国境内没有铀矿资源，那么中国发展原子能事业就会依赖国外的铀矿石供应。1943 年 5 月，中央研究院地质研究所的南延宗和资源委员会锡业管理处的田遇奇等，在广西钟山红花区黄羌坪发现铀矿物。这是中国首次发现的铀矿产地和铀矿物，但是没有开采价值。新中国成立后，党和国家非常重视寻找铀矿资源。1954 年秋，中国地质队员在苏联铀矿专家拉祖特金的指导下，在广西发现了铀矿资源的苗头。虽然这次发现的只是次生矿，但是发现次生矿就很有可能找到原生矿。这意味着中国将来在铀矿石问题上很可能不会受制于人。地质队员们都很高兴，很激动，随后小心翼翼地把矿石标本送到了北京。

时任地质部副部长的刘杰晚年回忆说：

我把这个情况向中央、向周总理汇报了。没想到这么快，第二天就接到通知，让我到中南海去汇报，毛主席一定要亲自看一看铀矿石。我接到通知后马上带一块铀矿石，还带着一个测放射性的盖革计数器，到中南海毛主席的办公室，就是丰泽园菊香书屋那间办公室。毛主席详细地询问了勘探情况，看了铀矿石显得很兴奋。毛主席将这块铀矿石标本拿在手上，掂了又掂。他亲自用盖革计数器测量铀矿石，高兴地对我们说："我们的矿石还有很多没发现嘛！我们很有希望，要找！一定会发现大量铀矿。"毛主席还说，"我们有丰富的矿物资源，我们国家也要发展原子能。"①汇报完了，毛主席很高兴，站起来，同我们握手。在门口，毛主席握着我的手，笑着说："刘杰呀，这个事情要好好抓哟，这是决定命运的。"②

毛泽东一向反对"武器决定论"，强调战争胜负主要取决于人而不取决于物。因此，刘杰听到毛泽东的上述指示后，迟迟不敢把"这是决定命运的"这句话向地质部的同志们传达。事实上，"这是决定命运的"既充分体现了毛泽东对中国研制原子弹的高度重视，也反映了他深刻地认识到中国只有研制出原子弹，才能真正阻止美国对中国发动核战争，才能真正打破美国的核威胁和核讹诈。

随着各种消息在小范围内传播开来，中国科学界也感觉到启动新中国原子弹计划的时机已经成熟。1954 年冬，钱三强向中共中央宣传部科学处派到物理研究所做调查研究的何祚庥、龚育之、罗劲柏反映关于大力发展核科学研究，加紧培养人才，在较短时间内建立我国核工业并研制原子弹的建议。不久之后，中宣部科学处根据调研结果向中央写了大力发展原子能技术的书面材料，反映了科学家们的呼声。

1955 年 1 月 14 日，周恩来总理在中南海西花厅约见钱三强和李四光，详细了解中国原子能科学的研究现状、人员、设备以及铀矿资源等情况。周

---

① 《当代中国》丛书编辑部．当代中国的核工业[M]．北京：中国社会科学出版社，1987：12.

② 彭继超，伍献军．核盾牌：国家最高决策（1949—1996）[M]．北京：中国青年出版社，2012：25－26.

恩来介绍了中国当前所处的国内外形势，表达了对发展原子能科学的关注，仔细询问了核反应堆和原子弹的原理以及发展原子能事业所需的条件等。最后，周恩来嘱咐钱三强和李四光：中央将要讨论发展原子能问题，请做好汇报准备，到时还请带上铀矿石和简单的探测仪器来进行探矿模拟表演。① 国家建设委员会主任薄一波、地质部副部长刘杰参加了汇报谈话。当晚，周恩来致信毛泽东，汇报下午的谈话情况，并建议最好能在 1 月 15 日下午三时约钱三强、李四光一谈，除书记处外，彭真、彭德怀、邓小平、李富春、薄一波、刘杰均可参加。周恩来在信中特意提到李四光身体不好，不仅在下午三时前要午睡，还不能在晚上开会。由此可见周恩来对科学家的细心照顾。

在得知中国境内发现铀矿石标本后，苏联政府经过研究表示愿意帮助中国政府进一步寻找铀矿资源。1955 年 1 月 14 日，毛泽东审阅周恩来当天报送的中苏《关于在中华人民共和国进行放射性元素的寻找、鉴定和地质勘察工作的议定书》。周恩来在附信中说："此件已经陈云、一波、刘杰、伍修权等同志研究过，认为可以同意。尤金大使通知我，苏联政府命他代表签字，我方因陈云同志不在，可改由我代表签字。妥否，请主席批示。"毛泽东批示："照办。"② 1 月 20 日，周恩来代表中国政府在议定书上签字。根据协定，苏联帮助中国进行铀矿资源的勘查，中国开采出来的有工业价值的铀矿石除了满足本国所需外，均由苏联收购。大批苏联地质专家随后来到中国帮助寻找铀矿资源。

1955 年 1 月 15 日下午，毛泽东在中南海颐年堂主持召开中共中央书记处扩大会议，听取钱三强、李四光和刘杰关于中国原子能科学的研究现状、

---

① 中共中央文献研究室．周恩来年谱（1949—1976）上卷[M]．北京：中央文献出版社，1997：440－441.

② 中共中央文献研究室．毛泽东年谱（1949—1976）第二卷[M]．北京：中央文献出版社，2013：336.

铀矿资源情况的汇报以及有关核反应堆、核武器、原子能和平利用等的讲解，讨论中国发展原子能事业的问题。刘少奇、周恩来、彭真、彭德怀、邓小平、李富春、薄一波出席会议。

毛泽东面带微笑，开门见山地说："今天，我们这些人当小学生，就原子能有关问题，请你们来上课。"①李四光随即拿出从野外带回来的黑黄色铀矿石标本递给毛泽东、周恩来等观看，并说明铀矿地质与中国的铀矿资源及勘察的情况。钱三强随后用盖革计数器对铀矿石作了放射性测量演示，并介绍了美国、苏联、英国利用铀矿石先后研制成功原子弹和氢弹的情况。在汇报中国的原子能研究现状时，钱三强说："中国的原子能科研工作，基本上是新中国成立后白手起家开始做，几年的努力，应该说是打下了一点基础，最可贵的是集中了一批人，水平并不弱于别的国家，还有些人正在争取回来。他们对发展中国的原子能事业有极大的积极性，大家充满信心。"②会上周恩来插话补充情况，强调一定要大力加强人才的培养，并提醒汇报人对重点问题要讲得尽可能详细一些、通俗一些。

在热烈讨论后，毛泽东点燃一支香烟，开始作总结性讲话："我们国家，现在已经知道有铀矿，进一步勘探一定会找出更多的铀矿来。解放以来，我们也训练了一些人，科学研究也有了一定的基础，创造了一定的条件。过去几年其他事情很多，还来不及抓这件事。这件事总是要抓的。现在到时候了，该抓了。只要排上日程，认真抓一下，一定可以搞起来。现在苏联对我们援助，我们一定要搞好，我们自己干，也一定能干好。我们只要有人，又

① 中共中央文献研究室．毛泽东年谱（1949—1976）第二卷[M]．北京：中央文献出版社，2013：337.

② 葛能全．钱三强年谱[M]．济南：山东友谊出版社，2002：115.

有资源，什么奇迹都可以创造出来。”①

为了打破帝国主义的核威胁和核讹诈，为了保卫国家安全和维护世界和平，为了利用原子能技术为经济建设服务，这次会议作出了中国要发展原子能事业的战略决策，并通过了代号为“02”的原子弹研制计划。会后毛泽东留大家共进晚餐，三张四方桌，六个家常菜，多带辣味。毛泽东特意安排钱三强和李四光与自己坐在同一桌。毛泽东烟瘾很大，但是不喜欢饮酒，怕耽误工作。然而，他这次特别高兴，破例饮酒。开席前，毛泽东举起酒杯站了起来，用浓重的湖南口音踌躇满志地说道：“为我国原子能事业的发展干杯！”②大家纷纷举杯响应，每个人脸上洋溢着诚挚和灿烂的笑容，仿佛都看到了属于中国的蘑菇云在西部大漠中腾空而起的那一刻。

这一天，1955年1月15日，注定会载入中华民族的辉煌史册，党中央、毛主席作出了建设和发展中国原子能事业的伟大战略决策，从此，中国开启了研制突破第一颗原子弹的辉煌征程。

① 中共中央文献研究室．毛泽东年谱（1949—1976）第二卷[M]．北京：中央文献出版社，2013：337-338.

② 《当代中国》丛书编辑部．当代中国的核工业[M]．北京：中国社会科学出版社，1987：14.

第三章

援助与限制

要下决心，搞尖端技术。赫鲁晓夫不给我们尖端技术，极好！如果给了，这个账是很难还的。

——毛泽东

（1960年7月18日）

民用先行

新中国发展原子能事业虽然以研制出原子弹为目标，但是不得不先从原子能的和平利用起步。根据中共中央作出的战略决策，中国科学院物理研究所开始加快核物理研究步伐。1955 年 1 月，钱三强主持物理研究所所务会议，讨论通过本年度工作计划，确定“以加速器装置、铀的制备和原子核实验用各种探测器（包括电子学线路）的研制为重点”的工作方针。然而，无论是中央领导还是科技专家都知道，中国此时研制原子弹的技术基础远不如美国和苏联当年。如果能够争取到苏联的技术援助，中国就能大幅缩短研制出原子弹所需的时间。

在中共中央决定启动原子弹计划后不久，苏联方面传来了鼓舞人心的消息。1955 年 1 月 17 日，苏联部长会议发表《关于苏联在促进原子能和平用途的研究方面给予其他国家以科学、技术和工业上帮助的声明》，表示苏联将帮助中国和几个东欧国家设计实验性反应堆和加速器，并提供相关设备和实验材料。这个声明为苏联向中国提供和平利用原子能的技术援助提供了政策依据和舆论准备。由此可见，苏联在对华核技术援助问题上非常注意国际影响，最初严格限制在原子能的和平利用方面。

1 月 31 日，周恩来主持国务院第四次全体会议，在讨论苏联同意在促进原子能和平用途的研究方面给中国以科学、技术和工业上的帮助时说："苏联帮助中国和平利用原子能，这是一件很好的事情。在这方面，我们很落后，但是有苏联的帮助，我们有信心、有决心能够赶上去。帝国主义叫嚣原子战争，我们要把它戳穿，应该使全世界的人民知道，原子能如果为和平建设服务，就可以造福人类，如果为战争服务，就是毁灭人类。在对待原子武器问题上，世界上有两种态度：一种是漠视，一种是恐怖。我们中国人民，觉得原子弹没有什么了不起，是藐视的。漠视不对，而世界上更多的人则是恐怖。美国想用恐怖吓倒我们，但是吓不倒我们。我们要掌握原子弹。我们应该对人民很好地进行教育。一方面，我们要认真地进行工作，积极地促进原子能的和平利用；另一方面，我们要号召人民起来，反对使用原子武器、反对进行原子战争。为此，我们要进行几项工作：（一）开展拥护苏联帮助中国和平利用原子能、反对制造和使用原子武器的签名运动。（二）进行有关原子能科学的教育。注意对现有的物理学家的使用，要号召专家归队，从行政部门把他们解放出来。科学院对学成回国的留学生的录用，有优先权。（三）认真进行原子能的研究工作。"①会议通过《国务院关于苏联建议帮助中国研究和平利用原子能问题的决议》。

1955 年 3 月 11 日，周恩来应约接见苏联驻华大使尤金和苏联援华专家组总负责人、中国政府经济总顾问伊万·瓦西里耶维奇·阿尔希波夫。阿尔希波夫向周恩来转达苏联政府的通知：请中国派出代表团前往苏联商谈设计实验性原子堆、供应有关设备、苏联向中国派遣专家和中国向苏联派遣留学生等事宜。周恩来对苏联政府的通知表示感谢，并询问对中国代表团人员组成

① 中共中央文献研究室．周恩来年谱（1949—1976）上卷[M]．北京：中央文献出版社，1997：445.

的要求等情况。3 月 12 日，周恩来致信陈云："请你考虑这个代表团以何人率领前往为合适。"3 月 18 日，陈云复信："推以刘杰、钱三强为代表团正副团长，刘正钱副。"①

苏联的积极表态使中国原子能事业迎来了一个良好的开局。3 月 31 日，毛泽东在中国共产党全国代表会议上意气风发地指出："我们进入了这样一个时期，就是我们现在所从事的、所思考的、所钻研的，是钻社会主义工业化，钻社会主义改造，钻现代化的国防，并且开始要钻原子能这样的历史的新时期。"②4 月 2 日，刘杰、钱三强和赵忠尧等组成中国政府代表团赴苏联谈判。谈判期间，他们参观了苏联有关的核物理研究机构和苏联第一座实验性核电站。

1955 年 4 月 27 日，中苏两国在莫斯科签订《关于苏维埃社会主义共和国联盟援助中华人民共和国发展原子能核物理事业以及为国民经济需要利用原子能的协定》。根据协定，苏联将在 1955—1956 年派遣专家帮助中国设计建设一座功率为 6 500～10 000 千瓦的实验性重水反应堆和一台直径为 1.2 米、250 万电子伏特的回旋加速器，无偿提供有关实验性重水反应堆和回旋加速器的科学技术资料，提供维持反应堆运转的核燃料和试验所需的放射性同位素，并代为培养中国核物理专家和技术人员。核反应堆按用途分为研究试验堆、生产堆和动力堆。苏联援建的实验性重水反应堆属于研究试验堆，可以用来研究中子特性，并利用中子对物理学、生物学、辐射防护学以及材料学等进行研究。至此，彭德怀和钱三强心心念念的"一堆一器"终于落实了。

---

① 中共中央文献研究室．周恩来年谱（1949—1976）上卷[M]．北京：中央文献出版社，1997：457.

② 中共中央文献研究室．毛泽东年谱（1949—1976）第二卷[M]．北京：中央文献出版社，2013：360.

为了加速培养原子能科技人才，1955 年夏，国务院批准从在苏联和东欧国家的中国留学生中挑选与原子能事业相近专业的三百余名学生，改学原子核科学和核工程技术专业。7 月 20 日，国务院决定在北京大学建立中国第一个原子能科技人才培养基地——物理研究室（1958 年 10 月改为原子能系，1961 年 6 月改为技术物理系）。不久之后，苏联又传来了好消息——1955 年 8 月，苏共中央主席团批准了苏联高教部关于帮助中国和平利用原子能的提案：满足中国政府的请求，派遣苏联专家在北京和兰州组织教学，帮助培养原子能科技人才。1956 年 10 月 27 日，清华大学校务行政会议决定成立工程物理系，培养原子能科技人才。

1955 年 7 月 1 日，中共中央政治局会议决定在国家建设委员会成立建筑技术局，刘伟任局长，钱三强、张献金、牟爱牧、陈一民、罗启霖、冯麟、邓照明任副局长，负责核反应堆、回旋加速器等重大核工程的筹建工作。刘杰、刘伟、钱三强等亲自考察选址，最后选定在北京市西南郊偏僻的房山县坨里地区兴建原子能科学研究基地（代号为 601 厂，1959 年改称 401 所），用于建设苏联援助的反应堆和回旋加速器。不久之后，中国第一座原子城在荒山野岭之间开始拔地而起。7 月 4 日，中共中央指定陈云、聂荣臻和薄一波组成三人小组，负责指导原子能事业的发展工作。国务院下设第三办公室负责具体工作，主任薄一波，副主任刘杰。

根据协定，苏联援建的实验性重水反应堆和回旋加速器工程的初步设计由苏方负责，但是中方要负责为初步设计提供勘探资料和总平面草图，并且参加审定初步设计、编制计划任务书。1955 年秋冬之际，以钱三强为团长，冯麟、力一、彭桓武、何泽慧为副团长的中国“热工实习团”分两批启程赴苏联理论与实验物理研究所（当时称“热工研究所”）等单位学习。在苏联期间，11 名学员学习实验性重水反应堆技术，6 名学员学习回旋加速器技术，7 名学员学习物理仪器的制造和使用，还有几名学员学习放射化学、分析化学和辐射化学。钱三强参加了苏联援建中国实验性重水反应堆和回旋加速器的设计审定。几个月后，“热工实习团”顺利完成了学习任务，为回国后开展工作打下了良好的基础。

1955 年 12 月 10 日，以物理学家诺维科夫教授为团长的 9 位苏联科学家来华访问，由中国科学院和国务院第三办公室负责接待。12 月 14 日，在参观了几个相关的研究部门后，诺维科夫对全程陪同的刘杰说：“你们要迎头赶上，我们已经做过的，你们不必再从头做起，我们可以提供帮助。”①刘杰闻言很高兴，对此表示感谢，但是他不知道苏联方面能提供哪些帮助，中国方面事先也没有一个计划。次日，诺维科夫告诉刘杰，苏联准备在核工业方面给予中国大力援助，至于怎么援助，需要中国国务院拿出意见。刘杰向薄一波汇报后，连夜起草了给周恩来的报告。12 月 22 日，周恩来接见以诺维科夫为首的苏联科学家访华代表团，并接受苏方赠送的一批有关和平利用原子能的影片和书籍。12 月 24 日，周恩来同党政军各机关 1 400 多名高级干部出席在全国政协礼堂召开的报告会，听取诺维科夫等 7 位苏联访华科学家作关于和平利用原子能的各项问题的报告。

12 月 26 日，周恩来、李富春、薄一波、刘杰、胡济明同诺维科夫、尤金等苏联科学家和官员会谈，讨论《中华人民共和国一九五六年至一九六七年原子能事业规划大纲（草案）》。② 该文件提出的发展方针是：“在苏联大力援助下，积极地建设我们自己的原子能工业，使我国以最近代的科学技术，

---

① 孟昭瑞，孟醒．中国蘑菇云[M]．沈阳：辽宁人民出版社，2008：33.

② 中共中央文献研究室．周恩来年谱（1949—1976）上卷[M]．北京：中央文献出版社，1997：529 - 530.

发展国民经济，巩固国防。”[①]周恩来提议苏联对华原子能技术援助分三步走：首先是中国派代表团到苏联，双方商量出一个方案，然后苏联再派一个专家小组来中国，看是否具备执行这个方案的条件，最后由中苏两国政府具体商谈修订方案。诺维科夫同意周恩来的提议，并爽快地说：“现在就可以开始工作。”[②]

1956 年 1 月 3 日深夜，周恩来考虑到争取更好的谈判效果，致信将于次日赴苏联谈判的李富春：关于请苏联帮助我国规划原子能工业远景计划以及建立原子能工业的“两个方案只能作为草稿向苏方试行提出，不能作为正式方案，因为（一）我们对此既无知识，（二）中央又没有正式决定，故你可先提出第一方案。看他们如何反应。如他们进一步问我们对建造原子堆和筹建各种原料工业如何打算，你再将第二方案提出。总之，你要从如何进行规划上谈出一个眉目”。[③]

1 月 15 日，以诺维科夫为首的苏联科学家代表团启程回国。这次访问使中国原子能事业受益匪浅，也打开了苏联向中国提供大规模的原子能技术援助的大门。2 月 8 日，赫鲁晓夫致信毛泽东，表示苏联可以在原子能工业方面与中国分享经验，苏联愿意增加相关专业的中国留学生名额，还可以派遣苏联专家到中国高校讲授有关原子能生产工艺的专业课程。同时，他还建议中国派遣一个全权代表团到莫斯科去商谈具体援助事宜。赫鲁晓夫突然加大对中国原子能技术的援助力度，很可能是因为他希望中共能对他即将在苏共二十大上作的“秘密报告”给予支持。

---

① 《当代中国》丛书编辑部．当代中国的核工业[M]．北京：中国社会科学出版社，1987：21.

② 孟昭瑞，孟醒．中国蘑菇云[M]．沈阳：辽宁人民出版社，2008：34.

③ 中共中央文献研究室．周恩来年谱（1949—1976）上卷[M]．北京：中央文献出版社，1997：535.

苏共二十大于1956年2月14日至24日在莫斯科召开，这是斯大林逝世之后的第一次党代表大会，有50多个兄弟党的代表应邀出席。2月24日白天，赫鲁晓夫正式宣布大会闭幕。当天深夜11时左右，他突然通知全体苏共代表重返克里姆林宫，随后在严格保密的情况下作了题为《关于个人崇拜及其后果》的“秘密报告”。赫鲁晓夫在长达四小时的报告中严厉批判了个人崇拜，强调恢复和加强集体领导原则，并基于大量事例对斯大林进行了全面批判和否定。赫鲁晓夫的“秘密报告”开启了苏联的去斯大林化，震动了社会主义阵营和国际共产主义运动，并引发了东欧部分社会主义国家的动荡。

中方事先并不知道赫鲁晓夫会突然公开批判和否定斯大林，所以按部就班地筹划原子能事业的发展。2月18日，周恩来和李富春、薄一波、刘杰商谈原子能工业的发展问题。2月22日，毛泽东、周恩来、彭真、李富春、薄一波、刘杰等在中南海丰泽园开会，讨论中国原子能工业的发展问题。为了答复赫鲁晓夫的来信，中方整理了一份《供讨论用的提纲》，经中央批准后，由毛泽东写信发给赫鲁晓夫。与此同时，中央开始酝酿赴苏联谈判的代表团名单，最后确认由刘杰任团长，并选派了20多位科学家和技术干部担任谈判顾问。

1956年4月11日，周恩来致信毛泽东并中共中央：“为了能够统一地和有计划地领导利用原子能的工作和发展航空工业，拟分别成立原子能委员会和航空工业委员会。”原子能委员会直属国务院，主任陈云，副主任郭沫若、李富春、李四光、宋任穷，秘书长刘杰。4月12日，中共中央政治局会议讨论并批准周恩来提出的两个委员会领导成员名单。4月23日，中共中央发出通知：“中央已决定对于原子能的研究和建设事业，采取最积极的方针，并且在苏联的帮助下，争取在较短的时期内接近和赶上世界的先进水平。因此，必须迅速地全面地开展对于铀及各种特殊金属的勘探、开采和冶炼工作，进行各种化工材料的生产、各种特殊机械及仪表的制造，原子堆和加速器的设计和制造，以及原子能科学研究和干部培养等一系列新的工作。”①

不久之后，原子能的和平利用被列为《1956—1967 年科学技术发展远景规划》（简称《十二年科技规划》）中需要优先发展的 12 个重点任务中的第一项。发展原子能技术还被列为 6 项紧急措施（发展电子计算机、半导体、无线电电子学、自动化、原子能、导弹，后两项属于严格保密的国防尖端技术，由国防科研部门负责）之一。《十二年科技规划》是新中国成立以来的第一个科技规划，确定了“重点发展，迎头赶上”的指导方针。规划在内容上，从 13 个方面提出了 57 项重大科学技术任务、616 个中心问题，从中进一步综合提出了 12 个重点任务。

发展原子能技术、喷气与火箭技术这两项紧急措施因为其军事用途，在当时都是对外保密的，就连钱三强都一度被蒙在鼓里。1956 年秋的一天，钱三强气呼呼地找到张劲夫，一开口就是：“张副院长，我对你有意见！”张劲夫被搞得丈二和尚摸不着头脑：“什么意见？”钱三强一脸严肃地说：“对你们的科学规划有意见，你们搞了一个‘四项紧急措施’，怎么没有原子能措施？这是非常重要的事情啊，你怎么没有搞哇！”张劲夫连忙解释说：“三强，原子能的事，是搞原子弹哪。这是国家最绝密的大事，是毛主席过问的大事啊！另外要搞绝密的单独规划。”②钱三强立刻明白自己误会了。

当时中国科技人才短缺的现象还很明显，张劲夫知道钱三强非常希望能

① 沈志华．援助与限制：苏联与中国的核武器研制（1949—1960）[J]．历史研究，2004（3）：116.

② 张劲夫．请历史记住他们：关于中国科学院与“两弹一星”的回忆[N]．光明日报，1999-05-06（2）.

从科学院调一些人去研制原子弹，却担心科学院领导不重视，不愿意给人，所以当即表态说：“只要我们能做到的，尽量支持你，你这个原子能研究是中央任务，是第一位的任务，比‘四项紧急措施’还重要。‘四项紧急措施’是为你服务的啊！”听到张劲夫这么说，钱三强放心了，连忙说：“我懂了，我懂了。”①钱三强向张劲夫要了李四光的女儿——搞电子显微镜的李林、科学院数理化学部的学术秘书邓稼先、科学院的院刊编辑汪容、刚回国的核物理学家王承书、沈阳金属研究所副所长张沛霖等科技专家。为了支持原子弹研制工作，钱三强提出的关于调用人员和仪器的要求，科学院几乎全部答应了。

在中国第一颗原子弹所用核装料的提炼路径上有一个鲜为人知的小插曲。1956 年 4 月 11 日，以刘杰为团长的中国原子能代表团启程赴苏联谈判。中国最初没有专门建设铀-235 浓缩工厂的计划，以为解决研制原子弹的核装料问题重点在于通过反应堆生产钚-239。事实上，建设铀-235 浓缩工厂同样是原子弹工程的重要组成部分。谈判期间，苏联专家对此最初有所保留，但是在介绍从天然铀中提取钚-239 时，无意中提到可以循环提取铀-235，以提高铀矿石的利用率。刘杰、钱三强等中方代表敏锐地抓住这个关键信息，随即提出中国也要从提取钚-239 的余料中提取铀-235。中方代表的这个提议等于是请求苏联援助中国建设铀-235 浓缩工厂。虽然中方代表的提议符合逻辑，但是苏联专家不敢当场表态，说要向上面汇报后才能答复。在权衡利弊后，苏共中央同意援助中国建设铀-235 浓缩工厂，并愿意提供一批二手设备。后来中国准备开始建设铀-235 浓缩工厂时，因为投资太

---

① 张劲夫．请历史记住他们：关于中国科学院与“两弹一星”的回忆[N]．光明日报，1999-05-06（2）．

大，出现了一些反对声音。刘杰顶住了压力，坚持规模可以缩小，但是项目必须保留。最终，原子能委员会在和苏联派来的原子能总顾问扎吉江商量后，确定了一个国家财政可以承受的小产量方案，该建设项目才得以通过。

刘杰为什么坚持要请苏联援助建设铀-235浓缩工厂呢？因为用铀-235制造原子弹具有独特的优势。铀弹和钚弹最大的区别就在于铀-235可以兼容枪式和内爆式两种原子弹构型，而钚弹却只能使用内爆式结构。枪式原子弹最大的缺点就是核装药在加速过程中先接触部分会发生剧烈核裂变并将后续核材料炸飞，核装药的利用率极低。美军投在广岛的原子弹是典型的枪式结构，装有60公斤铀-235，最后发生裂变反应的只有1公斤左右，利用率不到2%。由于钚-239的物理活性比铀-235要强等因素，如果使用钚-239制造枪式原子弹很容易发生过早点火现象，从而让原子弹的威力大幅度减小。此外，钚-239本身具有超强毒性，如果使用它来制造原子弹，必须建立完整的后续处理厂和安全程序，对参与人员的身体伤害也更大。而且因为钚-239的衰变期比铀-235短，钚弹的保质期在理论上比铀弹短。

1956年7月24日，周恩来主持原子能委员会会议，听取从莫斯科回来的刘杰、钱三强等汇报在苏联谈判的情况，并商讨中苏两国代表共同商议起草的《关于苏维埃社会主义共和国联盟为中华人民共和国在建立原子能工业方面提供技术援助的协定（草案）》和中国方面的备忘录。7月28日，周恩来就中国原子能工业建设与发展问题书面报告毛泽东并中共中央。报告对原子能工业的建设速度与投资问题、技术干部问题、保证完成任务应采取的一些措施和成立原子能工业部等提出具体意见。8月17日，李富春代表中国政府在莫斯科签订《关于苏维埃社会主义共和国联盟为中华人民共和国在建立原子能工业方面提供技术援助的协定》。这份协定正式打开了苏联向中国提供核技术援助的大门。

中共中央对发展原子能工业高度重视，认为必须成立专门的工业部门。1956 年 11 月 16 日，第一届全国人大常委会第五十一次会议通过决议，设立中华人民共和国第三机械工业部（简称三机部，1958 年 2 月 11 日改为二机部），负责组织领导中国核工业的建设和发展工作。宋任穷上将任部长，刘杰、钱三强、刘伟等任副部长。12 月 19 日，国家建设委员会建筑技术局撤销，该局工作大部分归到新成立的三机部，一部分归到中国科学院物理研究所。

三机部成立之初，技术人才匮乏，搞原子弹主要还得靠中国科学院原子能研究所。三机部部长宋任穷上任伊始就去中国科学院党组书记、副院长张劲夫家中拜访，对方当时负责主持科学院的日常工作。宋任穷此行的目的就是要谈科学院如何支持三机部、帮助三机部。他紧紧握住张劲夫的手说："劲夫，这个事太重要了，你要帮助哇！其他部门我也希望他们来支持，主要靠科学院哪！"张劲夫说："没有问题。这是中央的任务，是国家的任务，也是科学院的任务。第一，我把原子能研究所全部交给你。另外，科学院其他各研究所凡是能承担三机部的研究任务的，我们都无条件地承担；如果骨干力量不够，还需要调一些人去，我们再想办法。"①

1957 年 1 月 9 日，聂荣臻就原子能工业投资问题，同宋任穷联名致电在莫斯科访问的周恩来。电报说："我们考虑，第二个五年计划只进行科学研究、地质勘探、生产氧化铀和金属铀、建设一个 20 万千瓦的原子（反应）堆和一个生产钚的化工厂，整个投资满打满算约 28 亿，生产浓缩铀-235 的扩

① 张劲夫．请历史记住他们：关于中国科学院与"两弹一星"的回忆[N]．光明日报，1999-05-06（2）．

散工厂推迟到第三个五年计划再来考虑。”[①]这份电报主要出于控制预算的考虑，建议推迟建设铀-235浓缩工厂的时间。但是，聂荣臻和宋任穷在不久之后就改变了想法，认识到抓紧建设铀-235浓缩工厂的重要性和必要性。同年3月，三机部制订第二个五年计划，要求在1962年以前建成一套完整的、小而全的核工业体系。4月15日，聂荣臻审阅宋任穷3月28日写来的《关于新城场地作为扩散工厂厂址的报告》。报告说：“考虑到发展原子能工业的急迫性，经三机部同二机部协商一致，拟将二机部在兰州市郊区选定的航空发动机工厂厂址让给三机部，作为铀同位素分离的气体扩散工厂厂址。”聂荣臻批示：“同意。”[②]

为了指导中国科技人员开展核科学研究，苏联政府派出了一批优秀的科学家。1957年5月，沃尔比约夫率领十几位苏联专家来到中国科学院物理研究所工作。沃尔比约夫专家组最初的任务是帮助培养研究浓缩铀和钚的中国专家，并编写教学大纲，后来也负责指导实验性重水反应堆的运行。沃尔比约夫与钱三强建立了良好的合作关系。沃尔比约夫不仅在原子能技术上，还在反应堆和核动力的研究体制建设上给予中国很多帮助。在苏联专家的指导下，实验性重水反应堆和回旋加速器相继建成，并从重水反应堆中获得了少量的钚。通过教学和实验，苏联专家培养了一批中国原子能科技人员。到1959年11月沃尔比约夫奉命回国时，原子能研究所的科技人员数量已经增加了十几倍。[③] 由此可见，在和平利用原子能方面，当时苏联对中国的技术援助是真心实意的。

---

① 周均伦．聂荣臻年谱（上卷）[M]．北京：人民出版社，1999：602.

② 周均伦．聂荣臻年谱（上卷）[M]．北京：人民出版社，1999：606.

③ 沈志华．援助与限制：苏联与中国的核武器研制（1949—1960）[J]．历史研究，2004（3）：116.

中国原子能事业在起步阶段最重要的工程项目就是在苏联援助下建设实验性重水反应堆和回旋加速器。1956 年 5 月 25 日，实验性重水反应堆和回旋加速器工程在北京市房山县坨里地区开工建设。以索洛诺夫和阿里柯谢夫为首的苏联专家组为坨里实验基地的建设作出了重大贡献。同年 9 月，正在兴建中的房山坨里实验基地与物理研究所（中关村）合并成为一个原子核物理研究中心，名称仍为“中国科学院物理研究所”，中关村部分为一部，坨里部分为二部，仍由钱三强任所长。12 月 28 日，三机部和中国科学院召开党组联席会议，决定物理研究所由三机部和科学院双重领导，以三机部为主。

在“一堆一器”建成前后，中央领导、高级将领和科学院领导多次视察物理研究所。1957 年 4 月 4 日，郭沫若、张劲夫、竺可桢、吴有训、童第周等科学院领导在钱三强陪同下视察重水反应堆建设现场，并会见苏联援建专家。6 月 5 日，贺龙、罗荣桓、徐向前、谭政、许光达、王树声、刘亚楼、苏振华等视察物理研究所，并听取钱三强汇报原子能研究的进展情况。6 月 15 日，彭德怀视察物理研究所。钱三强在汇报工作情况时，重点介绍了重水反应堆和回旋加速器工程的建设进度和苏联援助情况，随后回答了彭德怀关心的工作进度和安全保密问题。6 月 25 日，叶剑英、萧劲光、许世友、杨成武、张爱萍、陈锡联、廖汉生、陶峙岳、董其武等视察物理研究所，并听取钱三强汇报原子能研究的进展情况。10 月 10 日，陈毅、刘伯承等视察物理研究所，并听取钱三强汇报原子能研究及反应堆工程进展情况。10 月 15 日，董必武、林伯渠、谭震林、胡乔木、陈赓、粟裕、黄克诚、肖华、萧克、李克农、甘泗淇等中央领导和高级将领视察物理研究所，并听取钱三强汇报原子能研究和反应堆工程的进展情况。

1958 年 1 月 20 日，实验性重水反应堆进行首次试验运转。3 月 15 日，中国第一台回旋加速器安装完毕。6月10日，回旋加速器第一次得到质子束并且到达内靶。6月13日18时40分，实验性重水反应堆开始临界试验。6月30日，新华社发布公告："在社会主义建设全面大跃进中，我国第一座实验原子反应堆已经正式运转，回旋加速器已经建成，正在准备进行科学研究工作。这两项设备是苏联为了促进我国原子能科学技术的发展所给予我国的伟大的珍贵的援助，它们的建成标志着我国已经开始跨进了原子能时代。"①经过两年多的建设，中国科学院物理研究所二部已经发展成为中国第一个比较完整的、综合性的原子核科学技术研究基地。

1958年7月1日，《人民日报》发文公布中国在原子能科研设施建设上的重大成果："建设在北京郊外的我国第一座实验性原子能反应堆和回旋加速器正式移交生产。这座原子堆的正式运转日期是1958年6月30日，它是实验性重水型，热功率为7 000千瓦至10 000千瓦。同时建成的回旋加速器有能力把α粒子加速，使α粒子能量达到2 500万伏特。从加速器发出的每秒34 000千米速度的粒子，已经被用来进行原子核物理研究。"②《人民日报》同时发布消息，宣布中国科学院物理研究所改名为中国科学院原子能研究所。8月22日，周恩来、贺龙、陈毅陪同柬埔寨首相诺罗敦·西哈努克亲王参观中国科学院原子能研究所及其新建成的反应堆与回旋加速器，并听钱三强作情况汇报。

9月27日上午，中国科学院党组书记张劲夫主持原子能研究所坨里实验基地落成及中国第一座实验性重水反应堆和回旋加速器正式移交生产典礼。陈毅、聂荣臻、林伯渠、张闻天、吴玉章、徐特立、谢觉哉、李济深、郭沫

---

① 葛能全．钱三强年谱[M]．济南：山东友谊出版社，2002：139.

② 奚启新．朱光亚传[M]．北京：中国青年出版社，2017：166－167.

若、黄炎培、陈叔通、宋任穷和苏联在华原子能专家、各国驻华使节等出席典礼。典礼开始前，陈毅、聂荣臻、郭沫若等会见专程来华参加典礼的以苏联原子能利用总局副局长叶夫列莫夫为团长的苏联原子能代表团和苏联在华原子能专家。典礼开始后，聂荣臻代表中方在验收合格证书上签字，随后发表讲话说："实验性反应堆和回旋加速器的建成和移交生产，将使我国原子能科学技术获得迅速发展。"①接下来，陈毅为典礼剪彩，郭沫若和叶夫列莫夫先后代表中国科学院和苏联原子能利用总局讲话。典礼结束后，来宾们参观了反应堆和加速器。10 月 9 日，朱德视察原子能研究所，钱三强重点介绍了反应堆和回旋加速器及其运行情况。12 月 21 日，邓小平、彭真视察原子能研究所的反应堆和回旋加速器，并听取钱三强汇报相关情况。

1958 年中国第一座重水反应堆在北京建成

① 周均伦. 聂荣臻年谱（下卷）[M]. 北京：人民出版社，1999：653－654.

在苏联专家帮助下建设实验性重水反应堆的同时，中国科学院物理研究所中子研究室副主任朱光亚受命主持设计、建造中国第一座轻水零功率反应堆装置。重水反应堆以重水作为慢化剂，轻水反应堆则以轻水作为慢化剂。重水是由氘（氢的同位素）和氧组成的化合物，也称为氧化氘，分子式为 D_2O，相对分子质量为 20.027 5，比水（H_2O）的相对分子质量 18.015 3 高出约 11%，因此叫作重水。在天然水中，重水的含量约为 0.02%。重水的慢化性能好，吸收中子少，重水反应堆能用天然铀作燃料，用过的核燃料可以用来提取制造核武器的材料钚-239。轻水就是普通水，价格便宜，慢化性能略高于重水，但是吸收中子的概率比重水高两百多倍，会使反应堆中的中子浓度降低，因此轻水反应堆只能使用浓缩铀做核燃料。1959 年 2 月 24 日，中国第一座轻水零功率反应堆装置建成并达到临界质量，标志着反应堆可以正式投入使用。轻水零功率反应堆装置的研制成功为中国自行设计、建造反应堆迈出了关键性的第一步。

军用跟进

虽然苏共中央和苏联政府迟迟不同意援助中国研制原子弹，但是中共中央和中国政府一直没有放弃研制原子弹的努力。1955 年 1 月 31 日，周恩来在国务院第四次全体会议上谈到苏联愿意在和平利用原子能方面向中国提供援助时就指出：我们要掌握原子弹。2 月 18 日，彭德怀向毛泽东和中共中央报告 1954 年军事工作情况时首次向中央提出“要逐步研究和争取生产核子武器”。[①] 1956 年 4 月 12 日，中央军委办公厅遵照聂荣臻的批示印发《关于 12 年内我国科学对国防需要的研究项目的初步意见》，提出开展小型核弹头、核潜艇和军用动力堆等综合性的研究。[②] 4 月 25 日下午，毛泽东在中南海勤政殿主持召开有各省市自治区党委书记参加的中共中央政治局扩大会议，在会上发表题为《论十大关系》的讲话。对于经济建设和国防建设的关系，毛泽东指出：“我们现在已经比过去强，以后还要比现在强，不但要有更多的飞机和大炮，而且还要有原子弹。在今天的世界上，我们要不受人家欺负，就不能没有这个东西。”[③] 10 月 3 日，毛泽东在谈论台湾问题时指出，

① 王焰．彭德怀年谱[M]. 北京：人民出版社，1998：590.

② 周均伦．聂荣臻年谱（上卷）[M]. 北京：人民出版社，1999：575.

③ 中共中央文献研究室．毛泽东年谱（1949—1976）第二卷[M]. 北京：中央文献出版社，2013：567.

美国怕苏联三分，因为苏联有原子弹。[1]

苏联不愿意为中国研制原子弹提供技术援助。怎么办？中国只能一方面坚持自己探索，另一方面耐心等待时机。

因为原子弹技术的高度保密性和敏感性，苏联对华原子弹技术援助成了中苏关系的晴雨表。1956 年波匈事件使赫鲁晓夫的国内政治声望严重受损，他的反对者借机迅速联合起来，密谋共同发难。赫鲁晓夫自知处境不利，亟须得到中国共产党和中国政府的支持，因此在 1957 年 5 月上旬决定同意向中国提供包括导弹技术在内的更多军事援助。他希望能够通过满足中方的迫切需求，来换取中方帮助他度过迫在眉睫的政治危机。在赫鲁晓夫主动示好的情况下，毛泽东不久便作出积极回应。5 月 25 日晚，毛泽东在中南海颐年堂会见即将结束访华的苏联最高苏维埃主席团主席伏罗希洛夫一行，并设宴为他们饯行。伏罗希洛夫代表苏共中央、苏联最高苏维埃主席团和苏联政府，正式邀请毛泽东访问苏联，毛泽东愉快地接受了邀请。

1957 年 6 月 18 日，马林科夫、卡冈诺维奇、莫洛托夫等人趁赫鲁晓夫的支持者苏斯洛夫、科兹洛夫、基里钦科、别里亚也夫等人不在莫斯科，召集苏共中央主席团会议，提出赫鲁晓夫执行的路线政策有问题，对赫鲁晓夫进行了猛烈的批评，并以 7 票对 4 票的结果通过决议，要求免去赫鲁晓夫第一书记的职务。在国防部长朱可夫和克格勃主席谢罗夫的支持下，赫鲁晓夫采取拖延战术。6 月 22 日，苏共召开了中央委员会非常全会，赫鲁晓夫在会上完全掌握了主动权。6 月 29 日，苏共中央全会通过《苏共中央关于马林科夫、卡冈诺维奇和莫洛托夫反党集团的决议》，撤销他们在党内的一切职务。

---

① 中共中央文献研究室．毛泽东年谱（1949—1976）第三卷[M]．北京：中央文献出版社，2013：4.

在这场政治斗争中，赫鲁晓夫虽然取得了胜利，但也遭遇到来自党内外的巨大压力。在苏共基层讨论中央全会决议的过程中，相当一批党员和群众在会议发言中表现出惊慌和怀疑情绪，很多党员都把这看作权力斗争的结果。为了巩固苏共新领导集体在国内和社会主义阵营中的地位，赫鲁晓夫希望得到各国共产党的支持，特别是中国共产党和毛泽东的支持。因此，苏共在中央全会结束后立即向各共产党国家使节介绍了全会情况。7 月 3 日，苏联政府又专门向中国大使馆进行了个别通报。同时，苏联驻华大使馆还打电话给中共中央办公厅，要求紧急约见毛泽东。由于毛泽东不在北京，刘少奇在中南海接见了苏联临时代办阿布拉希莫夫。

7 月 4 日，《真理报》刊登了苏共中央会议决议和新闻公报，同时刊出的还有一些国家的共产党支持苏共中央全会决议的公开表态。但包括中共在内的大部分外国共产党没有表明自己的立场，这引起了苏共的忧虑。因为对中共的态度一无所知，赫鲁晓夫非常焦急，派苏共中央主席团成员、苏联部长会议第一副主席米高扬立即飞往中国，直接听取毛泽东的意见。7 月 5 日晨，刘少奇主持召开中共中央政治局扩大会议，讨论通过中共中央致苏共中央电，支持苏共中央的决议。同日晚 8 时至次日晨 4 时，毛泽东和刘少奇、周恩来、陈云、邓小平在杭州刘庄会见了米高扬。在听取米高扬对相关情况的通报后，毛泽东表示支持苏共中央的决议。米高扬回国后，苏共中央主席团会议一致认为，米高扬对中国的访问是有益的和必要的。

就在赫鲁晓夫陷入困境的 1957 年 6 月 18 日傍晚，主持国防科技工作的聂荣臻元帅和对外贸易部副部长李强前往东交民巷，拜访苏联援华专家组总负责人阿尔希波夫。聂荣臻对阿尔希波夫说："为了更好地编制我国的第二个五年计划和远景规划，并考虑到在原子工业方面将来浓缩铀工厂生产铀-235和原子堆生产钚-239后的下一步生产，以及较合理的建立和发展我国的原子工业，生产原子弹、导弹及与此相联系的飞机型号的确定等一系列问题的安排，能取得苏联政府必需的援助，我国政府想与贵国政府进行谈判。此事，以前我已多次向您口头表示过我们的愿望。今天，我正式提出我国对原子弹、导弹和飞机的生产以及原子工业的发展在第二个五年计划期间应如何安排请苏联政府协助提出方案的请求，请您向贵国政府反映。”阿尔希波夫说：“您提出的问题我本人同意，待请示我国政府以后再予答复。”①

6月29日，也就是赫鲁晓夫发起反击的苏共中央全会的最后一天，聂荣臻收到中国驻苏联大使馆商务参赞处的来电。来电称：“苏方已接受我方提出的火箭货单，并同意考虑供应。在与苏方经济联络总局副局长薛德洛维奇少将谈判中，苏方提及阿尔希波夫和加里宁曾于今年5月13日向您提出有关火箭的一些问题，至今未获答复。苏方希望以书面形式尽快地答复他们提出的问题。在苏方得到我国对问题的书面答复后，再考虑邀请中国专家组来苏当面具体商谈。上述意见，苏方声称仅是建议，请中国研究决定。因此，希国内确定后告知我们，以便答复苏方。同时，苏联原子能总局希望我国速派代表团来苏商谈有关今后安排问题。如国内有困难，暂时尚不确定时，亦希将有关情况告知我们，以向苏方解释说明。”②当时苏联政府的态度之主动和热情可见一斑。

根据苏方态度的最新变化，中方对于如何发展原子能工业作出了相应的调整。7月18日，聂荣臻就暂缓执行《关于苏维埃社会主义共和国联盟为中华人民共和国在建立原子能工业方面提供技术援助的协定》写报告给周恩

① 周均伦．聂荣臻年谱（上卷）[M]．北京：人民出版社，1999：612.

② 周均伦．聂荣臻年谱（上卷）[M]．北京：人民出版社，1999：612－613.

来："原子能工业发展计划，现在尚未定案，特别是对于制造浓缩铀后，下一步安排问题很不明确。因此，对于去年 8 月 17 日富春同志在莫斯科签订的原子能协定必将做很多的修改，但苏方仍按照协定执行。经与阿尔希波夫同志谈过，为了避免无谓的损失，需由我国政府向苏联政府提出暂缓执行的意见，苏方才能考虑。现代拟一公函送上，请审阅修正后批交外交部发出为盼。"周恩来批示："即送主席、刘（少奇）、邓（小平）、彭（德怀）核阅，拟同意。退外交部办。"①

7 月 22 日下午，聂荣臻应约会见前来拜访的阿尔希波夫。阿尔希波夫表示，他受莫斯科的委托，转达苏联政府可以随时接待中国政府派代表团赴苏联谈判有关在原子能工业等方面的援助问题。会见后，聂荣臻立即就此事向周恩来并毛泽东、中共中央呈送书面报告："前次我们向经济总顾问阿尔希波夫同志提出的有关原子能、导弹、航空在第二个五年计划内如何安排的愿望，请其向莫斯科反映。现已得到苏方的答复。今天下午阿尔希波夫同志来谈称：他受莫斯科委托，中国方面谈判原子能工业（包括为国防目的）的全权代表团，苏联政府可以随时接待，并圆满答复所提出的问题——如果中国政府提出正式请求的话。特报。"当晚，聂荣臻还就此事致函彭德怀，汇报了以上内容。毛泽东、周恩来同意组织代表团赴苏谈判，委托聂荣臻负责筹组代表团。②

受聂荣臻委托，国防部副部长、航空工业委员会副主任黄克诚大将于 7 月 24 日召集二机部部长赵尔陆上将、宋任穷、刘杰、李强、空军司令员刘亚楼上将等开会，商讨为赴苏联谈判在原子能、导弹、航空方面争取援助致

① 周均伦．聂荣臻年谱（上卷）[M]．北京：人民出版社，1999：614.

② 周均伦．聂荣臻年谱（上卷）[M]．北京：人民出版社，1999：615.

苏联政府的电报内容及谈判细目的准备问题。会议商定由二机部、三机部、国防部第五研究院（导弹研究院）、军事电子科学院及陆、海、空军分别提出谈判细目和要求，于7月30日交航空工业委员会秘书长安东汇总后，再开一次会研究，呈聂荣臻、李富春审定后，送交阿尔希波夫转告苏联政府。

1957年8月6日，周恩来致函布尔加宁："为了加强中华人民共和国的国防力量和更好地编制第二个五年计划和远景计划，我们考虑在我原子能工业建成后，需要进一步生产原子武器和它的投掷工具，请苏联方面给予大力援助，建议由中华人民共和国政府派一个代表团前往莫斯科与苏联政府进行商谈。"①此电报由中国驻苏联大使刘晓当面交给布尔加宁。当晚，周恩来签发经毛泽东审阅过的中共中央致苏共中央的电报，内容与周恩来致布尔加宁的电报大致相同。此电报由刘晓在莫斯科直接送交苏共中央。

8月8日，聂荣臻听取了宋任穷关于赴苏联谈判发展中国原子能工业并用于国防目的及其投掷工具等方面，准备向苏联政府提出的谈判内容要目的汇报，并商谈赴苏谈判代表团的人选等问题。8月13日下午，李强把《中国政府关于发展原子能工业并用于国防目的及其投掷工具等方面，准备向苏联政府提出的谈判要目》中、俄文版各1份，提交给阿尔希波夫，请其转报苏联政府。8月15日，聂荣臻召集陈赓、宋任穷、李强等开会，商谈赴苏联谈判代表团出国后如何分组工作和出国前的准备工作等问题。会后，聂荣臻将会议商定的问题书面报告周恩来并中共中央、中央军委。8月24日，苏联驻中国大使馆临时代办向中国外交部提交"苏联政府同意接待中国政府代表团赴莫斯科谈判"的照会。

---

① 中共中央文献研究室．周恩来年谱（1949—1976）中卷[M]．北京：中央文献出版社，1997：67.

1957 年 9 月 3 日，聂荣臻主持赴苏联谈判代表团全体成员会议。他在会上宣布：经周恩来和中共中央批准，代表团名称为中国政府工业代表团，聂荣臻任团长，宋任穷、陈赓任副团长，李强、万毅（总参谋部装备计划部部长）、钱学森、刘杰、王诤、张连奎、刘寅为代表团成员，李强兼任秘书长。为便于处理日常事务，确定由聂荣臻、宋任穷、陈赓、刘杰、李强、万毅 6 人组成中心组。代表团包括顾问 13 人、工作人员 8 人。为便于谈判和工作，代表团分为 5 个组：原子组、导弹组、航空组、国防组、秘书行政组。聂荣臻要求大家遵守纪律，努力工作，力争谈判取得圆满成功。

满怀着兴奋和期待的心情，9 月 7 日，聂荣臻率中国政府工业代表团乘专机离开北京前往莫斯科谈判。在途经苏联伊尔库茨克、鄂木斯克时，代表团受到当地党政军负责人的迎送和便餐接待。中国政府工业代表团专机在莫斯科努契科伏国际机场降落后，聂荣臻一行受到苏联部长会议国家对外经济联络委员会主席别尔乌辛、国防部第一副部长兼华沙条约组织（简称华约）联合武装部队总司令科涅夫元帅、华约联合武装部队参谋长安东诺夫大将、外交部副部长费德林等 10 余人及中国驻苏联大使刘晓等人的热烈欢迎。

9 月 9 日上午，聂荣臻率中国政府代表团全体成员拜会苏联部长会议国家对外经济联络委员会主席、苏联政府代表团团长别尔乌辛，并商谈谈判的准备事宜。别尔乌辛说，苏方代表团接受苏共中央交付的任务，任务很重要且艰巨，但苏方将尽量对中国给予帮助。下午，聂荣臻拜会苏共中央主席团成员、部长会议第一副主席米高扬。米高扬说："中国必须掌握原子和导弹武器，否则就不能成为真正的大国。苏联将尽量给予中国帮助。"①

---

① 周均伦．聂荣臻年谱（上卷）[M]．北京：人民出版社，1999：619.

9 月 10 日，以聂荣臻为首的中国政府代表团和以别尔乌辛为首的苏联政府代表团正式开始谈判。为便于谈判，双方各组成了军事、原子、导弹、飞机、无线电 5 个小组。中方分别以陈赓、宋任穷、钱学森、张连奎、王诤为组长，苏方分别以科涅夫、斯拉夫斯基（中型机械工业部部长）、道玛尔切夫（国防工业部副部长）、别良斯基（航空工业部副部长）、晓金（无线电工业部第一副部长）为组长。在军事小组，科涅夫介绍了拟向中国援助的技术兵器的初步方案。其他各小组分别初步交换了意见。当晚，聂荣臻同宋任穷、陈赓联名致电周恩来并中共中央，汇报代表团 7 日安抵莫斯科后几天来的活动情况及上述正式谈判的简要情况。

从 1957 年 9 月 11 日起，中国政府代表团各小组分别与苏方谈判并参观有关工厂、研究所。9 月 13 日，聂荣臻同宋任穷、陈赓致电周恩来并中共中央："代表团到莫斯科后，除和以别尔乌辛、科涅夫为首的苏方代表团会谈一次外，主要的是各小组分别谈判和参观。看来，情况还比较顺利，可能基本上满足我们的要求，谈判时间也不至于拖得很长。详细情况拟即派武官韩振纪带书面报告返京，中央有何指示亦请交韩带回。"①

9 月 14 日，聂荣臻收到别尔乌辛送来的苏方提出的《中华人民共和国和苏维埃社会主义共和国联盟政府关于生产新式武器和军事技术装备以及在中国建立综合性原子工业的协定（草案）》（以下简称《协定草案》）。别尔乌辛对聂荣臻说："这种协定在苏联外交史上还是第一次，因为中国是最可靠、最可信托的朋友。希望中国政府能早日定案。"聂荣臻说："感谢苏联人民和苏联政府对中国人民和中国政府的最大信赖以及准备对中国政府提供的

① 周均伦．聂荣臻年谱（上卷）[M]．北京：人民出版社，1999：620．

慷慨援助。中国代表团将对协定草案内容认真研究并向国内汇报请示。”随后，聂荣臻召集代表团全体成员、顾问及译员开会，认真译读、讨论《协定草案》。聂荣臻说：“苏联政府这次确很热情、诚恳、极慷慨。我们得到这些援助后，再经过我们自己的建设和研究上的努力，在第二个五年计划末我国国防的物质基础将跃进到一个新的科学技术水平，对我国在国防上、工业上均是很大提高。要尽快将协定草案翻译成中文本。”①

9 月 15 日，聂荣臻同宋任穷、陈赓商议后，决定派雷英夫回国，向中共中央汇报中国政府代表团在莫斯科与苏联政府代表团进行谈判的情况及苏方准备提供援助的项目方案，并请示中央和政府能够原则同意按照苏方所提方案进一步商谈，待《协定草案》赶译成中文后再送回北京，请中央进一步审查。9 月 17 日下午，李富春同黄克诚、粟裕、黄敬、赵尔陆、孙志远等一起听取雷英夫的详细汇报。会后，李富春将雷英夫汇报的内容及与会者讨论的意见给周恩来并中共中央写了报告。9 月 18 日，聂荣臻在莫斯科同在北京的彭德怀通电话，汇报几天来在苏联谈判的主要情况。9 月 19 日，聂荣臻同陈赓致电周恩来并中共中央：“谈判的基本内容前已要雷英夫回国面报，现将协定草案中、俄文各 1 份送上，请审查。现各组继续商谈具体问题……我们正在了解各项所需的投资数目及外汇数目，待大致摸清情况后，拟请宋任穷同志回国向中央作详细报告。”②

国内对聂荣臻的来电请示和谈判进展高度重视，很快就予以回复。9 月 20 日，聂荣臻收到周恩来对谈判问题的指示电：“雷英夫同志回京后已作了详细报告，我们认为苏联同志这一次所同意提供的援助对于我国国防的巩固

① 周均伦．聂荣臻年谱（上卷）[M]．北京：人民出版社，1999：620.

② 周均伦．聂荣臻年谱（上卷）[M]．北京：人民出版社，1999：620 - 621.

和工业水平的提高都是很有好处的。但是苏方目前所提出的还只是些大的项目，究竟需要多少钱、需要哪些原材料、怎样培养干部、怎样建立研究和设计机构、各工业部门如何组织协作等细节问题还没有谈过。所以，目前对苏方的方案提出全面的答复是有困难的。我们认为你们可在原则同意苏方提出的方案的基础上继续商谈，尽可能地摸清楚以下几个相互联系的问题：（一）我国现有机械、航空、无线电、火药等企业的生产和技术水平能否逐步生产苏联方案中所说的那些产品，如果不能还需要相应地增建哪些企业车间和靶场；（二）同培养干部、建立研究机构和设计机构苏联技术援助等有关的各项细节；（三）需要原料的品种和数量，哪些国内可解决，哪些要进口；（四）全部投资和外汇约需多少，新产品的试制制造过程和相应企业建设的规模和进度大致怎样等。你们对以上四方面问题大致弄清楚以后才能提请中央对你们即将送回的苏方草案做出最后决定。”①

9 月 26 日，聂荣臻就派宋任穷回北京向中央汇报同苏方谈判的情况及有关项目投资的大致数目等问题，致电周恩来并中共中央。聂荣臻建议中央早日审查批准双方议定的协定，以便进行各个大项目的具体细节的谈判与安排。因为苏方要求双方在协定签字后才能进行具体细节的谈判。9 月 29 日上午，彭德怀、李富春受周恩来的委托，约集刘伯承、叶剑英、粟裕、黄克诚、薄一波、黄敬、赵尔陆、王鹤寿等，一道听取宋任穷和张连奎关于中国政府代表团在莫斯科同苏联政府代表团进行谈判的情况汇报。10 月 3 日，彭德怀、李富春把讨论情况和大家的意见向周恩来并中共中央写了报告。10 月 7 日，聂荣臻在莫斯科接到周恩来 10 月 5 日签发的指示电：“中央同意由聂

---

① 周均伦．聂荣臻年谱（上卷）[M]．北京：人民出版社，1999：621.

荣臻同志代表政府同苏方签订苏方建议的协定。”[①]宋任穷于同日将签字证书带到莫斯科。

1957 年 10 月 15 日，聂荣臻率中国政府代表团全体成员出席在莫斯科苏联国防部大楼举行的签字仪式，并作为中华人民共和国政府全权代表在《中华人民共和国和苏维埃社会主义共和国联盟政府关于生产新式武器和军事技术装备以及在中国建立综合性原子工业的协定》(简称《10 月 15 日协定》或《国防新技术协定》）上签字。苏联部长会议国家对外经济联络委员会主席别尔乌辛作为苏联政府全权代表也在协定上签字。协定共 5 章 22 条。在协定中，苏联政府答应在建立综合性的原子工业，生产与研究原子武器、火箭武器、作战飞机、雷达无线电设备以及试验火箭武器、原子武器的靶场等方面对中国政府进行技术援助。根据该协定，苏联将向中国提供原子弹的教学模型和技术资料，并帮助中国设计建设研究原子弹结构的设计院（221 工程）和生产装配原子弹的工厂（342 工程）。

带着沉甸甸的收获，聂荣臻于 10 月 16 日率中国政府代表团离开莫斯科乘飞机回国。10 月 17 日，聂荣臻一行回到北京。10 月 19 日前后，聂荣臻分别向毛泽东、周恩来汇报中国政府代表团在莫斯科同苏联政府代表团谈判的简要情况。10 月 25 日，聂荣臻同宋任穷、陈赓联名向周恩来并毛泽东、中共中央写报告，详细汇报中国政府代表团在莫斯科同苏联政府代表团谈判的经过、结果，提出了今后各有关部门为落实《国防新技术协定》应分别做好的各项工作。10 月 31 日，中央政治局常委讨论并原则同意了这个报告，彭德怀、聂荣臻、陈赓、宋任穷等列席参加了讨论。

① 周均伦．聂荣臻年谱（上卷）[M]．北京：人民出版社，1999：621－623.

苏联政府同意为中国研制核武器提供技术援助后，中国政府很快就正式启动了原子弹研制工程。1958 年 1 月，三机部党组决定设立核武器局（九局），主管核武器的研制、生产和基本建设，由李觉少将任局长，吴际霖、郭英会任副局长。1 月 30 日，中央军委开会听取钱三强关于他率领中国代表团赴苏联谈判原子能科学研究规划，参观苏联原子能科学研究、设计机构及有关物理工程学院等方面情况的汇报。2 月 11 日，第一届全国人民代表大会第五次会议决定：第二机械工业部与第一机械工业部合并，保留第一机械工业部名称，任命赵尔陆为部长；撤销第三机械工业部，改名为第二机械工业部。

中国核工程设计人员通过向苏联专家学习和自己的工作实践，逐步了解和掌握了核工程设计的特点和规律，学习与独创相结合，把苏联设计与中国实际结合起来，同苏联专家的关系从两股劲拧成了一股劲，得到毛泽东主席的充分肯定。1958 年 5 月 16 日，毛泽东在二机部党组的报告上批示："尊重苏联同志，刻苦虚心学习。但又一定要破除迷信，打倒贾桂，贾桂是谁也看不起的。"[①]京剧《法门寺》中的贾桂奴颜婢膝，别人让他坐，他说站惯了。以往的中国不乏其人，不乏其事，因此世界列强可以为所欲为，欺负中国，蔑视中国人。毛泽东不希望在新中国再出现这样的崇洋媚外之人，要求辩证地看待苏联援助问题。

新的二机部成立后，中国原子弹研制工程中的基建工程开始接二连三地上马。1958 年 5 月 31 日，中共中央总书记邓小平亲自批准了铀浓缩厂的厂址，揭开了甘肃兰州铀浓缩厂（504 厂）艰苦创业的序幕。厂址设在沟壑遍

① 科学时报社．请历史记住他们：中国科学家与"两弹一星"[M]. 广州：暨南大学出版社，1999：62.

地、荒无人烟的山谷中，远看山上不长草，抬头天上无飞鸟。无风半尺土，有风不见天。数以千计的创业者头顶烈日，挥汗如雨，喊着劳动号子，开始平整土地，建设厂房。下半年，内蒙古包头核燃料元件厂、甘肃酒泉原子能联合企业、西北核武器研制基地也陆续开工。

眼看中国国防科研事业蒸蒸日上，毛泽东很快提出中国不仅要研制原子弹，还要研制氢弹和洲际导弹。1958 年 6 月 16 日上午，毛泽东在中南海游泳池住处接见中国驻外大使时说："我们要有战争的准备，五年出原子弹，十年出氢弹。当然，现在战争不是不可避免的。"① 6 月 21 日上午，毛泽东在中央军委扩大会议上讲话中指出："现在又要打原子战争，洲际导弹，我就不懂了。我还是希望搞一点海军，空军搞强一点的。还有那个原子弹，听说就这么大一个东西，没有那个东西，人家就说你不算数。那么好，我们就搞一点。搞一点原子弹、氢弹，什么洲际导弹，我看有十年工夫完全可能的。"②

二机部九局成立之初的主要任务是为 221 工程和 342 工程选址，同时寻找一处专家和技术干部的工作地点以及苏联提供的原子弹教学模型和技术资料的保存场所。1958 年 7 月，221 工程（后称 221 基地或 221 厂）和 342 工程（1961 年初撤销）定在青海省海晏县的金银滩草原（对外称青海国营综合机械厂）。接收原子弹教学模型和技术资料的场所定在北京市北郊。

鉴于 221 厂建设工程浩大，不可能在短期建成并投入使用，二机部于同年 7 月批准九局先在北京市海淀区花园路开工建设一个过渡性的核武器研究所（对外称北京第九研究所，即九所）。待 221 厂建成后，核武器研究所再

---

① 中共中央文献研究室．毛泽东年谱（1949—1976）第三卷[M]．北京：中央文献出版社，2013：370.

② 中共中央文献研究室．毛泽东年谱（1949—1976）第三卷[M]．北京：中央文献出版社，2013：373.

从北京迁到青海。最初九局和九所是一套人马两个牌子，李觉既是九局局长，也是九所所长。

1958 年 8 月 20 日，二机部向中央上报《关于发展原子能事业方针和规划的意见》，提出了“以军事利用为主，和平利用为辅；自力更生为主，争取外援为辅；中央与地方并举、土洋并举，大中小相结合”的方针。①

每一个被分配或选调进入核武器研究所工作的人都要经过严格的政治审查。新人进入研究所的第一堂课就是接受保密教育，大家在党旗下进行保密宣誓。九局副局长郭英会亲自主持保密宣誓仪式。他在一次仪式上说：“你们将从事一项光荣艰巨的尖端科技事业，为了党和国家的利益，大家要忠于职守，既要奋发努力，勇攀高峰，又要严守国家机密。”他还告诫新人：“今后，你们取得的成绩不能在社会上宣扬，你们写的论文和科研结果不能公开发表，你们要隐姓埋名，甘当无名英雄。”②

当时核武器研究所的保密工作很严格。二机部九局保卫保密处根据工作需要，有计划、分层次地向科技人员和党政干部谈话交底。交底的时候，他们给科技人员每人发一个保密包并按人编号，规定科研用纸和保密本在非工作时间必须装入保密包交到保密室专门保管，上班时再按规定领取；要求大家严格遵守保密纪律，“不该说的不说，不该问的不问，不该看的不看，不该听的不听，不该传的不传”。为防止失密、泄密、窃密，公安部专门设立了一个代号为“404”的机构，负责检查九所、221 厂等地寄出寄回的每一封私人信件。那时，私人信件中不能有与研制工作相关的任何可能暴露单位性质、单位地理位置的字词。

---

① 葛能全．钱三强年谱[M]．济南：山东友谊出版社，2002：142.

② 李海娈．红色记忆：221 基地建设者采访纪实[M]．北京：中国原子能出版社，2019：24.

核武器研究所刚成立时周围还是一片农田，所里只有两栋普通的红砖小楼，分别是办公楼和宿舍楼。为了加快办公楼和宿舍楼的建设进度，新分配来的大学生都去参加基建劳动，李觉所长和邓稼先等科学家也经常抽空参加基建劳动。在施工最紧张的时候，几乎每个傍晚都有几辆小轿车驶入工地，那是聂荣臻元帅、陈赓大将、宋任穷上将、张爱萍上将等开国将帅在下班后驱车赶来参加基建劳动。他们不顾在战争年代留下的伤病，搬砖、和泥、推车，一直干到大汗淋漓、夜幕降临方才离去。

在成立之初，核武器研究所理论部急需一位“又红又专”，还能和苏联专家打交道的技术带头人。谁能肩负起这项重任呢？二机部党组考虑再三，决定由副部长兼中国科学院原子能研究所所长钱三强物色和推荐人选。经过一番考察，钱三强选中了原子能所理论组中的邓稼先。这天，钱三强把邓稼先叫到办公室幽默地说：“稼先同志，国家要放一个大炮仗，调你去做这项工作，怎样？”“大炮仗”，邓稼先立刻意识到这是指原子弹，心头一颤，随口说道：“我能行吗？”①钱三强在介绍相关情况后，拍了拍邓稼先的肩膀，就算敲定了。钱三强相信邓稼先能够肩负起这个重任，邓稼先也决定服从组织调动。

邓稼先回家后心事重重，当晚辗转难眠。他最后下定决心对妻子许鹿希说：“我要调动工作了。”许鹿希好奇地问道：“调到哪里呢？”邓稼先回答：“这不知道。”许鹿希追问：“干什么工作？”“不知道，也不能说。”“那么，到了新的工作地方，给我来一封信，告诉我回信的信箱，行吧？”邓稼先为难地回答：“大概这些也都不行吧？”“真奇怪。”许鹿希一脸茫然。沉

---

① 许鹿希，邓志典，邓志平，等．邓稼先传[M]．北京：中国青年出版社，2015：55.

默片刻后，邓稼先满怀歉意地说："我今后恐怕照顾不了这个家了，这些全靠你了。"听到这话，许鹿希大吃一惊，一时间都不知道该说什么。邓稼先随后坚定地说："我的生命就献给未来的工作了。做好了这件事，我这一生就过得很有意义，就是为它死了也值得。"这段话对许鹿希来说犹如晴天霹雳。她虽然不能完全猜到丈夫将要从事什么样的工作，但是清楚地知道自己将面对怎样的困难。为了支持邓稼先完成意义重大的事业，许鹿希决定独自承担起照顾一个大家庭的重担。她努力控制住自己的情绪，镇定地对他说："放心吧，我是支持你的。"①不久之后，邓稼先就到核武器研究所报到，从此与家人聚少离多，隐姓埋名28年，直到临近生命的终点。

▶ 邓稼先在办公室

① 许鹿希，邓志典，邓志平，等．邓稼先传[M]．北京：中国青年出版社，2015：56－57．

1958 年 7 月，根据中苏两国签订的《国防新技术协定》，苏联政府派出一批专家来华帮助中国研制原子弹。其中派到二机部九局的是一个三人专家小组，组长叶夫根尼·涅金是苏联原子能研究院理论部负责人、理论物理学家，组员加弗里诺夫是苏联原子能研究院实验物理学家，组员马斯洛夫是苏联原子能研究院装配厂总工程师。在上班的第二天，涅金就提出要见九局领导。找到副局长吴际霖后，涅金说，他们这次来有两个目的：第一是介绍原子弹模型，尽管模型和资料随后才会运来，但先要给领导一个概念；第二就是要进行核武器研究，当务之急是要确定一个科技负责人，一个总工程师，这两个人缺一不可，希望能尽快配备。此外，他要参观一些研究机构，看看中国的技术水平，也要参观一些军工厂，看看制造水平。① 吴际霖听后表示欢迎，说这事还要向部里请示。

不久之后，苏联专家小组就被安排参观相关的研究所和军工厂。参观结束后，苏联专家对这些军工厂的机械制造水平感到满意。加弗里诺夫还专门向陪同参观的钱三强提出，要把朱光亚从中国科学院原子能研究所调到二机部核武器研究所来从事原子弹研制工作。原来朱光亚在 1956 年 4 月随中国原子能代表团赴苏联谈判期间拜访过诺贝尔物理学奖得主塔姆院士，并给他留下了深刻的印象。在加弗里诺夫来华前，塔姆院士向他郑重推荐了朱光亚。因为原子能研究所舍不得放朱光亚走，所以他此后的工作重心先是两边兼顾，后来逐渐转移到核武器研究所，最终成为核武器研究所不可或缺的科研主心骨。

为了加强对国防科技事业的组织领导、规划协调和监督检查，1958 年 9 月 25 日，第一五七次军委会议通过了聂荣臻替中央军委起草的给周恩来并

① 奚启新．朱光亚传[M]．北京：中国青年出版社，2017：172．

毛泽东、中共中央的《关于改组国防部航空工业委员会为国防部国防科学技术委员会的报告》。10月中旬，中共中央同意了中央军委的这个报告，任命聂荣臻为国防科委主任，陈赓为副主任。11月23日，第一届全国人民代表大会常务委员会第一百零二次会议通过决定，将国家技术委员会和国务院科学规划委员会合并，设立中华人民共和国科学技术委员会，任命聂荣臻副总理兼任该委员会主任。为加强对国防工业的领导，1959年11月10日，中央军委常委向中共中央建议成立国防工业委员会（简称国防工委）。1960年1月5日，中共中央批准上述建议，并任命贺龙为国防工委主任。

虽然苏联政府向二机部派来了高水平的专家，但是中国政府很快就发现这些苏联专家并没有发挥预想中的作用。苏联对中国的军用原子能技术援助是有所保留的。苏联专家能讲什么，什么时候才能讲，都受到苏联政府的严格限制。根据上级的要求，每一位苏联专家都必须围绕苏联1951年试验成功的那颗原子弹的制造过程讲述自己负责的内容。因为根据美国图纸设计并于1949年爆炸的那颗原子弹的技术已经过时了，而“苏联领导人又不允许把比1951年更先进的设计方案告诉中国人”。[①] 1959年9月，二机部负责研究核动力的孟戈非向苏联专家沃尔比约夫请教核潜艇及其反应堆技术。这位对华友好的老专家既要严格保守苏联核潜艇的秘密，又要如实回答中国专家的问题，只好介绍他了解的美国核潜艇及其反应堆的相关信息。

苏联向中国提供原子弹技术援助并不是无条件的，是以中苏关系亲密无间为前提的，而维持这种关系有时需要牺牲中国的国家利益。随着此后中苏关系从产生裂痕到走向破裂，苏联很快停止了对中国原子弹计划的援助。

---

① 沈志华．援助与限制：苏联与中国的核武器研制（1949—1960）[J]．历史研究，2004（3）：125.

背信弃义

1957 年 10 月 15 日中苏两国政府签订《国防新技术协定》不仅标志着苏联对华核技术援助从民用领域拓展到军用领域，也标志着中苏关系进入两国建交以来最为亲密的时期。然而没过多久，中苏关系就因为国家利益冲突以及双方对军事同盟的权利和义务认识不一致出现越来越深的裂痕，并导致苏联逐步冻结对中国的核技术援助。

1958 年年初的长波电台事件和联合舰队事件给处于蜜月期的中苏关系蒙上了阴影。苏联领导人的相关建议不仅伤害了中国领导人的民族感情，还威胁到中国的利益与安全。1958 年 7 月 22 日，毛泽东向苏联驻华大使尤金愤怒地指出："你们只搞了一点原子能，就要控制，就要租借权。"[①]由此可见，毛泽东把联合舰队问题同苏联对华核技术援助联系起来。7 月 31 日，赫鲁晓夫亲自赶到北京向毛泽东解释长波电台和联合舰队问题，结果还是不欢而散。赫鲁晓夫直到晚年才理解毛泽东当时为什么坚决不同意他的建议，并且对这两件事的发生感到非常后悔。

1958 年下半年接连出现的炮击金门事件和"响尾蛇"导弹事件使中苏关

① 中共中央文献研究室. 毛泽东年谱（1949—1976）第三卷[M]. 北京：中央文献出版社，2013：391.

系中的裂痕进一步扩大。赫鲁晓夫认为自己被利用了，毛泽东在他 7 月底访华时故意隐瞒了解放军即将炮击金门的计划，中国不仅没有尽到军事同盟的义务，还使美国误以为苏联事先知道并支持中国发起炮击金门的军事行动。中方则认为炮击金门是中国的内政，没有必要事先通知苏联并征得同意。

虽然后来赫鲁晓夫面对美国向中国发出的核威胁，公开警告了美国，但是他内心对中方的做法非常不满，担心中国未来会把苏联拖入与美国的核战争。鉴于有些核工业援助项目的建设规模以及向中国交付设计和设备的期限等在《国防新技术协定》中都未做具体规定，中苏两国于 1958 年 9 月 29 日签订了《关于苏联为中国原子能工业方面提供技术援助的补充协定》，对每个项目的规模都做了明确、具体的规定，项目设计完成期限和设备供应期限也有了大致的确认，多数项目的完成期限是 1959 年和 1960 年。①

1958 年 9 月 24 日，国民党空军的 F-86 战斗机在浙江省温州市上空与解放军海军航空兵的歼-5 飞机发生空战。国民党飞机发射了 6 枚美制“响尾蛇”空空导弹，这是世界上首次使用空空导弹的空战。这些“响尾蛇”导弹有的没有爆炸，坠落后被我方缴获，其中有一枚基本完整。苏联获悉此事后派出 6 位专家到中国参加分析工作，索取并带走了一套完整的图纸资料和少数残骸原件。苏联在此基础上立即开始了 K-13 空空导弹的研制工作。赫鲁晓夫对此非常重视，亲自到莫斯科郊外的研究所观看中国提供的导弹样品。他对中方没有迅速提供导弹样品表示不满，并怀疑中方故意不提供引导头的关键元件。经过这次事件，赫鲁晓夫决定暂时不向中国提供原子弹技术。

① 《当代中国》丛书编辑部. 当代中国的核工业[M]. 北京：中国社会科学出版社，1987：22.

随着中苏关系中的裂痕不断扩大，中方很快就发现苏方在对华核技术援助问题上态度越来越冷淡。1958 年 7 月 15 日，宋任穷、刘杰、钱三强、袁成隆、吴际霖等六人听取涅金等三位苏联专家介绍原子弹的原理、结构及设计情况。涅金在开讲前特别提出，不要做记录，你们有个初步概念就行了。他讲了原子弹教学模型的结构、材料、尺寸，以及爆轰后各层介质的物理参数，非常详细。尽管涅金不让记录，中方还是尽可能地记录下来。涅金本来想多讲一点，结果旁听的苏联顾问团领导咳嗽了一声，他只好含糊其词地草草收场。涅金随即提出，中方的记录在会后一定要收回。宋任穷听后生气地说，我是二机部部长，由我负责收回。随后，加弗里诺夫简单讲解了原子弹爆炸过程的物理图片，以及爆炸产生的冲击波的物理现象和释放出的物质状况；马斯洛夫大致介绍了如何在导弹的弹头位置安放原子弹以及自动装置和仪器。

涅金等三位苏联专家在中国期间关于原子弹研制的讲课仅此一次。钱三强分析了整理后的听课笔记，认为苏联专家讲的内容和西方媒体披露的原子弹基本原理是一致的，只是更详细一些。这次讲课的内容只能作为入门材料，基本没有涉及具体如何研制原子弹。此后，中方再向涅金提问时，他就避而不答。刘杰问涅金："你既然帮我们搞原子弹，那么氢弹你是不是也可以说一说呢？"涅金说："这个不着急，以后总会有的。"[①] 1958 年 9 月，以涅金为首的三人专家组奉命提前回国，代替他们的是一位来自苏联核武器研究院的科学家列捷涅夫。列捷涅夫到九局后沉默寡言，工作态度更为消极，被中方私下称为"哑巴和尚"——光敲木鱼不念经。宋任穷要求中国科技人

① 奚启新．朱光亚传[M]．北京：中国青年出版社，2017：180－181.

员：能挤就挤，像挤牙膏，挤一点算一点。

眼看从苏联专家那里不可能得到任何有用的知识了，中方只能盼着苏方早日把原子弹教学模型和技术资料送来。然而，苏方以各种理由推迟交货。核武器研究所用三个月建成了原子弹教学模型大厅，苏联专家却先说地面不够平整，后说保密存在缺陷。中方只好不断整改，直到苏联专家再也挑不出任何毛病来。1958 年 10 月，苏联原子能利用总局供应局局长波利雅可夫复函中国二机部副部长刘杰：“鉴于教学模型及资料储藏室的建筑工程将于 1958 年 10 月完工，教学模型及技术资料将于 11 月发至中华人民共和国。”[①]尽管原子弹教学模型和技术资料早已装在列车上，苏方到了期限还是没有移交给中方。事情一直拖到 1959 年年中，在中方的一再催问下，苏联中型机械工业部第一副部长亚历山大·丘林直接打电话询问苏共中央。眼看拖不下去了，赫鲁晓夫不得不专门召开一次会议，正式决定苏联暂时不向中国提供原子弹教学模型和技术资料。

正当中国政府组织好代表团，准备启程赴苏联谈判原子弹教学模型和技术资料的移交问题时，苏共中央于 1959 年 6 月 20 日致信中共中央，明确提出暂缓提供《国防新技术协议》规定的原子弹教学模型和技术资料。信中以苏联正在与美国、英国在日内瓦谈判禁止核武器试验的协定和正赶上苏联、美国政府首脑会议即将召开为理由，“怕西方国家获悉苏联将核武器的样品和设计的技术资料交给中国”，“有可能严重地破坏社会主义国家为争取和平、缓和国际紧张局势所作的努力”，提出目前先不把原子弹教学模型和技术资料交给中国，待两年后根据情况变化再决定。[②] 6 月 26 日，苏联驻中国

---

① 彭继超，伍献军．核盾牌：国家最高决策（1949—1996）[M]．北京：中国青年出版社，2012：115.

② 周均伦．聂荣臻年谱（下卷）[M]．北京：人民出版社，1999：680.

大使馆参赞苏达里柯夫向周恩来递交了这封信。

苏联公开拒绝按照协议继续向中国提供原子弹技术援助。中国的原子弹研制工程面临重大选择：是坐等苏联改变态度还是自力更生坚持搞下去？1959 年 7 月 4 日，宋任穷在北京给在庐山开会的聂荣臻写报告。报告对苏方的来信进行了分析，提出了对策方案，并根据目前情况对原子能工业建设应采取的方针和做法等问题提出了建议。聂荣臻审阅报告后嘱咐秘书请宋任穷和刘杰、万毅于 7 月 14 日来庐山汇报。7 月 15 日，宋任穷、刘杰、万毅到达庐山，向聂荣臻汇报。7 月 16 日下午，聂荣臻同彭德怀一起听取宋任穷、刘杰、万毅关于对苏共中央 6 月 20 日致中共中央的信的看法和意见的汇报。聂荣臻表态说："苏联不给（原子弹样品和设计技术资料），我们就自己搞！"①随后，周恩来向宋任穷传达中央指示："自己动手，从头摸起，准备用八年时间搞出原子弹。"②

根据中苏关系的最新变化，中央决定防患于未然，尽可能加速核工业建设。地质部于 1958 年正式向国家提供了第一批铀矿工业储量信息。到 1960 年，地质部先后提供 8 个开采基地，基本满足全国第一批铀矿山建设的需要。国务院、中央军委选调 1 万多名干部和工人组建铀矿的开采和冶炼队伍。到 1960 年 8 月，中国第一批铀矿山建设就已临近完成，第一座铀水冶厂也开始安装设备。1960 年 4 月，经中央批准，二机部把铀-235 生产线列为重点工程，并集中力量加快了建设进度。到 8 月底，兰州铀浓缩厂（504 厂）已经安装了部分机组，与之配套的有关工厂的土建工程也大都

① 周均伦．聂荣臻年谱（下卷）[M]．北京：人民出版社，1999：681.

② 葛能全．钱三强年谱[M]．济南：山东友谊出版社，2002：147.

接近尾声。①

在义愤填膺之余，中国科学院原子能研究所从1959年7月起全力转入为核工业服务的轨道。在承担科技攻关和培养骨干的同时，原子能研究所服从大局，适时选派优秀得力专家到核工业的有关研究院、所、厂肩负起业务领导责任。与此同时，钱三强组织原子能研究所黄祖洽、郑绍唐、孙绍麟、吴翔、陈乐山等开展原子弹理论研究。根据钱三强的要求，他们从研究快中子堆入手开展这一工作。通过调研，研究小组大致了解了快中子堆达到临界要用多少铀-235或钚-239。在此期间，他们还到核武器研究所同邓稼先、胡仁宇、胡思得、王贻仁、徐迺新、陈小达等人进行不定期研讨和交流。钱三强、彭桓武、何泽慧、朱光亚等经常参加研讨会并提出指导性意见。

1959年10月26日，中央军委常委第三次会议听取宋任穷关于原子能工业生产情况的汇报。针对原子弹工程面临的困境，周恩来要求二机部缩短战线，集中力量解决最急需的问题，并决定调动各地区、各部门的力量支援原子弹工程。11月，二机部讨论制订了中国原子能事业八年规划纲要。12月17日上午，聂荣臻听取宋任穷、刘杰关于核工业建设和核武器研制规划的汇报。聂荣臻同意二机部提出的“三年突破，五年掌握，八年适当储备”的奋斗目标，并说：“需要军队选调的党政干部，军委一定支持，调优秀的人去。在原子弹的研究中需要解决的力学方面的问题，可以向钱学森提出题目，给予帮助。”②

在苏联开始暂停向中国提供原子弹技术援助后，聂荣臻花费了大量精力

① 《当代中国》丛书编辑部．当代中国的核工业[M]. 北京：中国社会科学出版社，1987：26-28.

② 周均伦．聂荣臻年谱（下卷）[M]. 北京：人民出版社，1999：701.

推动解决原子弹、导弹等新技术所需材料的国产化问题。1959 年 11 月 11 日，他向中央军委并中共中央写了《关于以自力更生为主解决新技术所需材料问题的报告》。报告指出："大家一致认为，发展我国的新技术材料，必须采取自力更生为主，争取外援为辅的方针。新技术材料大都首先用于国防尖端，然后才在国民经济中普遍使用，因此，材料愈新，机密性愈大，就愈不容易取得国外技术援助。""鉴于形势的发展需要，我们应该下定决心，无论如何，到 1962 年要靠自己的努力来突破这一关，基本上解决新技术和国民经济发展所需的一切材料问题。"①

1959 年 11 月 26 日，聂荣臻又向中共中央报送了《关于解决新技术所需材料问题的报告》。12 月 20 日，中共中央向各省、市和中央各部委发出通知，批准上述两个报告并指出："必须下定决心，不失时机地解决这个问题，万不能耽搁了。"②1960 年 1 月，中共中央批准从全国各部门、省市选调了一批高中级科技干部加强核武器的研制工作。与此同时，中国科学院调动全院四分之一的精锐力量和设备从事有关原子能的各项工作。2 月 2 日，铀浓缩实验室在原子能研究所建成并正式移交。

在中苏关系迅速降温的背景下，经过 60 多天的日夜奋战，兰州铀浓缩厂抢建完成了主工艺厂房。1959 年 12 月 18 日，第一副厂长王中蕃陪着苏联专家检查施工质量。苏联专家东看看、西转转，然后直摇头，借口清洁度达不到要求，不同意进行设备安装。王中蕃当即问苏联专家：如果清洁度合格，是否就同意安装？苏联专家一脸不屑地回答："我上午检查合格，你下午就可以安装。"

---

① 周均伦．聂荣臻年谱（下卷）[M]．北京：人民出版社，1999：693.

② 周均伦．聂荣臻年谱（下卷）[M]．北京：人民出版社，1999：696.

王中蕃和在厂主持工作的党委副书记刘喆当场决定，一定要打赢这场政治仗。为了抢时间，他们当天就动员 1 400 多人连夜奋战。广大干部群众不分职务高低、身体强弱，争先恐后地进入厂房，分片包干搞卫生。大家用拖把、扫帚、抹布和毛巾蹲着扫、跪着擦，甚至在狭窄的地方爬着擦。有人累到昏倒在地，也不肯离开。大家整整干了 24 个小时，厂房的门窗、墙壁、地面、机座、管道等，大大小小的角落都擦拭得一尘不染。

王中蕃顾不上休息，匆忙擦掉脸上的汗水，再次陪同苏联专家检查。苏联专家戴着白手套攀高爬下，这里摸摸，那里摸摸，雪白的手套却始终未见半点尘迹。他不可思议地睁大了眼睛，不得不伸出拇指说："我服了你们了，你们都是魔术师，像变戏法一样。"①设备如期安装。

进入 1960 年后，中苏关系不仅没有改善，反而出现了进一步恶化的趋势。1960 年 1 月中旬，聂荣臻在中共中央政治局扩大会议上介绍了中国与苏联在科技合作中出现的新情况：苏方对一般的通用资料、原材料、设备还供给我们，精密设备、非标准设备、特种原材料卡住不给了；仿制、工艺方面的专家还能聘请到，设计方面的专家就难请了。聂荣臻指出，这种情况应引起我们的重视，要研究对策。② 1 月 22 日至 2 月 27 日，中央军委在广州召开第六次扩大会议。会议明确提出"两弹为主，导弹第一，努力发展电子技术"的发展国防尖端技术的方针。

2 月初，中国驻苏联大使馆参赞王历（专管军事订货和新技术方面的事务）向刘晓大使提交了一份报告，举例反映了苏联有关方面对中国的新技术援助和军事订货出现较为明显的冷淡、推延、拒绝等新的动态。3 月 8 日，

① 核工业神剑文学艺术学会．秘密历程[M]．北京：原子能出版社，1993：125.

② 周均伦．聂荣臻年谱（下卷）[M]．北京：人民出版社，1999：706.

宋任穷、刘杰、钱三强率领中国政府代表团赴苏联，商谈有关原子能科技合作方面的问题，但是收获不大。访苏期间，钱三强接受了周光召、何祚庥、吕敏三位科研人员的回国请调报告。在向有关方面了解情况后，钱三强向二机部主要领导积极推荐，使他们回国后在原子能事业的关键岗位上发挥了重要作用。

3 月 8 日上午，中共中央书记处讨论聂荣臻报送的《关于国防部五院、二机部需解决的问题的报告》。邓小平当即决定："五院、二机部所需要的人才、物资要尽量保证满足需要。有矛盾时，其他项目应该让路。请李富春负责统一考虑解决五院、二机部所需的人力、物力和财力问题。五院所需的 700 名大学生、100 名技术骨干和二机部所需的 8 500 多名大学生，要如数抽调。有关院校必要的师资要留下，但不应留下过多，应尽量保证五院和二机部的需要，并向工业部门抽调技术力量支援五院、二机部。"3 月 9 日，聂荣臻得知中央书记处这一决策后，感到非常鼓舞，随即嘱秘书转告宋任穷和五院副院长王诤："中央大力支持，你们更要兢兢业业、精打细算做好工作。深入做好科技人员的思想工作，借中央决策的东风，把劲鼓起来，按中央、军委批准的计划拿出成果来。"①

4 月 5 日，聂荣臻、林彪、贺龙、刘伯承、罗荣桓等听取宋任穷汇报他在莫斯科与斯拉夫斯基要求苏方按照《国防新技术协定》继续履行合同援助中国建设原子能工业进行谈判的情况。聂荣臻要求宋任穷和二机部利用这次谈判后的有利时机，抓紧反应堆（指中国第一座以石墨为慢化剂、以水为冷却剂，专门用来生产核武器装料钚-239 的反应堆）的设计和建设，尽快把它建

① 周均伦 . 聂荣臻年谱（下卷）[M]. 北京：人民出版社，1999：713 - 714.

起来。4 月 6 日，聂荣臻审阅了宋任穷 3 月 8 日写来的报告。报告提出，为了迅速开展原子弹设计所必需的爆炸物理试验工作和自动控制部分的设计工作，急需向军委军械部、通信兵部和国防部五院借用快速照相记录器和一部分电子学仪器与设备，请求军事工程学院有关专业给二机部分配 10 名 1960 年的毕业生。聂荣臻阅后指示国防科委秘书长安东："二机部的要求应尽量满足。"①

不久之后，中苏关系迅速恶化。4 月 22 日，中共在纪念列宁 90 周年诞辰之际，发表《列宁主义万岁》《沿着伟大列宁的道路前进》《在列宁的革命旗帜下团结起来》三篇文章，不点名地批评苏共领导人的某些观点。赫鲁晓夫对此极为不满，决心伺机报复。6 月 24 日至 26 日，12 个社会主义国家共产党和工人党代表团在罗马尼亚首都布加勒斯特举行会议。会议前夕，苏共代表团搞突然袭击，散发苏共中央 6 月 21 日致中共中央的通知书，全面攻击中共。

就在布加勒斯特会议开幕前一天，聂荣臻召集陈赓、刘亚楼、安东等商谈对待苏联援助的方针问题。聂荣臻一针见血地指出："苏联对已经答应援助的和几个协定之内规定应该给我们的东西，他现在是一拖再拖，不给。因此，我们必须自力更生，非得靠我们自己干不可。无非是拖长些时间，费一些钱，困难一点而已。我们要争口气，不能低三下四。但协定这条线我们不主动断，要记下这笔账。《国防新技术协定》中规定给我们的东西，能够要到的就要，要不到就算，不勉强。非标准设备我们也要自己干，精密度差一点就先差点。我们要向有真才实学的苏联专家学习。在研究、设计中，要依靠

① 周均伦．聂荣臻年谱（下卷）[M]．北京：人民出版社，1999：719．

我们自己的专家。我们自己也搞出了不少的好东西嘛！”①

聂荣臻的直觉没有错，中苏两党关系进一步恶化。赫鲁晓夫在布加勒斯特会议上带头组织对中共的围攻。以彭真为首的中共代表团对此进行了针锋相对的斗争。这标志着中苏两党关系公开破裂。因为中共和苏共都是执政党，两党关系的破裂必然会导致两国关系的破裂。离开苏联的技术援助，中国的国防科技事业，尤其是原子能事业，还能不能搞下去，怎么才能搞下去，成为压在毛泽东、周恩来、聂荣臻等中央领导心头的一个沉甸甸的问题。

1960 年 7 月 3 日，聂荣臻就立足国内发展科学技术等问题向中共中央并毛泽东写报告。报告指出：“在中苏关系的新形势下，有关科学技术上的若干问题，应有新的方针和做法。一年多以来，苏联对我国的科学技术援助与合作，处处卡紧，特别是在国防科学技术上已经封门。国民经济中的新技术，也已尽量控制。虽然有很多是两国签订了协议的，苏方却采取一拖、二推、三不理的手法，就是不给。没有订好协议，或我们新提要求的，就更不用问了。很明显，在中苏政治思想上的分歧没有取得一致以前，休想在这方面取得援助。”“苏方在重要技术关键上卡住我们，实在令人气愤。但是气愤是没有用的，我们一定要争一口气，有可能这样一逼，反而成为发展我们科学技术的动力，更加坚决地在科学技术上力争独立自主，依靠自己，而不是指望外援。只有这样，我们在国防和经济建设上才能完全主动，而不至于受制于人。”②7 月 11 日，周恩来在聂荣臻的报告上批示：“独立自主，自力更

① 周均伦．聂荣臻年谱（下卷）[M]．北京：人民出版社，1999：723.

② 周均伦．聂荣臻年谱（下卷）[M]．北京：人民出版社，1999：727.

生，立足国内。”[①]毛泽东、刘少奇、邓小平等均圈阅。

布加勒斯特会议结束后不久，苏联就开始收回对中国的原子能技术援助。1960 年 7 月 6 日，在北京核工程设计院工作的 8 名苏联专家突然奉命提前回国。7 月 8 日，正在兰州铀浓缩厂现场负责安装工作的 5 名苏联专家也接到提前回国的命令。7 月 11 日，二机部党组上报中共中央书记处：我部兰州一工厂 5 名专家奉命要在最近撤回国内。7 月 13 日，周恩来批示：“可由二机部向代理首席专家表示异议和遗憾。如他愿向莫斯科要求延期，由他自办，如他报到大使馆，然后再由外交部副部长向大使馆提出这事，并表示异议和遗憾。对这些专家离京家属一律宴送并送纪念品。”[②]中国政府将苏联政府和苏联专家区别对待，使苏联专家深受感动，很多苏联专家也不理解苏联政府的做法。

1960 年 7 月 16 日，苏联政府照会中国政府，单方面决定撤走全部在华苏联专家，并中断同中国签订的所有协定和合同。7 月 18 日，毛泽东在北戴河中共中央工作会议上指出：“1917 年到 1945 年，苏联是自力更生，一个国家建设社会主义，这是列宁主义的道路。我们也要走这个道路。苏联人民过去十年中在建设上曾经给了我们援助，我们不要忘记这一条。要下决心，搞尖端技术。”[③]“赫鲁晓夫不给我们尖端技术，极好！如果给了，这个账是很难还的。”[④]不等中国政府答复，苏联政府又于 7 月 25 日通知说，在华苏联专家将从 7 月 28 日开始撤离，9 月 1 日前全部撤完。

---

① 中共中央文献研究室．周恩来年谱（1949—1976）中卷[M]．北京：中央文献出版社，1997：330.
② 中共中央文献研究室．周恩来年谱（1949—1976）中卷[M]．北京：中央文献出版社，1997：331.
③ 中共中央文献研究室．毛泽东年谱（1949—1976）第四卷[M]．北京：中央文献出版社，2013：431.
④ 谢光．当代中国的国防科技事业（上）[M]．北京：当代中国出版社，1992：45.

面对苏联政府背信弃义的行为，中国政府进行了有理有节的斗争。7 月 30 日晚上，毛泽东在北戴河一号楼主持召开中共中央政治局常委扩大会议，讨论中国政府答复苏联政府关于撤回专家照会的复照稿。7 月 31 日，外交部将中国政府的复照交苏联驻中国大使馆转苏联政府。复照说："苏联撤回专家的行为，违反《中苏友好同盟互助条约》，违反社会主义国家之间友好关系的准则，希望苏联政府重新考虑并且改变召回苏联专家的决定。中国政府愿意挽留在华工作尚未期满的全部苏联专家，继续按原定聘期在中国工作。如果苏联政府的回答仍坚持将全部苏联专家召回，中国政府将感到极大的遗憾。"①

① 中共中央文献研究室．毛泽东年谱（1949—1976）第四卷[M]．北京：中央文献出版社，2013：436．

迎难而上

面对苏联援助的突然中断，根据中共中央的指示精神，二机部于1960年8月9日向下属单位发出“为在我国原子能事业中彻底实行自力更生方针而斗争”的电报指示，为如何在逆境中勇毅前行作出了一系列部署。电报强调指出：“苏联专家撤走，自然会给我们造成若干困难，并且势必延长一些建设的时间。但是，这也是一件大好事，它逼着我们非学会自力更生的本领不可。只要我们充分自觉地组织好这样一个转变，我们就一定能够有效地克服各种困难，就一定能够缩短这个由不能独立掌握到完全独立掌握的过程。”①

毫不意外，苏联政府收到中国政府的复照后仍一意孤行。到1960年8月23日，在中国核工业系统工作的233名苏联专家全部撤走回国，并带走了重要的图纸资料。与此同时，苏联完全停止向中国供应相关的设备和材料。8月25日，宋任穷在二机部党组扩大会议上指出，现在进入了“全面自力更生的新阶段”，必须从思想上、组织上、工作方法上都来个转变，以适应新的形势。②

① 《当代中国》丛书编辑部．当代中国的核工业[M]．北京：中国社会科学出版社，1987：37.

② 葛能全．钱三强年谱[M]．济南：山东友谊出版社，2002：154.

赫鲁晓夫撕毁合同、撤走专家的做法在工程设计、专用设备制造、新型材料供应、生产准备等方面给中国核工业造成了很大的困难。有些项目因为中方尚未掌握设备调试技术而推迟了正式投产的时间，有些项目因为设备材料供应不上而影响了整个建设进度，有些项目则因为设计尚未完成而不得不从头做起。① 10 月 19 日，聂荣臻就苏联对《国防新技术协定》的执行情况和中国国防科技事业目前存在的问题向周恩来写报告。报告在回顾历史的基础上分析说："苏方对我援助的态度，在签订协定时就是有所保留的，是有限度的，其基本意图是在新式武器和科学研究上使我与他保持相当的差距……总之，他想长期使我们处于仿制阶段，处于从属地位，永远落后他两三步。"②

1960 年 11 月 10 日至 12 月 1 日，八十一国共产党和工人党代表会议在莫斯科举行。会议期间，中苏两党就时代特征、和平共处等问题进行了激烈的争论，但是中苏双方都不希望两党和两国关系彻底破裂。11 月 30 日上午，中共代表团刘少奇、邓小平、彭真同苏共代表团赫鲁晓夫、苏斯洛夫、科兹洛夫举行会谈。双方都表示要加强团结，希望结束争论，使两党两国关系恢复到 1957 年以前的水平。1961 年在中苏关系短暂缓和期间，已经停运的部分重要设备陆续运抵中国。例如：莫斯科红旗制造厂生产的三台球面车床以及电解槽、交换塔等设备都在 1961 年到货，其中球面车床是核部件生产的关键设备。

1961 年 1 月 7 日，聂荣臻给中共中央写了《关于 1961、1962 年科学技术工作安排的报告》。报告提出，要集中力量，"全国一盘棋"，争取"三年

---

① 沈志华．援助与限制：苏联与中国的核武器研制（1949—1960）[J]．历史研究，2004（3）：130.

② 周均伦．聂荣臻年谱（下卷）[M]．北京：人民出版社，1999：742.

突破”以导弹、原子弹为代表的国防尖端技术。中共中央很快批准了这个报告。1月21日，聂荣臻在听取二机部部长刘杰汇报工作时提出八点意见：“（一）原子能工业搞到现在这样的规模，还是很快的。这不是小事情。今年要继续把苏联援助的现有资料摸清楚。对苏联援助的一套，在尚未掌握好就随意修改图纸，这是不对的。搞不好会出大事故。（二）二机部的基建工程是很节省的。关键的工程要按照设计要求办，不要过多考虑节省。多花几个钱，质量有保障。二机部今年的基建投资没有减，但步子要放慢些。没有摸清楚的，没有把握的项目不要上，不要赶进度。原子能工厂不同于一般工厂，一出问题危害性很大。你们要彻底检查，摸实在，抓工程质量。这样有好处，这实际上是快。（三）你们提出‘自力更生，过技术关，质量第一，安全第一’这四句话作为方针，这很好。但自力更生并不排除学习借鉴外国的。我常说：自力更生还要加上个无孔不入。只有无孔不入，才能更好地自力更生……（七）质量问题、技术问题、生产问题，要踏踏实实，稳扎稳打。不要搞献礼活动，要实事求是，质量第一……”①

面对苏联撤走专家造成的技术困境，有人质疑中国核工业还能不能搞下去，也有人建议暂时放慢核工业的建设速度。与此同时，二机部在“大跃进”中的一些工程建设只顾“多、快、省”，漏了“好”，结果出现很多质量问题。对此，聂荣臻于1961年5月20日向刘杰指出：“原子能工业建设中现在发现了一些工程质量问题，你们能马上改，这是件好事。与其建成后返工，倒不如现在改。不然，不仅造成浪费，而且耽误时间……遇到困难要突破。现在需要提醒一些单位有些人怕过技术关。开始劲头大，真正遇到困难

---

① 周均伦．聂荣臻年谱（下卷）[M]．北京：人民出版社，1999：760-761.

问题就退缩，不敢攻难关。科学研究就是突破困难的过程。”①

1958 年的“大跃进”和 1959 年的“反右倾”使蛮干、浮夸、弄虚作假等不良风气盛行一时，导致中国经济陷入困境，粮食供应尤其不足。中苏关系在 1960 年 7 月公开破裂使中国经济雪上加霜。面对严峻的经济形势，中共八届九中全会于 1961 年 1 月作出对国民经济实施“调整、巩固、充实、提高”的八字方针。在国防工业系统普遍减员的背景下，聂荣臻于 6 月 5 日向刘杰指出：“无论如何二机部的工作不能松劲，有些厂、矿的人员可以减少的，可减一些。可以考虑调一些工兵部队去抢建一些工程项目。需要多少兵力，请与张爱萍副总长研究。科学技术战线现在面临着攻坚，在坚固堡垒面前，万不可退缩。现在作些调整，我们不是退，是巩固阵地，为了稳步前进。我们不能在困难面前投降。要给钱三强任务，请他直接抓研究所，带徒弟。”②

1961 年 6 月，中央军委决定在北戴河召开国防工委工作会议。在会议准备阶段，聂荣臻于 7 月 4 日向毛泽东报送关于日本国防工业发展情况和方针问题的材料。7 月 13 日，毛泽东审阅并批示：“林彪、贺龙、荣臻、瑞卿四同志：此件值得注意，你们谅已看过了。中国的工业、技术水平，比日本差得很远，我们应取什么方针，值得好好研究一下。可否请你们先谈一谈，然后在八月我同你们再谈一谈。”③毛泽东的批示后来成为国防工委会议上的重要议题，并成为引发“尖端”与“常规”之争以及两弹“上马”“下马”之争的重要原因。当时中国经济非常困难，为了“缩短战线”，很多国防科研

① 周均伦．聂荣臻年谱（下卷）[M]．北京：人民出版社，1999：777.
② 周均伦．聂荣臻年谱（下卷）[M]．北京：人民出版社，1999：783.
③ 中共中央文献研究室．毛泽东年谱（1949—1976）第五卷[M]．北京：中央文献出版社，2013：5.

项目都被迫下马。一些领导出于经济因素考虑，建议原子弹和导弹项目也暂时下马，等到经济恢复后再重新上马。

在北戴河国防工委会议开幕前夕，中共中央于 1961 年 7 月 16 日作出《关于加强原子能工业建设若干问题的决定》（以下简称《决定》）。《决定》指出："为了自力更生突破原子能技术，加强我国原子能工业建设，中央认为有必要进一步缩短战线，集中力量，加强各有关方面对原子能工业建设的支援。"为此，中央决定采取四项措施：（一）加强核工业的技术力量和领导力量。（二）加强核工业所需的设备、仪表的生产、试制和配套。（三）支援核工业开展放射性卫生医疗防护工作。（四）为了保密和保证运输及时，将核工业系统的物资运输一律列为军运。[①]

虽然中共中央已经作出相关决定，但是从 1961 年 7 月 27 日起北戴河会议上还是出现了"尖端"与"常规"之争以及两弹"上马""下马"之争。聂荣臻秘书范济生回忆道："当时的气氛搞得很紧张，坚持'两弹'下马的人，和坚持继续攻关的人，互不相让，各说各的理，有时开着会，就吵起来，桌子拍得啪啪响。"[②]在 8 月 4 日的会议上，聂荣臻发言说："现在尖端武器研制遇到些困难，但这是个历史任务。在这个困难面前，是退还是进？我认为还是要敢于前进。"贺龙也在会上表示："导弹、原子弹不能放弃，战线缩短些。"[③]在两位元帅公开表态后，北戴河国防工委会议就不再争论上述两个问题。

8 月 12 日，周恩来应贺龙邀请出席北戴河国防工委会议。针对如何发展

---

① 周均伦．聂荣臻年谱（下卷）[M]．北京：人民出版社，1999：792－793.

② 奚启新．钱学森传[M]．北京：人民出版社，2014：423.

③ 张现民，周均伦．1961 年两弹"上马""下马"之争[J]．理论视野，2016（12）：57.

中国原子能工业，周恩来指出："科学研究、尖端技术，要循序而进，不可能一步登天，要在一定的基础上逐步往上攀，要有步骤和秩序。应当有登上珠穆朗玛峰的志向，分阶段地、一步一步地登，总是可以上去的。当然，中间也会有小的跳跃。""在这次战备动员中要抓紧尖端武器的工作，丝毫不容懈怠。""我们是一个大国，革命要靠自己，建设也要靠自己，今天如此，永远如此。我们必须把自力更生的方针贯彻到各方面的工作中去。"①

8 月 20 日，聂荣臻给毛泽东写报告。报告说："根据您 7 月 13 日的批示，我们对发展我国国防尖端技术应采取什么方针进行了研究……我们认为，三五年内发展国防尖端技术的方针应该是抓两头：一头抓科研试制，一头抓工业基础。在科研试制方面，应以贯彻'缩短战线、集中力量、保证重点'为中心；在工业基础方面应以贯彻八字方针，发展品种、提高质量为中心……原子能方面，争取 4 年左右建成一套核燃料生产基地，设计试制出初级的原子弹，5 年或更长一些时间，建成更先进的一套生产基地，设计试制出能装在导弹上的比较高级的原子弹……在暂时困难面前，要头脑冷静、实事求是地进行科学分析，越是困难，越需要树立信心，鼓足干劲。"②

毛泽东审阅聂荣臻的报告后，认为原子弹不能下马，要克服困难，坚持搞下去。8 月 23 日，毛泽东在中央政治局常委扩大会议上指出："我们还没有原子弹。这不能怪我们，因为我们时间还短。"③ 9 月 24 日下午，毛泽东在武昌会见来访的英国元帅蒙哥马利时谈到了中国研制核武器的问题。蒙哥马利问毛泽东对核武器怎么看。毛泽东说："我对核武器不感兴趣。这个东

---

① 中共中央文献研究室．周恩来年谱（1949—1976）中卷[M]．北京：中央文献出版社，1997：427.

② 周均伦．聂荣臻年谱（下卷）[M]．北京：人民出版社，1999：799－801.

③ 中共中央文献研究室．毛泽东年谱（1949—1976）第五卷[M]．北京：中央文献出版社，2013：12.

西是不会用的，越造得多，核战争就越打不起来……”[①]蒙哥马利随后说：“刘主席告诉我，因为美国、英国、法国、苏联都有，你们也要搞一点。”毛泽东说：“是，准备搞一点。哪年搞出来，我不知道。美国有那么多，是十个指头。我们即使搞出来，也只是一个指头……”[②]中国当时倾尽全力研制原子弹只是为了解决有无问题，追求的只是最低限度的核威慑。

为了获得原子弹的核装料，中国核工业最初有两条生产线同时进行建设。一条是铀-235生产线，即通过铀浓缩获得高浓度的铀-235作为装料；另一条是钚-239生产线，即通过生产堆获得钚-239作为装料。在1960年7月苏联停止援助时，铀生产线中的主要环节——兰州铀浓缩厂已基本建成，设备也比较齐全配套；钚生产线中的主要环节——生产堆工程只完成了堆本体的地基开挖和混凝土底板的浇注，后处理厂的工艺路线还有待确定。在这种情况下，为了争取时间，二机部遵照中共中央关于“进一步缩短战线”的指示，决定把铀生产线列为“一线”工程，并把兰州铀浓缩厂作为“一线”工程的重点项目，集中人力、物力突击抢建。相应的，钚生产线被列为“二线”工程，暂停建设，加紧科研攻关。

1961年9月30日上午，聂荣臻在听取刘杰汇报二机部工作进展时提出6条意见：“……选拔强的干部去挂帅，把党、政、技术班子配起来。不要受资格、年龄的限制。只要有本领的就提起来。对技术人员要使他们有职有权。可以考虑从军队抽一些师级干部。选一些参谋长担任厂长或党委书记。请二机部提出一个单子。再困难也要为二机部选调，没有强有力的头头去做组织

① 中共中央文献研究室．毛泽东传（五）[M]．北京：中央文献出版社，2011：2138.

② 中共中央文献研究室．毛泽东年谱（1949—1976）第五卷[M]．北京：中央文献出版社，2013：27-28.

工作，事情就不会办好。”“反应堆的建设不要老推迟，明年一定要搞，不能动摇。”“对科研工作，在时间上不能要求太急，我们应该每分每秒地考虑保证科研人员的条件，使他们不分散精力。”①

经过近一个月的讨论，中央军委就发展常规武器和突破尖端武器的方针提出最终意见。10 月 12 日，第三十一次中央军委常委会议决定：“国防工业方面，科学研究着重搞尖端，生产主要搞常规，基本建设主要搞配套。尖端要搞，不能放松，这不仅是个军事问题，而且是个政治问题。”②尽快研制出原子弹已经从军事问题上升到政治问题，这就最大程度地排除了经济因素的干扰。

11 月 2 日下午，聂荣臻听取了张爱萍、刘西尧和刘杰到二机部所属部分厂、矿、所了解第一线任务的基本建设、生产准备和科学研究的情况汇报。第一线任务指生产铀-235 和原子武器研究设计的基地建设及核爆炸试验。他们的调查结果是，中国有可能在 1964 年研制出核武器并进行核爆炸试验。张爱萍、刘西尧和刘杰随后又向主持中央军委工作的林彪汇报。林彪态度很坚决，说：“原子弹一定要搞下去，一定要响，就是用柴火烧也要把它烧响了。”③11 月 8 日，聂荣臻向张爱萍和安东指出，今后国防科委要多抓一抓二机部的工作，多帮助他们解决一些问题，力争提前研制成功原子弹。

20 世纪 60 年代初，面对国际国内发生的不利局面，中共中央和中央军委在调查研究的基础上作出了重大决策，明确支持继续搞“两弹”。从此，中国原子弹研制工程开始迎难而上、负重前行。在当时特定的历史环境下，

---

① 周均伦．聂荣臻年谱（下卷）[M]．北京：人民出版社，1999：803.

② 周均伦．聂荣臻年谱（下卷）[M]．北京：人民出版社，1999：805-806.

③ 孟昭瑞，孟醒．中国蘑菇云[M]．沈阳：辽宁人民出版社，2008：43.

中国从事原子弹研制工作的科技人员不仅面临着各种错综复杂的技术难关，还有很多政治压力和生活困难，亟待通过改善和加强党对国防科技事业的领导，改进和落实党的知识分子政策，最大程度地激发他们的积极性和创造力。

第四章

跨越核门槛

研制原子弹的计划，党中央和毛主席已经批准了，路线、方针、政策已经确定，现在就是你们去执行。你们大胆去干，干好了是你们的，干错了是我们书记处的。

——邓小平

（1963 年 4 月 2 日）

春风送暖

20 世纪 60 年代初，中国原子弹工程的科技人员不仅需要破解苏联停止提供技术援助带来的一系列技术难题，还需要克服各种政治运动带来的思想压力和三年严重困难带来的生活压力。为了使国防科技人员能够全身心地投入工作，毛泽东、周恩来、刘少奇、邓小平、聂荣臻、陈毅等中央领导努力为他们排忧解难。作为组织指挥国防科技工业的统帅，聂荣臻在政治上想方设法地保护国防科技人员，在工作上毫无保留地信任国防科技人员，在生活上无微不至地照顾国防科技人员。

20 世纪 50 年代后期，中国科技界流行“拔白旗、插红旗”，批判“成名成家”的“白专道路”，导致绝大多数科技人员不敢公开阅读专业书籍，把大量的时间用于参加政治学习和政治运动。对此，聂荣臻挺身而出，严肃地指出：“有些单位对科学技术人员红的要求，的确有些不切实际、不加区别、要求偏急等毛病，有时甚至主次不分，求全责备，乱戴白专帽子。”“白专这个提法是不确切的。”“我们不开这样的帽子公司，我们不承认这顶帽子，过去扣了这顶帽子的，要去掉。”“我们不可能也不必要要求每一个自然科学家同时又是一个政治活动家和社会科学家，也不可能要求每一个科学工作者都成为共产党员。对于自然科学工作者，要求他们专，是天经地义的。一看见人家钻研业务，多看了些技术书，在科学工作上有抱负，只是少参加了几次会，少贴了几张大字报，学习会上少发了几句言，就说是想‘成名成家’，走‘白专道路’，这是不对的。如果对专家不要求专，是毫无道理的。我们今天专家不是太多，而是太少，专得不是太深，而是太浅。自然科学工作者专的积极性，是必须保护，必须鼓励的。”①

聂荣臻一直认为，科研单位的政治工作要为科学研究服务，要为科技人员服务，党政干部要当好科技人员的勤务员。1960 年 10 月 11 日，聂荣臻向宋任穷和刘杰指出：“苏联专家已撤走，今后要完全靠我们自己干。要鼓科技人员的干劲，要争口气，也要注意劳逸结合。要给科技人员看书的时间，要严格执行 8 小时工作制。要改变会议过多的现象。”② 10 月 18 日，聂荣臻在中央军委扩大会议上就政治工作问题发言说：“政治工作要针对不同对象的特点来做。如对知识分子，要保证他们的科研和学习时间，鼓励他们自力更生的研究精神，不要怕知识分子翘尾巴，要说服教育，不要压服。”③

1960 年 12 月 13 日，聂荣臻签发《国务院关于在科学研究机构中坚持 8 小时工作制和保证科学研究时间的通知》。该通知规定：“必须认真贯彻执行中央 1960 年 12 月 3 日关于在城市坚持 8 小时工作制的指示，不得任意加班加点。8 小时以外的业余时间，应当由科学技术人员自由支配，使他们能够用来进行适当的休息和学习。坚决贯彻执行中央 1956 年关于保证科学技术人员有六分之五工作日用于业务工作的规定，使每周的 40 小时能够全部用于科学研究试验，不得被其他活动和各种会议侵占。每周可以安排 1 天的时

① 光明日报出版社．聂荣臻同志和科技工作[M]．北京：光明日报出版社，1984：197－198.
② 周均伦．聂荣臻年谱（下卷）[M]．北京：人民出版社，1999：740.
③ 周均伦．聂荣臻年谱（下卷）[M]．北京：人民出版社，1999：741.

间进行政治学习和党、团、工会及其他集体的活动。各研究机构应当妥善安排职工的生活，注意他们的健康情况，积极帮助他们解决具体问题。”[1]

聂荣臻在技术上反对崇洋媚外，高度信任中国科技人员。他晚年回忆“两弹一星”的研制过程时，说了“两个相信”：一是相信中国人的聪明才智，外国人能搞的东西，我们也能搞出来；二是相信中国的知识分子绝大多数是爱国的，他们会为国家的安全、民族的荣誉竭尽全力的。[2] 20 世纪 50 年代末，“左”倾错误影响下的政治审查和一些不尽合理的保密制度使一些连外国专家都能了解的科技项目，却把中国专家排斥在外。聂荣臻了解到这些情况后生气地说：“要人家做事，就要信任人家，尊重人家。难道中国专家还不如外国专家可靠吗？他们既不是外人，也不是客人，是自己人，是我们自己的同志！要人家做事，又不信任人家，这不是马克思主义的态度！”[3]在聂荣臻的直接干预下，相关部门修改了一些规定，排除了一些干扰，使中国专家能够人尽其才。

苏联专家撤走后，聂荣臻更加强调要大胆信任中国科技人员，充分发挥他们的聪明才智，为国防现代化建设服务。1961 年 2 月 3 日，聂荣臻针对现实存在的问题向解放军总政治部副主任梁必业提出 7 条意见：“……对资本主义国家回来的知识分子，要他们搞科研，就应该相信他们。如钱学森，刚回来时在总理那里开会，决定搞尖端，当时摆在前面的是相不相信他。我主张要人家搞，就得相信人家。红与专的问题，这些搞自然科学的如何才算红？我看，只要热爱祖国，积极进行社会主义建设，就算初步的红。对他们

① 周均伦．聂荣臻年谱（下卷）[M]．北京：人民出版社，1999：750.
② 聂力．山高水长：回忆父亲聂荣臻[M]．上海：上海文艺出版社，2006：225－226.
③ 光明日报出版社．聂荣臻同志和科技工作[M]．北京：光明日报出版社，1984：103.

的历史、社会关系，重点是看今天，与家庭关系，主要看本人。（二）要启发他们的积极性、自觉性，启发他们多读书，不要老是开会，干巴巴的。科学研究工作的连续性是很强的，一搞运动就把科研工作停下来。对科研工作很有影响，应该研究改进。”①

针对一些国防科研单位政治工作简单粗暴的现象，聂荣臻自称“大勤务员”，于 1961 年 6 月 2 日指出：“有些同志还不知道科学研究部门政治工作的目的是什么，科学研究部门的基本部分是科学家，是技术研究人员，政治工作的基本目的就是要为科学研究服务，要保证充分发挥所有科学研究人员的积极性，充分发挥他们的智慧，认真地做个勤务员，我就是个大勤务员，我们所有政治、行政干部都应该做好勤务员的工作。要很好地为科学家和所有科学研究人员服务，有些同志总是拿管理战士的办法去对待科学家和知识分子，不重视他们的劳动时间，摆资格，论军衔，对他们的生活不够关心……一年中用将近半年时间去搞‘红’，结果研究工作耽误了，政治上还是不红，同时对红的要求也应根据不同对象提出不同要求。不红则白，这样评价一个人，这是不合乎马克思主义的，严格地说，是反马克思主义的。”②

由于“大跃进”运动的影响，中国的副食品供应在 1959 年春就出现紧张迹象。到了 1960 年，粮食供应大幅缩减，很多地方出现了饥荒。青海金银滩 221 厂每个工人一个月只配给 24 斤用青稞和谷子合成的口粮，每月还要节约 2 斤，实际上仅 22 斤。因为没有油，也没有肉，这点粮食根本吃不饱。饥饿不仅导致人心浮动，还使很多人便秘、浮肿。光靠挖野菜、采蘑菇、抓

---

① 周均伦．聂荣臻年谱（下卷）[M]. 北京：人民出版社，1999：765.

② 聂荣臻．聂荣臻军事文选[M]. 北京：解放军出版社，1992：449－450.

旱獭解决不了问题，开始出现非正常死亡。① 附属电厂的职工在饿得实在没办法时，用变压器泄漏出来的油炸青稞面吃，导致有些人上吐下泻。此时饥饿已经成为原子弹研制工程推进中最大的障碍。

中央领导非常关心国防科技人员的生活状况，想方设法增加他们的食品供应。1960 年 3 月 8 日上午，中共中央书记处讨论了聂荣臻报送的《关于国防部五院、二机部需解决的问题的报告》。邓小平决定：五院、二机部的科技人员，待遇要高些，工资要高些，生活安排要好些。② 在中共中央、国务院的关怀下，粮食部在 1960 年一次就拨给二机部西部三厂数百万斤黄豆。从此，221 厂职工每天能喝碗豆浆补充蛋白质，把豆渣掺入青稞面蒸馒头。青海省政府给西北核武器研制基地调拨了 4 万只羊。商业部和解放军总后勤部在甘肃省兰州市成立了二级批发站，以加强西北地区特种部队和核工业等部门的生活资料供应工作。③

1960 年 12 月 21 日，聂荣臻提出以他的名义请求北京、广州、济南、沈阳等军区和海军的领导支援国防部五院一批猪肉、鱼、黄豆、水果等副食品，以使五院的专家和科技人员能维持起码的生活水平，集中精力搞好科研。聂荣臻强调，这些食品要以中央和军委的名义分配给每位专家和科技人员，这也是一项有力的政治工作。12 月 22 日，他进一步指示：向几个军区请求支援一些副食品的事，要把二机部搞原子能研究的有关研究所的科技人员考虑进来，也要向他们提供副食品支援。12 月 23 日，聂荣臻对前来医院探视的副总参谋长杨成武和北京军区副司令员郑维山说：我们正在进行国防

① 李海娈．红色记忆：221 基地建设者采访纪实[M]．北京：中国原子能出版社，2019：161.

② 周均伦．聂荣臻年谱（下卷）[M]．北京：人民出版社，1999：713－714.

③ 《当代中国》丛书编辑部．当代中国的核工业[M]．北京：中国社会科学出版社，1987：37.

尖端项目攻关的科学技术人员生活很清苦，任务很繁重，需要各大单位援助一些副食品。[①]紧急募集来的肉、鱼、黄豆等副食品很快就被运到了国防部五院、核武器研究所等国防科研单位。这些专门分配给科技人员的食品，被冠以了具有时代背景的特殊称谓——“科技肉”“科技鱼”“科技豆”。

进入1961年后，聂荣臻依然惦记着二机部科技人员的食品供应问题。1月21日，他在听取二机部部长刘杰汇报工作时专门指出：“你们要注意大抓厂、矿的生活，这是个大问题。可以请兰州军区张达志司令员帮助解决一些副食品，支援二机部在西北地区的几个厂。”[②]11月8日，聂荣臻在听取总后勤部部长邱会作汇报工作时指出：“中央决定对副教授以上的知识分子在生活上多照顾。总后勤部可考虑对二机部、五院、301医院等单位的一些高级知识分子，每个月和过年过节在生活上给一些补助。这些人是国家的宝贝，身体垮不得。”[③]听说青年科技人员周光召在青海核武器研制基地因为条件恶劣和过度劳累病倒了，聂荣臻专门派人给他送去一篮水果，既给他增加营养，也向他表示慰问。这让周光召感动不已，终生难忘。

长期的饥饿使核武器研究所将近一半的人得了浮肿病，腿上一摁一个坑。副所长彭桓武也得了严重的浮肿病，脚肿到穿不进布鞋，有时只能光着脚走路。[④]原子能研究所负责研制中子源的王方定饿出了胃病，仍然忍痛坚持工作，直到昏倒在地。老科学家王淦昌也在忍饥挨饿，但他勉励青年科技人员：“饥荒岁月，都饿呵，只要饿不倒就要坚持干，不干就没出路。”[⑤]为

① 周均伦．聂荣臻年谱（下卷）[M]．北京：人民出版社，1999：751.
② 周均伦．聂荣臻年谱（下卷）[M]．北京：人民出版社，1999：761.
③ 周均伦．聂荣臻年谱（下卷）[M]．北京：人民出版社，1999：809.
④ 陈丹，葛能全．钱三强传[M]．北京：中国青年出版社，2017：175.
⑤ 郭兆甄．王淦昌传[M]．北京：中国青年出版社，2015：260.

了能够饿着肚子入睡，陈能宽组织青年科技人员在深夜举行“精神会餐”，各自描述家乡的美食，然后进入梦乡去觅食。当1962年来临时，核武器研究所的粮食定量已经从每月36斤下降到26斤。所有的科学家每餐只能吃到一个馒头、一角钱的干菜汤，汤里只有一丁点油花。他们饿了只能嚼几粒葵花籽，喝一碗酱油汤。[①] 在这种情况下，科学家们仍在坚持向科技高峰进军。

1962年1月5日，国务院在人民大会堂举行新年宴会，共有4 000多位（475桌）首都科技工作者应邀出席。钱学森和钱三强被安排在主桌，坐在周恩来总理的左右手。这次宴会是毛泽东、周恩来等中央领导心疼科技人员，想给他们增加营养并为他们鼓劲而特意安排的。看着桌上一大盆香气扑鼻的红烧肉，想到毛主席已经一年多没吃肉了，大家都感动不已。开席前，周恩来走到宴会厅中央致辞，号召科技工作者为了祖国的富强、世界人民革命斗争的胜利和世界和平，树立雄心壮志，埋头苦干，发愤图强，自力更生，奋勇前进，在1962年取得新的更大的胜利。[②] 三位国务院副总理陈毅、聂荣臻、陆定一陪同出席宴会。

通过多方筹措主副食品，核武器研究所食堂在不久之后开设了甲、乙两个售饭窗口。甲窗口供应肉片炒菜、白米饭、一碗汤，这是科技人员的专用窗口。少数几位大科学家有时还能在这个窗口分到一个用羊油煎的面饼。乙窗口供应的仍然是馒头和干菜汤。所长李觉和机关干部严于律己，坚持在乙窗口排队买饭。有一次，饥肠辘辘的李觉一边排队一边对科技人员说：“你

① 王霞．彭桓武传[M]．北京：中国青年出版社，2015：121.

② 中共中央文献研究室．周恩来年谱（1949—1976）中卷[M]．北京：中央文献出版社，1997：449.

们吃好吃饱，才能有力气工作。为国为民争光，也为我们争荣誉啊！”[①]李觉说完笑了，可是很多科技人员已经眼含热泪。他们纷纷默默地给自己加任务、压担子。

1960 年 11 月 3 日，毛泽东审阅批准了《中共中央关于农村人民公社当前政策问题的紧急指示信》（即“农业十二条”）和《中共中央关于贯彻执行“紧急指示信”的指示》。周恩来随后要求国务院组成部门、直属机构和事业单位参照“农业十二条”制定各自的工作条例。1961 年 1 月 13 日上午，毛泽东在中共中央工作会议上提出要大兴调查研究之风。当天下午，聂荣臻召集科学口各单位负责人开会，传达毛泽东的讲话精神。聂荣臻要求与会者认真贯彻毛主席的指示，要经常下去摸情况，做调查研究，做到情况明、决心大、方法对，要实事求是，冷热结合，科学分析。根据聂荣臻和中宣部副部长周扬的指示，中国科学院随后开始牵头讨论制定科学工作条例。

经过充分讨论和多轮修改，1961 年 6 月 20 日，聂荣臻向中共中央上报《关于当前自然科学工作中若干政策问题的请示报告》（以下简称《请示报告》），附上由国家科委党组、中国科学院党组联名起草的《关于自然科学研究机构当前工作的十四条意见（草案）》（即“科研十四条”）。

“科研十四条”的主要内容如下：

（一） 研究机构的根本任务是“出成果、出人才”。

（二） 保持科学研究工作的相对稳定。

（三） 正确贯彻理论联系实际的原则。主要是强调科研部门必须保证经济建设与国防建设急需的关键性科学技术过关，但又不排斥一些探索性的项

① 王霞．彭桓武传[M]．北京：中国青年出版社，2015：124．

目和基础理论的研究。

（四） 要从实际出发，制订和检查科学工作计划。

（五） 科技人员要在工作中发扬敢想、敢说、敢干，但又要与严肃性、严格性、严密性结合的“三敢三严”精神。

（六） 保证科技人员每周有 5 天时间搞科研工作。

（七） 采取措施，着重培养青年科技人员，对有突出成就的科学家和优秀青年科技人员，要重点支持、重点培养。

（八） 科研部门要与生产单位、高等院校加强协作和交流，共同促进科技进步。

（九） 在人力物力财力使用上，要贯彻“勤俭办科学”的精神。

（十） 科学工作中提倡自由辩论，不戴帽子，允许保留意见，以贯彻“百花齐放，百家争鸣”繁荣科学的方针。

（十一） 知识分子初步“红”的标准是，拥护中国共产党的领导，拥护社会主义，用自己的专门知识为社会主义服务，并强调“红”与“专”要统一。

（十二） 要根据知识分子的特点进行细致的思想政治工作，各级政工和行政干部要特别强调为知识分子服务。

（十三） 领导干部要大兴调查研究之风，逐步由外行变为内行。

（十四） 科研单位要在党委领导下，贯彻由科技专家负责的技术责任制，基层党组织只起保证作用。

1961 年 7 月 6 日下午，中共中央政治局开会讨论《请示报告》和“科研十四条”，聂荣臻列席会议。毛泽东当时正好在外地，所以没有参加。聂荣臻在会上汇报说：“文件的目的是划清政策界限，纠正一些妨碍我国科学进展的做法，使党在研究所中的工作搞得更好，领导转向主动。七个问题，主要的是三个。一是对人的政策，知识分子政策，关键是对红与专的要求和做法。二是对学术工作的政策：百花齐放，百家争鸣。三是党组织的领导方法。正确贯彻知识分子政策和双百政策，才能使党领导得更好。”①

在会议讨论阶段，李富春说：“文件很好，文件中所提问题和情况带有普遍性。”邓小平说：“（这）是好文件，很有必要，可以试行。要在实践中加以修订补充，使之成为科学工作的宪法。党的领导干部要和知识分子交朋友，关心帮助他们。领导干部就是要老老实实当好勤务员，为科学家服务，替他们解决困难。”周恩来说：“要向干部讲清楚，我们为科学家服务好了，科学家就会为社会主义服务得好。”②刘少奇说：“现在的问题是有偏向，要承认。有偏就要纠……我们要进一步掌握科学技术工作的规律性，不要瞎指挥，不要不懂装懂。”③政治局会议基本通过“科研十四条”和《请示报告》，要求按会议讨论提出的修改补充意见再改一稿，然后送中央批发。

经毛泽东批准后，中共中央于7月19日发出《中共中央关于自然科学工作中若干政策问题的批示》（以下简称《批示》）。《批示》开门见山地说：“中央同意聂荣臻同志《关于自然科学工作中若干政策问题的请示报告》和国家科委党组、中国科学院党组《关于自然科学研究机构当前工作的十四条意见（草案）》。中央认为，‘请示报告’中提出的各项政策规定和具体措施是正确的，在自然科学工作中必须坚决贯彻执行。”《批示》接着指出当时自然科学工作中存在的问题：“近几年来，有不少的同志，在对待知识、对待知

① 周均伦．聂荣臻年谱（下卷）[M]．北京：人民出版社，1999：790.

② 邓小平．党的领导干部要为科学家服务[J]．党的文献，1996（1）：11.

③ 刘少奇．我们要进一步掌握科学技术工作的规律性[J]．党的文献，1996（1）：11.

识分子的问题上，有一些片面的认识，简单粗暴的现象也有所滋长。”然后提出解决问题的方法：“一定要使知识分子敢于讲真话，畅所欲言，言者无罪，闻者足戒。在学术工作中，一定要百花齐放、百家争鸣，不戴帽子、不拿棍子、不抓辫子。”①最后鼓励党的各级领导干部克服缺点，总结经验，吸取教训，进一步提高领导水平，巩固党在科学工作中的领导地位。《批示》连同“科研十四条”和《请示报告》作为中央文件，被下发到全国科技界。

7 月 17 日上午，聂荣臻在人民大会堂出席国防部五院传达贯彻“科研十四条”的干部大会并发表讲话。二机部的技术干部也出席了会议。关于如何适应工作要求、加强党的领导、改进工作方法，聂荣臻指出：“研究机构内的行政工作干部必须树立为科学研究工作服务的观点，努力改进和做好服务工作。一切行政工作的规章制度都应当便利科学研究工作，适合科学研究工作的需要……我们这个工作，也就是做人民勤务员的工作。我自己就是个勤务员，我有志于当个科学工作的勤务员，为研究工作努力创造各种条件，保障科学工作者必要的工作、学习和生活条件。”②他还强调：“对于这些科技专家的考核，我们要有‘成分论’，但不能‘唯成分论’，主要应当看他们的工作表现，不要以家庭出身成分一刀切。”③

“科研十四条”是对新中国前 12 年科学工作经验和教训的系统总结，犹如一场及时雨，受到科学工作者的一致欢迎。20 世纪 50 年代后期，一些国防科技人员在政治运动中受到批判，被戴上各种帽子，背负着沉重的精神枷

① 中共中央关于自然科学工作中若干政策问题的批示（一九六一年七月十九日）[J]. 党的文献，1996 (1)：11－12.

② 聂荣臻．聂荣臻军事文选[M]. 北京：解放军出版社，1992：481.

③ 谭邦治．梁守槃院士传记[M]. 北京：中国宇航出版社，2018：93.

锁，在战战兢兢中度日。在贯彻执行“科研十四条”的过程中，国防科研院所根据聂荣臻的指示，普遍为知识分子“摘帽子、解疙瘩”，并规定以后对知识分子不再进行所谓“政治排队”。贯彻执行“科研十四条”不仅稳定了科研工作秩序，而且调动了科研工作者的积极性和创造性，为中国科技事业在20世纪60年代取得一系列突破性的成就奠定了必要的思想基础和组织保障。

1962年2月15日至3月10日，聂荣臻在广州主持召开全国科学技术工作会议（以下简称广州会议）。2月25日，针对有科学家在会上提出对于小资产阶级知识分子这顶帽子不服气的情况，聂荣臻打电话请周恩来到会讲话，重点介绍党和知识分子的关系。3月2日，周恩来到会并作题为《论知识分子问题》的报告。报告肯定中国知识分子中的绝大多数已经是劳动人民的知识分子，而不是属于资产阶级的知识分子。他要求：“过去对同志们批评错了的、多了的、过了的，应该道歉。”周恩来还代表中央“利用这个机会，再作个总的道歉”。[①] 周恩来对知识分子的新定位使与会科技工作者深受鼓舞，消除了绝大多数人对于知识分子阶级属性的顾虑。

3月5日，陈毅副总理受周恩来委托在广州会议上发表讲话。陈毅说：“周总理前天动身回北京的时候对我说，建国以来，我们已经有一支爱国的、人民的、社会主义的、无产阶级的科技队伍。你们是人民的知识分子，革命的知识分子，是为无产阶级服务的脑力劳动者。”他又说：“不能经过12年的改造、考验，还把资产阶级知识分子这顶帽子戴在所有知识分子头上。今天，要给你们‘脱帽加冕’，就是给你们脱掉资产阶级知识分

① 中共中央文献研究室．周恩来年谱（1949—1976）中卷[M]．北京：中央文献出版社，1997：462.

子之帽，加上劳动人民知识分子之冕。”[1]陈毅的讲话彻底打消了所有与会科技人员的顾虑，他们激动地拼命鼓掌，很多人热泪盈眶，普遍反映心里的疙瘩解除了，“帽子脱掉了，责任加重了”，“是脑力劳动者，自己人了，不能再做客人了”。[2]

广州会议期间，在中共中央中南局和广东省举行的招待会上，聂荣臻安排钱三强即席介绍大家最关心的一个问题：中苏关系破裂后，中国依靠自己的力量发展原子能事业进展如何，能不能搞得成？聂荣臻指示钱三强说：“你可以放开讲，给大家鼓鼓劲。”于是，钱三强在简要介绍近几年原子能科技攻关的情况后，充满信心地说：“在全国大力协同下，我国原子弹的总体设计和研制，已经开始走上轨道。我们一定能够通过自己的努力，在预定的时间内把原子弹搞出来！”他补充说：“这个预定时间，就是聂总曾经提出的，国庆十五周年前后。”[3]全场受到鼓舞，响起热烈掌声。

1962 年 3 月 27 日，周恩来出席第二届全国人民代表大会第三次会议开幕式。他在《政府工作报告》中针对知识分子问题指出：“知识分子中的绝大多数，都是积极地为社会主义服务，接受中国共产党的领导，并且愿意继续进行自我改造的，毫无疑问，他们是属于劳动人民的知识分子。”“如果还把他们看作是资产阶级知识分子，显然是不对的。”[4]政府工作报告是经过中央政治局讨论同意的，又由全国人民代表大会通过，因而关于知识分子阶级属性的这一结论，是党和政府的正式意见。广大知识分子因此精神更加振

① 葛能全．钱三强年谱[M]．济南：山东友谊出版社，2002：173.

② 聂荣臻．聂荣臻元帅回忆录[M]．北京：解放军出版社，2005：663.

③ 葛能全．钱三强年谱[M]．济南：山东友谊出版社，2002：173－174.

④ 中共中央文献研究室．周恩来年谱（1949—1976）中卷[M]．北京：中央文献出版社，1997：467.

奋，以极大的热情投身于社会主义建设事业。

为了解除科技人员的后顾之忧，充分发挥他们的潜力，周恩来、聂荣臻、贺龙等中央领导要求各级行政领导和政治工作人员，都要当好科技人员的勤务员，关心他们在生活中遇到的各种困难，对他们的吃饭、住房，甚至小孩入学入托、爱人两地分居等问题都要尽可能帮助解决。根据周总理的批示，1963 年，221 厂在全面调整职工工资标准的同时，研究发放事业津贴事宜，共分为四档，即科研生产单位 18 元、一般行政单位 13 元、西宁杨家庄 10 元、兰州办事处 5 元。[①] 当时猪肉价格每斤 0.4～0.7 元。这笔由国家特批的 18 元核事业津贴，在当年对稳定和激励 221 厂职工队伍起到了很好的作用。

在“文化大革命”前夕，为了进一步发挥科技人员的积极性，周恩来、聂荣臻、贺龙等中央领导还曾考虑过适当提高知识分子的工资待遇问题。当聂荣臻把设想的方案向毛泽东口头汇报时，毛泽东表示完全赞成。毛泽东说高级知识分子的工资可以超过他的工资，可以突破国家最高工资标准的限制。[②] 可惜不久“文化大革命”开始了，这个方案没有来得及进一步研究和组织实施。

---

① 中国工程物理研究院党委宣传部，中国工程物理研究院公共事务管理部．家国情怀：中国核武器研制者的老照片记忆[M]．成都：四川人民出版社，2018：231．

② 聂荣臻．聂荣臻元帅回忆录[M]．北京：解放军出版社，2005：635．

协同攻关

在1959年6月苏联宣布暂时不向中国移交原子弹教学模型和技术资料后，中共中央和中央军委、国务院决定自力更生突破原子弹技术难关。在三年困难时期，核武器研究所的科技人员利用极其简陋的条件，从理论物理、爆轰物理、中子物理、金属物理和弹体弹道等几个方面进行研究试验。

二机部（核工业部）在创造试验条件、分配科技力量、联系内外协作等方面进行了周密组织。当时核武器研究所没有进行小药量爆轰物理试验的场地，二机部就与解放军工程兵协商，在八达岭长城脚下建设了代号"750"工地（"17号试验场"）的原子弹爆轰试验场。1960年4月28日，爆轰试验的第一炮在"17号试验场"打响了。中子物理研究试验则借用中国科学院原子能研究所的仪器设备，并与该所开展合作研究。鉴于原子弹的核部件制造工序多，难度大，需要预先研究，二机部就把核部件生产厂负责部件加工的相关人员集中到二机部核武器研究所进行联合攻关。

原子弹攻关最为核心的是要掌握基本理论和关键技术，二机部和核武器研究所的领导始终把它当作重点工作来抓。宋任穷鼓励核武器研究所的理论研究人员：一定要争口气，把原子弹搞出来。[①] 美国第一颗原子弹和投在长崎的原子弹都是内爆式钚弹，投在广岛的原子弹是枪式铀弹，苏联第一颗原子弹是内爆式钚弹。在自行设计中国第一颗原子弹时，中国科技人员无法照搬苏联承诺提供的教学模型，因为教学模型用的核燃料是钚，而中国当时还没有足够量的钚，只能用铀-235作核燃料。由于临界质量不一样，所以要达到一定的威力，装置中用的核燃料量就不一样。相应地，弹体结构必然有所调整。

为了提高自行设计的可信度，核武器研究所的领导和专家建议先用青年科技人员自己建立的方程、物质参数、计算方法对教学模型计算一遍，如对得上，再设计中国的原子弹。开始计算非常顺利，计算结果与苏联模型很好吻合，但算到中间一关键位置，青年科技人员的计算结果只有苏联专家给的数据的一半。于是举行研讨会，物理学家、力学家、数学家从各自熟悉的专业角度对计算结果进行审议。刚毕业的大学生也被鼓励参与答辩。辩论经常进行得很激烈，有时大家甚至争得面红耳赤，每个人的智慧和创造性都被高度激发出来。这种讨论有时要持续好几天。最后在提出一些改进条件后，决定再进行新的一轮计算。这样的过程一共进行了九轮，历时半年多，计算结果基本相同。最终，周光召根据热力学最大功原理进行论证，证明苏联专家给的数据肯定错了。这也间接证明青年科技人员的计算结果是正确的，从而扫清了中国自行设计原子弹的拦路虎。

因为任何国家都将原子弹技术严格保密，所以中国研制原子弹只能从收集间接相关的参考资料开始。核武器研究所理论部主任邓稼先带领青年科技人员跑遍了北京市的图书馆。饿了，啃几口馒头；渴了，喝一杯凉水。遇到

① 《当代中国》丛书编辑部．当代中国的核工业[M]．北京：中国社会科学出版社，1987：45.

是孤本的参考资料，他们就借来自己刻蜡版油印。有一天晚上，邓稼先骑自行车把借来的资料运回研究所，因为工作太疲劳了，迷迷糊糊地连人带车扎进了一处坟地，竟然在那里睡了一会儿。醒来后，他以为自己还在图书馆里，惊呼："咋搞的，停电了？"[①]在彭桓武的倡导下，理论部每周一上午开一次专题讨论会。成果卓著的科学家和初出茅庐的大学生汇聚一堂，畅所欲言，各抒己见。对科学真理的平等讨论既培养了青年科技人员，也破解了很多技术难题。

从 1960 年起，邓稼先带队开始突击计算，用手摇计算机、电动计算器和计算尺，日夜三班倒地工作。他们把算完的草稿纸捆扎起来放入麻袋中，从地板堆到天花板，堆满了一屋子。当时国内最先进的一台计算机是每秒 1 万次的 104 电子管计算机，但是尚不具备去上机计算的条件，因为上机的程序

邓稼先（前排右二）和于敏（前排右一）在参观

① 王霞．彭桓武传[M]．北京：中国青年出版社，2015：116．

还没有编出来。不管工作有多难、有多枯燥，他们都克服困难，坚持攻关。邓稼先顾不上身体，也顾不上家庭，拼命工作。有一天深夜回家，他吃惊地发现自己年幼的女儿和儿子互相偎依着坐在房门外的楼梯上睡着了。原来妻子许鹿希不在家，邓稼先忘记在吃晚饭时回家给孩子们开门了。在那一刻，他感到对家人深深的愧疚。

在三年困难时期，核武器研究所的科技人员经常饥肠辘辘，有的甚至两腿水肿，浑身乏力。但是大家为了造出中国的“争气弹”，经常晚上在办公室看书学习，补充知识营养。深夜，科研楼灯火通明，李觉所长每次看到都很心疼。他到一间间办公室动员科技人员赶快回宿舍睡觉：“大家看书别太晚了，身体要紧啊！”科技人员说：“所长您都快50岁了，不也一样没休息嘛！”他则说：“我是着急呀！你们都是国家的宝贝，身体累坏了可怎么办呢？我们所的事业是要靠大家来完成的呀！”①

为了加强核武器研究设计的领导力量，原子能研究所的两位副所长王淦昌、彭桓武奉命调任核武器研究所副所长。王淦昌在接受任务时只说了一句话：“我愿以身许国！”彭桓武则说：“国家需要我，我去。”②与他们同期被调到核武器研究所担任副所长的还有钱学森推荐的力学研究所副所长郭永怀。为了避免被美国政府扣留，郭永怀旅美期间坚持拒绝从事涉密研究。在祖国召唤的时刻，他却毫不犹豫地投身研制原子弹的绝密工程。他们和先期参加核武器研制工作的朱光亚、邓稼先等人构成了中国核武器研制工作的骨干力量。干惊天动地事，做隐姓埋名人。为了早日研制出中国的原子弹，他们义无反顾。

① 中国工程物理研究院党委宣传部，中国工程物理研究院公共事务管理部．家国情怀：中国核武器研制者的老照片记忆[M]．成都：四川人民出版社，2018：36.

② 陈丹，葛能全．钱三强传[M]．北京：中国青年出版社，2017：161.

郭永怀（右一）在工作中

在中国第一颗原子弹采用内爆式还是枪式的争论中，爆炸力学专家郭永怀发挥了重要作用。他经过仔细的研究和大量计算，提出了“争取高的，准备低的，两路并进，最后择优”的思路，大胆提出了以先进的内爆式为主要突破方向，从而优化了原子弹的结构设计。经过三年的努力，原子弹理论设计方案终于在1963年3月诞生。核武器研究所最终决定第一颗原子弹采用内爆式的铀弹。美国和苏联的第一颗原子弹都是内爆式的钚弹。这体现了中国第一颗原子弹的原创性。

经过科技人员的忘我奋斗，原子弹研制过程中的一道道技术难关被逐一攻克，下面介绍两个典型案例。

根据中苏双方签署的相关协定，中国兰州铀浓缩厂投产初期所需的六氟化铀由苏方提供。六氟化铀需由二氧化铀经两次氟化而获得。在苏联拒绝向中国提供六氟化铀及其生产技术后，二机部决定由铀矿选冶研究所负责筹建制备二氧化铀、四氟化铀的简法生产装置，由原子能研究所筹建制备六氟化铀的简法生产装置，以解决兰州铀浓缩厂的投产所需。两个研究所承担这项任务的领导、技术人员和工人化气愤为力量，争分夺秒，忘我劳动。二氧化铀简法生产装置和四氟化铀简法生产装置分别只用三个月和两个月就完成了设计、土建和安装，随后顺利投产。六氟化铀简法生产装置也在 1960 年 12 月用于试生产，并制备出合格产品。简法生产装置的建成不仅为兰州铀浓缩厂按时投产提供了部分原料，还为铀转化工厂的投产运行做了组织准备和技术准备。

当时研制六氟化铀的难度最大。苏联专家提供的方案只适用于大型工厂，既庞大又烦琐，按照这个工艺流程，至少要花几年时间才能生产出六氟化铀。1960 年 7 月，二机部党组批准了原子能研究所黄昌庆等同志提出的六氟化铀简法生产工艺流程。按照国外经验，生产六氟化铀的反应炉必须用蒙乃尔合金制造，因为要承受反应炉内几百度的高温和氟化氢气体的严重腐蚀。可当时中国根本没有蒙乃尔合金，大家连见都没见过。如果请炼钢厂试制，至少要半年，时间上来不及。黄昌庆和李仲芳等科技人员商量后，大胆决定用铜镀镍代替蒙乃尔合金。在六氟化铀反应试验前，钱三强副部长鼓励黄昌庆说："不要怕失败，只要搞出一克六氟化铀就是胜利！"①结果，经过 6 个小时的连续奋战，排除了试验装置的多个故障，这次试验获得了 3.3 公斤六

① 核工业神剑文学艺术学会．秘密历程[M]．北京：原子能出版社，1993：107.

氟化铀。1962 年 7 月，六氟化铀终于告别试验阶段，正式投入批量生产。

1960 年 5 月，原子能研究所接受了合成氘化铀的任务。乒乓球大小的氘化铀小球是原子弹引爆装置的核心部件，又被称为点火中子源。它嵌在裂变材料的中央，受到冲击波强力压缩后，能释放出足够多的中子点燃核反应。在找不到任何参考资料的情况下，助理研究员王方定奉命带队攻关。在长城脚下“芦苇秆抹灰当墙，油毡涂沥青做顶”①的简易工棚里，他们用砖头砌起实验台，用废纸箱做物品柜，冒着严寒和酷暑，一干就是三年。王淦昌凭借多年的实验经验和丰富的数理化知识，指导青年科技人员逐一解决技术难题。在做了 978 次试验后，他们终于在 1963 年 12 月制成 4 个合格的点火中子源。②

研制原子弹不是依靠一个研究所或一个研究院就能完成的，必须依靠科技举国体制。

苏联虽然向中国提供了淘汰的小型气体扩散机，但是没有提供关键的分离膜。1960 年 8 月下旬，钱三强代表二机部和中国科学院在北京约见上海冶金研究所党委书记郑万钧、粉末冶金学家金大康和金属材料专家邹世昌，下达研制“甲种分离膜”任务。钱三强说：“二机部的苏联专家已全部撤走，有人扬言，苏联专家走后，中国的浓缩铀工厂将成为一堆废铜烂铁，更不用说制造原子弹了，其中关键之一就是我们不会制造分离铀-235 的分离膜元件。这个技术是绝密的，不可能得到任何资料。组织上决定把研制分离膜的任务交给你们去完成……任务非完成不可，不能让我们的浓缩铀工厂因为没有分离元件而真的变成废铜烂铁，也不能让我们的原子弹因为没有浓缩铀而

① 陈丹，葛能全．钱三强传[M]．北京：中国青年出版社，2017：165.

② 葛能全．钱三强年谱[M]．济南：山东友谊出版社，2002：180.

造不出来。”[①]钱三强还把这项任务分别布置给复旦大学和沈阳金属研究所。

随着原子弹和导弹的研制工作中出现越来越多的基础科学和技术科学问题，聂荣臻希望充分发挥中国科学院的研究力量优势，迅速突破与“两弹”相关的尖端技术。因此，他向有关领导指出：中国科学院的二部要为国防服务，重点是为五院和二机部服务。任务由五院和二机部向中国科学院提出，列入计划。为落实聂荣臻的指示，使中国科学院新技术局所属研究机构（20个完整研究所、7个研究所的二部）更好地与二机部、五院的科学研究密切配合，扭成一股劲，形成一盘棋，统一规划，统一安排，充分发挥中国科学院的技术力量，迅速发展国防尖端技术，国防科委于1961年2月23日下午主持召开关于中国科学院新技术局所属研究机构同时接受国防科委领导的会议。会议决定：“中国科学院有关研究机构承担的国防科研任务，由国防科委与中国科学院共同安排计划、制订规划；中国科学院有关研究机构着重理论研究和方向探索，尽可能先走一步，为设计部门提供资料和途径。”[②]后来中国科学院三分之二的科研人员参与了“两弹一星”研制任务。

1961年5月20日上午，聂荣臻召集刘杰、李强等开会，讨论原子能工业建设问题。聂荣臻在会上指出：“科学研究依靠少数人不行，应组织广泛的协作。中国科学院有些研究所的二部就是为五院和二机部服务的。二机部要很好地利用中国科学院的研究力量。两家集中力量搞协作。”“请路扬、范济生同中国科学院谈一下，要明确为五院、二机部服务的思想。要搞技术科学，理论的研究必须与尖端项目的科学研究相结合。”[③]次日晚，聂荣臻在听

---

① 葛能全．钱三强年谱[M]．济南：山东友谊出版社，2002：155.

② 刘纪原．中国航天事业的60年[M]．北京：北京大学出版社，2016：139.

③ 周均伦．聂荣臻年谱（下卷）[M]．北京：人民出版社，1999：777.

取范济生汇报二机部与中国科学院就两家集中力量搞科研协作的商谈情况后说：“完全同意他们两家议定的三条意见。为了加强二机部、国防部五院与中国科学院协作工作的组织领导，及时解决协作中的具体问题，国防科委应分别主持成立科学院与二机部、科学院与五院两个协作小组，以便充分发挥科学院有关研究所的力量，更加密切地为‘两弹’服务，真正做到科学院、二机部、五院三家拧成一条绳。”①

二机部与科学院协作小组由刘杰、钱三强、张劲夫、中国科学院副院长裴丽生、刘西尧组成。在部院协作小组的统一部署下，1961 年 7 月 12 日至 31 日，钱三强和裴丽生亲赴东北组织沈阳金属研究所、长春应用化学研究所、哈尔滨土木建筑研究所 170 余名科技人员和 300 余名业务辅助人员，协同攻关有关金属铀冶炼、核燃料化学、反应堆结构力学的研究任务。② 9 月，钱三强和裴丽生来到湖南铀矿厂视察，并到长沙矿冶研究所布置协同开展采矿、选矿、化学冶金等方面的攻关。10 月，钱三强和吴有训到湖南二矿（1964 年 1 月 1 日更名为 711 矿）进行现场检查和技术指导。711 矿地质环境特殊，主矿带中多处掘出热水，水温最高达到 55 摄氏度，矿井内气温普遍高于 30 摄氏度。主矿带 80 米中段巷道每小时涌水量 350～400 立方米，水温 47.5 摄氏度，平均气温超过 40 摄氏度。③ 在这么恶劣的环境下干体力活，难度可想而知。711 矿为中国第一颗原子弹提供了合格的原料，被刘杰赞誉为“中国核工业第一功勋铀矿”。

① 周均伦．聂荣臻年谱（下卷）[M]．北京：人民出版社，1999：778.

② 陈丹，葛能全．钱三强传[M]．北京：中国青年出版社，2017：162.

③ 中核集团．为国挖矿 40 载：走进“中国第一功勋铀矿”：711 矿[EB/OL]．(2022-07-27)[2022-11-08]．https://baijiahao.baidu.com/s?id=1739436035451214403.

▶ 衡阳铀水冶厂全景

▶ 铀矿反射性选矿厂外景

因为研制力量分散，彼此又缺乏交流，“甲种分离膜”的研制工作一度进展缓慢。1961年11月，钱三强和裴丽生到上海检查落实“甲种分离膜”的研制任务，随后向上海市委书记柯庆施通报情况，并建议由上海市委和市政府负责组织协调。不久之后，上海市科委根据柯庆施的指示，组织上海市冶金局、纺织局和上海冶金研究所、复旦大学组成协同攻关领导小组，集中力量完成“甲种分离膜”的研制任务。到1963年秋，上海市终于研制成功“甲种分离膜”，从而满足了为第一颗原子弹提供核装料的扩散厂连续稳定生产的需要。至此，中国成为继美、苏、法之后第四个能独立设计制造扩散分离膜的国家。

聂荣臻非常关心原子弹工程的协作攻关问题。1961年11月2日，他就二机部的基本建设、生产准备和科学研究工作作出指示：“工程中的一些技术问题，要实实在在地摸，摸着石头过河……反应堆的建设明年要搞。”“二机部要很好地抓明年的工作，明年是个关头，要很好地组织，项项解决，项项落实。”[①]11月8日，聂荣臻在听取总后勤部部长邱会作汇报工作时指出：“现在二机部、五院与中国科学院建立了协作网，科研力量集中了。在科学队伍上，我们要建立国家队，特别是导弹、原子弹等，一定要建立国家队。”[②]这一年，二机部在中国科学院各研究所共安排任务83项，计222个研究课题。[③] 经过共同努力，各项任务按时完成，保证了工作需要。

在原子弹协同攻关中，钱三强发挥了关键作用。1962年1月，他在衡阳主持召开现场攻关会，邀请中国科学院新技术局、上海有机化学研究所、长

---

① 周均伦．聂荣臻年谱（下卷）[M]. 北京：人民出版社，1999：808.

② 周均伦．聂荣臻年谱（下卷）[M]. 北京：人民出版社，1999：809.

③ 葛能全．钱三强年谱[M]. 济南：山东友谊出版社，2002：170.

沙矿冶研究所、长春应用化学研究所等单位的科技骨干进行“群医会诊”，就衡阳铀水冶厂生产准备中存在的148个技术问题提出研究方案和措施，重点审查了纯化车间的试车方案，为纯化系统顺利投产做了技术准备。4月，钱三强和中国科学院副秘书长秦力生共同召集大连化学物理研究所、兰州化学物理研究所、上海有机化学研究所、中国科学院力学研究所等科研骨干协作会议，落实高能炸药的化学合成任务。同年秋，钱三强推荐由程开甲负责牵头解决有关原子弹爆炸试验的技术问题，并从原子能所抽调吕敏、陆祖荫、忻贤杰协助程开甲拟订试验方案。经过一系列专题研究和讨论，程开甲于11月26日领导起草了《关于第一种试验型产品试验的工作纲要》和《急需安排的研究题目》。该方案经钱三强审阅后上报，得到批准。

经过将近两年时间的自力更生和艰苦奋斗，中国的核工业建设和原子弹研制都取得了显著进展。到1962年秋，科技人员已经突破了铀-235生产线各个环节的大部分技术难关，试制出了各项工程所需的大部分配套设备、仪器、仪表，完成整个铀-235生产线80%以上的建筑安装工程，陆续开展原子弹的理论设计、结构设计、工艺设计，开始突破和掌握实现原子弹爆炸的一些关键技术。科技人员对浓缩铀作为内爆式原子弹核装料的动作规律与性能有了比较系统的了解，基本上掌握了实现内爆的重要手段及其主要规律和实验技术，大致掌握了炸药工艺和核装料精选、成型工艺，并制成了全套的自动控制系统，基本上按原定计划完成了一种理论设计和爆轰物理试验、飞行弹道试验、引爆控制系统台架试验等三大试验，为原子弹的模拟试验和原子弹产品技术设计提供了必要的技术准备。①

---

① 《当代中国》丛书编辑部．当代中国的核工业[M]．北京：中国社会科学出版社，1987：45.

随着国民经济逐步走出困境，中央领导更加关心原子弹的研制进度。1962 年 4 月 3 日，聂荣臻在听取刘杰汇报二机部攻关任务进展情况时指出："对一线任务要狠狠抓，但不要急躁。"① 6 月 8 日，毛泽东在听取副总参谋长杨成武、南京军区司令员许世友汇报工作后指示："对尖端武器的研究试制工作，仍应抓紧进行，不能放松或下马。"②在 8 月北戴河中央工作会议期间，陈毅等中央领导纷纷向刘杰询问原子弹研制进展情况，希望中国早日拥有原子弹，增强军事实力，提高国际地位。陈毅早在 1961 年北戴河国防工委工作会议期间就表示，脱了裤子当当，也要把我国的尖端武器搞上去。此后，他多次对聂荣臻风趣地说："我这个外交部长的腰杆现在还不太硬，你们把导弹、原子弹搞出来了，我的腰杆就硬了。"③刘杰深感责任重大，时不我待。

二机部领导认真学习了北戴河会议精神，并深入分析了核工业建设现状和原子弹研制进展，认为核工业建设和原子弹研制已经到了从量变到质变的关键时刻，根据形势发展需要提出一个新的目标和规划。在北戴河会议期间，刘杰就上述认识和想法向中共中央和毛泽东写信进行汇报。会议结束后，二机部领导经过反复研究和仔细推敲，于 1962 年 9 月 11 日向中共中央提交题为《1963、1964 年原子武器工业建设、生产计划大纲》（简称《两年规划》）的报告。报告提出争取在 1964 年，最迟在 1965 年上半年爆炸中国第一颗原子弹。

1962 年 10 月 10 日上午，聂荣臻和解放军总参谋长兼国务院国防工业办公室（简称国防工办）主任罗瑞卿在国防科委听取刘杰、核武器研究所副所

① 周均伦 . 聂荣臻年谱（下卷）[M]. 北京：人民出版社，1999：821.

② 中共中央文献研究室 . 毛泽东年谱（1949—1976）第五卷[M]. 北京：中央文献出版社，2013：105.

③ 聂荣臻 . 聂荣臻元帅回忆录[M]. 北京：解放军出版社，2005：646.

长朱光亚汇报二机部爆炸第一颗原子弹的规划设想。整个规划分为五个阶段，其中用 15 个月时间完成原子弹产品的技术设计，用 21 个月时间全部准备完毕，进行试验。① 聂荣臻随后提出意见："（一）关于二机部九局的工作应搞两个规划，一个长远规划，一个是第一颗原子弹炸响的规划。"并同意二机部把第一颗原子弹炸响的时间定为国庆 15 周年。"现在主要是如何炸响的问题，采用什么办法都行。将来再考虑装到运载工具上的问题。""（三）关于协作问题，一方面抓紧同三机部、一机部②的协作，另一方面请钱三强亲自抓紧同中国科学院 19 个所的协作。协作问题，各有关部门应有个专门机构抓，这点很重要，应提出建议。"③

不久之后，中共中央政治局常委会会议在 10 月 19 日听取国防工办关于原子能工业生产建设和原子弹研制情况等问题的汇报。刘少奇主持会议，聂荣臻、罗瑞卿等列席会议。刘少奇认可二机部提出的《两年规划》，并指示：要努力搞，1964 年能爆炸很好，如果努力了还不行，1965 年也可以。各部门的配合很重要，中央要搞个委员会，现在就搞，抓紧了就有希望。你们提出个方案和名单，报告中央批准。④ 会议一致批准了二机部提出的《两年规划》。

经过多次讨论，罗瑞卿于 1962 年 10 月 30 日给中共中央、毛泽东写了《关于加强原子能工业领导问题的报告》。报告说："最近，二机部在分析了各方面的条件以后，提出力争在 1964 年爆炸第一颗原子弹。这一目标的实

---

① 《当代中国》丛书编辑部．当代中国的核工业[M]．北京：中国社会科学出版社，1987：270.

② 1960 年 7 月 2 日，第十七次中央军委常委会会议讨论了一机部的拆分问题。不久之后，重新设立三机部，主管航空、电子、兵器、舰船工业。原一机部则只管民用机械。

③ 周均伦．聂荣臻年谱（下卷）[M]．北京：人民出版社，1999：850－851.

④ 周均伦．聂荣臻年谱（下卷）[M]．北京：人民出版社，1999：854.

现，不但在国内是一件振奋人心的大事，而且在国际上也会产生巨大影响。实现原子弹爆炸，是全国科学技术和工业生产水平的集中体现，绝非哪一个部门所能单独办的。除二机部外，还必须取得各工业部门、科研单位的密切配合，以及全国在人力、物力上的大力支援。现在离预定的爆炸日期只有两年的时间，为了更有力地保证实现这个目标，建议在中央直接领导下成立一个专门委员会，加强对原子工业的领导，随时检查督促计划执行情况，并在必需的人力、物力上进行具体调度，及时解决在研究设计和生产建设中遇到的问题。这个建议，少奇同志已原则同意。根据少奇同志的指示，我们考虑最好是由总理抓总，贺龙、富春、张爱萍、先念、一波、定一、荣臻、瑞卿、赵尔陆、刘杰、孙志远、段君毅、高扬等参加。”①

1962 年 11 月 2 日，邓小平审阅罗瑞卿的报告后批示：“拟同意。送（毛）主席、刘（少奇）、周（恩来）、朱（德）核阅。退瑞卿。”② 11 月 3 日，毛泽东阅后批示：“很好，照办。要大力协同做好这件工作。”③这一指示成为中国原子弹工程加速推进的总动员令。根据中央关于加强原子能事业领导的决定，中共中央十五人专门委员会（简称中央专委）于 11 月 17 日正式成立，周恩来在中南海西花厅主持召开第一次会议。中央专委由周恩来、贺龙、李富春、李先念、薄一波、陆定一、聂荣臻、罗瑞卿、赵尔陆、张爱萍、王鹤寿、刘杰、孙志远、段君毅、高扬共 15 人组成，周恩来任主任。12 月 14 日，中共中央发出《关于成立十五人专门委员会的决定》。

---

① 中共中央文献研究室．毛泽东年谱（1949—1976）第五卷[M]．北京：中央文献出版社，2013：167－168.

② 周均伦．聂荣臻年谱（下卷）[M]．北京：人民出版社，1999：862.

③ 中共中央文献研究室．毛泽东年谱（1949—1976）第五卷[M]．北京：中央文献出版社，2013：167.

中央专委发挥了组织执行原子弹研制总动员令的总指挥部作用，其职责是加强对原子能工业建设和核武器研制、试验工作以及核科学技术工作的领导。委员会下设办公室，作为日常办事机构，由罗瑞卿任主任，赵尔陆、张爱萍、刘杰、郑汉涛任副主任。办公室附设在国防工办。在周恩来和中央专委的组织领导下，围绕中国第一颗原子弹的研制和试验，开始了一场全国范围的大会战，先后有二机部、中国科学院、冶金部、化工部等26个部委及20个省、市、自治区（包括900多家工厂、科研机构、大专院校）参加了攻关会战。① 从正式成立到1964年10月16日中国第一颗原子弹爆炸试验成功，周恩来亲自主持召开了九次中央专委会议和若干次中央专委小型会议，及时解决了生产、科研和建设中的一百多个重大问题。②

中央专委成立后很快就发挥出不可替代的作用。1962年11月29日，中央专委第二次会议决定加强二机部的科技力量和党政工作力量，限令各有关部门、部队和高等院校、科研单位于12月底前为二机部选调各方面优秀人才500名，调配仪器设备1 100多台。③ 12月4日，中央专委第三次会议原则同意二机部提出的“两年规划”。周恩来在会上要求努力争取实现1964年目标，并说“科学是有规律的，要找到它的规律，掌握规律。实验工作要不怕失败，多次实验求得成功”，提出要实事求是，循序渐进，坚持不懈，戒骄戒躁，质量第一，安全第一，认真抓紧，踏踏实实地努力工作。④ 在中央专委坚强有力的领导下，中国原子弹研制计划开始加速推进。

---

① 《当代中国》丛书编辑部．当代中国的核工业[M]．北京：中国社会科学出版社，1987：51.

② 中共中央文献研究室．周恩来年谱（1949—1976）中卷[M]．北京：中央文献出版社，1997：512-513.

③ 中共中央文献研究室．周恩来年谱（1949—1976）中卷[M]．北京：中央文献出版社，1997：516.

④ 中共中央文献研究室．周恩来年谱（1949—1976）中卷[M]．北京：中央文献出版社，1997：517.

草原会战

在那遥远的地方，有位好姑娘。

人们走过她的帐房，都要回头留恋地张望。

…………

这首传唱了几十年的王洛宾情歌名曲，让几代中国人如痴如醉。歌词中“那遥远的地方”就是中国第一座原子城所在的金银滩草原。金银滩草原位于青海省海晏县境内，方圆 1 100 平方公里，东距省会西宁 100 公里、南距青海湖 28 公里。夏季的金银滩，鲜花盛开，绿草如茵，穿着传统民族服饰的藏民骑着骏马悠然放牧，一派迷人的景象。1940 年春天，王洛宾随电影导演郑君里在青海金银滩草原拍摄《民族万岁》时，创作了不朽之作《在那遥远的地方》。

位于金银滩草原的 221 厂整个禁区的控制面积多达 1 170 平方公里。为了建设 221 厂，1958 年 10 月至 11 月，在海北州州长夏茸尕布的亲自宣传、动员和组织下，在一个月内迁走农牧民 1 279 余户，让出了环青海湖最肥沃的牧场。夏茸尕布州长率先垂范，以身作则。在金银滩草原的寒风中，第一户拆卸帐篷、响应政府号召的，就是他母亲一家。出于保密，动员牧民大搬迁时又不能直接说出原因，因此这项工作的难度可想而知。新的安置点距离最近的也有 500 多公里，远的要 1 000 多公里，有的还要翻越海拔 4 100 多米的高山。由于劳累、严寒和疾病，许多牲畜在迁徙途中死亡，许多牧民同胞也病倒在迁徙路上。尽管如此，几千个移民群众中没有一个人讲怪话、发牢骚，大家的政治觉悟都很高。

农牧民迁走后，有关部门从兰州建筑工程局选调 1 200 余名建筑工人，从部队抽调 2 000 余名指战员，还有青海省支援的 6 400 多名从河南省清丰、内黄两县选调的支边青年，在金银滩草原开始万人大建设。221 厂不仅规模庞大、建设技术复杂，建设难度还特别大。当地平均海拔为 3 200 米，属于高寒缺氧地区，不但人走路快一点就会感到胸闷，而且每年无霜期只有三个月，可供室外施工的时间不长。按照《两年规划》的安排和科研进展的要求，这个基地需要在 15 至 21 个月内基本建成。为加快工程建设进度，中央专委决定加强施工力量，调集建工部、铁道部、交通部、水电部、工程兵、通信兵等 13 个部门的施工队伍，与先期在那里的二机部 103 公司和 104 公司会合，并组织了施工现场指挥部，由李觉任总指挥，全力进行突击抢建。1963 年 8 月在修建七厂大桥的桥墩时，因为河水又深又急，解放军某工程团调集三个连的兵力，分三班倒，昼夜不停地奋战七天七夜，终于完成任务。经过两个月的紧张施工，这座大桥在同年 10 月正式竣工。在配套电厂建设工程中，因公负伤者不计其数，两名工人献出了自己的生命。

在 221 厂建设初期，创业者们住的是军用帐篷和地窝子①。金银滩的夏

① 地窝子是一种在沙漠化地区较简陋的居住方式。地窝子挖制方式比较简单：在地面以下挖约一米深的坑，形状四方，面积约两三米，四周用土坯或砖瓦垒起约半米的矮墙，顶上放几根椽子，再搭上树枝编成的筏子，然后用草叶、泥巴盖顶。地窝子可以抵御沙漠化地区常见的风沙，并且冬暖夏凉，但通风较差。

天是美丽的，也是短暂的。当地的年平均气温为零下 4 摄氏度，5 月份有时还会下雪，入冬后更是一片冰天雪地，最低气温可达零下 30 多摄氏度。人们只有烧火取暖才能度过漫长的冬天。当时取暖煤不够用是常有的事。为了不受冻，领导干部带头到草原上捡拾牛粪、干草等烧火取暖。

在三年困难时期，221 厂食品供应紧张，没有油，更没有新鲜蔬菜。每顿饭只能吃一个小馒头，配咸菜或萝卜干，再加一碗干菜叶子泡的酱油汤，上面漂的全是虫子。在这样艰苦的条件下，创业者们依然干劲十足地完成了工作任务，并发扬自力更生、艰苦奋斗的革命精神，开展生产自救渡难关。他们抽出业余时间开荒种地，种植土豆、青稞和油菜，还组织队伍到青海湖里捕捞湟鱼，到山上抓野兔。创业者们把挖出来的鱼下水放到太阳下暴晒，用晒出来的油炒菜吃。在金银滩能买到的蔬菜长期只有土豆一种。那时候，金银滩草原上盛行“土豆宴”，有土豆泥、土豆丸子、土豆丝、土豆块等。直到 20 世纪 70 年代末，221 厂的职工才能吃到大白菜和萝卜。

在青海核武器研制基地初步具备科研和生产条件后，二机部党组决定从 1963 年 3 月起，将集中在北京的核武器科研生产人员陆续迁往金银滩。在爱国主义精神、集体主义精神和社会主义精神的感召下，整个搬迁工作非常顺利。大批科技人员和工人毫无怨言地离开生活条件较好的北京，以“献了青春献终身，献了终身献子孙”的气概，斗志昂扬地开赴生活条件艰苦的青藏高原。经中央专委批准增调的一批技术骨干也按期报到。郭永怀临行前，妻子李佩一边帮他准备行李，一边心事重重地问他去哪里、去做什么、什么时候回来，郭永怀却一言不发，只是默默地看着李佩。对此，李佩晚年评价说：郭永怀最会保密，保密的事，他绝不会告诉你。

当时基地建设遵循的是“先科研后生活”的方针，首先抢建的是科研设施和生产线，然后才是宿舍、食堂等生活设施。不少科研人员搬到金银滩后，还得先住军用帐篷或干打垒[①]（简易土坯房），条件十分艰苦。到了1963年秋冬之交，金银滩新建起几幢带暖气的楼房，李觉将军优先安排科技人员住在楼房里，自己带领机关干部继续住在军用帐篷里或干打垒里。军用帐篷的防寒效果差，住在里面的人冬天都是穿着棉大衣、戴着棉帽子和衣而睡的。第二天醒来时，他们的眼睫毛和眉毛上都是霜，得先用手捂着按摩一会儿才能睁开眼睛。当时在基地吃的是青稞面、85粉（每百斤小麦出85斤面粉）、95粉（每百斤小麦出95斤面粉），最大的困难是吃不下去。因为气压低，水烧到80摄氏度就沸腾了，面粉制品煮不熟。创业者们天天吃没煮熟的饭，喝没烧开的水，结果肚子老胀气。[②]

中央领导非常关心原子弹研制工作和221厂职工的生活状况。1963年4月2日，毛泽东、周恩来、邓小平等中央领导在人民大会堂接见二机部在京单位部分科技骨干和专业会议代表。邓小平对核武器研究所的代表说："研制原子弹的计划，党中央和毛主席已经批准了，路线、方针、政策已经确定，现在就是你们去执行。你们大胆去干，干好了是你们的，干错了是我们书记处的。"[③]这使核武器研究所的领导和科技人员深受鼓舞。6月28日上午，聂荣臻在听取李觉和朱光亚汇报第一颗原子弹爆轰试验进展情况时指出："青海核武器研制基地的生活问题，应当做一个重要问题去解决。"[④]

---

① "干打垒"是指一种用黏土夯实垒筑起来的房子。干打垒本身是一种简易的筑墙方法——在两块固定的模板中间填入黏土夯实。用这种方法盖房子速度快，就地取材，人人可动手，节约资金和材料，房子冬暖夏凉，但非常简陋。

② 李海燮．红色记忆：221基地建设者采访纪实[M]．北京：中国原子能出版社，2019：91-92.

③ 中国核工业总公司党组．邓小平同志与中国核工业[EB/OL]．(2004-07-29)[2022-11-13]．https://news.sina.com.cn/c/2004-07-29/14103861466.shtml.

④ 周均伦．聂荣臻年谱（下卷）[M]．北京：人民出版社，1999：894.

中国第一个核武器研制基地纪念碑

地窝子

221 厂曾被称为“男儿国”，女同志很少。考虑到 221 厂男女比例严重失衡，周总理有意识地从全国各地调来一大批中专、技校学历的女学生，进入 221 厂工作，从而帮助 221 厂的很多男职工找到了对象。

221 厂的领导班子吃苦在前，享受在后，从不以权谋私，所以群众都很信服。三分厂有一位职工，因为家里有困难，隔几天就从三分厂到总厂找领导，当时是党委书记赵敬璞主管生产。有一天，那个职工一大早就去找赵书记，怕去晚了书记在开会，正巧赵书记也刚起床。他一进屋，就看见赵书记趴在痰盂上在吐，吐出来的是带血的痰，同时又看到勤务员给赵书记送来了两个青稞面小馍和一碗青菜汤。那个职工顿时心里一惊：赵书记那么大岁数，身体又不好，还在这里坚持呢！赵敬璞看到他，问他有什么事，他就如实说了自己家里的困难，看能不能把自己调回老家去。赵书记没有说别的，也没有讲大道理，就问他是干什么的，几级工。[①] 他回答说五级工。赵书记说：“我的困难是和你一样的，如果要我选择，我还是愿意回北京，不愿意在这儿待，但是不行，是事业需要啊，连我这样的都需要，你又是个五级工，事业就更需要啊！咱们一起来渡难关吧！”[②] 从此以后，这位职工再也没去找过领导。

如果将草原的季节按气候特点划分的话，金银滩一年当中只有夏季与冬季：花儿开了——夏季，花儿落了——冬季。由于寒冷时间较长，每年送暖时间长达 8 个月。这种室外冰天雪地、室内温暖如春的工作生活环

① “八级工制”是 20 世纪 50 年代我国以工业建设为基本任务的背景下，为消除工分制的弊端，将工人的技术等级和工资挂钩而制定的。等级越高，说明工人的技术水平越高，工资也越高。在此后的 30 多年里，八级工不仅是一个让人羡慕的身份，更代表着高技术和高收入。1959 年在杭州，一级工每月工资 32 元，八级工则是 108 元。当时一个人即使只评上五级工、六级工，在企业和社会中也有很高的地位。

② 李海委 . 红色记忆：221 基地建设者采访纪实[M]. 北京：中国原子能出版社，2019：57.

境，使每个干部职工都有着“只争朝夕”的时间观。在 221 厂，家家户户几乎没有自己烧菜做饭的，全都在食堂就餐，厂区大小食堂都是三班倒，24 小时服务。开饭时不少知识分子一边排队，一边看书，到了窗口还不知道买饭，闹出过很多笑话。草原人这种抢时间、挤时间、延长工作时间的自觉拼搏精神，使他们个个成为支配时间的主人，最大限度地保证了原子弹的研制进度。

当历史的车轮驶入 1963 年下半年时，中国的核材料（铀矿、二氧化铀、四氟化铀、六氟化铀）供应已经基本不成问题，完成原子弹研制任务的关键在于如何研制出浓缩铀和核部件，以及爆轰试验如何获得足够多的中子。为了使理论工作更好地配合大型爆轰试验，核武器研究所理论部派出由胡思得等青年研究人员组成的工作组，随同试验人员前往现场参加试验并共同解决试验中遇到的理论问题。在王淦昌、陈能宽的具体指导下，核武器研究所实验部提前在 1963 年上半年开展了一系列缩小尺寸的局部聚合爆轰试验，取得了对爆轰规律较为完整的认识，同时带动了炸药加工工艺、试验部件装配及检验和各种测试技术的研究。

为了掌握爆轰试验技术，摸清原子弹的内爆规律，王淦昌、郭永怀、陈能宽、邓稼先、周光召、钱晋等科学家做了大量前期实验工作。为了做到万无一失，王淦昌作为实验技术总管，连一颗螺丝的加工和一个焊点都要严格把关。他经常告诫做爆轰试验的技术人员：“雷管一定要保证质量，必须安装到位。不能有一丝一毫的马虎。如果有一个质量不好，或者有一个插不到位，波形就不好，最后就达不到理想的目的。”①一种新研制的雷管在运输途

① 郭兆甄．王淦昌传[M]．北京：中国青年出版社，2015：269.

中突然爆炸，相关技术人员找不到原因，心急如焚。王淦昌凭借多年积累的经验和知识，迅速判断这是静电积累导致的，当即指示技术人员进行验证和实验，结果证明他的判断完全正确。

1963 年 8 月，二机部部长刘杰赴 221 厂检查工作，决定把苏联来信拒绝提供原子弹教学模型和技术资料的日期——1959 年 6 月，作为中国第一颗原子弹的代号，即“596”，以此激励全体职工，坚决克服一切困难，按时研制出原子弹。向原子弹技术发起总攻的“草原大会战”由此拉开序幕。参加大会战的每个人心中都有一种精神支撑着，那就是毛泽东主席提出的“一不怕苦，二不怕死”。那时候，加班加点很平常，既没有加班费，也没有调休，还不需要干部做思想工作，每个人都无怨无悔。221 厂科技部大楼晚上总是灯火通明，12 点以前从不关灯。职工们经常半夜里还到图书室查资料，学习和工作的氛围特别浓。

原子弹试验装置的零部件不仅精度要求高，有的部件形状还很特殊，难以加工。1963 年，221 厂第一生产部组织工程技术人员和生产工人开展技术攻关，刘杰亲自下车间鼓励技术人员和工人坚定信心，克服困难。经过反复研究和试验，第一生产部终于突破技术难关，生产出合格产品。负责炸药件生产与加工的第二生产部不断改进生产工艺，为原子弹装置核爆炸试验和爆轰物理试验提供了合格的零部件。在全国大协作中，第三机械工业部（航空工业部）完成了原子弹装置中的大型金属部件制造任务。

因为当时生产条件非常简陋，原子弹的生产过程中存在很多危险，没有为国牺牲的精神是干不好的。221 厂二分厂的 201 车间负责浇铸炸药，就是把固体的 TNT 和黑索金熔化成液体，再根据需要进行模具浇铸。炸药熔化时散发出来的气味特别浓，每天熏得人头晕、恶心，身体不好的人根本受不了。那时的工作量相当大，一天要浇铸几百斤炸药，一个炸药球就有好几百公斤。但是，为了能够早日造出产品，光浇铸炸药这道工序就必须做无数次试验，还要认真检查密度是不是达到了要求。201 车间里的温度条件要求很高，工作时窗户都是关闭的，还必须拉着窗帘，呈密闭状态，只有通气天窗用来流通空气。在这个车间工作的职工，大多数人患上了眼病（晶体混浊）和职业性肝病。上级领导关心 201 车间职工的身体健康，每个月发给他们的保健费是全厂最高的，让他们购买白糖、茶叶和营养食品，以排解体内的毒素。

1963 年 9 月 3 日，聂荣臻听取刘杰、刘西尧、钱三强、朱光亚汇报第一颗原子弹研制工作的进展情况。刘西尧汇报说："两周以前，周恩来总理令周家鼎秘书到二机部传达周恩来请二机部研究两个问题：（一）鉴于法国爆炸第一颗原子弹后很久，核武器并没有装备部队，因此，考虑一下，我们可否不忙于爆炸第一颗原子弹，希望做到从爆炸到装备部队不要太久。（二）能否一开始就搞地下核试验。"聂荣臻随后提出以下意见："（一）看来中央的意思是不要过早地暴露我们在发展核武器。（二）同意你们当前研制第一颗原子弹所作的部署，就按你们布置的计划去办。地面核试验、空中核试验、地下核试验，这三手都要准备。地面核试验正在搞，空中爆炸核试验也已在准备。进行地面核试验，容易拿到基本的测试数据。地下核试验可以开始准备。（三）第一颗原子弹炸响以后的安排要及早考虑，计划安排要跟得上。要考虑核装置的小型化和氢弹的问题，以及与运载工具相结合等问题。总之，不要锣鼓不齐。"①

① 周均伦．聂荣臻年谱（下卷）[M]．北京：人民出版社，1999：903－904．

不久之后，核武器研制工作取得一系列重要进展。1963 年 11 月 20 日，缩小比例的聚合爆轰试验在 221 厂进行并获得成功。这使理论设计和一系列试验的结果得到了验证，为原子弹设计和核爆炸试验打下了坚实的基础。核武器研究所和酒泉原子能联合企业（代号 404 厂）通过反复试验研究，确定了浓缩铀部件的铸造成型工艺，并取得精炼、铸造、坩埚和切削加工等工艺数据，建立了分析检验方法，明确了控制杂质含量的原则。这些成果为制造浓缩铀部件打下了技术基础。

1963 年 12 月 5 日，周恩来主持召开中央专委第七次会议，讨论并通过刘杰关于《两年规划》执行情况和今后工作安排的安排，以及赵尔陆关于对二机部、五机部、化工部、科学院等部门提出的问题的处理意见。根据周恩来所提意见，会议决定：鉴于第一颗原子弹的研制工作接近过关，关于试验工作的安排，地面试验放在第一位，并继续完成空投试验的准备工作，地下试验作为科研设计项目立即着手安排。①

经过多年研究，原子弹装置结构方案和主炸药工艺方法已经从多路探索演变成对两种方案的分析比较和试验考验。1964 年 3 月下旬，在第一颗原子弹试验装置开始生产前夕，二机部在 221 厂先后召开确定原子弹装置结构方案和主炸药工艺方法的讨论会。根据对结构部件所做的环境条件试验的结果，会议决定选用一种强度较好的方案，以便保证按时完成核爆炸试验所需部件的制造。关于大型炸药部件加工工艺的选择问题，刘杰指出，因时间紧迫，应该当机立断，根据现实可能的原则，选定一种方案，及早进行试验。会议于是决定在首次原子弹爆炸试验中采用注装工艺。

---

① 中共中央文献研究室．周恩来年谱（1949—1976）中卷[M]．北京：中央文献出版社，1997：599.

与此同时，与第一颗原子弹爆炸试验相关的其他准备工作也在紧锣密鼓地进行着。1963 年 12 月到 1964 年 1 月，郭永怀带领核武器研究所作业队在巴丹吉林沙漠深处对核弹的控制系统、遥测系统、弹道测试进行综合性试验。当地气温低到零下 20 多摄氏度，从驻地到靶场要开车 4 个多小时，郭永怀乘坐一辆苏制“嘎斯-69”吉普车，车子颠簸得很厉害，车内还没有暖气。每天面对这样艰难的行程，这位 50 多岁的大科学家没有一句怨言。12 月 28 日，正式执行试验任务，在戈壁滩上没有帐篷和桌椅，吃午饭时只能席地而坐。郭永怀和大家一样啃着冻馒头与咸菜，仅有的暖意是从兵站要来的一暖瓶热水。为了取得第一手的试验结果，他在刺骨的寒风中坚持工作到试验结束。当车队从靶场返回驻地时已是午夜，这时候郭永怀才和大家一起吃碗热腾腾的汤面作为晚餐。

1964 年 2 月 25 日，二机部党组决定撤销核武器局（九局）与核武器研究所（九所）建制，与 221 厂组建成立“二机部第九研究设计院”（简称“九院”）和“221 研究设计分院”。随着工程项目陆续完成，北京核武器研究所的其余部分在 1964 年上半年也陆续迁往金银滩。4 月 11 日，周恩来主持召开第八次中央专委会，并在会上提出：“原子弹爆炸试验工作按 9 月 10 日前做好一切准备，等待中央常委派骨干到现场，试验时间由中央常委会决定。请国家气象局负责把气象预报搞准。”他还提出，要防止事故，把革命干劲同科学精神结合起来。① 会议决定中国首次原子弹爆炸试验采用塔爆方式，要求做到“保响，保测，保安全，一次成功”。②

6 月 6 日，核武器研究院在金银滩草原西北角海拔 3 500 米的爆轰场进行

① 中共中央文献研究室．周恩来年谱（1949—1976）中卷[M]．北京：中央文献出版社，1997：633.

② 《当代中国》丛书编辑部．当代中国的核工业[M]．北京：中国社会科学出版社，1987：54.

了全尺寸爆轰模拟试验。这次试验除了核装料不是活性材料外，其他部件都是核爆炸试验时要用的实物。引爆系统也和核爆炸试验时相同。这是原子弹爆炸试验前的一次综合预演。试验取得完全成功，预示着原子弹研制工作和爆炸试验已经胜利在望。中央专委为此专门发来贺电。与此同时，在完成快中子次临界实验装置的试制、安装和调试后，核武器研究院成功进行了次临界度的测量，并根据试验结果制定出次临界安全操作规程。

当年苏联专家撤走时，兰州铀浓缩厂尚未建成，4 000 多台机器被杂乱地搁置在山坳里。中国铀同位素分离理论研究的开拓者王承书临危受命，来到兰州铀浓缩厂带领技术人员一边学习，一边攻关。在兰州铀浓缩厂建设最艰难的时刻，彭桓武奉命赶来支援，排除了生产中的安全隐患，逐步打通了生产线。在科技人员和工人的共同努力下，兰州铀浓缩厂于 1964 年 1 月 1 日正式启动投产。1 月 14 日，该厂第一次生产出了合格的可供原子弹装料用的浓缩铀。毛泽东看到二机部党组的报告后欣然批示：很好。4 月 12 日，邓小平和彭真来到兰州视察铀浓缩厂，仔细询问了建厂过程和技术攻关情况。视察结束后，邓小平在厂前区同该厂负责同志和工程技术骨干合影留念。邓小平的亲切慰问和热情鼓励使该厂干劲倍增，乘胜前进，于同年 7 月实现全面建成投产。

在原子弹研制的冲刺阶段发生了很多特别感人的故事。

生产核部件的 404 厂有一个三人小组——祝麟芳、张同星、王清辉，他们都是大学毕业不久的年轻人，负责解决浓缩铀坯件的铸造工艺。为了赶时间，他们在简易车间中反复试验。一开始，铸造出来的浓缩铀坯件中有气泡，前后几十次尝试都没能解决这个问题。祝麟芳在现场连续工作几十个小时，最后晕倒在岗位上。当职工医院的医生在诊断书上清晰地写上“疲劳过度”四个字时，护送他去抢救的同事和在场的护士都感动不已。经过艰辛的探索和不懈的努力，他们终于解决了浓缩铀铸造件的内部孔洞缺陷等技术问题，于 1964 年 4 月下旬按时铸造出合乎要求的坯件。

原子弹核心部件浓缩铀球的材质是铀-235。一颗铀球，由一模一样的两个半球组成。半球并不是实心的，还有一个内球，用来装核爆时的点火中子源。每个半球的内球和外球的同心度必须高度一致，误差不能超过 0.001 5 毫米。外球的光洁度标准最高，精度要求达到一根头发丝的八分之一。因为铀球的硬度如钢铁一般、精度要求特别高，所以加工时纵向的进刀量深度不能超过 0.2 毫米，横向的走刀量不能超过 0.15 毫米。加工一个内球，至少要花三四个小时，而加工一个铀球，大约需要 12 小时。加工铀球用的机床是从东欧国家进口的特种球面机床。这样的球面机床当时全国只有两台，一台在北京，一台在 404 厂。铀球的加工精度要求特别高，因此在加工时不能使用普通的夹具固定铀球，只能使用真空泵把它吸住。如果切削强度过大，真空泵就吸不住铀球。因为加工区内是核沾染环境，所以工人只能站在完全屏蔽的机床外侧，隔着厚厚的玻璃观察窗，戴着双层乳胶手套从两个小孔伸进去进行操作。

为了加工铀球，位于戈壁滩上的 404 厂在 1963 年从全国海选技术最精湛的车工来比武，最后确定由上海汽车底盘厂的技术工人原公浦主刀核心部件加工。原公浦先用钢球练手，然后用材质接近的铀-238 球练手。除了加工精度外，原公浦还担心发生临界事故。临界事故的主要危险是瞬发射线的外照射，它会使工作人员受到大剂量照射，从而导致人员伤亡。小小的铀球，承载着党和人民的期望和重托，承载着千万核工业干部职工的心血。原公浦因此承受着巨大的心理压力，半夜经常说梦话。在最后冲刺的三个月里，因为整天练习车同一尺寸的球，他走路、睡觉眼前都是球。身高 1.7 米的原公浦瘦到只有 90 斤，一天下来连一个馒头都吃不下，只能每天由专人给他从静脉注射葡萄糖针剂。

在把浓缩铀坯件加工成铀球时，加工室里只能留下三个人，因为人也是反射层，可能造成临界事故。留下的三个人中，第一人是主刀——原公浦。第二人负责监护，一面提醒原公浦的操作，一面要及时拾起他车下的铀屑，防止其积聚在切屑盘内，引起裂变链式反应。第三人负责测量，原公浦每车三刀，他就要测量一次，看看还差多少，还要车多少刀。

1964 年 4 月 30 日上午离家出门前，原公浦心事重重，欲言又止，最后对在同一分厂工作的妻子郭福妹交代说："我上班去了，你要把女儿带大。"[①]这句夫妻之间不到生死关头不会轻易说出口的话，让郭福妹瞬时感到了前所未有的压力。她不敢追问，但是眼泪已经夺眶而出。原公浦上班后，从公安部派驻 404 厂的处长到 404 厂负责保卫的副厂长一个个先后找他谈话，都是一个意思：铀球比生命还要重要，不能出任何偏差，必须百分百完成任务。

4 月 30 日 12 时，原公浦穿好三层防护服，戴上双层乳胶手套，和组长何绍元、助手匡炳兴一起走进他的 28 号工作间。404 厂厂长周秩、总工程师姜圣阶、车间主任祝麟芳和保卫干部都守在门外。铀球装上真空吸盘后，原公浦突然紧张起来。也许是因为进刀力度把握不准，铀球突然从吸盘上脱落，哐的一声掉在切屑盘里。这是练习时从来没有发生过的事。工作间里的三个人都惊呆了，原公浦更是几乎本能地不顾一切地用双手捧起了铀球。他吓得

① 郑蔚．逝者｜原公浦：我和原子弹是有缘分的[EB/OL]．(2021-08-23)[2022-11-19]．https://baijiahao.baidu.com/s?id=1708868581488770390&wfr=spider&for=pc.

大汗淋漓、衣衫湿透，担心铀球有没有摔坏。幸运的是，经技术部门反复检查，铀球安然无恙。此时厂领导必须决策，是当场换人，还是明天继续干？周秩和姜圣阶没有批评原公浦，而是充满信任地宽慰他："小原，你就是太紧张了，你的技术是绝对没有问题的。"①姜圣阶让郭福妹冲了一杯牛奶传递进来，让原公浦喝下定定神。

原公浦在休息区用吸管喝下牛奶，镇定多了，随后请求马上回28号工位继续加工。球面机床再次转动起来。到了午夜时分，原公浦报告说："我要加工最后三刀了。"这是最关键的三刀，车多了，铀球就可能报废；车少了，铀球有可能产生硬化层，影响原子弹爆炸，因此必须丝毫不差。原公浦全神贯注，车一刀，停下来量一下尺寸，然后车第二刀，再停下来仔细测量，车完最后一刀，他几乎要瘫倒在地。原公浦后来说："其实关键时候我连防护眼镜都拿掉了，顾不得了，受辐射就辐射吧。"②5月1日凌晨3时许，检查员报告：核心部件的精确度、同心度及尺寸等各项数据全部达到设计指标。中国第一颗原子弹铀球就这样有惊无险地诞生了，原公浦也因此成为中国核工业史上有名的"原三刀"。

原子弹的产品振动试验风险很大，试验人员要有视死如归的勇气。振动试验就是把产品装到汽车上经受路况的颠簸试验。根据规定，就是行驶在有坑洼的路况上，汽车的行驶速度也不能改变，以观察产品承受的颠簸力度，试验多大的颠簸力度才会引起爆炸。为此，行驶过程中要做好一系列数据记

---

① 郑蔚．逝者｜原公浦：我和原子弹是有缘分的[EB/OL]．(2021-08-23)[2022-11-19]．https://baijiahao.baidu.com/s?id=1708868581488770390&wfr=spider&for=pc.

② 王潇．原子弹"心脏"操刀者原公浦最后的日子：癌痛时他唱《东方红》[EB/OL]．(2021-08-29)[2022-11-18]．https://baijiahao.baidu.com/s?id=1709436662880243774&wfr=spider&for=pc.

录。用于振动试验的原子弹内部没有核装药，但是有用于引发核爆炸的高能常规炸药。第一次试验时，汽车上装的虽然是真弹，但是没有插雷管，主要是为了获取路面颠簸的数据。因为知道不会发生爆炸，所以试验人员都不紧张，驾驶汽车跑得很欢。第二次试验时，汽车上装的是插着雷管的真弹，还必须严格按照第一次模拟试验时取得的数据和速度行驶。这次当试验车队开到海晏县管理站时，因为前面路况很差，大家都不敢开了。谁都明白，一旦颠簸得太厉害，超过极限，必将引爆炸药，导致车毁人亡。直到杨副厂长坐到产品车上稳定大家情绪，汽车才敢继续前进。一路上谁都不讲话，心都提到嗓子眼了。这次振动试验任务最终顺利完成，大家下车后都激动地拥抱在一起，带着劫后余生的喜悦，又是哭，又是笑。

研制原子弹的最后一个重要环节就是总装。1964 年夏，第一颗原子弹的零部件陆续运入 221 厂。7 月 20 日，在第二生产部副主任蔡抱真等领导的精心组织下，负责各部件分装和总装的技术人员和工人开始投入紧张的装配工作。在总装第一颗原子弹的那一段时间里，王淦昌、朱光亚等科学家和张爱萍、李觉将军经常到车间检查工作进展，慰问工作人员，鼓舞士气。当时因为谁也没做过，更没经验，工人们经常担心原子弹会突然爆炸。李觉将军就和工人们坐在一起，并说："你们就放心干吧，要是出了技术上的问题我担着，如果问题严重了，那咱们就一块儿吧！"[①]王淦昌不怕核辐射，每次进车间，他都要摸一摸那个令人敬而远之的大家伙，就像抚摸自己的孩子一样。但是，王淦昌告诫其他人不能摸，有危险。他还经常夸工人们干得不错，使他们信心倍增，干劲十足。8 月 19 日，第一颗原子弹全部装配完毕。不久之

① 李海銮．红色记忆——221 基地建设者采访纪实[M]．北京：中国原子能出版社，2019：57.

后，九院的全体参试人员登上专列，雄赳赳气昂昂地开赴罗布泊核试验基地。

历经千辛万苦，中国第一颗原子弹终于研制出来了，接下来就要迎接核爆炸试验的检验。黄沙漫漫的罗布泊核试验基地在默默等待着，中共中央、国务院和中央军委在殷切期待着，中国人民在等待着。中国即将拥有自己的原子弹，古老的东方大国即将再次迎来为全世界所注目的时刻。

第五章

震颤罗布泊

这次成功的试验，标志着我国国防现代化进入了一个新的阶段。这对美国核垄断、核讹诈的政策是一个有力的打击，对全世界一切爱好和平的人民是一个极大的鼓舞。

——中共中央、国务院

（1964年10月16日）

沙海建场

核武器的巨大破坏力决定了人们只能到荒无人烟的地方进行核试验。每一个拥有核武器的国家在选址建设核武器试验场时都会慎之又慎。今天大家都知道中国的核武器试验场位于新疆罗布泊地区，但是中国最初选择的核武器试验场并不在那里。因为自然环境恶劣，中国的核武器试验场选址不易，建设更难。

1957年10月15日签订的中苏《国防新技术协定》规定，苏联将帮助中国建设原子武器试验靶场。1958年1月27日，聂荣臻召集赵尔陆、宋任穷、刘杰、安东等开会，讨论原子武器试验靶场等问题。2月15日，彭德怀、聂荣臻、黄克诚等一起听取李觉关于原子武器试验靶场勘察选址拟遵循的原则的汇报。会议同意二机部苏联顾问的意见，在勘选原子武器试验靶场时，尽可能把它选在导弹试验靶场附近，以便能够共用铁路、机场、电站及其他一些设备。彭德怀在会上指定试验靶场的组建工作由聂荣臻负责，黄克诚协助。4月14日上午，聂荣臻召集宋任穷、刘杰、万毅、安东开会，商谈原子武器试验靶场和原子武器储存仓库的建设问题。聂荣臻在会上说："原子武器试验靶场和储存仓库的工程设计，由一机部第四设计院组织一个单独的设计机构承担；勘察、定位、施工由军队靶场建设委员会负责；建成后由军队领导管理。请宋任穷给彭德怀并周恩来写一报告，请求批准。”[①]5 月 3 日，周恩来批准了宋任穷的报告。

1958 年 8 月 5 日，国防部发出通知，决定以原商丘步兵学校的一部分为主体，组建 0673 部队，由商丘步校政委常勇大校和副校长张志善上校率领，负责建设原子武器试验靶场和以后的原子武器试验。副总参谋长张爱萍在办公室召见常勇，当面宣布中央军委的决定，随后指示常勇跟随特种工程指挥部司令员陈士榘上将去甘肃敦煌西部地区勘察原子武器试验靶场场址。同月，陈士榘率领选场委员会对甘肃敦煌以西地区进行了详细勘察，认为敦煌市区以西 160 公里的地区可建原子武器试验靶场。苏联专家也建议在此建场。

不久之后，原子武器试验靶场勘察大队于 8 月 17 日在敦煌正式成立，指挥机构设在珍珠泉，距离敦煌市区 80 公里。他们的主要任务是搞大地测量、绘制地形图和进行地质勘察。测绘大队组成 40 多个组，每组 6～7 人，配备一辆汽车，分散在 100 多公里宽的“战线”上，同时由东向西进行地毯式的测量。一开始，勘测任务的目的是保密的，队员们虽然努力工作，但是有些迷茫。8 月底，经过上级批准，张志善向勘察队员们宣布了这次任务的真正目的，顿时群情激奋，大家的干劲更足了。

八九月份的戈壁滩白天骄阳似火，最热时地面温度超过 50 摄氏度，在野外工作的勘察队员的皮肤都被晒成绛紫色，解放鞋的胶底被烫到变形。在这样严酷的条件下，为了保质保量按时完成任务，他们每天都要工作 9 到 10 个小时，测量、打桩、竖立三脚架、钻探、刨石头、挖探坑（每平方公里要挖

① 周均伦．聂荣臻年谱（下卷）[M]．北京：人民出版社，1999：637.

100 个 3 米深、2 米长、1.5 米宽的坑）。[①] 当地有很多花蚊子，一咬就肿起一大块。队员们晚上聚在一起交流情况时只能躲在蚊帐里，谁发言就用手电筒照一下。当时在野外，照明也是一个问题，开会时只能给负责记录的队员点一支蜡烛。

戈壁滩上的生活很困难，缺水是最大的问题。当地年降水量只有十几毫米，上百公里内都很难找到一处泉水。勘察队员们好不容易找到一点水，往往也要节约使用，先用来洗脸，再用来洗脚，最后用来洗衣服。随着距离大本营越来越远，汽车送饮用水的间隔从每天一次变成两天一次。到了 10 月份，勘察队员距离大本营已经 400 公里了，不能再指望靠汽车送饮用水了。此时的饮用水供应全靠泉水，有时一连几天都找不到一滴水，大家就靠分配仅有的存水共渡难关。因为运输困难，吃饭也成了问题。主食吃的是当地的面粉和小米，都带沙子。因为缺水经常无法淘洗，队员们只能把粮食和沙子一起咽下去，没法咀嚼。副食供应更加困难。新鲜蔬菜拿到手时都变成了干菜和烂菜，肉类只有少量的咸肉，此外只有榨菜和葱头。因为缺乏维生素，很多人得了坏血病、口角炎、夜盲症，但是他们依然带病坚持工作，没有一句怨言。

茫茫戈壁滩上的地形地貌几乎一模一样，到处都是灰褐色的砾石，没有明显的标志物，一旦起了风沙，人们很容易迷路。有一次，勘察大队队长张志善和副队长史国华等六人乘坐两辆小汽车外出返回时遇上沙尘暴，结果迷失了方向。他们摸索到半夜，还是没有找到指挥部，只好停车休息。等到第二天天亮时，风沙停了，他们发现休息的地方离指挥部只有不到一公里远。

---

① 彭继超．东方巨响：中国核武器试验纪实[M]．北京：中共中央党校出版社，1995：77.

在他们失踪的那天晚上，整个指挥部都睡不着觉，同志们焦急地朝天鸣枪，打曳光弹、信号弹、照明弹，想给他们指引方向，可是他们什么也没听到，什么也没看到。他们安全回到指挥部后，大家紧紧地抱在一起，又是哭，又是笑。张志善死里逃生后风趣地说："同志们放心吧，我们搞不出原子弹，马克思是不会接见我们的。"①

经过三个月的艰苦奋斗，敦煌地区的勘察工作到 1958 年 10 月下旬基本结束。10 月 27 日至 11 月 7 日，陈士榘率领由工程兵设计院、一机部四院和总后营房部等有关单位组成的工作组以及苏联专家到现场勘察，最后确定了原子武器试验场各场区的位置。原子弹爆心定在敦煌市区西北方向直线距离 130～150 公里处。指挥区距离爆心 60 公里，距离敦煌市区 80 公里，生活区在敦煌西湖农场，距离敦煌市区大约 10 公里。10 月下旬，到西北视察工作的国防部长彭德怀元帅在鸣沙山下接见了常勇和张志善。张志善习惯性地报告说："我们是 0673 部队的。"彭德怀听了哈哈大笑："你们还对我保密啊，0673 就是原子靶场嘛。"②

10 月 29 日，原第三兵团参谋长张蕴钰大校抵达敦煌，就任 0673 部队主任。他发现试验场设计为只能试验最大当量为 2 万吨 TNT 的原子弹，感到非常惊讶。美国在 1954 年就已经试验了当量为 1 500 万吨 TNT 的氢弹。苏联专家的设计意味着中国只能试验威力相当于"小男孩"的原子弹，换句话说，苏联专家希望把中国的原子弹技术限制在美国 1945 年的水平。

回到驻地后，张蕴钰向常勇、张志善等指出，这个试验场存在很多问题：最大只能试验 2 万吨 TNT 当量的原子弹，未来没有发展空间；距离敦煌

① 彭继超．东方巨响：中国核武器试验纪实[M]．北京：中共中央党校出版社，1995：79.

② 彭继超．东方巨响：中国核武器试验纪实[M]．北京：中共中央党校出版社，1995：73.

市区太近；地质条件不好；一百公里内没有水源。他建议另外选择一个更理想的原子武器试验靶场。赶回北京后，张蕴钰向安东、陈士榘和万毅分别汇报了勘察情况和换址建议。在副总参谋长陈赓主持召开的办公会议上，张蕴钰汇报了敦煌原子武器试验靶场的情况，陈赓随后拍板说："那里不好，你们另找一个吧！"①凑巧的是，苏联中型机械工业部部长斯拉夫斯基于1958年11月21日函告中国方面：经研究分析所掌握的与中国毗邻地区的高空气象资料，推断已选定的靶场的高空风向是自西北吹向东南，敦煌地区正处于其下风向。建议中国考虑把该试验靶场移到新疆罗布泊地区的可能性。②

1958年12月初，聂荣臻在武昌听取万毅汇报。万毅提出，拟组织有关人员到新疆罗布泊地区进行勘察，看是否可作为原子武器试验靶场新的场址。聂荣臻听后说，同意派人对罗布泊地区进行勘察，查明建场条件，选择合适的建场方案，以便与已选好的敦煌场址进行比较。③ 在综合中苏两方面的建议后，总参谋部在同月批准了0673部队向罗布泊地区转场的报告。12月22日，张蕴钰率队开赴罗布泊进行实地勘察。途中，张蕴钰不由地想起汉朝时期发生在罗布泊附近的两个故事，分别是西汉的傅介子计斩楼兰王和东汉的班超歼灭匈奴使团。一想到自己也将在这片土地上建功立业，张蕴钰顿时豪情万丈，心潮澎湃。他随后就以傅介子和班超的故事鼓励勘察队员克服困难，再立新功。

罗布泊位于塔里木盆地东部的最低处，塔克拉玛干沙漠的最东缘，曾是中国第二大内陆湖。由于形状宛如人耳，罗布泊被誉为"地球之耳"，又被

① 彭继超．东方巨响：中国核武器试验纪实[M]．北京：中共中央党校出版社，1995：84.
② 周均伦．聂荣臻年谱（下卷）[M]．北京：人民出版社，1999：659.
③ 周均伦．聂荣臻年谱（下卷）[M]．北京：人民出版社，1999：659.

称作“死亡之海”，《山海经》称之为“幼泽”，也有盐泽、蒲昌海、牢兰海、临海、罗布池等各种名称。罗布泊有着古老而传奇的历史，见证过丝绸之路的兴衰。罗布泊地区曾经有过一个人口众多、颇具规模的楼兰（鄯善）王国。它于公元前176年前建国，公元630年消亡，有800多年历史。由于气候变化和塔里木河两岸人口激增，罗布泊的水域面积从1942年的3 000平方公里减少到1962年的660平方公里，并在1972年彻底干涸。

20世纪50年代末的罗布泊尚未干涸，但因为是咸水湖，所以湖水不能直接饮用。罗布泊周围的泉水很少，水质矿化度极高，又苦又咸。罗布泊地区的自然环境比敦煌地区还要恶劣，全年几乎没有降雨，是一望无际的戈壁，但是风向合适，而且方圆数百公里人迹罕至。只需要把少量的当地人迁走，就可以在那里进行较大当量的原子弹、氢弹试验。1959年3月12日，中央军委批准在罗布泊建设原子武器试验靶场。随后，1万多名解放军指战员浩浩荡荡地开进了这片沉寂已久的荒漠，开始艰苦卓绝的基地建设。6月13日，总参谋部正式通知原子武器试验靶场改称核试验基地，政委常勇为第一书记，司令员张蕴钰为第二书记。

夏季的罗布泊白天烈日炎炎，酷热难耐，最高气温可达50多摄氏度，夜里则直线下降到20摄氏度左右。冬季的罗布泊寒风刺骨，最低气温可达零下30多摄氏度。大部队进入罗布泊地区后，依靠从几百公里外用汽车运水勉强解决了生活用水和施工用水问题，却又面临着严峻的住房问题。施工队员一开始只能住军用帐篷或者挖地窝子，到后来才盖起了干打垒。当地根本就没有砖瓦，更难找到木材。运来的建筑材料只能保障试验工程建设所需。核试验基地的试验场区设在罗布泊的沙漠中心地带。为了确保基地人员的基本生活，基地机关和生活区设在试验场区西北180公里远的马兰，这里的自然条件相对较好。马兰本来是一个人烟稀少的偏僻村庄，因为水沟两岸开满了马兰花，所以基地建设者就给此地取了这样一个充满诗情画意的名字。

干打垒

核试验基地初步建成后，还需要根据每次核试验的具体形式进行针对性的建设。例如：进行塔爆试验就需要建造铁塔，进行地下核试验就需要挖掘坑道。美国和苏联第一次原子弹爆炸试验都是在 30 多米高的铁塔上进行的，中国第一次原子弹爆炸试验是同样采取塔爆，还是采取放射性尘埃污染较少的空爆呢？负责核试验技术工作的程开甲指出，如果第一次试验就用飞机投掷，就会带来测量和瞄准上的困难。他建议第一颗原子弹在百米高塔上爆炸，这样可以最大程度地减少放射性尘埃，并采集到更多的测试数据。经过多次讨论，中央专委决定按照先易后难、循序渐进的原则，先进行塔上爆炸试验，再进行空投爆炸试验，等到地上试验告一段落后，再集中力量进行地下爆炸试验。

原子弹塔爆试验用的铁塔由工程兵设计院负责设计。因为苏联没有提供相关设计资料，中国设计人员只能从西方公开发表的文章和照片中寻找点滴线索，最后他们参考法国杂志上的一张照片设计出了中国的铁塔。安放中国第一颗原子弹的铁塔高 102 米。当时中国还没有百米以上的高塔，能和它相比的只有建在广州的 90 米高的对外广播发射塔，因此建造技术难度很大。1963 年 8 月 24 日上午，聂荣臻出席国防科委办公会议，听取张爱萍去核试验基地和核武器储存基地检查工作的情况汇报，随后指出：“核试验基地场区布局方案可先这样定下来。第一颗原子弹试验用的铁塔，其设计如无大的问题，能不改就不要改了，只要能把试验的核装置吊上去，又能撑得住，就可以了，反正原子弹爆炸是要连铁塔炸掉的。现在要尽量争取时间，不要议而不决。”①

和整个原子弹研制过程一样，看似简单的铁塔也是全国大协作的成果。铁塔是无缝钢管结构的自立式塔架，有 8 467 个构件，包括起吊、空调、电气三个设备系统。因为戈壁滩上昼夜温差大，铁塔上存放原子弹的小房间又要求保持恒温，所以需要安装空调设备。无缝钢管由鞍山钢铁公司专门生产，塔架由建工部华北金属结构厂加工，装原子弹的吊篮和专用起重机由北京起重机厂制造，四个锥形整体式钢盘混凝土结构的塔基由工程兵 124 团负责建造。1964 年 2 月，铁塔构件由八台大型平板拖车运抵爆心。2 月 21 日，担任安装任务的工程兵特种工程技术总队开始吊装。经过 68 个工作日的奋战，工程兵们克服部件大、风沙大等困难，拿着每天只有四个馒头的补助，在 6 月 28 日将铁塔安装成功。验收时，测得塔顶左右误差小于 2 厘米。铁塔

① 周均伦．聂荣臻年谱（下卷）[M]．北京：人民出版社，1999：901．

建成后经历了11次八级大风吹袭，塔顶最大摆幅在0.5～1米之间，工程质量极佳。高大的铁塔耸立在平坦的戈壁沙漠中，远远望去就像一座雄伟的纪念碑。

试验场区的特种工程建设大部分是从1964年上半年开始的。工程项目共150项，除百米铁塔外，主要还有主控站、分控站、各种测量工号、远近照相站、引爆电缆、控制及通信设施等。这些工程大多为地下或半地下的密封建筑，工程质量要求高，材料规格特殊，施工难度较大。为了保证施工质量和施工进度，基地党委提出了“确保重点，兼顾全局，集中力量打歼灭战”的施工方针，成立了工程指挥部，分工副司令员张志善负责整个场区的工程指挥。[①] 当时工地上没有一台挖掘机和装渣机，不得不采用人力施工方式。工程兵们挥舞着锹镐，打眼放炮采石，用手推车运输。一方面劳动强度大，另一方面工作和生活条件差，但是他们没有一个人叫苦叫累，保质保量地按时完成了施工任务。在原子弹爆炸试验前夕，这些为试验场建设挥洒汗水、奉献青春的工程兵战士奉命撤回180公里外的驻地。虽然没有机会看到原子弹爆炸的闪光和蘑菇云，但他们在得知喜讯后同样兴高采烈地庆祝核试验成功，为自己能够为核试验贡献力量感到幸福和光荣。

---

① 彭继超．东方巨响：中国核武器试验纪实[M]．北京：中共中央党校出版社，1995：218.

大漠惊雷

自 1959 年 6 月苏联正式拒绝向中国提供原子弹教学模型和技术资料后，经过五年多时间的自力更生和艰苦奋斗，中国第一颗原子弹终于呼之欲出。核试验的准备工作千头万绪，光试验场上的各种临时设施和专门部署就有很多种。在核试验场区的 26 个集中点上，开设了 32 个临时伙房，负责提供饮食；开设了 7 个兵站，负责机关和分散人员的食宿招待；建立了临时补给仓库，负责被子、服装、帐篷、营具、汽车零部件、医疗卫生用品等物资的储存，以备不时之需；设立了 3 个加油站、1 个汽车修理站，负责场区车辆的加油和修理；开设了 1 个有 50 张床位的野战医院，负责收容一般伤病员和放射病伤员的急救后送；组织了 1 个医疗队，负责平时的巡回医疗和发现放射病时的现场急救；抽调 35 辆汽车组成 1 个水车排，负责场区的送水工作。[①]

核试验前的运输任务非常繁重。试验场区几个集中点的生活用水要从数百公里外的马兰或甘草泉送来，施工用水要从孔雀河拉来，蔬菜要从库尔勒、焉耆和乌鲁木齐等地运来。军需用品和物资器材要从吐鲁番、独山子、克拉玛依等地运来。进场物资共计 22 类 3 000 余种 3 201 吨，使用火车车皮

① 彭继超．东方巨响：中国核武器试验纪实[M]．北京：中共中央党校出版社，1995：224.

1 116 个，动用汽车 1 270 辆，行驶 1 852 万公里，相当于绕地球 460 圈，还空运精密仪器和急用物资 73 吨。[①] 运送物资的来源地多，距离远，道路状况差，时间紧迫，因此汽车兵们非常辛苦。他们日夜奔波，保障了工程建设和人员生活的需要。

负责驾驶汽车进入爆心执行回收取样任务的司机们在八九月份进行了适应性训练。他们穿着橡胶材质的防护服，戴着防毒面具，在 50 多度高温的驾驶室里训练了一个月。在一次训练中有 18 个人中暑，严重的过了 20 多分钟才苏醒过来。他们普遍出现头晕、呕吐、吃不下饭的症状，平均体重下降了 4 斤多。经过艰苦磨炼，他们由最初戴着防毒面具只能坚持 1 小时到最后能够坚持 6 小时，练出了过硬的本领。原子弹爆炸后，50 多辆汽车进出沾染区 375 次，没有一辆汽车抛锚，没有一辆汽车跑错位置，没有发生任何事故，顺利完成了任务。[②]

从 1964 年 4 月起，测试仪器和参试人员开始陆续进入核武器试验场。一直到 10 月 16 日进行第一次核试验，大部分同志有半年时间生活在戈壁滩上，工作和生活条件非常艰苦。

在戈壁滩上乘车是第一个考验。由于当地极端干旱，公路上形成了一个个连续不断的凹坑，像洗衣搓板一样，人称“搓板路”。新疆地广人稀，核试验区面积也大，到哪里都必须坐车。可在“搓板路”上行车，总颠得乘客上气不接下气，一天下来腰酸背痛，疲惫不堪，有的人脸色很差，就像病了一场。

热是另一个考验。在设计得极为紧凑的帐篷里，白天犹如蒸笼，夜里才

① 彭继超．东方巨响：中国核武器试验纪实[M]．北京：中共中央党校出版社，1995：224 - 225．

② 彭继超．东方巨响：中国核武器试验纪实[M]．北京：中共中央党校出版社，1995：226 - 227．

好受些。戈壁滩上方圆几十里内没有一棵树，没有一点阴凉。中午戈壁滩地面烫得可以煮熟鸡蛋。在地面站久了，参试人员脚心烫得受不了，只好两只脚轮流站立，可是每天都要在野外作业。当时有个顺口溜："戈壁滩上三件宝，水壶、眼镜（防阳光）、大草帽。"①

更困难的是水。水要从20多公里外拉来。这水是被农民截住用来浇地洗碱后放下来的，含碱量极高，煮面条不必再加盐。喝了这种水后，参试人员无一例外地拉肚子。尽管如此，这种水还不得不控制使用，于是洗澡成为一件难得的大事。不含碱的泉水远在一百几十公里以外，如果哪个单位搞到一些泉水，他们就会特别受欢迎。

尽管如此，全体参试人员没有一个发牢骚的，都为自己能够参加这么光荣的任务感到自豪，充满了革命乐观主义精神。在一天劳累工作之余，他们晚上还在汽灯下、蜡烛旁继续琢磨工作，以保证万无一失。

在核试验基地场区的各项准备工作基本完成后，中国第一颗原子弹爆炸试验进入预演阶段。为了加强核试验的领导工作，中央专委决定组建试验委员会。1964年7月21日，中央军委和总政治部批准成立以张爱萍为书记、刘西尧为副书记、朱卿云为秘书长的中共首次核试验委员会，并成立以张爱萍为主任委员、刘西尧为副主任委员，由各参试单位负责人和专家共68人组成的首次核试验委员会。进入场区的一切单位、所有人员都按照试验的战斗编成，编入试验的指挥序列，并逐级建立指挥机构。试验委员会下设12个部（队、室），具体负责试验的各项工作。

根据首次核试验委员会的安排，8月15日至30日在核试验基地进行核

① 科学时报社．请历史记住他们：中国科学家与"两弹一星"[M]．广州：暨南大学出版社，1999：156.

爆炸前的综合演练。第一轮的场区预演由各单位分别组织单项、单元演练，着重检查操作技术和小分队的行动。第二轮的场区预演着重检查控制系统对原子弹的引爆和各测点的联动以及全场的协同动作。最后的综合预演包括原子弹的装配、遥控起爆、测试、剂量侦察、取样、回收成果、防护清洗消毒以及各项指挥保障工作。原子弹模拟弹的装配和控制系统是综合预演中的两个主要环节。李觉、吴际霖、李信、朱光亚、陈能宽等领导和专家赴现场同九院的技术人员一起参加演练，反复检查每个部件，严格按照工艺规程进行装配与检验。他们发现，原子弹结构和部件的尺寸公差都达到或超过了原定要求。控制系统经过 53 次联试证明了可靠性。为了使它更加符合实战要求，技术人员把质量较差的元件更换下来，并准备了备用设备和备用零件。

综合预演为进行正式试验提供了宝贵的经验，试验人员也从中发现了许多问题。最初的演练出现了秩序乱、不协调、技术措施不完善、动作不熟练等问题，上述问题随着演练的深入得到解决，但又出现了松懈自满和麻痹大意情绪。为此，核试验委员会党委及时提出“整顿、提高、落实”的要求和“不放过一个小问题，不带任何问题进行试验”的号召，在短时间内开展了一次思想整顿和组织整顿，修订了试验规章制度和操作流程，逐一解决了技术上存在的问题，并成立了主控、安全撤退、回收取样等指挥所。

原子弹研制出来后，什么时候进行爆炸试验，首先是一个政治问题和军事问题，其次才是天气问题。原子弹爆炸试验的综合预演结束后，有传闻说美国政府正在策划对中国的核设施进行“外科手术式”的核打击，以阻止中国掌握核武器。在这种情况下，中国什么时候爆炸第一颗原子弹成为一个必须尽快确定的问题。1964 年 9 月 4 日，张爱萍、刘西尧奉命回到北京向中央专委和周恩来总理汇报试验准备工作和预演情况，并请示正式试验时间。张爱萍向中央专委提出两个方案：一是早试，定于 1964 年 10 月至 11 月期间进行核试验；二是晚试，推迟到 1965 年开春以后进行核试验。

1964 年 9 月 16 日、17 日，周恩来主持召开中央专委第九次会议，讨论关于首次核试验的准备工作、预演总结、正式试验时间及有关问题。9 月 17 日，会议在研究进行原子弹爆炸试验的具体时间时出现不同意见。经过充分讨论，周恩来综合大家的意见提出两个方案：一是早试，将在本月下旬下决心；二是晚试，先抓三线研制基地的建设，选择机会再试。他说："我们要设想一下原子弹炸响后的情况，再决定爆炸试验的时间，国庆前下决心。"周恩来表示："我倾向于早试。无论早试还是晚试，准备工作不能有丝毫松懈。至于核试验的具体时间，待报请中共中央政治局常委和毛主席作最后决定。"①

罗瑞卿根据会上意见写了一份给中共中央和毛泽东的报告，认为可以在 10 月进行正式试验。9 月 21 日，周恩来将此报告呈送毛泽东并附信说："关于核爆炸及其有关问题，急需待主席回后，当面报告，以便中央早作决定，时间以不迟于二十四日为好。因为如决定今年爆炸，以十月中旬到十一上旬为最好，而事前准备时间至少需二十天；如决定明年四五月与空投航弹连续试炸，也需要在十月做过冬准备；如需从战略上进行考虑，推迟爆炸，使之与第二套新的基地的建设和导弹及核弹头生产相衔接，也需要有方针上的决定。"②当晚，毛泽东审阅罗瑞卿关于确定正式核试验日期问题的报告和周恩来的信，随后批示："已阅，拟即办。"③ 9 月 22 日，周恩来在毛泽东、刘

① 《周恩来传》编写组．周恩来与中国的第一颗原子弹[J]．党史博览，1998（1）：17.

② 中共中央文献研究室．周恩来年谱（1949—1976）中卷[M]．北京：中央文献出版社，1997：667 - 668.

③ 中共中央文献研究室．毛泽东年谱（1949—1976）第五卷[M]．北京：中央文献出版社，2013：409.

少奇等参加的中共中央政治局常委扩大会议上汇报首次核试验的准备工作和中央专委确定的试验方案。毛泽东认为，原子弹既然是用来吓人的，就应该早响。会议最终决定核试验采用第一方案。

9 月 23 日，周恩来召集贺龙、陈毅、张爱萍、刘杰、刘西尧等开会，传达中共中央政治局常委扩大会议的决定。考虑到如果消息提前泄露，万一这次原子弹爆炸试验失败，将造成不利影响，周恩来向与会人员规定了严格的保密纪律。他要求众人不能告诉家人，近期不要写信，也不能打私人电话，并要求张爱萍和刘西尧近期不要接见外宾。周恩来还对后到会的陈毅说："你可不能讲啊！"陈毅知道周恩来是在提醒他在以外交部长身份接待外宾时不能说出去，爽快地回答："我不讲哇！"①

这次重要会议还没结束，张爱萍就站了起来，向周恩来总理告假，说当晚外交部安排了一个外事活动，要提前告退。周恩来表示同意，随即仰头对外交部有关人员说，下不为例。张爱萍刚准备离开会场，周恩来突然从沙发上起身，说爱萍请留步。他走过去堵住了张爱萍的去路，关切地问，爱萍，你带核试验的文件了吗？ 张爱萍摇了摇头说，总理，没有带啊！周恩来指了指张爱萍的衣兜，说搜一搜，看看里边有没有字条，你参加外事活动，首次核试验的只言片语都不能带出去。当着众人的面，张爱萍把自己的几个衣兜都掏了一遍，没有搜出什么。周恩来这才如释重负地说："保密无小事啊！首次核试验除了中央政治局常委外，书记处也只有彭真知道，范围很小。一旦泄露出去，就会捅破天的。我爱人是老党员、中央委员，她就不知道我们要搞核试验，我从不对她讲。"②在座的人纷纷感叹周总理的保密意识之强。

---

① 《周恩来传》编写组．周恩来与中国的第一颗原子弹[J]．党史博览，1998（1）：18.

② 李旭阁．原子弹日记（1964—1965）[M]．北京：解放军文艺出版社，2011：132.

为了保密，周恩来指示张爱萍编制暗语，用于核武器试验场与北京之间的联络。当晚，张爱萍召集紧急会议，组织有关人员研究编制暗语：首次核试验的原子弹外形比较胖，类似球形，所以叫“邱小姐”（球小姐）；铁塔上安放原子弹的平台叫“梳妆台”；给原子弹插接雷管，叫“梳辫子”；装配原子弹叫“穿衣”；装配车间叫“下房”；铁塔叫“上房”；气象叫“血压”；起爆时间叫“零时”。根据中央安排，张爱萍、刘西尧赴核试验现场组织指挥（场区指挥部办公室代号20号办公室），刘杰在北京主持由二机部和国防科委组成的联合办公室（代号177办公室），负责北京与核试验场之间的联络。

鲜为人知的是，为了确保第一次原子弹爆炸试验取得成功，核武器研究院为这次试验准备了两颗原子弹，其中596—1是正式产品，596—2是备用弹。为了确保把原子弹从金银滩安全运到罗布泊，九院专门成立了保卫工作小组，由基地保卫处副处长崔寿桐等四人组成。原子弹的运输工作在国防科委主持下，由参加试验的各单位共同负责。经过协商，由空军、总参军交部、铁道部、二机部、核试验基地、新疆军区保卫部、新疆维吾尔自治区公安厅和总参谋部、公安部、总政保卫部、国防科委等组成主要运输单位。参加此项任务的人员都要经过严格的政审，还要“五定”：定任务、定人、定位、定职责、定知密范围。

原子弹的运输由总参军交部和铁道部负责。这班特殊专列每节车厢都装有通信和空调设备，挑选了最好的列车长、列车员、司机和检车员。为了保证安全，防止出现火花，检车用的小铁锤都被换成黄铜锤。专列使用的100多吨煤炭是由工人们用筛子筛过的，防止混入爆炸物，之后这些煤炭都由保卫部门派人统一看管，防止有人做手脚。空军负责飞机转载运输。由空军作战部副部长恽前程、场外部部长张凯帜、保卫部部长姚士章负责调动专用飞机，挑选了最好的机组人员和地勤人员，并随机查看航线途经的场站。核试验基地负责用汽车和空军直升机将原子弹从马兰机场运到试验场区。基地保卫处处长赵印江等负责监督实施这段运输，并派出警卫部队押车、押机。原子弹的关键核心部件——铀球和点火中子源，先期由专列运至西宁，随后搭乘经过改装的伊尔-14 运输机运到马兰机场，在马兰机场卸载后，直接装上空军直升机转运至核试验场区。

运送第一颗原子弹的火车站和火车头

原子弹弹体的运输工作在出发前遇到了预料之外的困难。运载第一颗原子弹产品特种专用车（简称产品车），在担任产品运输任务前，由铁道部武汉车辆厂承担维修任务，于 1964 年 9 月维修完毕出厂，但车在返回基地途中发生燃轴事故。车驶回 221 厂后，工作人员解体检查后发现是轴承钢套出现纵裂纹，轴头螺帽加固不紧，松动所致。经鉴定，该车不能担任本次产品运载任务。

二机部承担本次产品出厂押运任务的马祥副局长紧急召开厂内有关领导会议，研究如何解决运载产品车辆问题。大家很快提出三种解决办法：一是把产品车运回武汉重修；二是把厂内客车改为产品车；三是用厂内平板车改装产品车。221 厂铁路站长董天祯认为以上三种办法都不可行，因为时间来不及。马祥问他有什么办法，董天祯说："请允许我提个问题，产品是否可以延期出厂？"马祥说："不行，时间是周总理定的，不能延期！"董天祯说："那就好办了，我的意见只有一个，就是将此事如实报告我们部长，再由他派人到铁道部直接找铁道部部长，把详细情况向他汇报，请他在今晚 6 点以前把一组载重 60 吨的台车，装在货车内，再挂在通往郑州的客车尾部，在郑州换挂在通往西宁的客车上，我计算了时间，还来得及。"有人质疑说客车怎么能挂货车呢？董天祯说："有总理说话，铁道部长下令就完全可以办！"马祥听后，果断决定："就这么办，散会！"①

于是，马祥和董天祯一起来到 221 厂总厂保密室，通过专线与北京通话，向部里汇报详细情况。果真在当天晚上 6 点以前一辆由货车装的台车就挂在客车上，在第三天就到达海晏车站。当天下午，他们就将事先组织好的工作人员，连同武汉来的工作人员一起换好台车，保证了第一颗原子弹按时出厂。

1964 年 9 月 28 日深夜，由九院副院长吴际霖带队，原子弹和相关的试验仪器设备与九院参试人员一起，开始在金银滩上星站装车。为了确保绝对

① 李海銮．红色记忆：221 基地建设者采访纪实[M]．北京：中国原子能出版社，2019：84.

安全，兰州军区派出一个警卫团把守在这里，公安干警进行 24 小时不间断的巡逻。9 月 29 日，原子弹起运，朱光亚通过专线向北京报告："邱小姐已上轿。"专列的沿途警卫和到达乌鲁木齐后的警卫都是按照接待国家最高领导人的标准配置的。在火车出发的前一天，沿途就已经站满了警戒的士兵，还有一些部队进行不间断的巡逻，大批民兵负责外围的警戒巡逻任务。在这次任务中，光正规部队就动用了 3 万多人。

专列所经青海、甘肃、新疆三省区的公安厅厅长亲自上车押送，到了省界，两省公安厅厅长签字移交出省。铁路公安按各自的路段，各负其责，实施路段安全保卫签字移交。专列到达乌鲁木齐后，外部警卫由新疆军区负责，内部警卫由自治区公安厅负责。新疆军区派了三层警卫，无关人员根本无法靠近专列，有关领导和工作人员提前发放专门证件。新疆军区保卫部部长李子香和副部长都在夜间亲自查岗，自治区公安厅厅长危良在夜间亲自守车。

新疆军区和自治区及乌鲁木齐市委的领导非常重视这次绝密的运输任务。中共新疆维吾尔自治区党委书记王恩茂和新疆军区、自治区主要领导接见了负责原子弹运输的全体工作人员，并请他们吃了一顿饭，还专门请天山大厦的高级厨师为他们烤制最正宗的新疆风味羊肉串。为了确保原子弹安全又保密地从乌鲁木齐火车站运到机场，经过相关领导连续多天的实地调研，运输车队选择在凌晨 2 时至 4 时行驶。车队最前面是开道车，负责指挥遇到的前方来车一律靠边停车，接着是警卫车，中间是装原子弹的车，后面又是警卫车。车队一到机场，立即装机。飞机上和机场上都布置了专门加强的警卫。天亮后，飞机选择最好的气象时间飞往马兰机场。

在各单位的大力协同下，第一颗原子弹在 10 月 4 日顺利运抵核试验场区。不久之后，张爱萍就命令运输组立即离开试验场区，回到乌鲁木齐后设法把运送原子弹的专列隐蔽起来。这是因为当时中苏关系比较紧张，而苏联对罗布泊核试验基地的具体位置很熟悉。除此之外，为了进行核试验，场区内在爆心周围布置了飞机、坦克、大炮、火车头、舰艇、楼房等效应物，位于爆心的102米高的铁塔也很显眼。通过侦察卫星，美国和苏联很容易就能判断出，中国即将在罗布泊地区进行第一次原子弹爆炸试验。在紧张的国际形势下，为了确保专列上备用原子弹的安全，运送原子弹的专列不能继续停留在乌鲁木齐火车站。经过认真调研和中央专委批准，原子弹专列被转移到位于内蒙古自治区额济纳旗的导弹试验基地隐蔽。10月8日，根据周恩来的指示，张爱萍派出专机，将王淦昌、彭桓武、郭永怀、邓稼先从北京接到核试验场，加强试验现场的科研力量。

金秋十月，沉寂的戈壁滩上搭满了帐篷，热闹非凡。第一颗原子弹的所有零部件运抵核试验基地后，九院在距离铁塔几百米远的地下工房内进行总装。眼看原子弹开始正式总装，却没有一位将军或科学家到地下工房来视察，总装工作人员感到很奇怪。到了吃午饭时，他们脱去工作服走出地下工房，突然被站在地下工房出口处的一大群将军和科学家惊呆了。一位221厂领导对总装工作人员说："张爱萍将军怕打扰你们的操作，在这里站半天了。"张爱萍随即走上前去，握着每个工作人员的手说："辛苦了，辛苦了……"那一刻，很多工作人员感动得哭了。就在这时，刚才那位厂领导又走上前，激动地宣布："张爱萍将军特意派直升机从乌鲁木齐运来冰棍慰问大家！"①听到这个消息，工作人员一阵欢呼！傍晚时分，第一颗原子弹的总

① 李海雯．红色记忆：221基地建设者采访纪实[M]．北京：中国原子能出版社，2019：6.

装工作顺利完成。

1964年10月11日，鉴于10月15日可能出现好的气象条件，在接到张爱萍、刘西尧从现场发来的关于首次原子弹爆炸试验的报告和刘杰有关防空等方面问题的报告后，周恩来致信毛泽东、刘少奇、林彪、邓小平、彭真、贺龙、聂荣臻、罗瑞卿等，说："现一切已准备好了，拟经保密有线电话以暗语告他们，同意来信所说的一切布置，从十月十五日到二十日之间，由他们根据现场气象情况决定起爆日期、时间，并告我们。""防空方面请罗总告总参负责检查、联系和指挥；转移资料、设备、仪器和保密工作，由刘杰负责督促进行。"周恩来还对上述报告中提出的一些问题作了具体的安排，指示"务期全部落实"。①

10月13日，周恩来就有关原子弹爆炸后的宣传和政治斗争问题，向中共中央书记处报告后，又向毛泽东报告，并得到同意。10月14日，周恩来将所审改的有关原子弹爆炸的政府声明、新闻公报、中央通知草稿送毛泽东、刘少奇、林彪、邓小平、彭真、贺龙。附信说："这次试验，决定采取公开宣传办法，以便主动地击破一切污蔑和挑拨的阴谋，并利今后斗争。爆炸时间，前方还在作最后研讨，今晚若能定夺，当另告。"②当天，周恩来亲自下达核装置就位的命令。19时12分，原子弹安全吊上铁塔，张爱萍随后向北京报告："邱小姐已经坐在梳妆台前。"原子弹爆炸试验的准备工作接近完成，激动人心的时刻即将到来。

张爱萍、刘西尧与气象专家顾震潮等昼夜分析气象变化，发现10月16日的天气比15日好，因此预定16日上午8时为"零时"。到10月15日凌晨

① 中共中央文献研究室．周恩来年谱（1949—1976）中卷[M]．北京：中央文献出版社，1997：675.

② 中共中央文献研究室．周恩来年谱（1949—1976）中卷[M]．北京：中央文献出版社，1997：676.

3时，他们又根据气象情况变化，确定16日15时为“零时”，并报告周恩来。10月15日，收到来自核试验基地的最新请示报告后，为了慎重起见，周恩来打电话给在北京留守的刘杰，询问核试验可能出现的结果。刘杰回答说：“有三种可能，第一是干脆利索，第二是拖泥带水，第三是完全失败。”他认为第一种可能性最大。周恩来很欣慰，但仍叮嘱说：“要做好以防万一的准备工作。”①当天中午12时30分，周恩来批示：“请以保密电话嘱张、刘，同意零时定为16日15时。”②至此，中国第一颗原子弹的起爆时间最终确定。

就在中国紧锣密鼓地准备进行第一次核试验时，苏联传来了赫鲁晓夫下台的消息。苏联共产党中央委员会于10月14日举行全体会议，苏联最高苏维埃主席团于10月15日举行会议，决定解除赫鲁晓夫苏共中央第一书记、苏共中央主席团委员和苏联部长会议主席的职务，选举勃列日涅夫为苏共中央第一书记，任命柯西金为苏联部长会议主席。10月16日，苏共中央全体会议和苏联最高苏维埃主席团分别发表公报，宣布上述消息。赫鲁晓夫想阻止中国研制出原子弹，却没想到自己在中国第一颗原子弹爆炸前夕下台了。

原子弹爆炸试验前的最后一晚，试验现场总指挥张爱萍通宵没睡，李觉则是在铁塔下度过的。那天晚上风很大，大风吹得钢丝绳打到铁塔上当当直响。李觉意外地发现一个名叫王振禄的老工人，正戴着帽子、穿着皮夹克，睡在遮盖油机的帆布下面。一问才知道，原来10月16日是王振禄当班，他担心晚上油机出事，影响第二天的核试验，所以决定在工作岗位上连夜盯着。

---

① 《周恩来传》编写组．周恩来与中国的第一颗原子弹[J]．党史博览，1998（1）：19.

② 彭继超，伍献军．核盾牌：国家最高决策（1949—1996）[M]．北京：中国青年出版社，2012：181.

10 月 16 日凌晨 4 时，罗布泊夜色正浓，李觉代表九院向核试验委员会报告，原子弹塔上安装和测试引爆系统的第三次检查完毕，请求批准于 6 时 30 分开始插接雷管。张爱萍、刘西尧、成钧、朱光亚、朱卿云、张震寰、张蕴钰等均签字同意。陈常宜、张寿奇、叶钧道负责给原子弹插接几十根雷管，还有贾保仁、赵维晋、李炳生、杨岳欣等工作人员负责在铁塔上下做好导通和记录等保障工作。李觉提前等在食堂，亲自给即将上塔的操作人员打早饭。插接雷管时要把电源断开，以免引发意外爆炸。为了保证安全，张蕴钰拿着起爆控制柜的钥匙，李觉拿着变电房和控制变压器的两把钥匙，陪同操作人员乘坐吊篮登上铁塔。看到操作人员有些紧张，李觉安慰他们说："不要紧张，我们与你们在一起。你们看，总指挥张（爱萍）副总长、朱（光亚）副部长也在塔下陪着你们呢！"①

铁塔上的爆室并不大，只有三四平方米。整个插雷管的过程，花了 3 个多小时。为什么要花费那么长时间？因为有接插测控以及导通这几个步骤，还要防止静电。他们不仅穿的全是棉衣、棉鞋，动作还必须非常缓慢。一慢，静电就减少了。每操作一下就要马上接地，防止静电。一个人插雷管，另外两个人在边上督促检查。插雷管的要求是必须插到位。插好了，还要用尺量一下。怎么叫插到位了？工艺上设计了一个到位声响，雷管插到位后，会"噶"的一响。一个人插下雷管，必须三个人同时听到"噶"的一声。只要有一个人没有听清，就必须重插。插雷管时，爆室里静得连一根针掉在地上也能听见。贾保仁记录下每一个人插的是哪个雷管，最后赵维晋负责导通。确认全部雷管插好并导通无误后，赵维晋在《安全任务书》上签字。他

① 奚启新．朱光亚传[M]. 北京：中国青年出版社，2017：235.

们再次确认爆室温度正常后，才锁好爆室，一起坐吊篮撤下铁塔。

10月16日上午10时30分，首次核试验进入清场程序，人员通过岗哨时都逐一点名，以防遗漏。李觉在检查现场后，最后一个撤离爆心。中午12时，守在电话机旁的周恩来总理通知刘杰：“在12时后，当张、刘回到指挥所时，请你与他们通一次保密电话，告知无特殊变化，不要再来往请示了，零时后，不论情况如何，请他们立即同我直通一次电话。”刘杰把周总理的指示立即转达到核试验场。随后，刘杰来到钱三强的办公室，悄悄地告诉他：“我们的原子弹今天下午3点就要爆炸了，希望能够成功！”钱三强听了很高兴，信心十足地说：“会成功的，我相信一定能成功！”[①] 13时30分，刘杰接到张爱萍打来的保密电话：“一切正常，最后撤离的人员已于12时56分撤离。气象情况比预计的要好。”刘杰立即指示177办公室的李鹰翔把张爱萍的通话内容报告给周总理办公室的王亚志秘书。

回到主控站后，张蕴钰把起爆控制柜的钥匙郑重交给在主控站坐镇指挥的张震寰。与此同时，李觉把变电房和控制变压器的两把钥匙交给等候已久的副总指挥刘西尧。主控站里的气氛异常严肃，秒针走动时“喀喀喀”的声音如同洪钟般敲击着每个人的耳朵和心脏，时间一分一秒地走向那个惊天动地的时刻。不少人问邓稼先有没有把握，他先是光笑，不回答，只是一个劲地吸烟。问到实在躲不过去了，邓稼先就挤出一句话：“反正能想到的问题全想到了。”[②]眼看就要到15时了，所有准备观看原子弹爆炸的人都戴着防护眼镜，根据要求背对爆心卧倒或者蹲在露天堑壕里。在紧张的等待中，张震寰

① 彭继超，伍献军．核盾牌：国家最高决策（1949—1996）[M]．北京：中国青年出版社，2012：187-188.

② 奚启新．朱光亚传[M]．北京：中国青年出版社，2017：237.

终于下达了最后一个口令："发 K3。""K3"指令发出后，仪器设备启动自动化程序。广播里传出的倒计时的读秒声音让在场的所有人都感受到一种无法抑制的激动。

1964 年 10 月 16 日 15 时，中国第一颗原子弹准时起爆。一道强光刺破了寂静的戈壁滩，巨大的爆炸声伴随着大地的震颤接踵而来，一个巨大的火球腾空而起，逐渐演变成一朵壮观的蘑菇状烟云。指挥所所在的白云岗顿时被欢呼声淹没了。"成功了！成功了！"大家纷纷兴奋地把帽子抛向空中，互相握手，互相祝贺，激动得热泪盈眶。"共产党万岁！毛主席万岁！"的口号响彻天际。有趣的是，负责在现场拍摄纪录片的同志当时也跟着大家欢呼雀跃，结果忘了拍镜头了，后来纪录片上欢呼的场面是补拍的。军事摄影记者孟昭瑞拍下了中国首次核试验的照片，经过中共中央的审查，在十几天后得以发表，那张蘑菇云照片也从此成为经典。

王淦昌、邓稼先、彭桓武等专家在第一时间根据闪光、火球和蘑菇云判断发生的是核爆炸。10 月 16 日 15 时 04 分，试验现场总指挥张爱萍望着远处的蘑菇云，拨通电话向周总理汇报说："原子弹已按时爆炸，蘑菇云已经升起，根据爆炸景象判断是核爆炸，试验成功了。"[①]周总理听后非常高兴，向全体参试人员表示祝贺，并要求在两小时后上报爆炸当量。彭桓武和陆祖荫立刻用简易的目测去估计烟云高度，换算了爆炸当量，这个结果与之后精确测量的结果基本符合。试验结果证明，我国第一颗原子弹的理论和结构设计，零部件、组件和引爆控制系统的设计和制造，以及各种测试方法和设备，都达到了相当高的水平。

---

① 《周恩来传》编写组．周恩来与中国的第一颗原子弹[J]．党史博览，1998（1）：19．

▶ 中国第一颗原子弹爆炸成功

张爱萍（左三）在试验现场向周恩来报告中国第一颗原子弹爆炸成功

原子弹爆炸后最紧张也最危险的是需要进入爆心的取样部队。处境最危险的取样部队待机地点距离爆心只有 10 公里。原子弹爆炸一分钟后，他们就冲出坚固的隐蔽工号，接二连三地向预定空域发射取样伞。几分钟后，他们完成发射任务，迅速撤离。蘑菇云初步形成后，待机地点距离爆心 20 公里的侦察组就坐车向着蘑菇云的方向前进。他们看到蘑菇云的头部和尘柱逐渐分开，蘑菇头缓慢地扩散为一片乌云，向东南方向飘去。地面上电线杆东倒西歪，电线被拉断拖挂在地上。冲击波把效应汽车、火车头和坦克都吹翻了，坦克的炮塔和车身分离。很多效应物被热浪烧焦了或者点燃了。有的效应工事掩体倒塌，效应房屋在燃烧，屋顶被冲击波掀掉了。原来在十几公里外就能看到的铁塔消失了。他们到近处才发现，铁塔上部因为原子弹爆炸瞬间产生的高温而气化，剩余塔身倒塌扭曲成了麻花状，塔底地表的沙子熔化成了玻璃态。

▶ 原子弹爆炸后，取样人员进入爆炸现场

10 月 16 日 15 时 07 分，聂荣臻元帅通过电话向核试验基地表示祝贺："爱萍、西尧同志：消息传来，深为兴奋，特向你们并通过你们向参加这一次试验工作的同志致以热烈的祝贺！"在祝贺电话接二连三地飞向罗布泊时，对这颗原子弹寄予厚望的毛泽东主席却格外冷静。他深知这次核爆炸将产生重大的国际影响，乃至改变整个国际格局。大约在 15 时 15 分，周总理给刘杰打电话说."我已向主席作了报告，主席说，是不是真的核爆炸，要查清楚。"刘杰立即给张爱萍打电话，把毛主席的指示转告给他。不久之后，刘杰又给周总理打电话，汇报了张爱萍的回答。过了一会儿，周总理又给刘杰打电话，传达了毛主席新的指示："还要继续观察。"[①]两个多小时后，张爱萍、刘西尧签发了一份经多位专家认定的关于原子弹爆炸成功的报告，随即电告毛泽东、周恩来、林彪、贺龙、罗瑞卿：确实实现了核爆炸，威力估计大于 2 万吨 TNT 当量。

第一颗原子弹爆炸成功后，中共中央、国务院发出经周恩来审定的《致参与我国首次核试验的全体同志电》，热烈祝贺首次核试验成功的巨大胜利。电文指出："这次成功的试验，标志着我国国防现代化进入了一个新的阶段。这对美国核垄断、核讹诈的政策是一个有力的打击，对全世界一切爱好和平的人民是一个极大的鼓舞。"[②]电文还说，这次试验的成功，是参与试验的全体人员辛勤劳动、大力协同、共同奋斗的结果，希望大家再接再厉、戒骄戒躁，为攀登新的科技高峰，加强国防，保卫祖国和世界和平而奋斗。

为了及时发表，关于中国第一颗原子弹爆炸成功的政府声明和新闻公报都是提前准备好的。10 月 16 日上午 10 时许，周总理派秘书赵炜把打印好的政府声明和新闻公报送到新华社，并告诉新华社社长吴冷西：要等周总理的电话通知才能发表，在此之前必须严格保密。下午 3 时后，周总理打电话通知吴冷西：原子弹爆炸已经成功，两个稿子开头空白的地方要填上"北京时间十六日十五时"，但是毛主席说要等一等，看看外国有什么反应再公布。周总理要求吴冷西注意外国通讯社有什么消息，随时向他报告。不久之后，日本媒体首先报道了中国进行首次核试验的消息，随后美国媒体、瑞典媒体、英国媒体、法国媒体都报道了这个消息。新华社迅速把这些消息报告给周总理。最后，中央决定在当晚 10 时正式公布这个振奋人心的消息。

---

① 李新市．周总理在中国第一颗原子弹爆炸的前前后后[J]．福建党史月刊，2011（13）：40.

② 中共中央文献研究室．周恩来年谱（1949—1976）中卷[M]．北京：中央文献出版社，1997：676－677.

10月16日傍晚5时，毛泽东、周恩来、刘少奇等党和国家领导人在人民大会堂接见参加音乐舞蹈史诗《东方红》创作和演出的全体人员。在征得毛泽东同意后，周恩来满面春风地提前宣布中国第一颗原子弹爆炸成功的喜讯。全场立刻沸腾了，大家以各种方式表达内心的狂喜。过了一会儿，周恩来高举并挥动着双手，示意大家静一静，幽默地说："大家可不要把地板震塌了呀！"当天晚上，核试验基地举行庆祝宴会。将军们和科学家们都开怀畅饮，在心中郁积已久的辛劳、盼望和紧张都释放出来了，每个人都感到空前的轻松和愉快。朱光亚在几天没睡好、一天没吃饭后，平生第一次喝醉了，不得不让邓稼先扶着走路。

当天张爱萍诗兴大发，挥笔写下一首词《清平乐·我国首次原子弹爆炸成功》，纪念这件重塑中国国际地位的大事："东风起舞，壮士千军鼓。苦斗百年今复主，矢志英雄伏虎。霞光喷射云空，腾起万丈长龙。春雷震惊寰宇，人间天上欢隆。"[①]同一天，陈能宽为纪念中国第一颗原子弹爆炸成功也写了一首词《清平乐·贺我国首次原子弹试验成功》："东方巨响，大漠天苍朗。云似蘑菇腾地长，人伴春雷鼓掌。欢呼成果崔巍，称扬举国雄飞。纸虎而今去矣，神州日月增辉。"[②]

10月16日22时，中央人民广播电台正式播发新闻公报《我国第一颗原子弹爆炸成功》。公报全文如下："一九六四年十月十六日十五时（北京时间），中国在本国西部地区爆炸了一颗原子弹，成功地实行了第一次核试验。中国核

① 江苏新闻广播．红色诗词里的党史故事｜张爱萍《清平乐·我国首次原子弹爆炸成功》[EB/OL]．(2021-06-29)[2023-10-27]．https://www.sohu.com/a/474648902_121106832.

② 李晨阳．为科研攻关作词，与彭桓武对联，这位"两弹一星"功勋科学家你了解吗？[EB/OL]．(2023-04-30)[2023-10-27]．https://paper.sciencenet.cn/htmlnews/2023/4/499730.shtm.

试验成功，是中国人民加强国防、保卫祖国的重大成就，也是中国人民对于保卫世界和平事业的重大贡献。中国工人、工程技术人员、科学工作者和从事国防建设的一切工作人员，以及全国各地区和各部门，在党的领导下，发扬自力更生、奋发图强的精神，辛勤劳动，大力协同，使这次试验获得了成功。中共中央和国务院向他们致以热烈的祝贺。”①午夜时分，《人民日报》为这件震惊世界的大事印发了套红大字的“号外”，在北京街头的人们纷纷抢阅。

与此同时，新华社发表《中华人民共和国政府声明》，向国际社会表明了中国发展核武器的原因以及主张全面禁止和彻底销毁核武器的一贯立场。声明指出：“保护自己，是任何一个主权国家不可剥夺的权利。保卫世界和平，是一切爱好和平的国家的共同职责。面临着日益增长的美国的核威胁，中国不能坐视不动。中国进行核试验，发展核武器，是被迫而为的。中国政府一贯主张全面禁止和彻底销毁核武器。如果这个主张能够实现，中国本来用不着发展核武器。”“中国发展核武器，是为了防御，为了保卫中国人民免受美国发动核战争的威胁。中国政府郑重宣布，中国在任何时候、任何情况下，都不会首先使用核武器。”“中国政府将一如既往，尽一切努力，争取通过国际协商，促进全面禁止和彻底销毁核武器的崇高目标的实现。在这一天没有到来之前，中国政府和中国人民将坚定不移地走自己的路，加强国防，保卫祖国，保卫世界和平。”②

10 月 17 日，第二届全国人大常委会在人民大会堂召开第一百二十七次会议，听取周恩来关于第一颗原子弹爆炸成功的汇报，有关方面的领导同志和科学家列席会议。当周恩来在会上宣布这一喜讯时，大家都激动得热泪盈

① 新闻公报．我国第一颗原子弹爆炸成功[J]．江苏教育，1964（Z4）：4.

② 《当代中国》丛书编辑部．当代中国的核工业[M]．北京：中国社会科学出版社，1987：56.

人民日报 号外

1964年10月16日

加强国防建設的重大成就，对保卫世界和平的重大貢献

我国第一颗原子弹爆炸成功

我国政府发表声明，郑重建议召开世界各国首脑会议，讨论全面禁止和彻底销毁核武器问题。

新华社北京十六日电 新闻公报

一九六四年十月十六日十五时（北京时间），中国在本国西部地区爆炸了一颗原子弹，成功地实行了第一次核试验。

中国核试验成功，是中国人民加强国防、保卫祖国的重大成就，也是中国人民对于保卫世界和平事业的重大贡献。

中国工人、工程技术人员、科学工作者和从事国防建设的一切工作人员，以及全国各地区和各部门，在党的领导下，发扬自力更生、奋发图强的精神，辛勤劳动，大力协同，使这次试验获得了成功。

中共中央和国务院向他们致以热烈的祝贺。

新华社北京十六日电 中华人民共和国政府声明

一九六四年十月十六日

一九六四年十月十六日十五时，中国爆炸了一颗原子弹，成功地进行了第一次核试验。这是中国人民在加强国防力量、反对美帝国主义核讹诈和核威胁政策的斗争中所取得的重大成就。

保护自己，是任何一个主权国家不可剥夺的权利。保卫世界和平，是一切爱好和平的国家的共同职责。面临着日益增长的美国的核威胁，中国不能坐视不动。中国进行核试验，发展核武器，是被迫而为的。

中国政府一贯主张全面禁止和彻底销毁核武器。如果这个主张能够实现，中国本来用不着发展核武器。但是，我们的这个主张遭到美帝国主义的顽强抵抗。中国政府早已指出：一九六三年七月美英苏三国在莫斯科签订的部分禁止核试验条约，是一个愚弄世界人民的大骗局；这个条约企图巩固三个核大国的垄断地位，而把一切爱好和平的国家的手脚束缚起来；它不仅沒有减少美帝国主义对中国人民和全世界人民的核威胁，反而加重了这种威胁。美国政府当时就毫不隐讳地声明，签订这个条约，决不意味着美国不进行地下核试验，不使用、生产、储存、输出和扩散核武器。一年多来的事实，也充分证明了这一点。

一年多来，美国沒有停止过在它已经进行的核试验的基础上生产各种核武器。美国还精益求精，在一年多的时间內，进行了几十次地下核试验，使它生产的核武器更趋完备。美国的核潜艇进驻日本，直接威胁着日本人民、中国人民和亚洲各国人民。美国正在通过所谓多边核力量把核武器扩散到西德复仇主义者手中，威胁德意志民主共和国和东欧社会主义国家的安全。美国的潜艇，携带着装有核弹头的北极星导弹，出沒在台湾海峡、北部湾、地中海、太平洋、印度洋、大西洋，到处威胁着爱好和平的国家和一切反抗帝国主义和新老殖民主义的各国人民。在这种情况下，怎么能够由于美国暂时不进行大气层核试验的假象，就认为它对世界人民的核讹诈和核威胁不存在了呢？

大家知道，毛泽东主席有一句名言：原子弹是纸老虎。过去我们这样看，现在我们仍然这样看。中国发展核武器，不是由于中国相信核武器的万能，要使用核武器。恰恰相反，中国发展核武器，正是为了打破核大国的核垄断，要消灭核武器。

中国政府忠于马克思列宁主义，忠于无产阶级国际主义。我们相信人民。决定战争胜负的是人，而不是任何武器。中国的命运决定于中国人民，世界的命运决定于世界各国人民，而不决定于核武器。中国发展核武器，是为了防御，为了保卫中国人民免受美国发动核战争的威胁。

中国政府郑重宣布，中国在任何时候、任何情况下，都不会首先使用核武器。

中国人民坚决支持全世界一切被压迫民族和被压迫人民的解放斗争。我们深信，各国人民依靠自己的斗争，加上互相支援，是一定可以取得胜利的。中国掌握了核武器，对于斗争中的各国革命人民，是一个巨大的鼓舞，对于保卫世界和平事业，是一个巨大的贡献。在核武器问题上，中国既不会犯冒险主义的错误，也不会犯投降主义的错误。中国人民是可以信赖的。

中国政府完全理解爱好和平的国家和人民要求停止一切核试验的善良愿望。但是，越来越多的国家懂得，核武器越是为美帝国主义及其合伙者所垄断，核战争的危险就越大。他们有，你们沒有，他们神气得很。一旦反对他们的人也有了，他们就不那么神气了，核讹诈和核威胁的政策就不那么灵了，全面禁止和彻底销毁核武器的可能性也就增长了。我们衷心希望，核战争将永远不会发生。我们深信，只要全世界一切爱好和平的国家和人民共同努力，坚持斗争，核战争是可以防止的。

中国政府向世界各国政府郑重建议：召开世界各国首脑会议，讨论全面禁止和彻底销毁核武器问题。作为第一步，各国首脑会议应当达成协议，即拥有核武器的国家和很快可能拥有核武器的国家承担义务，保证不使用核武器，不对无核武器国家使用核武器，不对无核武器区使用核武器，彼此也不使用核武器。

如果已经拥有大量核武器的国家连保证不使用核武器这一点也做不到，怎么能够指望还沒有核武器的国家相信它们的和平诚意，而不采取可能和必要的防御措施呢？

中国政府将一如既往，尽一切努力，争取通过国际协商，促进全面禁止和彻底销毁核武器的崇高目标的实现。在这一天沒有到来之前，中国政府和中国人民将坚定不移地走自己的路，加强国防，保卫祖国，保卫世界和平。

我们深信，核武器是人制造的，人一定能消灭核武器。

▶ 中国第一颗原子弹爆炸成功后的《人民日报》号外

眶，长时间地拼命鼓掌，热烈庆祝中国首次核试验成功的伟大胜利，欢呼中国人民依靠自己的能力制造的原子弹试验成功了！帝国主义的核垄断、核讹诈策略破产了！这是中国共产党自力更生路线的伟大胜利，也是中国人民有志气、有能力的最好说明。[①]

美国媒体在第一时间将中国原子弹爆炸成功和钱学森联系起来。10 月 17 日，《纽约时报》刊载了《钱学森博士可能参与中国原子试验》一文。文中写道："在中国昨天爆炸的原子弹中起领导作用的科学家是钱学森博士。"但是《洛杉矶时报》认为钱学森不会参与这次核试验，因为他"是航空工程师，而不是核物理专家"。[②] 11 月 7 日，阿肯色州的报纸《希望之星》刊载了《关于红色中国核试验的思考》一文。文中指出，中国原子弹爆炸成功很可能与两个留学欧美的中国科学家有关，他们是留学法国的钱三强和留学美国的钱学森。文章强调，钱学森旅美期间从事过原子能研究，凭借他在美国从事火箭导弹研究的经历，钱学森将在中国研制导弹核武器的过程中发挥重要作用。

1971 年 7 月 19 日，诺贝尔物理学奖获得者、美籍华裔科学家杨振宁在阔别已久后第一次回到祖国。7 月 28 日，周恩来总理在人民大会堂会见杨振宁并设宴款待。在北京访问期间，杨振宁还见到了青少年时期的好友邓稼先。根据他对老同学的了解和美国媒体的报道，杨振宁相信邓稼先参与了中国第一颗原子弹的研制工作。不久之后，杨振宁准备坐飞机去上海。在登上飞机舷梯时，他突然停住了，回转身，沉默片刻，悄声问前来送行的邓稼先："稼先，在美国听人说，中国的原子弹是一个美国人帮助研制的。这是真的吗？"邓稼先惊讶地张了张嘴，但没有说话。他沉思片刻后说："据我所知没有。你先上飞机吧。等我请

① 聂荣臻．聂荣臻元帅回忆录[M]．北京：解放军出版社，2005：652－653.
② 徐娜，张现民．美国媒体眼中的钱学森[J]．党史博采，2013（10）：19.

示了领导以后，再告诉你。”杨振宁带着疑惑离开了。8 月 16 日，一封密封的急信在上海市为杨振宁送行的宴会上送到了他手上。当杨振宁拆开信，一眼看出是他所熟悉的邓稼先的笔迹：“无论是原子弹，还是氢弹，都是中国人自己研制的……”[①]看到这里，杨振宁激动得热泪盈眶，不得不起身去洗手间整理仪容。

▶ 1966 年 10 月 1 日钱学森、邓稼先、朱光亚在天安门城楼观礼

① 科学时报社．请历史记住他们：中国科学家与“两弹一星”[M]．广州：暨南大学出版社，1999：1－2.

国际反响

中国研制成功原子弹的消息很快就传遍了整个世界。在外国普通民众看来，这简直就是一个奇迹，因为从中华人民共和国成立到中国第一颗原子弹爆炸只有 15 年时间。虽然美国的曼哈顿计划只用 3 年时间就研制出了原子弹，但那是因为美国不仅拥有强大的工业实力和雄厚的经济实力，还汇聚了西方在相关领域的大多数顶尖科学家。新中国成立时一穷二白，直到 1978 年才建立起独立的比较完整的工业体系，基本实现从农业国向工业国的跨越。然而，美国和苏联对中国此时爆炸第一颗原子弹并不感到意外，因为它们早就在关注中国研制原子弹的进程。苏联当年同意向中国提供原子弹技术援助本身就有控制中国原子弹研制进程的考虑。

美国是最关心中国什么时候拥有原子弹的西方国家。早在 1955 年 10 月，美国情报人员就注意到苏联驻华大使尤金透露苏联正在原子能研究方面给予中国帮助，但是当时美国情报部门判断中国直到 1960 年都不会具备研制原子弹的能力。1956 年初，美国情报人员了解到了苏联在原子能研究方面给予中国帮助的更多细节，但是美国情报部门认为中国当时缺乏资金、工业与实验设备和工艺技术，无法独立发展原子能技术。1957 年 10 月 15 日，中苏两国签订《国防新技术协定》，苏联答应指导中国研制原子弹。因为此事极为机密，所以美国最初完全没有察觉。到了1958年夏，关于苏联指导中国研制原子弹的传闻逐渐增多，艾森豪威尔政府开始加强这方面的情报搜集工作。从1959年秋起，艾森豪威尔政府不再对中国可能施行的核武器计划不屑一顾，开始重视来自中国的“核威胁”。9月25日，艾森豪威尔政府通过关于美国远东政策的NSC5913/1号文件。这份文件预测中国在1963年前就可能拥有核武器，从而把来自中国的威胁提升到一个新的高度。

1960年7月16日中苏关系出现巨大裂痕后，艾森豪威尔政府开始关注中苏关系变化对中国核武器计划的影响。8月9日，美国情报部门预测中国有可能在1964年爆炸第一颗原子弹，如果苏联向中国提供更多的援助，中国爆炸第一颗原子弹的时间可能会提前一两年。从8月中旬起，美国情报部门发现苏联专家开始大规模撤离中国，而且中苏两国政府之间互相指责的言论也日益增多。眼看中苏关系公开破裂，美国情报部门开始重新评估苏联与中国核武器计划的关系。美国情报部门猜测苏联援助中国建设了钚生产反应堆和铀-235气体扩散工厂。他们认为，中国爆炸第一颗原子弹的时间最可能是在1963年，当然也有可能提前到1962年或推迟到1964年。他们还认为，中国研制出原子弹将刺激中国台湾的蒋介石当局和日本、韩国、印度等国试图研制原子弹。①

1960年12月13日，美国情报部门第一次以“中共原子能计划”为题进行了专项评估（NIE 13－60）。文件从中国原子能计划的历史沿革、技术能力、核武器研制以及苏联的援助等方面进行全方位的分析，认为中国有可能在1962年末建成第一个钚反应堆，最有可能在1963年爆炸第一颗原子弹。

① 詹欣，石丽娜．试析艾森豪威尔政府对中国核武器计划的评估与预测[J]．东北师大学报（哲学社会科学版），2015（2）：84.

文件注意到中苏关系已经恶化，认为苏联减少对华核技术援助将减缓中国成为核大国的进程。[①] 这份报告突显了艾森豪威尔政府对中国核武器计划的关注，但是艾森豪威尔即将离任，如何应对中国的核武器计划很快成为继任者肯尼迪需要面对的棘手问题。

肯尼迪认为中国比苏联更危险，中国拥有原子弹不仅会威胁美国的安全，还会改变东亚的力量平衡。他还认为，一旦中国拥有核武器，就会使更多的亚非拉发展中国家追随中国，从而导致苏联也不得不采取激进政策，以便与中国争夺对这些国家的吸引力。[②] 从 1961 年 1 月上台到 1963 年 11 月 22 日被刺杀，肯尼迪一直非常关注中国的核武器计划，多次试图阻止中国获得核武器。鉴于中苏关系已经公开破裂，肯尼迪就职 20 天后就召集会议讨论美苏合作阻止中国发展核武器的可能性。1961 年 4 月 12 日，美国中央情报局向肯尼迪汇报说，中国爆炸原子弹不是会不会的问题，而是什么时候的问题，这使得肯尼迪更加焦虑。在 6 月初的维也纳美苏首脑会谈上，出乎肯尼迪的意料，赫鲁晓夫不但不接受中苏关系永久破裂的说法，而且继续支持中国恢复在联合国的合法席位、支持中国大陆解放台湾。当肯尼迪提出讨论中国发展核武器的问题时，赫鲁晓夫表示对此根本不感兴趣。赫鲁晓夫坚持维护中苏关系底线的做法，使肯尼迪试图通过美苏合作阻止中国发展核武器的第一次尝试遭到失败。

1961 年 6 月 26 日，美军参谋长联席会议在《对中共核能力冲击的战略

---

① Office of the Historian in the United States Department of State. FRUS[A]. 1958 - 1960, China, Vol. XIX, doc. 364.

② 刘子奎，王作成．美国政府对中国发展核武器的反应与对策（1961—1964）[J]．中共党史研究，2007（3）：45.

分析》中指出，中国获得核武器将对美国和自由世界，尤其是亚洲的安全态势形成明显的冲击，建议美国政府采取政治的、心理的、经济的和军事的手段来应对。① 同年 9 月，美国国务院提交的研究报告指出，中国爆炸原子弹产生的国际影响更多是政治上和心理上的，而不是军事上的。然而，肯尼迪不这么认为。同年 10 月，他对《纽约时报》的一位专栏作家说："当中国拥有核武器时，整个东南亚都会落入中国之手。中国在拥有数量有限的核武器后，外交政策会更加强硬，更有军事侵略性或军事冒险性。"②

考虑到中国爆炸原子弹将产生的巨大影响，肯尼迪总统指示国务院尽快制订应对计划。1962 年 9 月 24 日，副国务卿乔治·麦吉在题为《中国核爆炸后影响世界舆论的计划》的备忘录中建议，美国政府在中国进行核试验前发动公开和秘密相结合的宣传攻势，强调美国拥有绝对的核优势，说明中国的核技术是落后的，以消除亚洲国家对中国的敬畏之心。备忘录还建议美国政府在中国进行核试验后立即发表声明，通过媒体塑造美国的强大形象，并通过对比来贬低中国拥有核武器的意义。③ 国务卿腊斯克批准了这个建议，它形成了经过多次争论后最终确定的美国对华核对策的框架与基础。

1963 年 10 月，美国国务院组织跨部门小组完成了题为《中共的核爆炸和核能力：主要的结论和关键的问题》的报告。报告认为，中国爆炸原子弹

---

① Office of the Historian in the United States Department of State. FRUS[A]. 1961 - 1963, Northeast Asia, Vol. XXII, doc. 30.

② 刘子奎，王作成．美国政府对中国发展核武器的反应与对策（1961—1964）[J]．中共党史研究，2007（3）：45 - 46.

③ 刘子奎，王作成．美国政府对中国发展核武器的反应与对策（1961—1964）[J]．中共党史研究，2007（3）：46.

只会使美国面临外交上或政治上的难题，而不是军事上的难题。中国获得原子弹不会改变大国之间的力量对比和亚洲的军事力量平衡。中国不会首先使用原子弹，除非大陆受到大规模进攻。如果美国使用核武器来对付尚未拥有核武器的中国，只会使更多的对美国友好的国家向中国靠拢。因此，一旦中国进行核试验，美国没有必要比现在做得更多。① 腊斯克相当欣赏这份文件，但是肯尼迪并不认可。

肯尼迪对国务院提出的相对温和的建议并不满意，还是希望能够阻止中国发展核武器。他决定双管齐下，一是争取利用部分禁止核试验条约，二是试图进行预防性军事打击。

美国想要通过签订禁止核试验条约来阻止中国发展核武器，首先要得到苏联的支持。1962 年 12 月，肯尼迪在拿骚英美首脑会谈中指出，中国爆炸原子弹会在心理上对其他国家产生重大影响，美国应该与苏联讨论此事。② 英国同意美国的建议，随后努力游说苏联。在 1963 年 1 月 22 日的国家安全委员会会议上，肯尼迪指出，签订核禁试条约的首要目的就是阻止或延缓中国发展核武器。③ 为了试探苏联的态度，总统国家安全事务助理麦克乔治·邦迪在5月 17 日会见苏联驻美大使多勃雷宁，但是多勃雷宁拒绝讨论中国核问题。

1963 年 6 月 7 日，赫鲁晓夫公开表示苏联愿意就有限禁止核试验与美国

---

① 刘子奎，王作成．美国政府对中国发展核武器的反应与对策（1961—1964）[J]．中共党史研究，2007（3）：49.

② Office of the Historian in the United States Department of State. FRUS[A]. 1961 - 1963, Northeast Asia, Vol. XXII, doc. 304.

③ Office of the Historian in the United States Department of State. FRUS[A]. 1961 - 1963, National Security Policy, Vol. VIII, doc. 125.

在莫斯科进行谈判。肯尼迪认为这标志着苏联有可能与美国合作，共同阻止中国发展核武器。随后，肯尼迪派遣总统特使威廉·埃夫里尔·哈里曼带队赴莫斯科谈判。在哈里曼代表团启程前，肯尼迪对他说："在探讨美苏就中国问题达成谅解的可能性方面，你要走多远就可以走多远。"哈里曼说："那我就更需要带点甜头去了。"肯尼迪说："我在西德的银行里还有一笔存款，如果你认为我应该取出来用在这上面，我非常愿意照办。"[①]肯尼迪暗示美国愿意拿西德非核化来和苏联做交易，换取苏联同意与美国合作阻止中国发展核武器或者默许美国单方面采取行动。

美国当时是带着阻止中国发展核武器和分裂中苏同盟的双重目的和苏联谈判的。经过谈判，赫鲁晓夫拒绝与美国合作阻止中国发展核武器，也拒绝默许美国单方面采取军事行动，但是同意签署部分禁止核试验条约。1963 年 7 月 25 日，苏联、美国和英国代表在莫斯科草签《禁止在大气层、外层空间和水下进行核武器试验条约》。8 月 5 日，上述三国外长在条约上正式签字。该条约禁止了除地下核试验外的一切核试验，损害了中国的利益。7 月 31 日，中国政府发表声明："美、英、苏三国草签的部分停止核试验的条约，是一个愚弄全世界人民的大骗局，是同全世界爱好和平人民的愿望完全相反的。"[②]中国强烈谴责该条约，苏联则竭力为该条约辩护，这导致两国和两党关系进一步恶化，美国因此部分实现了原定目标。

从 1961 年起，肯尼迪一直希望能够争取苏联对中国的核设施采取预防性的联合军事打击，或者说服苏联默许美国单方面采取军事行动。在赫鲁晓

① 施莱辛格．一千天：约翰·菲·肯尼迪在白宫[M]．仲宜，译．北京：生活·读书·新知三联书店，1981：644．

② 中共中央文献研究室．毛泽东年谱（1949—1976）（第五卷）[M]．北京：中央文献出版社，2013：244．

夫拒绝哈里曼的建议后，肯尼迪政府更加重视单方面采取军事行动阻止中国发展核武器的可能性。1963 年 7 月 10 日，军备控制与裁军署提交题为《社会主义中国的先进武器能力》的评估报告，认为中国将在 1964 年前后进行第一次核试验。7 月 31 日，助理国防部长威廉·邦迪要求参谋长联席会议评估采用常规武器袭击中国核武器工厂的计划，目的是最大限度地延缓中国的核武器发展进程。经过几个月的评估，参谋长联席会议认为上述行动是合理的，也是切实可行的，但是建议用核武器代替常规武器进行攻击。① 11 月 18 日，参谋长联席会议主席马克斯韦尔·泰勒提交了题为《我们如何阻止或延缓中国发展核武器》的报告，建议成立一个跨部门小组来讨论打击中国核设施的方式和方法。但这个计划还没来得及实施，肯尼迪总统就遇刺身亡。

肯尼迪政府还考虑过与盘踞在台湾的蒋介石政权合作阻止中国大陆发展核武器的可能性。1963 年 9 月 10 日，总统国家安全事务助理麦克乔治·邦迪在会见访美的蒋经国时谈到了中国大陆发展核武器的问题。蒋经国说，台湾已经发现了大陆研制导弹和原子弹的设施，希望与美国合作摧毁它们。邦迪说美国对此高度重视，但是需要经过最认真的研究才能采取军事行动。② 9 月 11 日，肯尼迪总统亲自和蒋经国谈论上述问题。蒋经国要求美国提供运输机运送国民党的突击队到大陆摧毁位于包头的核设施。肯尼迪问蒋经国："空运 300 人至 500 人到如此遥远的地方是否可能，担任运输任务的飞机是

① Office of the Historian in the United States Department of State. FRUS[A]. 1964 - 1968, China, Vol. XXX, doc. 14.

② Office of the Historian in the United States Department of State. FRUS[A]. 1961 - 1963, Northeast Asia, Vol. XXII, doc. 185.

否会被击落？”蒋经国回答说，他已经和美国中央情报局的官员谈过了，该计划是可行的。[①] 受到各种因素的影响，肯尼迪后来没有认真考虑与蒋介石政权采取联合军事行动的问题。

约翰逊总统上台后，美国政府仍在争论该如何应对中国的核武器计划。1964 年 2 月，国务院政策设计委员会主任沃尔特·惠特曼·罗斯托向约翰逊指出：“中国发展核武器并不是很大的军事威胁，主要是潜在的政治恐慌。”[②] 4 月 14 日，国务院政策设计委员会的罗伯特·约翰逊牵头完成了题为《采取行动轰炸中共核设施的可能性》的研究报告。报告提出对中国核设施直接采取军事行动的四种方案：美国发动公开的非核打击；由国民党飞机进行轰炸；由在中国的代理人发动秘密攻击；空降大约 100 名国民党特工进行破坏。报告认为，美国采取军事行动也不能保证清除中国的核能力，即使完全清除了中国的核能力，因为中国掌握了核工艺，在四五年内也能重建核设施。美国攻击中国的核设施只能推迟中国获得核武器的时间。报告还强调美国攻击中国核设施将造成多种不利的国际政治影响。罗伯特·约翰逊得出的结论是：“中共获得核武器的意义并不能证明采取诸如会有很大政治代价或很高军事风险的行动是正确的。”“对中国核设施直接采取行动是不可取的，针对中国核设施的行动应该是针对中国大规模侵略作出反应的军事行动中的附带行动。”[③]

---

① Office of the Historian in the United States Department of State. FRUS[A]. 1961 - 1963, Northeast Asia, Vol. XXII, doc. 186, 188.

② Office of the Historian in the United States Department of State. FRUS[A]. 1964 - 1968, China, Vol. XXX, doc. 14.

③ Office of the Historian in the United States Department of State. FRUS[A]. 1964 - 1968, China, Vol. XXX, doc. 25.

1964 年 4 月 30 日，国务卿腊斯克把上述研究报告的概要交给约翰逊，并说对中国核设施的预防性军事行动是不可取的，除非是作为对中国重大侵略作出反应的一部分。约翰逊总统在外交政策上对腊斯克高度信任，因此接受了他的建议。至此，美国对中国核设施采取预防性军事打击的可能性基本消除。因为担心中国即将进行核试验，7 月 30 日，腊斯克把国务院于 1962 年 11 月制订的以和平方式应对中国核试验的方案发给美国驻亚洲各国使馆，要求他们提出建议，以便把中国爆炸原子弹对国际社会产生的心理冲击减小到最低程度。

直到中国第一颗原子弹爆炸，美国情报部门一直没有搞清中国原子弹的核装药是铀-235 还是钚-239。在技术上，制取钚-239 要比制取高度浓缩的铀-235 容易些，因此美国和苏联的第一颗原子弹都使用钚-239。于是，美国情报部门在评估中国核武器计划时，倾向于认为中国的第一颗原子弹也使用钚-239 作为核装药。① 虽然美国情报部门在 1963 年春通过卫星照片发现在中国兰州有一座与苏联气体扩散厂极为相似的建筑物，并且认为它就是用来生产铀-235 的，但是他们认为中国即使另外再建造一组气体扩散厂，在 1965 年以前也不可能生产出武器级的铀-235。美国情报部门认为中国制造第一颗原子弹的核材料将来自位于包头的钚反应堆。1964 年 8 月，根据对罗布泊核试验场的卫星侦察，美国情报部门认为中国首次核试验已经箭在弦上，但是依然把侦察重点放在中国生产钚-239 的设施上。他们认定的包头钚反应堆其实是核燃料元件厂，直到 1965 年才开始投料试生产。位于玉门的中国第一座大型石墨水冷天然铀热中子反应堆在 1966 年 10 月 20 日才物

① 詹新．美国情报部门对中国核武器计划的评估与预测（1955—1967）[J]．华东师范大学学报（哲学社会科学版），2007 (3)：20.

理启动成功。

正是因为基于自相矛盾的情报，所以美国政府长期不能确定中国将在何时爆炸第一颗原子弹。1964 年 7 月 24 日，中央情报局局长梅肯向约翰逊总统承认："我们无法预见中共在什么时候爆炸原子弹，也没有充分的证据得出中国会在今后几个月进行核爆炸的结论。"①8 月 26 日的国家特别情报评估说，各种迹象表明，中国将在两个月左右准备好罗布泊核试验基地。该报告却又认为位于包头的小型气冷反应堆要到 1964 年 9 月才能完工，至少要等 18 个月后才能为核试验提供足够多的钚-239。但是中央情报局并没有排除中国还有其他生产核材料的工厂的可能性，也没有排除中国在 1964 年底前爆炸第一颗原子弹的可能性。② 直到 10 月 15 日，中央情报局才确认中国在 10 月就能爆炸第一颗原子弹。

进入 1964 年 9 月后，美国政府通过各种渠道接二连三地收到关于中国即将爆炸原子弹的消息。苏联驻美大使多勃雷宁告诉美国无任所大使汤普逊，中国随时可能进行核试验。腊斯克在 9 月 12 日从梅肯口中得知这个消息。一位刚刚访问过中国的马里政府官员也告诉美国政府，中国将在 10 月 1 日进行核试验。③ 9 月 15 日，约翰逊总统在有腊斯克、国防部长麦克纳马拉、麦克乔治·邦迪、梅肯参加的午餐会上，表示不赞成美国未经挑衅单方面对中国核设施采取预防性军事打击，只有在中国发动侵略时才考虑对中

① Office of the Historian in the United States Department of State. FRUS[A]. 1964-1968, China, Vol. XXX, doc. 38.

② Office of the Historian in the United States Department of State. FRUS[A]. 1964-1968, China, Vol. XXX, doc. 43.

③ Office of the Historian in the United States Department of State. FRUS[A]. 1964-1968, China, Vol. XXX, doc. 50.

国核设施进行军事打击的可能性。会议最终决定，美国将继续寻求与苏联达成协议，以便联合警告中共不得进行核试验，甚至联合采取预防性军事行动。①

9 月 25 日，麦克乔治·邦迪约见多勃雷宁。邦迪努力让多勃雷宁相信中国拥有核武器对美国和苏联都是一种威胁，建议美国和苏联对此进行严肃的会谈。不料，多勃雷宁说中国拥有核武器对苏联和美国来说影响不大，对亚洲其他国家的影响也只是心理上的。苏联的消极态度意味着美苏联合阻止中国发展核武器这条路走不通。鉴于已经临近美国总统选举，约翰逊在对华核政策问题上不得不谨慎行事，不希望出现意外，以免影响他竞选连任。10 月 5 日，在有腊斯克、麦克纳马拉、麦克乔治·邦迪和梅肯参加的讨论中国核武器问题的会议上，约翰逊总统取消了 9 月 15 日午餐会上决定的派 U-2 飞机对罗布泊核试验基地进行侦察的计划。②

为了尽量减小中国爆炸原子弹的国际影响，并显得美国对此早有准备，腊斯克于 1964 年 9 月 29 日发表声明："中国随时都可能进行试验，但进行试验并不意味着储存核武器，而且在获得核能力投送系统之前，他们还有很长的路要走。""美国完全清楚北京掌握核武器的可能性并充分考虑了我们的军事姿态和我们的核武器计划，这不会影响美国帮助亚洲国家保护他们反对中国侵略的能力或意志。"③ 9 月 30 日，一个跨部门委员会准备了一份美国政

① 刘子奎，王作成．美国政府对中国发展核武器的反应与对策（1961—1964）[J]．中共党史研究，2007（3）：51.

② Office of the Historian in the United States Department of State. FRUS[A]. 1964 - 1968, China, Vol. XXX, doc. 55.

③ 刘子奎，王作成．美国政府对中国发展核武器的反应与对策（1961—1964）[J]．中共党史研究，2007（3）：51.

府在中国核试验后将发表的声明。中国第一颗原子弹爆炸成功后，在华盛顿时间10月16日下午1点20分，约翰逊总统宣读了9月30日准备的声明。他说美国政府对中国进行核试验并不惊讶，不应该过高估计这次核试验的军事意义，因为离中国研制出有效的核弹运载工具还有很多年。这就是当时美国嘲笑中国"有弹无枪"的出处。

10月17日，约翰逊和腊斯克参加了分析中国爆炸第一颗原子弹的会议。会议认为中国第一颗原子弹是钚弹，与法国第一颗原子弹所用的钚数量差不多。为了确定中国第一颗原子弹的核装药成分，美国一方面通过U-2侦察机和侦察卫星加强对中国的情报搜集，另一方面通过部署在日本的气象观测飞机加紧对中国核试验产生的放射性尘埃进行采样和分析。10月20日，美国政府根据对放射性尘埃的分析结果，终于确认中国第一颗原子弹是铀弹，而不是钚弹。当时中国驻瑞士使馆工作人员汇报称："美经化验获悉我所用原料为铀-235后，认为我技术水平和发展速度都超过了法国，估计我在数月内将爆炸第二颗原子弹，并在全力试制中程导弹，运载工具问题亦不难解决。"①到了12月，美国通过U-2飞机的侦察确认中国第一颗原子弹所用的核材料来自位于兰州的浓缩铀气体扩散厂。

10月18日，约翰逊总统发表广播电视讲话，表示美国将继续支持有限禁止核试验条约，还将努力结束所有核试验和防止核扩散。他还保证美国将支持那些不准备发展核武器的国家反对任何核讹诈，重申不应高估中国拥有原子弹的军事意义。10月19日，约翰逊在腊斯克、麦克纳马拉等陪同下会见国会两党领袖。腊斯克说，很多驻外大使告诉他，9月29日的声明对减小

① 中国外交部．美国部分媒体对我第一颗原子弹试验的反应[Z]．档号：113-00198-01.

中国爆炸原子弹带来的心理冲击很有用。麦克纳马拉介绍了国防部对中国原子弹的立场，并说美国军方的战略计划充分考虑了中苏境内的目标。10月19日，原子能委员会主席西博格努力让议员们相信，中国这次试验的可能是比较原始的钚弹。① 10月23日，麦克纳马拉公开宣称中国的核技术落后，说中国的原子弹既原始，又不实用，强调中国在几年内不会拥有合适的核弹投掷工具。

美国政府虽然在公开场合竭力弱化中国爆炸第一颗原子弹的国际影响，但是在暗地里对此非常不满，继续寻求通过与苏联合作或单方面采取军事行动摧毁中国的核设施。约翰逊总统在10月18日的讲话中强调反对核扩散符合美苏两国的共同利益，美国已经准备好和苏联以及其他国家合作，防止核扩散。当时苏联官方及媒体对于中国爆炸第一颗原子弹的反应非常低调。10月20日下午和晚上，腊斯克、美国驻联合国代表史蒂文森约见多勃雷宁，希望美苏两国联手阻止中国进一步发展核武器。然而，多勃雷宁坚持原有立场，即苏联不同意在这个问题上和美国联手。② 此后，美国政府仍然试图单方面或联合苏联阻止中国进一步发展核武器，但是始终没有得到苏联的积极回应。在1966年10月27日中国成功试验导弹核武器后，美国政府决定部署反弹道导弹防御系统来防御潜在的中国核导弹袭击。

日本从1960年起也开始关注中国的核武器研制进程。日本在侵华战争中犯下了滔天罪行，在1945年8月又受到来自美国的两次核打击，所以对中

① Office of the Historian in the United States Department of State. FRUS[A]. 1964－1968, China, Vol. XXX, doc. 60.

② Office of the Historian in the United States Department of State. FRUS[A]. 1964－1968, China, Vol. XXX, doc. 61.

国研制原子弹非常敏感。“中共情报总第 603 号”文件（1960 年 2 月 1 日）分析了中国核工业的发展状况。“中共情报总第 619 号”文件（1960 年 4 月 6 日）推断中国第一颗原子弹将使用钚作为核材料，并将在 1965 年前后爆炸。“中共情报总第 756 号”文件（1961 年 9 月 9 日）和“中共情报总第 829 号”文件（1962 年 8 月 30 日）都根据中国拥有的反应堆数量，判断中国最早将在 1963 年进行第一次核试验。当日本政府确认中国正在研制原子弹后，根据中国对日本相对友好的外交政策，认为中国拥有核武器对日本威胁不大。1962 年 11 月 12 日，日本首相池田勇人就中国发展核武器问题对英国首相哈罗德·麦克米兰说：“我害怕共产主义，但我不害怕中共。”①

在美国提供了关于中国核武器计划的一些情报后，日本对中国核武器研制进程的看法出现了一些变化。“中共情报总第 875 号”文件（1963 年 2 月 15 日）认为，在理论上，中国在 1963 年爆炸第一颗原子弹的可能性最大，但是在现实中 1964 年的可能性最大。在中国爆炸第一颗原子弹后，日本政府并没有惊慌失措，但是希望借此议题明确美国对日本的核保护。1965 年 1 月 12 日，日本首相佐藤荣在美日首脑会谈上提出日本研制核武器的构想，约翰逊总统随后向他阐明了美国政府在这个问题上的两个政策原则：美国承诺向日本提供核保护；美国不希望日本拥有核武器。

1964 年 10 月 16 日中国爆炸第一颗原子弹引发了印度关于是否也要研制原子弹的大辩论。虽然中国在两年前赢得了对印自卫反击战的胜利，但是印度依然侵占着九万多平方公里的中国领土。因为中印两国之间存在领土争端，所以印度把中国拥有核武器当作一种威胁。10 月 19 日，《印度斯坦时

---

① 崔丕．美日对中国研制核武器的认识与对策（1959—1969）[J]．世界历史，2013（2）：7.

报》声称:“中国的原子弹是对印度的严重挑衅……然而理性要求我们的反应要符合国情。印度卷入核竞赛对经济发展极为不利,将令毛(泽东)的阴谋得逞。”[①]10月24日,印度原子能委员会主任霍米·巴布哈向全印度发表广播讲话,建议印度也研制原子弹。印度国内支持研制原子弹的呼声随即高涨。10月29日,印度内阁进行了长达6小时的辩论,讨论要不要研制原子弹,结果大多数与会者都支持研制原子弹。到了11月,经过多次辩论,印度政府最终决定发展用于和平目的的核爆炸装置,开始秘密研制原子弹。1974年5月18日,印度进行了第一次核试验。这是一次地下核试验,当量约在1万~1.5万吨TNT。

中国爆炸第一颗原子弹引起英国政府和媒体的高度重视。1964年10月16日下午,英国外交部发言人在第一时间对这次核试验进行了评论。英国外交部的评论和美国国务院一样,尽量缩小中国爆炸原子弹产生的国际影响,说这次试验是意料之中的,不会改变国际军事实力对比,“对于东西方的战略均势也不会发生什么变化”[②]。英国媒体对中国爆炸第一颗原子弹的心态是矛盾的。一方面,它们不得不承认这次核试验的外交影响。英国各大报纸在10月17日都在显著位置以较大篇幅介绍中国爆炸原子弹的消息和各方面的反应。英国媒体评论承认,中国已经成为继美、苏、英、法之后的第五个核国家。另一方面,英国媒体极力贬低这次核试验的军事意义。有的英国报纸强调说,中国仍处于“有弹无枪”的状态,中国距离拥有真正的核武器和先进的运载工具还有若干年,因此中国目前只是核俱乐部的“准会员”“见习会员”。[③]

---

① 代兵. 印度对1964年中国原子弹爆炸的反应[J]. 南亚研究, 2012(3): 76.

② 中国外交部. 英国对我第一颗原子弹试验的反应[Z]. 档号: 113-00198-03.

③ 中国外交部. 英国对我第一颗原子弹试验的反应[Z]. 档号: 113-00198-03.

戴高乐总统领导下的法国政府对中国爆炸第一颗原子弹持欢迎的态度。当时法国身为美国的盟友，却公然挑战美国的霸权，率先与新中国建交。1964 年 1 月 27 日，中法两国政府发表联合公报决定建立外交关系，如同在外交领域引爆了一颗“原子弹”。10 月 19 日，法国海军副参谋长特劳勃少将接见中国武官，对中国爆炸原子弹表示祝贺。① 10 月 20 日，法国驻保加利亚大使就中国爆炸原子弹向中国大使表示祝贺，并说：“我们是站在同一行列中。”② 10 月 25 日，法国驻匈牙利大使向中国大使“祝贺中国进入原子俱乐部”③。大多数法国媒体都比较客观和正面地报道了中国这次核试验。10 月 17 日，法国各大报纸都在头版以大字醒目标题报道这次核试验，并详细摘发中国政府声明。它们认为这次核试验的军事价值相对有限，但是政治价值和外交价值不容忽视。只有少数媒体态度消极，认为中国进行核试验威胁世界和平。

从中国研制原子弹的国际背景来看，中国还是比较幸运的。赫鲁晓夫虽然背信弃义，在 1959 年停止向中国提供原子弹技术援助，但是随后再三拒绝和肯尼迪联手直接阻止中国发展核武器。美国当时没有单独对中国的核设施采取预防性军事打击，在一定程度上也是因为苏联不支持美国这样做。肯尼迪一直倾向于使用武力阻止中国发展核武器，可是他却在关键时刻遇刺身亡。1964 年 10 月 16 日，中国终于有惊无险地研制出了原子弹。接下来，中国国防工业需要解决的就是“有弹无枪”的问题和研制氢弹的问题。

① 中国外交部．法国对我第一颗原子弹试验及赫鲁晓夫下台的反应[Z]．档号：113-00198-02.

② 中国外交部．法国对我第一颗原子弹试验及赫鲁晓夫下台的反应[Z]．档号：113-00198-02.

③ 中国外交部．法国对我第一颗原子弹试验及赫鲁晓夫下台的反应[Z]．档号：113-00198-02.

第六章

迈向新高度

管他什么国，管他什么弹，原子弹、氢弹，都要超过。

——毛泽东

（1965 年 1 月 23 日）

两弹结合

原子弹没有合适的运载工具就无法形成有效的核威慑，为了打破超级大国的核垄断、核讹诈，中国必须发展导弹核武器。中央军委早在决定上马导弹工业时，就已经考虑到导弹与原子弹相结合的问题。1956 年 4 月 13 日，彭德怀主持召开中央军委第六十三次会议。在讨论聂荣臻提交的关于航空工业委员会的工作问题的报告时，彭德怀首先肯定导弹必须研制，然后指出第一步是研制地对空导弹和地对地导弹，第二步再研制核导弹。①

当原子弹研制计划稳步推进时，国防科委就开始考虑安装在导弹上的原子弹头设计问题。1962 年 12 月 1 日，聂荣臻召集钟赤兵、刘西尧、安东、路扬、张震寰、范济生开会，说："二机部在第三个五年计划期间，主要是把现有的工厂建起来，搞响第一个原子弹，并设计装在导弹上的原子弹头和铀矿的建设、开采，解决资源问题。"②1963 年 7 月 13 日，聂荣臻在听取国防科委负责人汇报工作时指示："原子弹试验成功以后，下一步要抓两弹的结合，以及研究氢弹的问题。"③8 月 24 日上午，聂荣臻出席国防科委办公会

① 王焰．彭德怀年谱[M]. 北京：人民出版社，1998：621.

② 周均伦．聂荣臻年谱（下卷）[M]. 北京：人民出版社，1999：870.

③ 周均伦．聂荣臻年谱（下卷）[M]. 北京：人民出版社，1999：896.

议，听取张爱萍去核试验基地和核武器储存基地检查工作的情况汇报。聂荣臻对有关问题提出以下意见："五院与二机部第九研究所的协同问题。即原子弹装到导弹头上的问题，现在应当着手考虑了。氢弹的问题和原子弹小型化的问题要开始考虑了。"①

国务院在1956年主持制定《十二年科技规划》时，已经决定把导弹作为核弹头的主要运载工具，所以才在"飞机与导弹之争"中决定优先发展导弹。1963年9月3日，聂荣臻听取刘杰、二机部副部长刘西尧、钱三强、朱光亚汇报二机部第一颗原子弹研制等工作的进展情况，随后提出以下意见："我们装备部队的核武器，应该以导弹为运载工具作为我们的发展方向。飞机很难在现代战争条件下作为运载核武器的有效工具。"②同年年底，周恩来明确提出，核武器的研究方向，应以导弹核弹头为主，核航弹（即由飞机投掷的核弹）为辅。

根据聂荣臻的指示，核武器研究院于1964年3月31日提出关于导弹核弹头协作任务的主要设计、试验项目及工艺、定型等进度计划。5月4日，聂荣臻在听取王秉璋、刘有光汇报五院工作时提出："原子弹头的设计工作，钱学森、钱三强都要参加。二机部和五院在这项任务中是相互服务的关系，不是谁帮谁。五院和二机部应分别指定人共同组成总设计师室，要互通情况，大力协作。保密问题是应当注意的，但不能自己封锁自己，影响工作……"③二机部在研制第一颗原子弹时就已经考虑到武器化的要求，因此第一颗原子弹的设计水平比较高。二机部还及时抽调力量从事核航弹和导弹

① 周均伦．聂荣臻年谱（下卷）[M]．北京：人民出版社，1999：901-902.
② 周均伦．聂荣臻年谱（下卷）[M]．北京：人民出版社，1999：903.
③ 周均伦．聂荣臻年谱（下卷）[M]．北京：人民出版社，1999：936.

核弹头的研制工作，从而缩短了原子弹武器化的周期。中国从进行第一次核爆炸试验到进行第一次核航弹试验，只用了 7 个月时间，到进行“两弹”结合飞行爆炸试验，也只用了两年时间。

在“东风二号”中近程导弹和第一颗原子弹于 1964 年 6 月和 10 月先后研制成功后，“两弹”结合飞行爆炸试验被正式提上议事日程。1965 年 2 月 3 日、4 日，周恩来主持召开中央专委第十次会议，讨论“两弹”结合、统一领导、各方协作等问题。周恩来在发言中指出：“要以毛泽东思想作为指导，统一领导，大力协同，一竿子到底，搞好领导、群众、专家三结合。”①他还提出：十五人专委会要扩大一下，七机部（导弹工业部）、四机部、五机部等有关人员都要参加，专委增加吕东（代王鹤寿）、余秋里、袁宝华、王诤、邱创成、方强、王秉璋。

1965 年 5 月 14 日，核航弹空投爆炸试验（即中国第二次核试验）取得成功，中国从此有了可用于实战的核武器。这次试验遭遇了天气突变的考验，过程非常惊险。5 月 11 日下午，核航弹在甘肃某空军基地总装完毕，拟于次晨投入试验。不料，突然狂风大作，电闪雷鸣，随后下起了瓢泼大雨。

二机部副部长李觉急得来回转，随后一脸严肃地对陈能宽副院长说：“雷管已插好。再分解太危险！若雷击爆炸，后果不堪设想。你回招待所，我与弹共命运，不走了！”在关键时刻，陈能宽把危险留给自己，坚定地回答：“你回招待所，我在弹边坚守。”两人你推我让，谁也说服不了对方。眼看陷入僵局，221 厂保卫部部长陶瑞滨自告奋勇站了出来：“你们两位领导都

① 中共中央文献研究室．周恩来年谱（1949—1976）中卷[M]．北京：中央文献出版社，1997：706．

回招待所，我一个人留守，有情况立即报告。”①

没想到这场狂风暴雨持续了三天三夜，还惊动了周总理。陶瑞滨一日三餐在原子弹旁吃，晚上在原子弹旁铺张草席睡，在震耳的雷声中，提心吊胆地等了三天。5 月 14 日早晨，乌云终于散开，露出微弱的阳光。投弹飞机抓住时机，飞赴罗布泊靶场上空，顺利完成了核试验任务。

核导弹是比核航弹更先进的核武器。核导弹头同核航弹相比，在体积和重量上都要大幅度地减小，在所要经受的环境条件上更加复杂和苛刻。由国防部五院发展而来的七机部负责研制用于“两弹”结合试验的东风二号甲导弹，二机部负责研制配套的导弹核弹头，由七机部副部长钱学森任技术总负责人。当时原子弹的保密级别比导弹高，导弹设计人员不知道原子弹的尺寸、重量和特性，就无法对“东风二号”进行有针对性的改进。为此，钱学森在聂荣臻的支持下做了大量协调工作，使七机部的有关科技人员可以了解到原子弹的相关必要信息，彻底打通了信息壁垒。东风二号甲导弹的载重量为 1 500 公斤，而中国第一颗原子弹重 1 550 公斤，没法直接装在导弹上。经过努力，二机部把导弹核弹头减重为 1 290 公斤。②

导弹弹头是按照装常规炸药设计的，改装核装置后，弹头内的空间十分紧张。如果要改变弹头的外形设计，时间上来不及。这就给科技人员出了一个难题。通过精心设计和用实物模型进行反复试装，总体部的科技人员终于设计出了一个核装置与导弹弹头壳体只有 10 毫米间隙的安装方案。但是，考虑到在恶劣的飞行环境下导弹飞行的动力学特征，10 毫米间隙的安装方案

① 刘红林，王廷育．在核基地的岁月里：中国第一个核武器研制基地亲历[M]．西宁：青海人民出版社，2011：83.

② 张纯如．蚕丝：钱学森传[M]．鲁伊，译．北京：中信出版社，2011：249.

是否可行，需要上级领导作出决断。钱学森首先听取二机部、七机部科技人员的汇报，然后和他们详细讨论有关技术问题，最后凭借他渊博的科技知识和丰富的实践经验，果断决策，同意总体部提出的安装方案。

在“两弹”结合试验中，用不含核装料的模拟核弹头进行飞行试验，称为“冷”试验；用真实的核弹头进行飞行爆炸试验，称为“热”试验。到了1965年5月下旬，与东风二号甲导弹配套的缩小型原子弹弹头的研制工作已经问题不大，东风二号甲导弹的研制进度更快。6月1日，聂荣臻在听取七机部部长王秉璋、副部长钱学森汇报工作时提出：“两弹”结合只搞“冷”试验，“热”试验放在地下进行，周总理也同意这个方案。① 这说明最初中央出于安全考虑，并不准备进行“两弹”结合的飞行爆炸试验。8月9日、10日，周恩来主持召开中央专委第十三次会议，肯定了“两弹”结合试验准备工作的进展，并指出：“我们的试验都要从最大的节约出发，不要浪费。开专委会的作用，在于促进，群策群力。”② 11月13日，东风二号甲导弹进行首次飞行试验，取得成功。

1965年12月18日，二机部九院的专家们通过国防科委二局（核武器局）局长胡若嘏向聂荣臻汇报说：原计划1966年进行的以鉴定东风二号甲原子弹头核性能为目的的地下核试验，考验不了原子弹头在实际飞行状态下的状态参数是否符合要求，希望采用把原子弹头装在东风二号甲导弹上进行全射程的实际飞行状态下的核爆炸试验，但又怕导弹不保险。因此，他们建议地下核试验坑道工程暂停，已敷设的管线暂不回填。聂荣臻听过汇报后说：地下核试验场的管道及坑道回填工程可暂时停下来，以备有需要时迅速

① 周均伦．聂荣臻年谱（下卷）[M]．北京：人民出版社，1999：979－980.

② 中共中央文献研究室．周恩来年谱（1949—1976）中卷[M]．北京：中央文献出版社，1997：748.

恢复施工。进行带有原子弹头的东风二号甲导弹全射程飞行状态下的核爆炸试验要慎重考虑，不要轻易下此决心。[①] 1965 年 12 月 29 日至 31 日，周恩来主持召开中央专委第十四次会议，同意了聂荣臻的上述意见。

经过慎重考虑，中央最终决定进行“两弹”结合的飞行爆炸试验。1966 年 3 月 11 日，周恩来主持召开中央专委第十五次会议，批准国防科委提出的“两弹”结合、“先冷后热”的试验安排，并要求在 8 月底以前完成“热”试验的一切准备工作。鉴于在本土进行“两弹”结合试验要冒很大的风险，周恩来提出了“严肃认真，周到细致，稳妥可靠，万无一失”的要求。

一枚导弹上的元器件多至成千上万，只要一个零件出现故障，就可能影响到导弹的安全可靠性。钱学森遵照周总理的要求，不放过试验中出现的任何一个疑点。1966 年 7 月 11 日，钱学森在他的《工作手册》中以表格的方式详细开列了“外协配套仪器存在的主要问题”。这些问题从大的方面分有 10 多项，细目则多达好几百项。对于这些问题，无论大小，钱学森都极其认真地对待，并一一指定具体负责人去落实解决，解决的情况也要逐一向他汇报。钱学森还指出，该做的试验，一定要在出厂前做好，不能等到产品抵达试验基地后再做。“两弹”结合试验前夕，一位新战士在进行弹体内外观察时，发现弹体内部 24 号插头第 5 接点里有一根大约 5 毫米长的小白毛，担心因此造成通电接触不良，就用镊子夹，用细铁丝挑，都未能取出小白毛，最后用一根猪鬃才把它挑出来。钱学森知道后极为赞赏，小心翼翼地把这根小白毛包好，带回北京去教育科技人员。

“文化大革命”的爆发对国防科研工作造成了严重的负面影响，但周恩

① 周均伦．聂荣臻年谱（下卷）[M]．北京：人民出版社，1999：1006.

来、聂荣臻等中央领导想方设法排除干扰，推动“两弹”结合试验的顺利进行。8 月 9 日，东风二号甲导弹第一次鉴定性飞行试验成功。8 月 16 日，东风二号甲导弹第二次鉴定性飞行试验成功。8 月 30 日，东风二号甲导弹第三次鉴定性飞行试验成功。8 月 31 日，国防科委批准原子弹头和东风二号甲导弹“两弹”结合的导弹核武器试验大纲。为了确保试验安全，钱学森和朱光亚带领二机部和七机部的科技人员花费了大量心血，缜密地考虑了各种可能发生的意外情况，提出进行燃烧试验和撞击试验及在意外发生情况下的几套自毁方案，还逐一解决了这些试验中出现的各种始料未及的问题。

9 月 5 日下午，聂荣臻听取国防科委领导和二机部、七机部、导弹试验基地、核试验基地领导关于“两弹”结合飞行试验准备工作完成情况和试验工作安排情况的汇报。聂荣臻指示：“‘两弹’结合飞行试验不能因为‘文化大革命’而停下来，要防止有些人思想不集中而影响产品质量，导致试验失败。试验前要进行一系列质量检查，不光‘两弹’本身，还有外单位的协作件，主要是各种仪表，都要仔细检查。核导弹飞行经过的红柳园，试验时 13 000 名居民必须疏散，一切工作停下来，以防万一。否则，物资损失事小，出现人员伤亡问题就大了。”① 9 月 7 日，东风二号甲导弹第四次鉴定性飞行试验成功。几天后，“两弹”结合试验产品及所需的测试设备、装备运抵导弹试验基地。

为了避免出现核事故，周恩来和聂荣臻多次给科技人员敲警钟。9 月 24 日上午，聂荣臻在国防科委局长以上干部会议上指出：“业务工作不能放松，七机部很多工作停了，令人担心。只想搞运动，心不在焉，技术上稍一粗心，就要出事。国防科委要去抓，保证‘两弹’结合飞行试验顺利进

① 周均伦．聂荣臻年谱（下卷）[M]．北京：人民出版社，1999：1027.

行。”[①]9 月 25 日下午，周恩来主持召开中央专委第十六次会议。会议着重讨论了“两弹”结合飞行试验时间的大体安排和氢弹原理试验的准备情况。根据周总理的安排，七机部副部长钱学森和二机部副部长李觉于 10 月初飞抵导弹试验基地，计划先组织一次导弹安全自毁系统的空爆试验，再组织两次“冷”试验，最后才进行“热”试验。10 月 7 日，东风二号甲导弹成功实施了安全自毁系统的空爆试验。

10 月 8 日，周恩来召集中央专委会议，听取张震寰关于“两弹”结合飞行试验的准备情况和试验日期的汇报。周恩来指出：“我们在自己大陆上搞这次试验，事关重大，不能出乱子。‘冷’试验弹要严格检查，‘热’试验弹更要严格检查。一切工作都要有百分之百的保证没有问题才行。核弹头要进行撞击试验，要保证在各种异常情况下不发生核爆炸。飞行‘冷’试验的时间可安排在十月十五日前后，试验的详细结果要在两三天内报来，报请毛主席下最后决心。”他还说，“要武装保卫，排除红卫兵的干扰，保证试验安全进行。”[②]在讨论时，聂荣臻再次提出：为防万一，正式试验前，对红柳园地区的居民应组织疏散。

当时核导弹飞行经过地区有个单位的干部群众不肯疏散，理由是：“我们相信解放军，不会有事的。”钱学森听说后，亲自出马去做思想工作。群众听说来了位大科学家，纷纷出来听他讲话。钱学森亲切地说：“我们要进行的这次试验很重要，也很危险。你们不是相信解放军吗？解放军办事有个原则，就是不怕一万就怕万一。我今天能告诉大家的，就是现在不是万分之一，而是千分之一、千分之二，这是万分之一的 10 倍、20 倍呀，你们说，该

① 周均伦．聂荣臻年谱（下卷）[M]．北京：人民出版社，1999：1030.

② 中共中央文献研究室．周恩来年谱（1949—1976）下卷[M]．北京：中央文献出版社，1997：75.

不该考虑、该不该疏散呢？”就这么几句话，干部群众心服口服，没有人再犹豫，大家很快就按政府的要求疏散了。①

10月13日，第一次“冷”试验获得成功。10月16日，第二次“冷”试验又获得成功。10月18日，聂荣臻指示国防科委通知核试验基地，“两弹”结合飞行试验时，要注意场区人员的防护掩蔽，以防弹道出现偏差时出事故。10月19日晚，聂荣臻向周恩来打电话报告：“两弹”结合飞行试验的场区，近期有几天适合试验的好天气，建议开个会，听取国防科委试验准备工作的汇报。10月20日下午，周恩来主持召开中央专委会议，听取张震寰关于检查“两弹”结合飞行试验发射区和弹着区最后准备工作情况的详细汇报。周恩来说：“根据过去发射的经验，还是要领导、群众、专家三结合，不要着急。临试时要沉着，要保证万无一失。”②聂荣臻在会上请求到发射现场主持试验，得到周恩来同意。

国防科委党委早在一个多月前就定下了执行“两弹”结合试验指挥操作任务的七人名单，他们是高震亚（基地第一试验部政委）、王世成（参谋长）、颜振清（发射二中队中队长）、张其彬（技术助理员）、刘启泉（加注技师）、佟连捷（操作员）、徐虹（操作员）。和其他人不同，他们需要直面核导弹发射时出现意外、引起核爆炸的危险，所以后来被称为“七勇士”。10月21日下午，导弹试验基地进行了战斗动员。张其彬在当天的日记中写道：“亲爱的党！我决不辜负您的期望和委托。亲爱的党！您批准我战斗在最前线，这是对我的最大信任与关怀，也是最大的考验，我坚决按照主席的

① 石磊，王春河，张宏显，等．剑指苍穹：钱学森的航天传奇[M]．上海：上海交通大学出版社，2024：317.

② 中共中央文献研究室．周恩来年谱（1949—1976）下卷[M]．北京：中央文献出版社，1997：80.

教导，‘下定决心，不怕牺牲，排除万难，去争取胜利’。一定坚守岗位，服从命令，即使是要献出生命，我也脸不变色，心不怕。”①

10 月 24 日上午，导弹试验基地指挥部下达正式总装我国首枚核导弹命令。下午，在试插雷管时发生了意想不到的事情。一位工人师傅小心翼翼地将雷管试插进去后，有一个雷管怎么拔也拔不出来。万一碰响雷管，后果不堪设想，站在操作线外的人们急得头上都冒出了冷汗。大家都没有注意到李觉将军正一言不发地坐在后面几米远的地方。

这时，陈家圣工程师走出操作线，跟李必英工程师说了两句，然后走到装配钳工黄克骥面前说：“大黄，你是钳工，去试一试，给拔出来！”黄克骥一下子傻了，赶忙说：“我从来没干过那工作，不行，不行。”陈家圣了解黄克骥的心理，鼓励道：“不要怕，只要胆大心细，别紧张，不会出问题的。相信你会有办法的，去试一试。”②

面对生死考验，黄克骥望了一眼坐在身后的李觉将军，发现李觉将军也在望着他，那饱含深切期望的目光在默默地鼓励着他。为了争取时间，继续完成总装工作，黄克骥没有再说什么，走到操作台前，稳一稳神，伸出手轻轻地左拧一下，右拧一下，但雷管仍然一丝不动。黄克骥一边拔，一边琢磨，大概过了半个多小时，他也不知道是怎么做到的，突然，轻轻一下就把雷管拔出来了。黄克骥舒了一口气，这时才发现已经满头大汗，连内衣都湿了。看到他的狼狈相，场上的气氛才一下子活跃起来。

10 月 24 日晚上，周恩来、叶剑英、聂荣臻一起向毛泽东汇报“两弹”结合飞行试验的准备工作情况。毛泽东当场批准进行这次试验，同意聂荣臻到现场

---

① 尤若，荣正通．见证“两弹结合”试验的日记[J]．北京档案，2021（10）：57.

② 李海娈．红色记忆：221 基地建设者采访纪实[M]．北京：中国原子能出版社，2019：8－9.

主持试验，并说：“这次试验可能打胜仗，也可能打败仗，失败了也不要紧。”①10月25日12时50分，聂荣臻飞抵导弹试验基地机场，17时到达基地营区。当晚，聂荣臻听取国防科委副主任张震寰、基地代司令员李福泽、二机部副部长李觉、七机部副部长钱学森等汇报，同意按照10月27日正式发射核导弹来安排发射区、弹着区及试验场外的各项工作。随后，聂荣臻向与会人员传达了毛泽东10月24日晚上对这次试验所作的指示，并要求各级领导都要认真贯彻毛主席的指示，把这次飞行试验最后的各项准备工作做细、做好。最后，聂荣臻批准正式试验的地对地导弹、核弹头，可分别于10月26日早晨运往测试阵地。

10月26日上午，聂荣臻根据气象预报，确定发射时间定为10月27日上午9时，并指示张震寰以基地党委名义报请周恩来批准。周恩来回复表示同意，并再次要求大家沉着打好这一仗。随后，聂荣臻到现场视察了发射用的中近程地对地导弹，并详细询问了测试情况。钱学森当场向聂荣臻介绍了导弹弹

▶ 东风二号甲导弹准备进行“两弹”结合试验

① 周均伦．聂荣臻年谱（下卷）[M]．北京：人民出版社，1999：1034.

▶ 钱学森向聂荣臻介绍核导弹的弹头和弹体对接原理

体与核弹头的对接原理，聂荣臻聚精会神地听着。接着，聂荣臻又到另一现场，视察了发射用的核弹头，询问了测试情况，同意核弹头运往发射阵地。

10 月 26 日下午，聂荣臻来到发射阵地，视察地对地导弹与核弹头的对接、通电。因为这项工作危险性太大，人们劝他离开，进入掩蔽部。聂荣臻坚持留在现场，并拿了把椅子坐下说："你们不怕危险，我有什么可怕的！你们什么时候对接、通电完，我就什么时候离开。"[①]这极大地鼓舞了操作人员的信心。为了方便操作，操作手田现坤冒着戈壁滩上刺骨的寒风，把皮衣、工作服全部脱下来，只穿着一件部队发的绒衣，钻进核弹头和导弹弹体之间 50 厘米的空隙开始对接工作。在此前训练时，他完成对接操作只需 40 分钟，当天因为格外谨慎，足足花了 80 分钟。在"两弹"对接通电完成并确

① 聂力．山高水长：回忆父亲聂荣臻[M]．上海：上海文艺出版社，2006：284.

认情况良好后，聂荣臻高兴地与在场的科技人员、领导干部在核导弹前合影留念。当天晚上，张震寰把特意从北京带来的毛主席像章逐一佩戴在“七勇士”胸前，为他们加油鼓劲。

10 月 27 日早晨加注完毕后，进入 30 分钟准备阶段，进行临射检查，无关人员全部撤离发射阵地，只剩下“七勇士”留在地下发射控制室。他们在上阵地前都留下了遗书，为了表示自己的决心，还向党组织递交了生死状，死就死在阵地上，埋就埋在导弹旁。在总撤离前，聂荣臻到地下发射控制室看望“七勇士”，鼓励他们沉着勇敢，坚决完成光荣的任务。受到中国当时的技术条件限制，“两弹”结合的发射控制室就设在离发射点只有 100 多米远、地下 6 米深的位置。虽然地下发射控制室由工兵用高标号水泥浇筑而成，但是如果发射出现意外，原子弹在发射阵地爆炸，谁也不敢保证他们能够活下来。狭小的地下发射控制室里安装了两台氧气发生器，准备了可用一个星期的水和干粮。如果他们在原子弹意外爆炸中活了下来，这些物资可以保证他们生存 7 天，等待营救。

10 月 27 日上午 8 时 45 分，接核试验基地报告，凌晨 2 时该基地 3 000 米高空出现了一股预报之外的 6 级左右强风。聂荣臻当即打电话请示周恩来。周恩来答复：“一切由你在现场决定。”聂荣臻在现场与专家商量后，决定按原定时间 9 时发射不变。在地下发射控制室里，“七勇士”把生死置之度外，思想高度集中地进行操作。9 时整，佟连捷按照操作程序，拧动“点火”钥匙。他们随即听到震耳的响声，从潜望镜里看到一团橘红色的火焰托着核导弹腾空而起，接着听到各观测站一连串的报告：“程序转弯”“飞行正常”“跟踪正常”“发现目标”。9 时 9 分 14 秒，核弹头在核试验基地上空的预定空域爆炸。这次导弹核武器试验取得圆满成功，使中国成为继美、苏、英、法之后世界上第五个能够用自己的导弹发射核武器的国家，以及世界上第一个在本土进行“两弹”结合试验的国家。

“两弹”结合试验成功后，聂荣臻向周恩来电话报告了试验结果，并在发射现场讲话，转达周恩来代表中共中央、国务院、中央军委向全体参试人员表示的热烈祝贺。聂荣臻说：“国防科学技术，在党的领导下，整整进行10年了，这次试验成功，是对党对人民的献礼，也是对国防科学技术10年工作的纪念。参加这次试验的同志们很努力，感谢大家。”①毛泽东得知核导弹试验成功的消息后高兴地说：“谁说我们中国人搞不成导弹核武器，现在不是搞出来了吗？”②

10月28日上午，聂荣臻在导弹试验基地召开的庆祝大会上讲话。他说：“我代表毛主席、林副主席、周总理，代表党中央、国务院、中央军委，向参加这次试验的二机部、七机部和基地的全体同志们，致以亲切慰问和热烈祝贺。希望同志们戒骄戒躁，再接再厉，在今后的试验和设计工作中取得更大的胜利。”③“试验结果，证明我们的设计是成功的，水平是不低的，质量也很好。通过试验，发现和解决了很多重要问题，为今后其他型号的设计，提供了有利条件。”④同日，聂荣臻在张震寰、钱学森等陪同下接见导弹试验基地团以上干部和参加“两弹”结合发射试验代表，并在招待所门前同参试官兵合影留念。

中国掌握导弹核武器的速度大大出乎西方国家的意料，也使美国人反思

---

① 周均伦．聂荣臻年谱（下卷）[M]．北京：人民出版社，1999：1035.

② 《当代中国》丛书编辑部．当代中国的核工业[M]．北京：中国社会科学出版社，1987：61.

③ 周均伦．聂荣臻年谱（下卷）[M]．北京：人民出版社，1999：1035.

④ 周均伦．聂荣臻的非常之路[M]．北京：人民出版社，2004：149－150.

当年美国政府对钱学森的迫害和驱逐。《纽约时报》将中国迅速掌握导弹核武器归功于钱学森，不仅在 1966 年 10 月 28 日的头版对他加以报道，还将其列为“新闻人物”。《纽约时报》在当天的报道中说：“冷战的讽刺之处在于，那个公认为一手帮助中国造出第一颗原子弹并将其装上导弹的人，却在美国度过了 15 年时间，在这里接受教育和栽培，被鼓励，被崇拜，被厚遇，被信任。”《60 分钟》节目还制作了一期钱学森专题《美国制造？》，并介绍说：“这是一个关于美国如何在 20 世纪 50 年代的‘红色恐怖’下将发展核武器的大部分知识和经验拱手相送给中国人的故事。”①

威廉·里安和山姆·萨默林在1967 年和 1968 年撰写了《中国蘑菇云：美国的悲剧性错误和中国核力量的崛起》一书，用大量篇幅介绍了钱学森在美国从事火箭导弹研究和遭受“麦卡锡主义”迫害的情况。该书开篇就用一个空白页引用了钱学森的一句话和毛泽东的一句话。前者是“这是一朵在逆境中绽放的花”，后者是“中华民族再也不会受到侮辱。我们站起来了！让世界颤抖吧！”。② 他们认为美国政府当年迫害钱学森导致中国这么快就拥有导弹核武器是一个具有讽刺意味的错误。

1966 年 10 月 31 日，聂荣臻和钱学森、张震寰等飞抵核试验基地。11 月 1 日上午，聂荣臻在核试验基地召开的庆祝导弹核武器飞行试验成功大会上讲话。下午，聂荣臻与核试验基地的参试官兵合影留念。当晚，他出席为庆祝导弹核武器试验成功举行的会餐。11 月 3 日，聂荣臻等来到核试验基地弹着区察看“两弹”飞行试验核弹头爆炸投影点地区被烧成玻璃体的地面。当聂荣臻了解到这次核爆炸位置精度很高时，高兴地对钱学森、张震寰、李觉

① 张纯如．蚕丝：钱学森传[M]．鲁伊，译．北京：中信出版社，2011：250.

② WILLIAM L R， SAM S. The China cloud[M]. London: Hutchinson， 1969.

等说："我们的中近程地对地导弹能达到这样准确，核弹头和引爆控制系统设计得这样可靠，是很不容易的，真了不起。这说明我们的技术水平已经有了很大的提高。"[①]11月4日上午，聂荣臻在听取核试验基地领导汇报时指出："我们研制核武器，重点不是在多大当量上，而是要能装在导弹上，从一开始，我们就没有把重点放在飞机投放的核炸弹上，这次'两弹'结合试验成功，对于敌对国家的威胁比较大，使他们不敢轻易对我们动手。"[②]

11月19日，聂荣臻回到北京后先后向林彪、叶剑英、周恩来汇报"两弹"结合飞行试验的情况。11月21日，聂荣臻就"两弹"结合飞行试验情况、导弹试验基地和核试验基地的建设情况，向毛泽东、林彪、周恩来、中共中央、中央军委写了书面报告。报告说：这次试验成功，是毛泽东思想的伟大胜利，是党的树雄心、立壮志、奋发图强、自力更生、赶超世界先进科学技术水平方针的胜利，是"两弹为主、导弹第一"发展国防科学技术方针的胜利。

① 周均伦．聂荣臻年谱（下卷）[M]．北京：人民出版社，1999：1037.
② 周均伦．聂荣臻年谱（下卷）[M]．北京：人民出版社，1999：1038.

氢弹速度

氢弹的威力远大于原子弹，有两个方面的原因。一方面，氢核的同位素氘核和氚核聚变成氦核后，比结合能相差将近 6 兆电子伏特，而铀-235 核裂变成较轻的原子核后，比结合能相差不到 1 兆电子伏特。因此，使用相同质量的核材料，氢弹爆炸释放出的能量远高于原子弹。另一方面，为了制造出原子弹，需要高浓度的铀-235、钚-239。然而，当这些核裂变物质聚集在一起达到临界质量（铀-235 为 52 公斤，δ 相钚-239 为 16 公斤、α 相钚-239 约为 10 公斤）之时，它们就有可能自发进行核裂变反应，从而发生自爆。因此，原子弹的当量不可能无限提高，最高当量通常只有 50 万吨 TNT。氢弹就没有这方面的顾虑。核聚变并不需要中子的撞击，其发生的充分必要条件就是高温高压加聚变材料，而聚变材料的重量和体积并没有上限。从理论上来讲，氢弹的威力是没有上限的。

原子弹是引爆氢弹的点火源，氢弹需要原子弹爆炸产生的高温高压引发核聚变反应。掌握原子弹技术是研制氢弹的前提。1952 年 11 月 1 日，美国成功爆炸第一颗氢弹，威力约为1 000 万吨 TNT。1953 年 8 月 12 日，苏联也成功进行氢弹试验。在美国帮助下，英国于 1957 年 5 月 15 日成功爆炸第一颗氢弹。1961 年 10 月 30 日，苏联在北冰洋上的新地岛试爆了一颗 5 000 多万吨 TNT 当量的氢弹。爆炸产生的火球半径达 4 600 米，蘑菇云宽约 40 公里，高约 64 公里。这是人类迄今为止试验过的威力最大的核武器。氢弹的研制在理论和制造技术上比原子弹更为复杂。当时国外对氢弹的技术严加保密，因此要突破它就更加困难，必须完全依靠中国科研人员自己去探索。

早在 1960 年 12 月，二机部部长刘杰就提出，考虑到当时核武器研究所正忙于原子弹攻关，氢弹的理论探索工作可由中国科学院原子能研究所先行一步。原子能研究所很快就成立了轻核理论组，由所长钱三强主持，组织黄祖洽、于敏等理论研究人员，开始进行热核材料性能和热核反应机理的基础研究。于敏副研究员当时是原子能研究所有名的“老运动员”，是所谓“白专道路”的代表人物，在“插红旗、拔白旗”运动中是全所的批判重点。在“以阶级斗争为纲”的背景下，是钱三强承担起政治责任，拍板定案，决定调于敏来从事并参与领导这项工作。考虑到理论与实验结合的必要性，在成立轻核理论组后，钱三强在原子能研究所又成立了轻核反应实验组，以轻核反应数据的精确测量来配合和支持轻核理论组的工作，并先后决定由蔡敦九、丁大钊担任该组组长。

在第一颗原子弹理论设计完成后，核武器研究所根据聂荣臻的指示，组织力量开始探索氢弹理论问题，诸如热核反应及如何点燃热核材料、中子输运、辐射流体力学、二维流体力学计算方法、超高温高压状态方程等专题研究，并且通过研究装有热核材料的原子弹（即增强型原子弹）探索热核反应的规律和裂变聚变耦合问题。中国第一颗氢弹的代号被定为“639”。1964 年 10 月 15 日，就在中国第一颗原子弹爆炸的前一天，钱三强在向二机部党组会议汇报中国科学院原子能研究所轻核理论组近期研究进展时说：“轻核反应理论已初步过关。”①

中国第一颗原子弹爆炸成功后，核武器研究院调整机构和人员，全面开展氢弹的理论研究。当时美国、苏联、英国都已经研制出了原子弹和氢弹，法国和中国一样，研制出了原子弹，还没有研制出氢弹，中国领导人和科技人员都希望抢在法国前面爆炸第一颗氢弹。1964 年 11 月 2 日，周恩来召集中央专委小型会议。次日，周恩来再次约刘杰、张爱萍、徐子荣、刘西尧谈话，讨论进一步发展原子能事业问题。周恩来指示二机部：要加速研制氢弹。②

中国的氢弹研制工作很快驶入快车道。1965 年 1 月 23 日下午，毛泽东主持召开中共中央政治局常委扩大会议。当余秋里汇报到我们的技术要赶上和超过国际水平时，毛泽东说：“管他什么国，管他什么弹，原子弹、氢弹，都要超过。”③同月，二机部把中国科学院原子能研究所先期进行氢弹理论探索的黄祖洽、于敏等科研人员调到核武器研究院，集中力量从原理、结构、材料等多方面广泛开展研究。当时核武器研制基地在青海金银滩，考虑到氢弹理论研究工作的需要，研究地点选在北京。九院党委常委会决定，由朱光亚在京主持，与彭桓武、邓稼先一起领导氢弹原理的探索工作。

1965 年 2 月 3 日，二机部向中央专委呈报了《关于加快发展核武器问题的报告》。报告中提出：一方面要加速原子弹武器化，装备部队，形成战斗力；另一方面要尽快突破氢弹技术，向战略核武器的高级阶段发展。周恩来主持中央专委会议审议了这个报告，原则同意二机部的规划安排，要求通过

① 葛能全．钱三强年谱[M]．济南：山东友谊出版社，2002：180.

② 中共中央文献研究室．周恩来年谱（1949—1976）下卷[M]．北京：中央文献出版社，1997：684.

③ 中共中央文献研究室．毛泽东年谱（1949—1976）（第五卷）[M]．北京：中央文献出版社，2013：473.

1965 年至 1967 年的核试验，完成原子弹武器化工作，并力争在 1968 年进行氢弹装置试验。①

1965 年 2 月，在副院长朱光亚和彭桓武指导下，核武器研究院着手制订探索氢弹理论的研究计划。在规划会上，理论部主任邓稼先、副主任周光召组织有关方面的专家和研究人员，总结了前一阶段的研究工作，分析了国外发展氢弹的情况。经过讨论，规划会确定了氢弹理论研究的工作计划：第一步，突破氢弹原理；第二步，完成重约 1 吨、威力为 100 万吨 TNT 当量的热核弹头设计，力争在 1968 年前实现首次氢弹空爆试验。② 随后，在彭桓武指导下，兵分三路，分别由黄祖洽、于敏、周光召率领向三个方向探索氢弹，由邓稼先负责统管上述三个研究方向和原子弹小型化。科研人员开始废寝忘食地工作，通过采用不同的材料配置和结构，设计模型，进行数值模拟和分析研究。

5 月 27 日上午，聂荣臻同张爱萍、刘杰、罗舜初、唐延杰等一起研究核试验问题。聂荣臻指出："探索氢弹的理论研究工作正在进行。现在看来，搞大当量的地下核试验，选场难，工程量大，周期长，使更快的发展氢弹受到限制。这就更清楚地看出，美、英、苏三国签订部分禁止核试验条约主要是遏制我国的，我们要放开思想，走自己的路，不受其条约的束缚。""要考虑一下氢弹试验场有些什么问题，应早作准备。"③同年 8 月，二机部向中央专委呈报了由朱光亚起草的《关于突破氢弹技术的工作安排》：一方面进行理论上的探索，另一方面要进行若干次核试验，以求通过试验，检验理论是

① 《当代中国》丛书编辑部．当代中国的核工业[M]．北京：中国社会科学出版社，1987：59.

② 《当代中国》丛书编辑部．当代中国的核工业[M]．北京：中国社会科学出版社，1987：276.

③ 周均伦．聂荣臻年谱（下卷）[M]．北京：人民出版社，1999：979.

否正确，提高理论认识。① 中央专委同意这一安排，并要求各有关部门给予积极支持，做好有关工作。

理论设计离不开大量的计算工作。当时中国最好的两台电子计算机，计算速度都是每秒 5 万次。一台在北京，代号为 119；另一台在位于上海嘉定的中国科学院华东计算机研究所，代号为 J501。为了充分利用这两台计算机，九院理论部各室轮流出差到上海使用计算机。于敏带队于 1965 年 9 月 27 日到达上海，立即开始工作。利用国庆节休假的时间，他们进行了大量计算。通过对不同模型的数值模拟结果进行理论分析，他们发现了实现自持热核反应的关键条件，随后摸索到了氢弹设计原理。邓稼先闻讯后赶到上海，协助于敏进一步完善氢弹设计的理论方案，并经过计算机运算得到验证。

我国氢弹技术突破的过程，也是发扬学术民主、激励群体智慧和创新精神的生动典范。核武器研究院领导要求在更大范围内发扬学术民主，开展氢弹突破途径的讨论。当时，举行了许多次学术讨论会，专家们经常结合典型的计算结果，给大家作详尽的分析报告，报告厅里常常被听众挤得水泄不通。科技人员不断讨论，不断改进，夜以继日地在计算机上进行计算，从堆积如山的纸带中寻找规律。群体的智慧，激发了专家们的灵感，再加上专家清晰的物理观念、透彻的分析能力、严密的推理本领，使这些概念得到了升华。终于，在这一场热火朝天的群体攻坚战中，于敏率领几十个人的小分队，在上海率先牵到了氢弹的“牛鼻子”，形成了一套基本完整的物理方案，迈出了攻克氢弹原理的重要一步。经理论部的反复讨论验算，集思广

① 《当代中国》丛书编辑部．当代中国的核工业[M]．北京：中国社会科学出版社，1987：62.

益，方案更趋于完善。后来众人又在设计、实验、材料、生产、测试设备、试验场地等各方面通力合作，以最快的速度完成了氢弹的核试验。

1984年，我国氢弹理论设计荣获国家自然科学奖一等奖，核工业部九院九所（原九院理论部）公推早已调离九院的彭桓武院士名列第一。当九所的同事们把领回来的奖章和奖牌交由他保存时，彭桓武坚决不收，提议放在九所里，送给所有为这项事业贡献过力量的人们。他随手写下一副对联："集体集体集集体，日新日新日日新。"这副对联是突破"两弹"的真实写照，也是突破"两弹"的宝贵经验。

1965年12月，朱光业组织专家对氢弹设计新的理论方案进行研讨，确定氢弹研制以新的理论方案为主。九院副院长吴际霖随后在西北核武器研制基地主持召开规划会议，讨论1966—1967年氢弹科研生产的两年规划。会议同意刘西尧提出的"突破氢弹，两手准备，以新的理论方案为主"的方针。即一手按新的理论方案，以研制由导弹运载的氢弹头作为主攻方向，为此需要相应增加一次新的"热"试验；另一手是继续进行原定的氢航弹方案的攻关。①

1965年12月18日下午，聂荣臻同罗舜初、钟赤兵、路扬一起听取国防科委二局局长胡若嘏汇报二机部九院已突破氢弹设计原理等问题。胡若嘏汇报说："不久前，二机部九院专家们已经探索到了利用原子弹爆炸的能量点燃热核聚变材料的氢弹设计原理，提出拟于1966年底进行一次低威力的氢弹原理试验。"聂荣臻听后说："利用原子弹爆炸的能量点燃热核聚变材料的这一氢弹设计原理是个好设想，二机部、国防科委要组织力量研究，尽早进

① 《当代中国》丛书编辑部．当代中国的核工业[M]．北京：中国社会科学出版社，1987：62-63.

行试验。以上意见，请提到中央专委会议讨论。”①不久之后，中央专委批准了九院提出的两年规划，并决定新的“热”试验采用塔爆方式，利用首次核试验的备用铁塔进行。

氢弹研制工作除了需要科技人员的聪明才智和艰辛努力外，也离不开工人师傅的精益求精和无私奉献。以压制热核材料为例，这道程序要求特别严格。比如一根头发的直径约为 6 丝到 8 丝（100 丝＝1 毫米），而产品的误差必须控制在 2 丝到 3 丝，出一点差错都不行。因为特殊材料的价格特别昂贵，所以工人们要求自己只许成功不许失败。压制热核材料时，要把 2～3 种材料按比例混合后进行压制。稍不留神，轻则烧伤，重则不堪设想。那时候，负责压制热核材料的工人脸上和手上都伤痕累累，甚至溃烂。为了干活方便，工人们很多时候都不戴防护面罩，忘我地工作。

热核材料经热压成型后的主要特点是脆，缺少黏性，因而在加工过程中易掉块、易氧化变质、易燃烧爆炸，且属于强碱性物质，对人体的呼吸器官有很大的破坏作用。针对这些矛盾，技术人员和工人师傅逐个寻找解决方案。因为材料脆，不能用机床卡盘夹紧，他们按照产品的不同形状设计各种吸具，在机床主轴后部加装威尔逊密封装置，将产品吸紧加工，保证产品不被夹碎。对易氧化变质和易燃易爆问题，他们在加工过程中严密隔绝氧气。对人体的损害问题，主要通过防护用品来解决：加工完成开箱时，戴含有过滤棉的特种口罩，进入手套箱内取产品时，戴好防毒面具。

高原上的春天来得格外晚，3 月山上还积满了白雪，河里还有厚厚的冰层。1966 年 3 月 30 日，草原下着小雪，中共中央总书记邓小平在薄一波、

① 周均伦．聂荣臻年谱（下卷）[M]．北京：人民出版社，1999：1006．

李富春、张爱萍、赵尔陆等陪同下视察 221 厂。当他得知 221 厂的内部报纸《红原报》正逢创刊时，高兴地饱蘸浓墨，挥笔题词："高举毛泽东同志的伟大红旗，遵照毛主席指引的方向奋勇前进——别人已经做到的事，我们要做到；别人没有做到的事，我们也一定要做到。"[①]随后，邓小平等中央领导又冒着风雪，与 221 厂科以上干部、工程技术人员及职工代表在电影院广场合影留念。这极大地鼓舞了 221 厂和核工业战线的广大职工，犹如给草原带来了春天，他们怀着冲天干劲投入氢弹的研制工作。

在周恩来的亲切关怀和大力支持下，1966 年 5 月 9 日成功进行了一次含有热核材料的核试验（即中国第三次核试验），俗称"增强型原子弹"。热核反应过程与理论预测基本一致，为氢弹设计提供了重要数据。同年 10 月 1 日的《人民日报》第五版公布了孟昭瑞拍摄的中国第一、二、三次核爆炸的蘑菇云图。当时为了保密，第三次核试验的蘑菇云图并不完整，只保留了上部的一个巨大蘑菇头，下面烟柱的大部以及地面部分通通被删去。因为专业人士从一个完整的蘑菇云图就可以清楚地看出蘑菇云升空的高度，并由此推断出核爆炸的当量等绝密信息。[②]

含有热核材料的核试验成功后，周恩来称赞这一成绩是领导、专家、群众的三结合，教育、研究和生产三结合，群策群力，大力协同的结果。[③] 九院随后开始抓紧准备小当量的氢弹原理试验。工程师陈常宜等人通过上百次爆轰模拟试验和研究，解决了引爆弹（用于引爆氢弹的小型原子弹）设计中

① 刘红林，王廷育．在核基地的岁月里：中国第一个核武器研制基地亲历[M]．西宁：青海人民出版社，2011：30.

② 孟昭瑞，孟醒．中国蘑菇云[M]．沈阳：辽宁人民出版社，2008：270.

③ 中共中央文献研究室．周恩来年谱（1949—1976）下卷[M]．北京：中央文献出版社，1997：31.

的关键问题，从而确定了引爆弹的理论设计方案。理论设计工作者在配合试验确定引爆弹理论设计的同时，还集中力量进行了小当量氢弹的理论设计。通过计算，他们弄清了引爆弹爆炸对氢弹的作用和影响，并在此基础上确定了小当量氢弹的理论设计方案，并立即开始试验装置的技术设计和制造。

“文化大革命”爆发后，刘杰、钱三强被批斗，王淦昌、彭桓武、邓稼先、陈能宽、周光召等受到批判，基本上都“靠边站”了。各种形式的批斗、串联严重干扰和威胁二机部的科研生产工作，氢弹研制工作也面临陷入停滞的困境。中央领导对此高度重视。1966 年 9 月 2 日，毛泽东圈阅周恩来当天报送的中共中央、中央军委关于不准外人进入二机部所属绝密工厂和研究设计单位的通知稿。这个通知于当天发出。9 月 25 日，周恩来主持召开中央专委第十六次会议。他在会上宣布：“中央已决定工厂企业、研究机关、农村、党政机关、群众团体一律不组织红卫兵。已经组织了的，要协商取消。把劲头用到科研生产上去。原子弹爆炸，有专家的功劳。这些人不是资本家，不是右派，只要他们积极工作，即便思想上有毛病，工作上还要团结。我们有最大限度的民主，又要有最高限度的集中。集中的权力不能放……不应该毁的制度要恢复。”①

11 月 2 日晚，聂荣臻在核试验基地向周恩来报告：“来核试验基地后了解到试验工程进展很快，11 月下旬，可以全部准备完毕。但是，二机部的氢弹装置可能不能按时完成。因此，二机部应该抓紧工作，力争 12 月或明年 1 月进行氢弹原理试验。否则明年 2 月以后，基地的气候条件会变坏，基地的工作也不好安排。”②周恩来闻讯后指示国防工办常务副主任赵尔陆、刘

① 中共中央文献研究室．周恩来年谱（1949—1976）下卷[M]．北京：中央文献出版社，1997：68.

② 周均伦．聂荣臻年谱（下卷）[M]．北京：人民出版社，1999：1037.

杰抓紧办理。11 月 16 日至 24 日，当时实际主持九院工作的朱光亚排除造反派干扰，在青海核武器研制基地主持召开氢弹科研生产汇报会，对氢弹原理试验装置的理论设计方案、试验测量方案及加工生产情况进行全面检查，并对下一步的科研生产进行工作部署。会后，朱光亚起草了《关于氢弹头“初级”试验准备工作情况的报告》，并以二机部名义上报中央专委。

12 月 5 日，为督促做好氢弹原理试验的最后准备工作，聂荣臻电示核试验基地司令员张蕴钰、副政委邓易非、副司令员张英和在基地现场的国防科委政治部主任朱卿云、二局局长胡若嘏：“这次试验，具有关键性作用”，全场同志“要切实遵循主席‘不打无准备之仗’，‘认真’、‘对工作极端的负责任’的教导，发扬艰苦奋斗，不怕困难，连续作战的英勇精神，千方百计，保证万无一失，百分之百地成功。希望你们努力争取今年打响第三炮”。①

冬天的戈壁滩，像狰狞的野兽。狂风呼啸，砂石翻滚。为了摸清氢弹原理，九院的试验队伍毅然进驻戈壁深处。虽然帐篷里生起了取暖用的火炉，但是寒风从缝隙中不断钻进来。真可谓“火烤胸前暖，风吹背后寒”。

为了保证测试一次成功，王淦昌、陈能宽两位副院长不知耗费了多少心血。他们与普通参试人员同吃、同住、同劳动，仔细检查各项准备工作。当爆心的探头洞回填成 7 米深的一段竖井后，年近花甲的王淦昌执意要下去看看。检查完毕，他刚吃力地爬上去，忽然想起下面有处测试接头让他不放心，转身又要下去，年轻人急忙拉住他：

“王老，您有什么事吗？”

“有一处接头，我不放心，得去看看……”

---

① 周均伦．聂荣臻年谱（下卷）[M]．北京：人民出版社，1999：1042.

“王老，都安好了，我亲自检查的。”一位技术人员认真地对他说。但王淦昌仍坚持要下去，他一定要亲眼看看。没办法，大家只好又随他下到底。

当确认无疑后，王淦昌才欣慰地对大家说：“值得，值得！我虽然累点，但今夜可以睡安稳觉了……”①

1966 年 12 月 11 日下午，周恩来主持召开中央专委第十七次会议，讨论人造卫星研制和即将进行的东风三号中程地对地导弹首次发射试验以及氢弹原理试验的各项准备工作等问题。周恩来、聂荣臻、叶剑英等中央领导对朱光亚关于氢弹原理试验准备工作的汇报非常满意。聂荣臻请求到现场主持这两次试验，周恩来表示同意。中央专委会议结束后，李觉、朱光亚立即奔赴核试验基地，组织指挥氢弹原理试验。12 月 27 日下午，聂荣臻飞抵核试验基地，当即听取张震寰、张蕴钰等关于氢弹原理试验准备工作的情况汇报，确定试验零时定为 12 月 28 日中午 12 时。当晚，聂荣臻通过电话向周恩来报告，经批准后，决定按计划进行试验。

12 月 28 日上午 11 时，聂荣臻到达现场指挥所主持氢弹原理试验。这次试验是验证“原理”——即高能中子的主要诊断手段之一。② 中午 12 时，氢弹原理试验装置按计划爆炸，试验获得圆满成功。在距离铁塔 20 公里远的掩体内，参试人员透过墨镜，看到了充满希望之火的闪光，看到了冉冉升起的蘑菇云。聂荣臻随即向参试和参观人员表示祝贺，并在下午乘飞机在爆心 1 200 米上空绕行两圈，察看铁塔残骸和核爆炸后效应物受破坏的景况。氢弹原理试验成功以后，《人民日报》喜报上转载了 12 月 28 日新华社为此发布的新闻公报。

---

① 核工业神剑文学艺术学会．秘密历程[M]．北京：原子能出版社，1993：225.

② 杜祥琬．关于氢弹原理试验的一些回忆与感受[J]．中国核工业，2015（2）：59.

▶ 在氢弹原理试验现场，王淦昌（左）与朱光亚（右）正向聂荣臻（中）汇报试验成果

12 月 30 日、31 日，聂荣臻约钱学森、王淦昌、彭桓武、朱光亚、陈能宽、程开甲、于敏、周光召、方正知等科学家，和张震寰、李觉、张蕴钰等领导同志座谈，请大家谈对这次氢弹原理试验的看法和明年氢弹试验任务安排的意见。与会专家一致认为，这次氢弹原理试验是成功的，这条路子走对了，是中国氢弹技术的一项重要突破。下一步采用这一原理和已有的航弹壳体，争取进行一次百万吨级的氢弹空爆试验。聂荣臻在听取大家的意见后确定：1967 年 10 月 1 日前，进行一次设计威力为 100 万至 200 万吨 TNT 当量的氢弹空爆试验，在空爆的氢弹试验成功后再研制用于导弹的氢弹核弹头。各方面都要按此设想安排各项准备工作。12 月 31 日，聂荣臻在核试验基地

召开的庆祝氢弹原理试验成功大会上的讲话中说:“这次氢弹原理试验的成功,是加强我国国防力量的一个重大进展。在技术上,我们突破了重大关键。但今后的工作更艰巨、更伟大。”①

1967 年 1 月 11 日,聂荣臻在回到北京后向毛泽东书面汇报氢弹原理试验情况。报告中说:试验结果,证明这个路子是成功的。各项参数,特别是几项主要参数,如快中子数、热核材料的燃烧率、爆炸威力 12.2 万吨 TNT 当量等,都基本符合设计要求。“前四次核试验,基本上都是解决原子弹方面的问题,这已经基本掌握了。氢弹如何搞,通过什么技术途径,如何体现主席提出的赶超精神?曾探讨了多种方案,最后决定,先集中力量突破××方案。这个方案的成功,对解决氢弹重量轻、当量大,既便于制成航弹、又便于上小型化的导弹头,技术上有关键意义。”下一步的工作,已在现场与二机部、核试验基地等有关单位作了初步安排。② 根据氢弹原理试验结果,核武器研究院立即调整计划,终止了原定“另一手”的氢航弹方案攻关,并将为之所做的条件准备改用到按新理论方案设计的氢弹试验上来,以便用最快的速度完成氢弹试验任务。

当时在上海“一月风暴”的影响下,夺权之风席卷全国。二机部九院的很多科技人员参与派性斗争,丢下研究设计工作,整天“闹革命”;工厂停产,工人参加“四大”(大鸣、大放、大辩论、大字报)运动,连氢弹试验所必需的部件也无法生产。此时彭桓武和邓稼先发现外刊有一则消息:法国计划在 1967 年爆炸第一颗氢弹。他们便与于敏、周光召等人商量,用大字报写出那则新闻,号召大家为国争光,赶在法国前面研制出氢弹。他们的口号

---

① 周均伦 . 聂荣臻年谱(下卷)[M]. 北京:人民出版社,1999:1044.

② 周均伦 . 聂荣臻年谱(下卷)[M]. 北京:人民出版社,1999:1046.

得到九院领导的赞同，并得到科技人员的响应。大家都停止派性斗争，回到各自的研究室潜心研制氢弹。2月6日下午，九院理论部在北京花园路召开“抓革命促生产”誓师大会。邓稼先做动员报告，理论部两派群众代表都表达了同样的急切心情：要抢在法国人前面做氢弹试验。

在非常时期，周恩来、聂荣臻等中央领导力挽狂澜，努力保障氢弹研制工作的正常推进。1967年1月23日，聂荣臻批准发出中央军委特别公函。公函要求有关部门必须保证与氢弹试验有关的研制项目顺利进行，任何人不得阻挠。2月17日下午，聂荣臻同刘西尧一起向周恩来汇报221厂出现了派性组织之间的严重对立，有可能发生武斗。汇报后，聂荣臻遵照周恩来指示，给青海省军区副司令员赵永夫打电话，命令部队不要介入221厂的派性对立，要保卫好工厂的安全，如果发生武斗，部队去隔开，进行劝说。2月18日晚上，周恩来和聂荣臻接见国防工业口各部造反派代表。周恩来在会上严肃批评了二机部造反派，指出他们夺权是极其错误的。2月20日晚上，周恩来和聂荣臻在京西宾馆听取国防科委、二机部等单位关于首次全当量氢弹空爆试验准备情况的汇报。二机部代表汇报说科技人员认为全当量氢弹空爆试验可以提前，周恩来和聂荣臻听后认为论据充分，同意这次试验可以抢在法国之前进行，力争在7月1日前爆响。

2月23日，聂荣臻接到总参作战部报告，当天凌晨西宁市发生死伤一百多人的大规模武斗，危及附近的221厂。当天，聂荣臻遵照周恩来指示，要求国防科委、二机部尽快把详细情况了解清楚。2月24日，聂荣臻一方面命令迅速将工厂技术专家撤退到附近的军事基地予以保护，各有关群众组织和部队各派两名代表来京汇报，工厂警卫团要保证酝酿中的厂区游行示威不出任何问题；另一方面向周恩来建议对221厂实施军事管制，并获得批准。不久之后，周恩来命令空军司令员吴法宪派专机去西宁，把参加九院 1967 年科研生产计划会议的科学家全部接到北京。2 月 27 日，二机部兰州浓缩铀工厂的几派群众组织发生武斗，工厂管理陷入瘫痪。聂荣臻接到总参作战部报告后，于 28 日命令高炮某师要确保兰州浓缩铀工厂的绝对安全，“要坚决执行总理指示，不准夺权，不准停产，各战斗组织间争论一律停止，坚守工作岗位，听候处理”①。

1967 年 2 月，核武器研究院克服各种困难及时完成了氢弹的理论设计。因为这次试验采用的是飞机空投方式，核武器研究院与有关单位密切合作，按时完成了飞机改装、降落伞研制以及航弹的设计、试验和弹道计算工作。在国防科委的组织领导下，核试验基地、航空工业部、空军等单位都参与了有关安全工作的论证。在真实重量的空投氢弹模型飞行试验时，工作人员发现尾罩抛射的轨迹不稳定，偶尔出现“拉风箱”现象，这是不允许存在的。在充分论证的基础上，郭永怀副院长决定在弹体尾罩上加设稳定环，以确保投弹后稳定开伞。负责具体设计工作的罗泰恒在时间十分紧迫的情况下，又好又快地完成了设计任务，加了稳定环的尾罩在试验中稳定地拉出了引导伞，为顺利开伞提供了可靠保证。

此前，在完成空投原子弹的设计后，核武器研究院就开始设计空投氢弹。在空投氢弹的结构设计中，由于指导方针是力求稳妥可靠，所以弹体结构最初设计得很笨重，体积和重量较大。郭永怀认为这不符合实战要求。他是学航空出身的，深知“航空产品要为节省每一克重量而奋斗”这句话的真正含义。他多次向弹体结构设计师指出，作为原理试验弹采用金属铸件结构

① 周均伦．聂荣臻年谱（下卷）[M]．北京：人民出版社，1999：1054．

是可以的，但要达到实用化，必须搞轻型的薄壳结构。因为事关重大，弹体结构设计师轻易不敢更改原有设计方案。空投氢弹的弹体设计方案一时间陷入了僵局。

在关键时刻，美军的一次重大飞行事故使中国得到了意外启示。1966年1月17日，美国一架B-52战略轰炸机在西班牙海岸上空和一架KC-135加油机在空中加油时相撞。因为发动机起火，轰炸机飞行员不得不采取紧急措施，将机上携带的四枚氢弹（没有引爆装置）掷下。结果三枚氢弹落在陆地上，一枚氢弹掉进海里。这件事在国际上引起轩然大波。由于打开了降落伞，氢弹落地和坠海时的速度都不快。外国媒体发布的照片显示，落在地上的氢弹弹体上有一处明显的坠落时留下的凹痕，证明美国的氢弹采用了薄壳结构。这就证明了郭永怀上述主张的正确性。采用郭永怀的正确主张使空投氢弹的结构重量降低了20%以上，为中国第一颗氢弹的空投试验奠定了基础。

1967年3月2日上午，聂荣臻召集国防科委副主任罗舜初、国防工办副主任李如洪以及刘杰、李觉、朱光亚、陈能宽等开会，听取汇报氢弹研制工作的安排和进展情况、九院1967年科研生产计划会议、调整修改核武器研制两年规划的打算等。聂荣臻在朱光亚汇报过程中说："搞核武器研究，可以实行研究人员、工程师、技术工人三结合的方式进行，这是个好办法……科学家对技术问题要敢于坚持真理，不要怕，不能被造反派所左右，否则要犯错误……核试验和有关的会议，不能让造反派主持，也不能让他们知道得太多，该保的密一定要保。九院在北京地区的业务工作也不要让造反派监督。计划会议也可以吸收一些专家、技术人员、工人参加，这就是走群众路线。计划会议安排在京西宾馆，以国防科委、国防工办的名义召开，会议搞个领导小组，由罗舜初、国防工办副主任郑汉涛、李觉组成。”①

为了排除造反派对氢弹研制工作的干扰，中央决定对 221 厂实行军事管制。3 月 4 日上午，周恩来和聂荣臻在中南海接见 221 厂两派群众组织来京的代表。周恩来先请聂荣臻讲话。聂荣臻说：“221 厂是我们国家极为重要的国防工厂，担负着国家十分重要的研究设计和试验任务。我们共成功地进行了 5 次核试验，你们为此作出了重要贡献。最近的事态发展，使正常的科研、生产秩序受到影响，工厂的安全受到威胁。国务院、中央军委对此十分关切。经周总理批准，我宣布，国务院、中央军委决定对 221 厂实行军事管制。221 厂不得夺权，不准串联，希望大家一定要保证工厂的绝对安全，‘文化大革命’运动只准在 8 小时工作以外的时间进行，违者将受纪律处分。”②周恩来随后语重心长地对两派群众组织的代表进行说服教育。他希望厂内广大群众、干部在军管小组的领导下，坚决贯彻“抓革命、促生产”的方针，搞好本厂当前十分重要的研究设计与试验任务以及其他各项工作。

3 月 11 日，聂荣臻签发关于军事接管和调整改组国防科研机构的请示报告，分别上报毛泽东以及中央常委、中央军委、中央文革小组。报告提出：现在各国防工业部的研究院和中国科学院承担国防任务的各研究所，大多瘫痪，研究工作停顿，三线建设问题也很多。这种状况十分不利，必须迅速改变。建议将二机部九院、三机部六院、五机部机械研究院、四机部十院、六机部七院、中国科学院新技术局所属各单位由国防科委军事接管，以“抓革命、促战备、促工作、促生产”的精神迅速恢复科研和生产工作。3 月 17 日下午，周恩来召集李富春、聂荣臻、叶剑英等开会，研究对各国防工业部所

① 周均伦．聂荣臻年谱（下卷）[M]．北京：人民出版社，1999：1055.

② 周均伦．聂荣臻年谱（下卷）[M]．北京：人民出版社，1999：1055－1056.

属单位实施军管的问题。3 月 18 日，周恩来以书面形式向毛泽东报告此事。3 月 20 日，毛泽东审阅周恩来 3 月 18 日的报告并批示："退总理照办。"①

1967 年 5 月 9 日下午，周恩来主持召开中央专委第十八次会议，着重讨论氢弹空爆试验的准备工作。会议认为，我国第一次全当量氢弹试验，在政治上有重大意义，在军事上将使我国的核武器技术进入一个新的发展时期。②会议要求 6 月 20 日以前做好试验前的各项准备工作，并于 6 月 1 日至 10 日陆续提出 6、7 月份试验场区和烟云经过地区的详细气象资料，再决定试验日期。这次试验现场指挥工作由试验基地党委负责，国防科委副主任张震寰、二机部副部长李觉参与领导工作。

5 月 27 日，鉴于氢弹空爆试验准备工作已进入最后阶段，聂荣臻同意罗舜初提出的两点建议：（一）以国务院、中央军委的名义电示 221 厂暂停开展"文化大革命"的"四大"，集中精力，确保氢弹的加工质量和进度。（二）以聂荣臻的名义向核试验基地发出指示，要求他们千方百计保证试验成功，确保人员安全。③ 次日，聂荣臻审阅罗舜初草拟的两个电报稿，随后将以国务院、中央军委名义发给 221 厂军管小组的电报稿转呈周恩来、毛泽东签发。5 月 29 日，毛泽东签发了电报，批准 221 厂暂停"四大"。几天后，第一颗氢弹的加工装配以及试验准备工作全部完成。遵照周恩来"严肃认真、周到细致、稳妥可靠、万无一失"的指示，又制定了"保响、保测、保运输、保安全"的各项措施。

空军的轰-6 甲飞机转场到核试验基地马兰机场后开始进行配重弹（重

---

① 中共中央文献研究室．毛泽东年谱（1949—1976）（第六卷）[M]．北京：中央文献出版社，2013：67．

② 《当代中国》丛书编辑部．当代中国的核工业[M]．北京：中国社会科学出版社，1987：63．

③ 周均伦．聂荣臻年谱（下卷）[M]．北京：人民出版社，1999：1068－1069．

量、尺寸都和实弹一模一样，不会爆炸）空投训练。6 月 3 日第三次投弹训练发生了主降落伞在空中破裂导致弹体自由落体的事故。这次事故引起张震寰、张蕴钰等领导的高度重视。他们与技术人员共同研究，对降落伞采取了局部加固和改进折叠方法等措施，提高了可靠性。到 6 月 10 日为止，空军两个机组在核试验场区共飞行 35 架次，空投配重弹 35 枚，弹着点大部分位于距靶心 500 米以内。经空军研究决定，徐克江机组为正式执行任务的机组，张文德机组为预备机组。6 月 8 日，正式试验用的氢弹运抵核试验基地。

6 月 12 日上午，周恩来主持召开中央专委会议，同李富春、叶剑英、聂荣臻等听取罗舜初汇报氢弹空爆试验的全部准备工作完成情况。在听取汇报时，周恩来严肃地指出："基地于 6 月 10 日空投遥测弹情况的报告中说'均很正常'，降落伞有三处裂口，还能说'很正常'？缺乏科学态度，应为'较正常'。不要过分乐观，要实事求是……"①他还提醒说："不要犯经验主义，必须清楚地认识到这次试验又有新的特点，应认真严肃地对待，切实解决存在的问题。"②周恩来要求在 6 月 13 日综合预演后对氢弹总装再一次认真地做全面检查，确保安全可靠。当时聂荣臻因为所谓的"二月逆流"事件已经受到批判，为了加强领导和保护聂荣臻，周恩来委托他赴现场主持这次试验。

为了保证试验的成功和安全，核试验基地在 6 月 13 日利用"冷"弹（不含活性核材料，有引爆控制系统）进行机、伞、弹的综合预演，检查了正式试验所规定的全部程序和动作。6 月 14 日 13 时 40 分，聂荣臻飞抵核试验基地。一到基地，他就遵照周恩来的指示，立即询问空爆氢弹降落伞的情

① 聂力．山高水长：回忆父亲聂荣臻[M]．上海：上海文艺出版社，2006：301.

② 中共中央文献研究室．周恩来年谱（1949—1976）下卷[M]．北京：中央文献出版社，1997：161.

况，并在张蕴钰陪同下，到现场查看配重弹空投试验时破损的主伞情况。聂荣臻询问技术人员对备份伞的质量有无把握，得到了确切的满意答复。6月15日上午，聂荣臻再次听取国防工办副主任郑汉涛汇报有关降落伞的详细情况。

聂荣臻对于核试验准备工作中的每一个小问题都很重视。1967年6月14日晚上，他听取张震寰、郑汉涛、张蕴钰、李觉、陈能宽、程开甲等关于氢弹空爆试验准备工作的汇报。当听说在检查中发现技术上出现了两个小问题，聂荣臻就一再询问，并说："这些问题不要看成是小事，出起事来会变成大问题。规程上的工序一道也不能少，少了一道工序，就是个教训。"①6月15日下午，他听取郑汉涛汇报检查氢弹的详细情况，晚上听取张蕴钰汇报基地各项准备工作的详细情况。

6月16日下午，聂荣臻来到马兰机场慰问在现场工作的科技人员，并观看试验用的氢弹实物。他还登上轰6甲飞机看望执行空投氢弹任务的徐克江机组人员，并同他们一一握手。聂荣臻勉励机组人员说："这可不是一个一般的炸弹，一定按操作规程执行好任务，但也不要紧张。"②机组人员坚定地回答："请元帅放心，我们保证胜利完成任务。"聂荣臻闻言欣慰地说："好，好，我相信你们，相信你们！"③当晚，聂荣臻住在核试验基地的开屏村，这里距离指挥所大约30公里。在与张震寰、张蕴钰商量后，聂荣臻决定将试验零时定为第二天上午8时，并打电话向周恩来作了报告，当场得到批准。

6月17日上午7时40分，聂荣臻从位于白云岗的指挥所再次打电话给

① 周均伦．聂荣臻年谱（下卷）［M］．北京：人民出版社，1999：1071.

② 周均伦．聂荣臻年谱（下卷）［M］．北京：人民出版社，1999：1071.

③ 聂力．山高水长：回忆父亲聂荣臻［M］．上海：上海文艺出版社，2006：303.

坐镇北京的周恩来、叶剑英，汇报了现场各项准备工作的最后情况。随后，聂荣臻下令上午 8 时整进行氢弹空爆试验。8 时整，负责空投氢弹的轰 6 -甲飞机到达预定空域，却没有投弹，拐了个弯飞走了。聂荣臻立即询问是怎么回事，空军地面指挥员报告：飞行员操作中少了一个动作，请求再飞一圈。聂荣臻当即答复同意。事后才知道，飞机上负责投弹的第一领航员孙福长当时心理高度紧张，再加上受“文化大革命”的干扰，在飞机上要不断地背诵毛主席语录，影响了他的注意力，所以忘了按自动投掷器，导致氢弹没能在预定的上午 8 时准时投下。

8 时 20 分，投弹飞机再次来到预定空域，并在预定高度投下中国第一颗全当量氢弹。氢弹在距靶心 315 米、距地面 2 960 米高处爆炸，在一瞬间迸发出比太阳还要亮的耀眼光芒，爆炸威力为 330 万吨 TNT 当量。一时间天空中出现了两个太阳，耳畔传来震耳欲聋的轰鸣。烈焰翻腾的火球不断变幻着姿态，越来越大，越来越绚烂。火球上方逐渐出现草帽形的白色云团，云团悠悠地旋转着，把地面上的土都卷起来，火球最终变成一朵白色的蘑菇云。这次氢弹空爆试验获得圆满成功。地面 3 公里外的效应物蒸汽机车被推出 18 米远，400 米外的钢板熔化，就连投弹飞机的机尾都被烤黄。

68 岁的聂荣臻手握电话，激动地凝视着空中那朵硕大的蘑菇云。在欢呼声中，科学家们经过紧张的计算，初步得出核爆炸的威力在 300 万吨 TNT 当量以上的结论。聂荣臻满意地对身边的张蕴钰说：“300 万吨，够了！够了！”①聂荣臻随后通过电话向周恩来报告氢弹试验成功的喜讯，周恩来闻讯后代表毛泽东、国务院、中共中央向全体参试人员表示祝贺。聂荣臻又打

① 聂力．山高水长：回忆父亲聂荣臻[M]．上海：上海文艺出版社，2006：304．

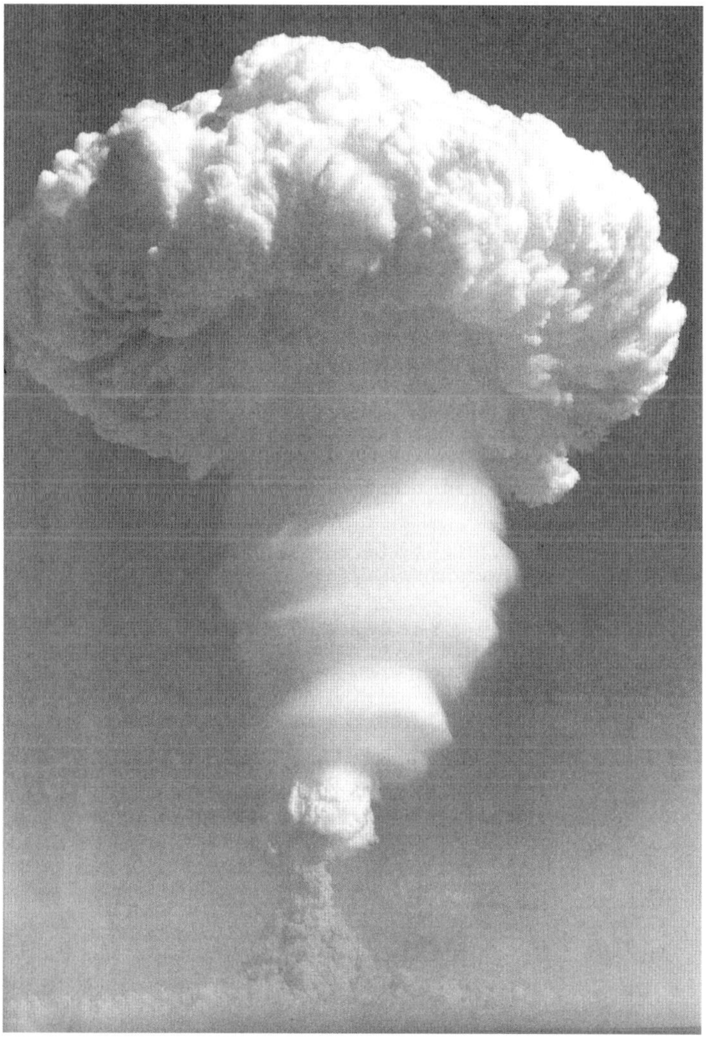

▶ 中国第一颗氢弹爆炸成功

电话通知叶剑英，叶剑英闻讯后代表中央军委向全体参试人员表示祝贺。聂荣臻放下电话后，站起身向仍在欢呼的人群挥手致意，并代表毛泽东、林彪、周恩来、中共中央、国务院、中央军委，向他们表示热烈祝贺。

1967 年 6 月聂荣臻（左一）、张震寰（左二）
在第一颗氢弹爆炸试验现场

1958 年 6 月 16 日，毛泽东提出中国用十年时间研制出氢弹。经过广大科技人员、工人、领导干部和解放军指战员的长期努力，这个目标提前一年实现了。1967 年 6 月 17 日晚上印发的《人民日报》喜报用红色大字庄严宣布：我国第一颗氢弹爆炸成功。喜报写道："我们伟大领袖毛主席早在一九五八年六月指出：搞一点原子弹、氢弹，我看有十年功夫完全可能。"

从第一颗原子弹爆炸到第一颗氢弹爆炸，美国用了七年零四个月，苏联用了四年，英国用了四年零七个月，法国用了八年零六个月，而中国只用了两年零八个月，发展速度是最快的。中国首次氢弹爆炸试验，赶在了法国的前面，在世界上引起了巨大反响。当中国爆炸第一颗氢弹的消息传到法国后，法国科学界和政界都感到十分惊诧。戴高乐总统为此大发雷霆，他把原

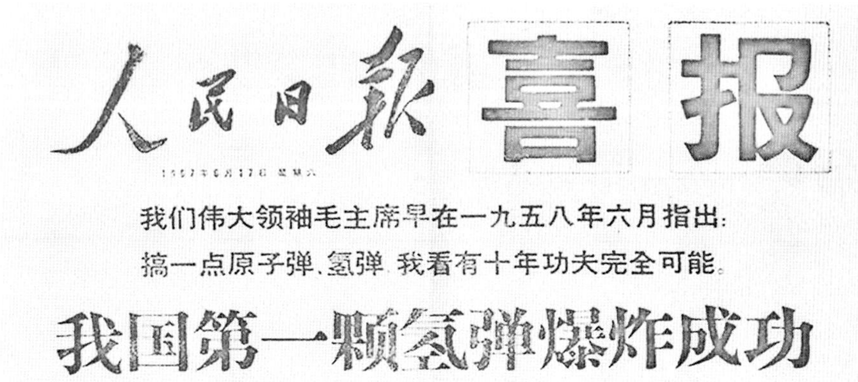
人民日报 喜报

我们伟大领袖毛主席早在一九五八年六月指出：
搞一点原子弹、氢弹，我看有十年功夫完全可能。

我国第一颗氢弹爆炸成功

▶ 中国第一颗氢弹爆炸成功后的《人民日报》喜报

子能总署的官员和主要科学家叫到他的办公室，拍着桌子质问为什么法国的氢弹迟迟搞不出来，而让中国人抢在前面了。在场的人都无言以对，因为谁也无法解释中国为何能这么快地研制出氢弹。直到 1968 年 8 月 24 日法国才爆炸第一颗氢弹，当量为 260 万吨 TNT。

以身许国

在研制成功用于空投的氢弹后，中国科技人员开始加紧研制用于导弹的氢弹弹头。为了完成这项重要的任务，著名科学家郭永怀因公殉职，成为23位“两弹一星”元勋中唯一的烈士。23位“两弹一星”元勋都有很多感人的故事，而郭永怀无私奉献、为国捐躯的故事最让人潸然泪下。他用生命诠释了什么是爱国，什么是奉献。作为一名中国共产党员，郭永怀用生命践行了“随时准备为党和人民牺牲一切”的誓言。

1941年至1956年，郭永怀先后在美国留学和工作。郭永怀在携妻子李佩和女儿郭芹回国前夕，为了避免美国政府节外生枝，在参加康奈尔大学的同事们为他举行的欢送野餐会时，把没有公开发表的论文手稿一叠一叠地扔进炭火里，烧成灰烬。看到这一幕，在场的同事们都惊呆了，李佩也感到非常可惜，便劝阻说：“何必烧掉？留下回国还有用。”郭永怀说：“省得他们再找麻烦，反正这些东西都装在我的脑子里了，属于自己的知识，美方无法扣下。”①

郭永怀回国后，挚友钱学森推荐他担任中国科学院力学研究所副所长。不久，周恩来总理在中南海接见郭永怀，问他有什么要求，郭永怀激动得只

① 梁俊英．“两弹一星”元勋郭永怀：用生命保护国家绝密数据[J]．党史纵览，2012（1）：35.

迸出一句话："我想到的是尽快投入工作、工作……"[①]在郭永怀致力于中国核武器研制的八年多时间里，他付出了无数心血和汗水。然而，郭永怀每次谈及这些时，总是微笑着淡淡地说："作为新中国的一个普通科技工作者，特别是作为一名共产党员，我只是希望自己的祖国能早一天强大起来，永远不再受人欺侮。"[②]

1968年10月3日，郭永怀又一次来到青海核武器研制基地，为我国第一次热核导弹试验做准备。12月4日，他在试验中发现了一个重要数据，急着赶回北京，于是决定冒险搭乘夜班飞机。郭永怀匆忙从221厂途经西宁赶往兰州，在兰州换乘飞机的间隙里，还认真听取课题组人员汇报工作情况。因为夜航不安全，在郭永怀登机前，同事们劝他换个时间再走，但他却说："夜航打个盹就到了，第二天还可以照常工作。"[③]

12月5日凌晨，郭永怀搭乘的飞机在首都机场徐徐降落时，在距离地面大约400米的高度突然失去平衡，随即偏离跑道，一头扎向一公里外的玉米地。在生死关头，飞行员竭力拉起操纵杆，想要拯救这架失控的飞机，却无能为力。伴随着"轰"的一声巨响，飞机坠毁，机身瞬间碎裂，剩余的燃料引发熊熊大火，机上人员除机长外全部遇难。在生命的最后时刻，郭永怀和警卫员牟方东紧紧地抱在一起，把随身携带的皮质公文包夹在胸口，希望能够用他们的血肉之躯保护好公文包中至关重要的绝密资料，不要耽误热核导弹的试验进程。

救援人员赶到现场时，发现飞机残骸散落一地，十几具遗体被烧得面目

---

① 李家春，戴世强．郭永怀传略[J]．中国科技史料，1985（1）：48.

② 梁俊英．"两弹一星"元勋郭永怀：用生命保护国家绝密数据[J]．党史纵览，2012（1）：37.

③ 孟兰英．早逝的"两弹一星"元勋：郭永怀[J]．党史纵横，2009（1）：17.

全非，惨不忍睹。通过残破的手表，救援人员辨认出了郭永怀的遗体。这块手表永远定格在了凌晨3时3分。救援人员费了很大力气才把郭永怀和牟方东的遗体分开，意外地发现夹在他们中间的公文包，里面的绝密资料竟然完好无损。看到这一幕，在场的每一个人都失声痛哭。这是最惨烈、最悲壮的牺牲！郭永怀的意外离世对于中国国防科技事业是一个无法挽回的重大损失。

郭永怀飞机失事的消息迅速传到了国务院，周恩来总理悲痛不已。他说郭永怀是国家的宝贵人才，是具有国际影响的科学家，别人去世可以不见报，郭永怀必须见报。周总理下令空军司令吴法宪、政委王秉璋彻查这一事故，并责成《人民日报》发布这一不幸消息。12月13日《人民日报》在第四版报道了郭永怀因事故牺牲的消息。12月25日，中华人民共和国内务部授予郭永怀烈士称号。12月27日，在郭永怀和牟方东牺牲22天后，在那份他们用生命保护下来的绝密资料支持下，中国第一枚热核导弹发射成功。

为了祖国的强大，郭永怀付出了一切，包括生命。1956年郭永怀决定回国后，朋友们纷纷劝他不要放弃在美国优越的生活和工作条件，不要回到贫穷落后的中国。对此，郭永怀坚定地说："家穷国贫，只能说当儿子的无能！"回国后，他于1957年6月7日在《光明日报》上发表《我为什么回到祖国——写给还留在美国的同学和朋友们》一文。郭永怀在文中说："这几年来，我国在共产党领导下所获得的辉煌成就，连我们的敌人，也不能不承认。在这样一个千载难逢的时代，我自认为，我作为一个中国人，都有责任回到祖国，和人民一道，共同建设我们美丽的山河。"①

① 郭永怀．我为什么回到祖国：写给还留在美国的同学和朋友们[N]．光明日报，1957-06-07（3）．

我为什么回到祖国

——写給还留在美国的同学和朋友們

中国科学院数学物理学化学部委員 郭永怀

我是在对日抗战的初年，因为自感救国無門，帶着慚愧的心情跑到了国外。从那时起到去年归国时止，在加拿大和美国共住了十六年，在美国一共是十五年。在美国这十五年里，前五年是讀書和研究，后十年加入战后康乃尔大学新成立的航空研究院工作。在这十年里，一面学習，一面教学，从外表看来，尤其是在美国人眼里，我在事实和精神上，已被認为是康乃尔大学的一部分。所以去年在我剛辞去学校里的职务时，許多朋友都觉得很奇怪，为什么我放弃这样一个悠閑自得的学术生活，重新走上这样一个“渺茫”的前途呢？

我的回答很簡單：

第一，美国是一个工業先进的国家，也是一个多民族的国家，統治阶級为了模糊阶級間的界限，就把全国公民按种族分作很多等級。因为这个原因，种族間互相歧視排挤就很厉害。黑人的社会地位固然很低，我們中国人在那里的社会地位也很可憐。在一般人的眼里，中国人只配給别人洗洗衣服和燒燒飯。因为有这样的歧視，一般中国人的謀生之路，大都只限于中国城，而中国城是有限的，它的唯一出路，是在保持又髒又乱和不三不四的“东方風味”，以供游客的“开心賞目”。

凡在美国居住又有入学年齡兒女的父母，都难免不感到遭受别人歧視的痛苦。小孩是天眞的，社会有这样的病，他們当然就很眞实的反映出来。欺凌、侮辱必然在小孩們的心灵上留下一个創伤的烙印。美国的一个著名音乐家罗伯遜，为了避免遭受这样的责罰，他就把他的兒子送到苏联受教育，后来非美委員会审問他的时候，問他为什么把兒子送苏联上学？他的回答是，要他的兒子在一个有自尊心的环境里成長。我是一个有兒女的中年人，离开美国也是为了这个原因。不但如此，只有在一个合理的社会里，青年們才能自由發展，才有自由擇業的机会。

第二，我在美国十五年內，耳聞目染，对美国社会和政治有了相当的認識。口头上他們說他們有法律，有自由，其实这是騙人的。美国共和党为了获得1952年大选的胜利，它的后台老板們就不惜血本，把一个毫無道义的参議員麦加錫捧出来，他一个人胡作胡为，破法乱紀，摧毁人权。在这个潮流最盛的时候，眞不知有多少無辜的人被陷害。这就証明，他們所謂法律是多么空洞，他們所高唱的自由又是多么脆弱！

在这样一个不公平不合理的社会，我們有良心的人可以心平气和地生活下去嗎？在异国居留，尽管住多久，总是作客，在政治上和社会上的一切活动，我們都不起作用。相反的，我們祖国的今日，已非昔日可比，在共产党領导之下，不到七年就把一个老大古国变成一个偉大新的社会主义制度的国家，我們取消了剝削制度，改变了半殖民地的地位，保障了国家的安全和人民的一切权利。追求自由的人們，在这样的局面之下，选擇是很明显的。

第三，我沒有出国以前，也和当时的許多人一样，認为美国政府对我們是友好的，給我們很多援助。后来到了美国，才逐漸了解到他們对中国的友好的对象，不是中国的广大群众，而是为他們服务的少数人。在第二次世界大战期間，他們天天嚷着帮助中国，但是一提到眞正帮助中国人民的时候就立刻遭受到那些在美国統治阶層中的有力的人的反对。我記得，有一次，美国政府声称要考慮协助国民党政府修建揚子江水壩，事实上只是說說而已，同現在的对埃及的阿斯旺水壩一样，可是消息一傳出来，馬上就是一片反对之声。

自从1949年人民政府建立以来，买办阶級和帝国主义的工具被驅逐出中国大陆，广大的人民就眞正地抬起了头，有了办法，有了保障，这个保障便是中国共产党。这几年来，我国在共产党領导下所获得的輝煌成績，連我們的敌人，也不能不承認，在这样一个千載难逢的时代，我誠認为，我作为一个中国人，都有責任回到祖国，和人民一道，共同建設我們的美丽的山河。

1955年8月，日内瓦中美大使会談开始，由于我們外交的胜利，接着美国就把禁止中国学生出境的禁令取消。我就在那个时候，作出返国的决定。到了1956年8月，我們全家离开了綺色佳，經美国的西岸候船西渡。在离开綺城之前，得到不少美国朋友的鼓励和同情。他們觉得我走了，虽然会給康乃尔大学短期內一些不便，但是因为我走了，使他們更能了解，更能接近新中国。青年們也来恭維我們，說我們的回到祖国去，是过去而在目前已經死去了的美国的精神的表現。他們觉得，对中国一切虽然很隔閡，但是从今以后，通过許多我国留美科学家的回国，会使他們更多地知道中国的实际情况。我可以說，尽管美国政府以高压的手段，来限制美国人民与中国人民来往，但是一般的美国人民，对我們仍然保持着友好的态度，由于人民的强烈要求，这种强制政策一定是要失败的。

上船以后，我們遇到了十几位志同道合的朋友，每日交談，三个礼拜的海上生活，很愉快地过去了。在九龙車站上，我們初次接触代表新中国服务的精神的香港中国旅行社。到深圳时，碰到科学院派来接待我們的兩位同志，中国旅行社的工作人員，海关以及在車站上工作人員，他們的謙虛和藹的态度和工作的效率，使我們深深体会到先我們回国的朋友們对他們的贊揚，不是为了敷衍，而是实实在在的从內心里說出来的。

去年十月，我們抵达闊别了十九年的首都。我們到的时候已是夜深，但多年不見的長一輩的师長和朋友們，都来热情地招待我們，使我們非常感动。我过去在北大讀过書，这次来可以說是旧地重游。我对于老北京的印象早已很模糊，我只能从新的建筑来判别解放以来的改变。一般地說，城內的变化較小，城外的变化大。城內每一角落都在变化，一个突出的改变則是橫貫天安門的东西長安街。在过去，天安門也是北京最寬曠的地方，但是絕不能和扩建后的新天安門广場相比。御河前边狹小街道展寬了，旧日的一垣短牆拆除了，从天安門南望是一片空曠，聳立在眼前的有英雄紀念碑和前門，眞有雄偉壯丽之感。

城外的面目更是煥然一新。我記得，旧日出了阜成門迎面而来的是几处小村落，現在是高楼大厦。大体說来，出西直門向南，和出西長安街尽头的复兴門向北，这一大片郊外地区，是正在兴建的新市区。在城西北方面，沿着去頤和园的兩条公路，就是將来的文化区，高等学校和中国科学院，就在这个地区發展。城东方面是工厂区。

我在国外的时候，已听到中国共产党的“百家爭鳴”和“百花齐放”的政策。我当时对于这个具有重大意义的政策，虽然知道它是正确的，但是不能体会到它的重要和它对于学术和文化艺术的远大影响。回国后几个月来，自己讀讀报紙和杂志，再听听各方面的意見，就漸漸認識到它的重要，和推行这个政策的党和政府的英明。

資本主义国家的反共宣傳的目的，一直想証明統治思想是社会主义的“必然性”，說有所謂“官方的科学眞理”。据我回国后的了解，解放初期在科学領域內，發生过一些对資本主义国家学术成就重視不够的情形，但这不是一个制度或一个党的缺点，而是在沒有經驗的时候，所容易犯的毛病。在資本主义国家不是也曾有人反对过相对論和天演論嗎？針对着这些缺点，就更加看出“百家爭鳴”的意义和它的重要。現在，在“百家爭鳴”政策下的学术狀态是怎样的呢？在自然科学里面，沒有問題，这个政策是徹底貫徹了的，在其它方面如哲学、历史、艺术、戏剧等等，也是尽量推行。学校里我們誠然是灌輸唯物思想，但是唯心的哲学也不排斥，也可以爭鳴。对唯心哲学的分析和批評，比以前深入了。对于所有的問題，我們都是虛怀若谷，不經过討論，就沒有定論。对每一方面，我們需要权威，但是权威絕不能專有眞理。这点，我相信一年以来，已經是作到了的。

在美国有不少的朋友是学社会科学的，他們总觉得他們和学自然科学的人不同，觉得回来后对国家無所貢献。其实这是不对的。一年以来，国內学术在各方面的活躍現象，看看报紙也就够明了。过去我当学生时代的前輩如馮友蘭、陈达、吳景超、費孝通等諸位先生，在报上不是常常發表意見嗎？我們的国家大，問題多，要是有一技之長，都有發揮和用武的余地。当然，还有很多朋友，也存在着旧社会帶来的恐惧心理，觉得朝中無人，举家回来后，不但沒人理会，而且有失業的危險。可以肯定的說，这个情况在今天的中国是不会發生的。

国內学术自由的情况，在国外是不容易想像的。美国統治阶級張口閉口的思想自由，学术自由。这些自由，我們都很清楚——这是空話。試想，在美国学校里边，有人敢講官方不許可的学术嗎？美国戏剧界和电影界的人，因为不跟官方走而失業的，不是很多嗎？因为有这些情形，我們在国外对于口号，总存着怀疑。这是可以理解的。問題是我們沒能进一步研究一下，这个“官方”的官是代表誰的，要是他們不代表我們而又要我們跟着他們走，当然他們要欺騙我們。如果政府是人民的，它是代表广大群众的利益，这它就不必欺騙，說出来就要兑現。問題的眞正的关鍵就在这里！

《我为什么回到祖国——写给还留在美国的同学和朋友们》

为了支持国家建设，1965 年 1 月，郭永怀和李佩捐出了 48 460 余元的全部积蓄。这笔积蓄的主体是他们回国前卖掉在美国的别墅和汽车所得。48 460 余元在当时是什么概念呢？当时毛泽东每个月的工资只有 404.8 元，钱学森每个月的收入是 450 元，包括工资 350 元和学部委员津贴 100 元。

在山东荣成郭永怀事迹陈列馆的一个角落，展示着两封信。其中一封是郭永怀亲笔写给中国科学院领导的，信中说："本着总理节衣缩食、勤俭建国的指示，现将早年在国外的一点积蓄和几年前认购的经济建设公债共 48 460 余元奉上，请转给国家。这本是人民的财产，再回到人民手中也是理所当然的。"信末署名为"李佩、郭永怀"，时间是 1965 年 1 月 12 日。第二封信写于两天后，是中国科学院力学研究所党委给中国科学院党组的汇报信："我所杨刚毅书记亲自与他谈话，请他考虑是否全交，家庭生活是否有困难等。他表示，生活完全没有问题，态度非常坚决。"①对国家如此大方的郭永怀，对自己却非常小气。他的毛巾要用到破得不能再用了才肯换新的，他的钢笔也一直用到没法修了。

郭永怀牺牲"小家"为"大家"，一直认为自己对女儿郭芹亏欠很多。从事涉密工作后，他和家人聚少离多。有一次郭芹过生日，她向爸爸讨要礼物，郭永怀只好满怀歉意地指着天上的星星说，以后天上会多一颗星星，那就是爸爸送给你的礼物。郭永怀为什么向女儿许下这个诺言？因为他当时正在参与领导中国第一颗人造地球卫星"东方红一号"的研制工作。在 23 位"两弹一星"元勋中，郭永怀是唯一一位在中国核弹、导弹和人造地球卫星领域均作出巨大贡献的科学家。1970 年 4 月 12 日，"东方红一号"人造地球

① 彭辉，陶相银．听老家人讲郭永怀的故事[EB/OL]．(2020-07-03)[2023-10-19]．http://dangshi.people.com.cn/gb/n1/2020/0703/c85037-31770336.html.

卫星发射成功，在茫茫夜色中划过天安门上空。郭永怀兑现了给女儿的承诺，可惜他本人已经看不到了。

在生命中的最后十秒，当郭永怀和警卫员牟方东紧紧抱在一起，用身体保护装着绝密资料的公文包时，他的脑海里肯定浮现过妻子和女儿的身影。没有人知道此刻他想对她们说些什么，但是郭永怀在飞机失控前的正常航程中肯定想起过，他还没有帮女儿买到一双合脚的棉鞋。这是一个父亲未竟的遗愿。

1968 年 9 月，郭永怀唯一的女儿郭芹初中还没毕业，就成为一名“上山下乡”的知识青年。17 岁的郭芹之前曾恳求父亲利用工作关系让她去参军，因为她从小生活条件很好，自知难以适应农村生活。虽然郭永怀是核武器研究院的副院长，和军方高层关系密切，但是他不愿为女儿托关系、走后门。郭永怀劝说女儿遵从毛主席的教导，服从组织安排。郭芹插队的地方在内蒙古自治区呼伦贝尔盟杜尔基公社加拉嘎大队，地处东北边疆，冬天的气温有时低到零下 40 摄氏度。当时那里还是一片苦寒之地，郭芹经常吃不饱，穿不暖，还在劳动中受了伤。

胡天八月即飞雪，在插队后不久，郭芹的脚就冻伤了，却没有钱买双棉鞋。在郭芹插队的同时，李佩也因在重庆（白区）工作和在美国留学的经历受到迫害，停止了在中国科学技术大学的教学工作，作为“特务”被关在学校的牛棚里“隔离审查”。1968 年 10 月 19 日，深陷困境的郭芹不得不写信给远在青海工作的父亲郭永怀求助。

此时正值热核导弹研制的关键时期，所有人都在全力以赴，郭永怀更是忙得不可开交。他迟迟没有时间去买郭芹的棉鞋，不得不在 11 月 3 日用 221 厂的信纸给女儿写了一封回信。信中除了叮嘱郭芹要努力学习外，在最后两段中写道："布鞋暂没有，你是否画个脚样寄来，待有了货，一定买。这里有一种翻皮棉鞋，本想代你买一双，因为尺寸没有，没敢买。手好了没有，初劳动时要注意，过猛和粗心是一样的，都是不对的。"①这封看似平凡的家书背后，是一段辛酸的往事。在这段往事中，郭永怀是一个对女儿充满惦念和关爱的慈父，又是一个忙于工作却不知道女儿鞋码的不合格的父亲。

看到这里读者也许会想，在郭永怀牺牲后，当郭芹再次翻看父亲写的这最后一封家书时，她的心底是否有过一丝对父亲的不解与埋怨？如果父母当时选择留在美国，如果父亲能多花一点时间照顾家庭，她们一家三口的命运是否会发生变化？可郭芹给出了自己的答案。郭永怀牺牲后，邻居经常听见郭芹在家中弹奏《红灯记》中李铁梅的唱段："我爹爹像松柏意志坚强，顶天立地是英勇的共产党。"1996 年 11 月 8 日，在对父亲的无限哀思中，郭芹因病在北京去世，年仅 45 岁。在弥留之际，她给这个世界留下了最后的倾诉：写写我爸爸吧！

作为科学巨匠，郭永怀自然不是粗心人，但他连女儿的鞋码都不知道，也足以说明他工作的忙碌。根据山东荣成郭永怀事迹陈列馆李波馆长多年探访的结果，当时郭永怀一直把买鞋的事挂在心头。

刘敏和朱志梅夫妇都是中国工程物理研究院的研究员，在 20 世纪 60 年代，他们都是 221 厂的科技人员，在郭永怀的指导下工作。在刘敏夫妇的印象里，郭永怀很少顾及家里的事情。但是有一天下班后，郭永怀来找刘敏和朱志梅，他先是问刘敏，鞋子是否分男款女款，又问鞋子大小和号码有什么关系，弄明白后又问朱志梅穿多大号的鞋子。朱志梅劝郭永怀，等弄清楚女

① 彭辉，陶相银．听老家人讲郭永怀的故事[EB/OL]．(2020-07-03)[2023-10-19]．http://dangshi.people.com.cn/gb/n1/2020/0703/c85037-31770336.html.

儿的鞋码后再买鞋。一位 221 厂的老职工也曾向李波谈及，他曾亲眼看到郭院长在基地内唯一的商店里选鞋子，也是因为鞋码的问题不得不作罢。

目前陈列在中国科学技术大学校史馆的一张字条，也提及了郭芹的棉鞋。这是郭永怀在 1968 年 11 月 15 日写给李佩的字条：“我准备把工作安排妥当之后返京一趟。鞋过西宁时买，鞋号码似乎不统一，临时判断一下，大点也不要紧。”令人伤感的是，这张字条竟成了郭永怀留给家人最后的字迹。郭永怀当年的一个警卫员跟李波讲，郭永怀牺牲前一天也曾到兰州的商场里去买鞋，最终也没能买成。令人扼腕的是，第二天巨星陨落，女儿的这个小小请求竟然成了郭永怀永远没完成的遗愿。

没有郭永怀等老一辈科技工作者以身许国，就没有中国“两弹一星”的辉煌成就。斯人已逝，风范长存！在郭永怀身上充分体现的“两弹一星”精神激励着国防科技战线上的党员干部和群众以更加昂扬的斗志继续前进，将中国原子能事业推向新的高峰。

继往开来

1964 年春夏之交，面对紧张的国际局势和来自两个超级大国的军事威胁，经济工作中的备战问题被中央提到优先考虑的议事日程上来，随后开始布局大规模的三线（战略后方）建设。随着苏联对中国核武器研制基地实施军事打击的威胁越来越大，由苏联专家指导选址的青海 221 厂急需搬迁。二机部很快就明确了选址原则：基于战略考虑，主要在四川、贵州两地选择，而落实到具体执行，则需要满足“靠山、分散、隐蔽”要求。经过多次讨论，二机部最终确定在四川一山区建设九院新址。1965 年 5 月，中央专委批准建设代号为“902 工程”的核武器研制基地。

1969 年 10 月，九院院部机关与部分研究所开始从青海海晏迁往四川梓潼。1970 年前后，221 厂的大批科研人员、工人及家属也逐步向四川基地转移。由于四川基地尚不具备科研条件，九院九所（原九院理论部）的工作人员不得不从 1970 年 1 月开始陆续返回北京花园路工作，从此开始了长达近 20 年的出差生涯。直到 1988 年 3 月明确九所是九院设在北京的一个研究所，九所人员才不再出差。1983 年 9 月 14 日，国务院、中央军委批准对九院建设布局进行调整，相对集中到绵阳，由此在绵阳开始建设新的科研基地，代号为“839 工程”。1985 年 1 月 30 日，九院开始对外使用“中国工程物理研究院”的名称。1990 年，中国工程物理研究院开始逐渐向绵阳科学城搬迁。

九院在梓潼的院部位于一处山坳中，与梓潼县城隔了一道山梁。邓稼先在院部办公时，经常在工作之余到山上散步，久而久之就在山上踩出了一条“邓稼先小道”。邓稼先居住的小院，像他的为人那样朴实无华。办公室里有两张破旧的沙发，一张油漆斑驳的写字台，一把藤椅，两个绿色的铁皮柜和一个木制书架。居室里有一张大铁床，一个放衣物的旧木橱和一张普通的书桌。书桌上一部老式的唱片机是室内最奢侈的摆设。邓稼先在院部办公楼里的办公室也非常简朴，最引人注意的是放在书柜顶上的一个地球仪，这反映了他的国际视野。

1969 年至 1970 年，邓稼先在北京工作期间留下了“四两粮票”的故事。有一次，科研人员夜间在计算机房进行模型计算。邓稼先凌晨三点来到机房检查计算结果，待大家忙完时天已经大亮。忙了一夜，科研人员个个饥肠辘辘，疲惫不堪。邓稼先问孙清河：“你们夜里吃饭了吗？”孙清河回答：“一日三餐都吃不饱，夜里哪有粮票加餐啊！”邓稼先马上从口袋里拿出几张粮票，分给在场的每人四两。40 多年后，孙清河回想起来依旧十分激动：“那时候，每人每月的粮食定量是 28 斤，粮票比什么都珍贵。现在你给我四两黄金，我也没有当年老邓给我四两粮票激动。”①许多饭量大的同志和有家属来探亲的同志，也都受到过邓稼先的粮票帮助。

核试验由大气层逐步转入地下进行，是核武器研制工作发展的必然要求。地下核试验的优点是：便于在近距离上进行核反应参数测试以便诊断核反应过程；地面和大气环境污染较小；对气象条件要求较低；利于安全、

① 绵阳旅游．今天，让我们一起缅怀他［EB/OL］．(2022-07-29)［2023-11-04］．https://www.163.com/dy/article/HDF8FS350524CJBP.html.

九院院部大门

九院院部办公楼

▶ 邓稼先院长办公室

▶ 邓稼先旧居

保密；试验场区较小，易于组织指挥。缺点是：试验工程量大，周期长，不便于进行核武器杀伤破坏效应试验，也不宜做大威力核试验。地下核试验分为平洞和竖井两种方式。各有核国家的地下核试验都是先以平洞方式取得经验，然后发展到以竖井方式为主。在中国爆炸第一颗原子弹后，中央领导就开始正式考虑地下核试验问题。1964 年 10 月 19 日下午，毛泽东在中南海菊香书屋主持召开中共中央政治局常委会会议时指出："将来我们要把原子弹试验转入地下，不然污染空气！"①

1967 年 10 月，核武器研究院副院长王淦昌和西北核技术研究所所长程开甲主持召开首次地下核试验讨论会，并对测试项目和工程进度做了安排。12 月一个瑞雪初晴的下午，周恩来召集罗舜初、钱学森、李觉、王淦昌、朱光亚、彭桓武、邓稼先等开会，讨论进行地下核试验问题。周总理在充分听取专家意见后指出："我们的试验是有限的，要在有限的试验中得出多项数据。我们要掌握核试验的主动权，不仅要掌握大气层核爆的规律，而且要掌握地下核爆的规律。我们有限的核试验完全是为了防御。"②此外，周总理还详细询问了进行地下核试验的配套设施。

在"文化大革命"的乱局中进行地下核试验困难重重，年逾花甲的王淦昌用自己的热情影响其他人，用自己的真诚说服其他人，用自己的行动感动其他人，把大家团结了起来。在王淦昌的组织和推动下，在于敏的具体指导下，地下核试验所需的原子弹装置理论设计方案由贺贤土研究小组搞出来了。实验方案、测试原理、实验项目等，经过实验人员和设计人员讨论也都研究决定了，下一步就可以组织生产了。然而，青海核武器研制基地因受

① 中共中央文献研究室．毛泽东年谱（1949—1976）（第五卷）［M］．北京：中央文献出版社，2013：421.

② 核工业神剑文学艺术学会．秘密历程［M］．北京：原子能出版社，1993：258.

“文化大革命”影响几近瘫痪，连食堂的烟囱都不冒烟了。面对涣散的人心，王淦昌只好在北京和青海两地之间来回奔波当“说客”，大会小会一遍遍地强调进行地下核试验的重要意义。他的肺腑之言唤醒了大家的工作激情，一个个先后回到核试验基地，放下派系斗争，全心全意干好本职工作。

繁重的试验任务和恶劣的高原气候使年迈的王淦昌感到体力严重不支，动一动就气喘吁吁。他只好在办公室接上氧气，到生产一线也背着氧气袋，坚持每天到工号转转。王淦昌的表率作用和拼命精神使研制人员受到极大的鼓舞，他们齐心协力，按时完成各项试验产品及试件，保质保量地装上西去的列车。王淦昌也马不停蹄地带领有关人员前往核试验基地。

这次地下核试验在新疆罗布泊核试验场内的南山进行。工程兵提前在山脚下开挖了一条宽约 2 米、长约 1 500 米的试验坑道。在试验前，有一天突然发现坑道内的放射线剂量超标，参试人员十分紧张。有的说这好比是在中子源内工作，有的说我还年轻，将来结婚不育怎么办？经过排查，原来是坑道内通风不好，导致氡气泛滥，而氡-222 同位素的半衰期只有 3.8 天。最终大家没有被氡气的放射性伤害吓倒，戴着口罩继续坚持工作。

当时南山治安形势很紧张，山上信号弹不断，周边时常发现敌对势力的降落伞。为此，国防科委命令核试验基地司令部派出一个团的解放军，包围南山搜查守防，命令作业队军管会主任董仁、九院副院长王淦昌确保试验安全，核装置进坑道后，人人坚守岗位，不准提前离场。

1969 年 9 月 22 日上午 10 时，核装置被送进坑道，参试人员直到晚上 9 时多工程兵堵洞后，才撤离现场。9 月 23 日 0 时 15 分核装置起爆，我国首次地下核试验获得成功，获得了初步经验。这次核试验没有炫目的人造太阳，也没有震耳欲聋的雷声，更没有翻腾的蘑菇云。一阵强烈的地震波过后，沉闷压抑的轰响向世人昭示着核爆炸的威力。群山在朦胧的月光下颤动，山体表面被剥离的几万方石头滚滚而下，山梁上腾起雾一般的尘埃。

由于“文化大革命”的干扰，地下核试验工作此后一度中断。1974 年 3 月，国防科委主持召开会议，讨论并拟订了地下核试验计划。通过 1975 年和 1976 年两次地下核试验，我国基本上掌握了地下核试验的测试技术，为进一步发展与提高打下了良好的基础。在三次地下核试验中，王淦昌都参与组织领导。他虽然年迈体弱，仍不顾风险，亲临现场，检查指导，为发展我国的地下核试验技术作出了重要贡献。

在 1975 年 10 月的那次地下核试验中，当总装工作临近尾声时，一个意外情况发生了。在实施检查公差时，检查人员发现部件卡住了。十几双眼睛顿时聚焦在曾经装配过一次又一次“产品”的周师傅身上，气氛异常紧张。可周师傅却表现得十分镇静，因为他深知自己此时的一言一行将直接影响大家的情绪。重新成立的二机部九局①局长赵敬璞也镇定自若，轻声细语地安慰大家说：“不要紧张，要仔细检查，拿出解决问题的办法。”

周师傅经过周密检查和分析，向在座的领导汇报：“由于种种原因，加上这里的条件局限，目前只有一个办法。”大家不约而同地问：“什么办法？”“要用人抱住‘产品’的一端，另一端用吸盘。”现场一片安静，人们几乎都在思考一个关系生死的问题：由谁来抱住这个危险的“产品”？关键时刻，

① 1968 年，二机部第九研究设计院划归国防科委，改称中国人民解放军第九研究院。这期间，九院理论部改称九院九所。1973 年 7 月，国务院决定中国人民解放军第九研究院重回二机部建制。九院回归二机部后实行院厂分家，四川基地部分称为二机部第九研究院，青海的 221 基地和 903 基地分别叫国营 221 厂和国营 903 厂。1973 年 12 月，二机部决定成立九局，归口管理第九研究院、221 厂和 903 厂。1982 年，二机部改为核工业部，二机部九局亦改为核工业部军工局，二机部九院改为核工业部九院，221 厂、903 厂名称未变，归属核工业部军工局管理。

共产党员张文祥挺身而出："我来！"[①]他从容不迫地上前一步，一下子就抱住了"产品"，稳稳地站在那里。周师傅熟练地操作……公差检查合格了。

1976年10月粉碎"四人帮"后，根据核武器发展的方向，核武器研究院在发展研究上安排了理论、实验、材料部件、起爆方法和引爆控制系统等方面的预先研究，根据各方面研究工作取得的成果，经过周密的考虑，制订了一系列核试验计划，有步骤地解决发展核武器的新设计原理。1978年10月，当第一次竖井地下核试验成功后，陈能宽激动地赋词一首："削岩直下，欲把金石化。点金有术细评价，人道花岗耐炸。井边扬起轻尘，四海却传震情。祝捷更添壮志，凝思万里新征。"张爱萍也诗兴大发，步其原韵奉和："大漠岩下，烈火顽石化。有力回天难估价，任尔金钢能炸。晴空万里无尘，高歌壮志豪情。不畏攀登路险，破关夺隘长征。"[②]

核武器研究院和核试验基地协同配合，在一系列地下核试验中，用新发展起来的诊断技术测量了核爆炸过程的物理量和威力，测量数据证明了理论设计的正确性，同时还表明中国在设计、制造和试验等技术方面具备了进一步发展核武器的条件。一系列地下核试验的圆满成功，使中国核武器的发展跨入了一个新的阶段。1980年10月16日，中国进行了最后一次大气层核试验。1986年3月，中国政府在维护世界和平大会上庄严宣布：我国已多年未进行大气层核试验，今后也将不在大气层进行核试验。

中国科技人员密切关注国外核武器技术的发展，在1977年向中央建议尽快启动新型核武器的研制工作。经过慎重考虑，中央同意开始研制新型核武

---

① 核工业神剑文学艺术学会．秘密历程[M]．北京：原子能出版社，1993：265.

② 李晨阳．为科研攻关作词，与彭桓武对联，这位"两弹一星"功勋科学家你了解吗？[EB/OL]．(2023-04-30)[2023-10-27]．https://paper.sciencenet.cn/htmlnews/2023/4/499730.shtm.

1979 年 9 月邓稼先（左）与赵敬璞在核试验场合影

器。1984 年 6 月，新型核武器研制过程中的一次地下核试验进入最后的总装阶段。在关键时刻，邓稼先、陈能宽、李英杰等九院领导和所有参试人员废寝忘食地加班加点工作。这时邓稼先已经身患重病，癌细胞正在他体内恣意横行，只是他自己还不知道，超负荷的工作显著加重了他的病情。几天后，国防部长张爱萍和国防科工委主任陈彬、四川省委书记谭启龙、省长杨析综来到九院视察工作。张爱萍和邓稼先握手时，看到他脸色灰蒙蒙的，吃了一惊。当得知邓稼先等九院领导为了这次核试验已经连续多日奋战在一线后，张爱萍心疼不已，当即下令要求邓稼先、陈能宽、李英杰等人马上随他去执行另一项特殊任务。

听说有特殊任务，几位九院领导来不及收拾就跟随张爱萍将军上了车。他们在车上才知道，这项特殊任务就是让他们先去游览九寨沟，再到成都看川剧，参观工厂，让他们好好休息放松几天。可是在得知真相后，邓稼先不淡定了，到成都后，他三番五次向张爱萍提出"放行"请求，但都被婉言拒绝了。这让邓稼先陷入极度的矛盾中，一面是领导的关爱，另一面是紧张的工作。他连续几个晚上难以入睡，美味的饭菜也无法刺激他的食欲。随后，邓稼先通过请张爱萍身边的工作人员帮忙说情，终于说服对方无奈地签发了"放行令"。

为了赶时间，邓稼先等九院领导连夜启程返回梓潼。因为山路难走，张爱萍在送行时反复叮嘱行车安全，甚至连每个人坐的位置、两车应保持多少间距都一一作了安排。张爱萍对科学家无微不至的关怀和爱护，使邓稼先感动得热泪盈眶，一句话也说不出来。邓稼先等九院领导连夜赶回单位后，直接来到参试人员正在挑灯夜战的总装现场，与大家一起投入到紧张的工作中。①

1984 年 10 月 3 日，中国成功进行了一次新的地下核试验。为纪念这次具有标志性意义的核试验和中国第一颗原子弹爆炸成功 20 周年，邓稼先在 10 月 16 日兴奋地亲笔写下诗作："红云冲天照九霄，千钧核力动地摇。二十年来勇攀后，二代轻舟已过桥。"②

1984 年 11 月，中央专委批准了进行新型核武器原理性试验的报告。同年 12 月，朱光亚、邓稼先、于敏亲临核试验场，组织指挥新型核武器原理性

---

① 中国工程物理研究院党委宣传部，中国工程物理研究院公共事务管理部．家国情怀：中国核武器研制者的老照片记忆[M]．成都：四川人民出版社，2018：269－270.

② 许鹿希，邓志典，邓志平，邓昱友．邓稼先传[M]．北京：中国青年出版社，2015：182.

试验。为了“只争朝夕”，这次核试验选择在寒冬腊月进行。驻地室外温度在－30℃以下，晚上宿舍里放一盆水，第二天早晨就结冰，一出门眼睫毛上就挂一层白霜，眉毛胡须都变成白色。为了节约用水，他们每两周洗一次澡，在室外用改装的汽车当澡堂。此时邓稼先的身体状况已经很差，天天便血，走远路需要别人搀扶，可他仍然坚持在核试验场工作。

1984 年 12 月 9 日，新型核武器的原理性地下核试验准时进行。伴随着一声巨响，埋放新型核武器的荒山颤动了几下，又晃了晃，一团团黄色尘土在地颤的同时冉冉升起，连成了一把伞帐，随后又缓缓地飘落下来，轻轻地覆盖在地面上。这次地下核试验取得圆满成功。二机部原部长刘西尧为这次意义重大的核试验写了一首诗：“二十年前春雷响，今朝聚会盼新雷。喜闻

在中国首次核爆炸试验成功 20 周年纪念日，张爱萍（左二）、朱光亚（左一）、邓稼先（右一）看望聂荣臻元帅

戈壁传捷报，敬贺老邓立新功。”①

20 世纪 80 年代中期，当中国的核武器事业进入一个即将实现历史跨越的关键阶段后，国际上对全面禁止核试验却呼声日紧。由于超级大国的核武器设计水平已接近极限，禁试对他们没有多少影响，对于中国却会造成“十年功夫，功亏一篑”的严重后果。邓稼先感到有必要把这一情况紧急向上级报告，然而此时他早已身患癌症，身体极度虚弱。1986 年 3 月，邓稼先怀着高度的事业心、责任感，以超人的意志忍着化疗带来的痛苦，在病榻上和于敏等几位科学家多次商议起草一份给上级的报告。报告分析了当时世界各国的军事动态；分析中国核试验的发展状况以及与国外的差距，提出争取时机、加快步伐的战略建议。在最后一次人手术前，他还写了满满两页纸，提出报告内容要作哪些调整，如何再加以润色，报告应送到哪里……上级领导很快采纳这一建议，并迅速作出部署。正是这一建议，推动了我国新型核武器研制的进程，为确保中国自卫核威慑能力的有效性作出了重要贡献。

1986 年 7 月 15 日，万里代总理来到病房看望邓稼先并通知授予他全国劳动模范称号。7 月 17 日，李鹏副总理来到病房授予邓稼先全国劳动模范证书和“七五”期间 001 号的五一劳动奖章。邓稼先致答词：“核武器事业是要成千上万人的努力才能成功，我只不过做了一小部分应该的工作，只能作为一个代表而已。但党和国家就给我这样的荣誉，这足以证明党和国家对尖端事业的重视。回想解放前，我国连较简单的物理仪器都造不出来，哪里敢想造尖端武器。只有在共产党领导下解放了全国，这样才能使科学蓬勃地开展起来。敬爱的周总理亲自领导并主持中央专门委员会，才能集中全国的精锐来搞尖端事业……”②

---

① 许鹿希，邓志典，邓志平，邓昱友．邓稼先传[M]．北京：中国青年出版社，2015：147.

② 许鹿希，邓志典，邓志平，邓昱友．邓稼先传[M]．北京：中国青年出版社，2015：177－179.

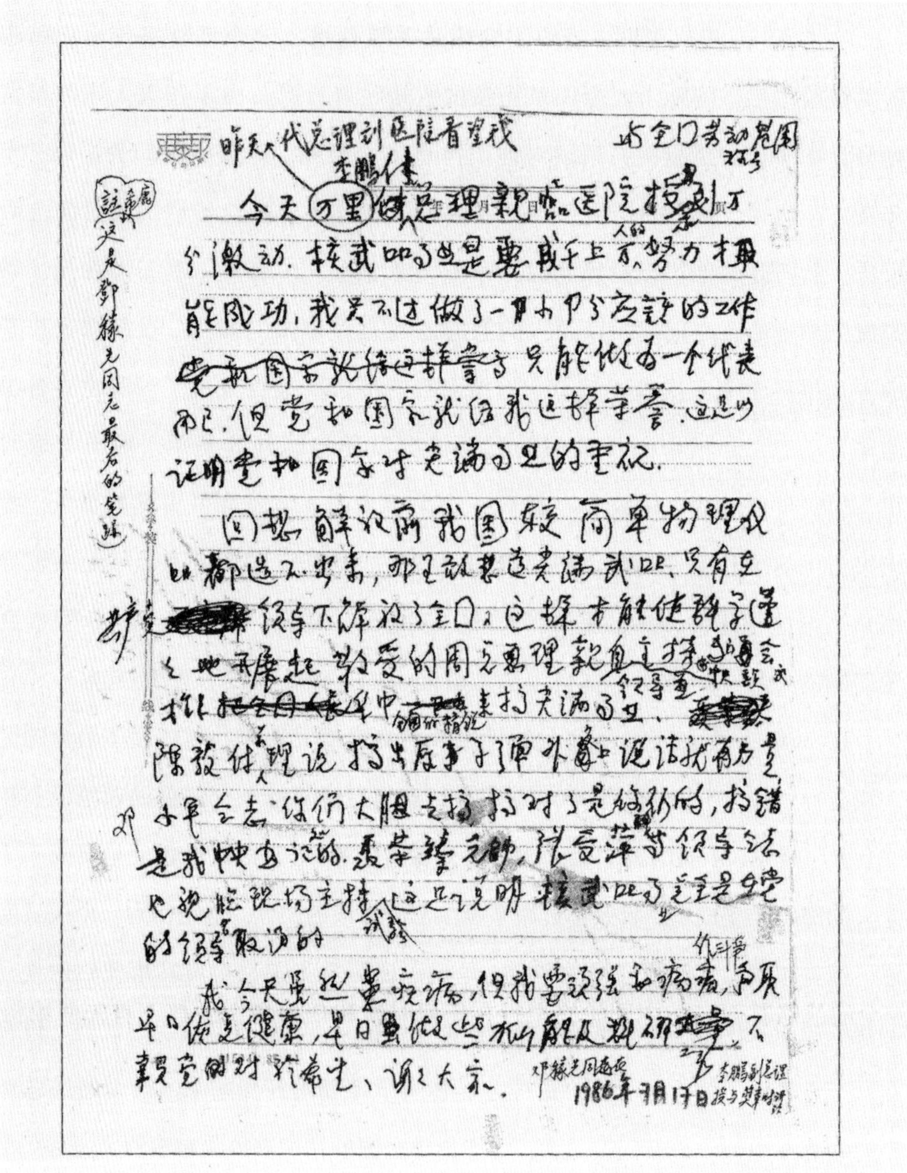
昨天代总理到医院看望我　李鹏

这是邓稼先同志最后的笔迹

今天万里付总理亲临医院授奖，我十分激动。核武器事业是要成千上万人的努力才能成功，我只不过做了一部分应该的工作，只能作为一个代表而已。但党和国家就给我这样的荣誉，这足以证明党和国家对尖端事业的重视。

回想解放前，我国较简单的物理仪器都造不出来，哪里谈得上造尖端武器，只有在党的领导下解放了全国人民，这样才能使许多科学家有用武之地。敬爱的周总理亲自主持专委会，领导全国协作搞尖端事业。陈毅付总理说搞出原子弹外交说话就有力量。小平同志说你们大胆去搞，搞对了是你们的，搞错是我们的。聂荣臻元帅、张爱萍将军领导亲临现场主持。这足以说明核武器事业是在党的领导下取得的。

我今天虽然患病，但我要与疾病作斗争，争取早日恢复健康，早日做些力所能及的研究工作，不辜负党对我的希望，谢谢大家。

邓稼先同志　1986年3月17日　李鹏副总理授予奖状

邓稼先临终手稿

1986 年 7 月 29 日，邓稼先因病与世长辞。他的遗言：死而无憾。[①] 8 月 4 日《人民日报》刊登的题为《邓稼先对祖国的贡献永垂史册》的悼词中提到："从原子弹、氢弹原理的突破和试验成功及其武器化，到新的核武器的重大原理突破和研制试验，他都作出了重大贡献。"[②] 1988 年 9 月 29 日，中国成功爆炸了新型核武器。1989 年 7 月，中国政府为这次核试验成功授予邓稼先国家科学技术进步奖特等奖，奖项为"核武器的重大突破"。1996 年 7 月 29 日，在邓稼先逝世十周年之际，中国成功进行了最后一次核爆炸试验。同日，中国政府郑重宣布：从 1996 年 7 月 30 日起中国开始暂停核试验。

70 多年来，经过几代人的不懈奋斗，中国核力量从无到有、从弱到强，始终以防御为主，是用于保卫国家安全、维护世界和平的，为中国的发展创造了空间，赢得了时间。党的十八大以来，着眼于新的国际形势和国家安全环境，习近平主席提出了"以武止戈"的军事观方法论，高度重视核威慑和核反击能力建设。他作出一系列重要指示，亲自决策将第二炮兵更名为火箭军，擘画了新时代火箭军建设发展的宏伟蓝图。2015 年 12 月 31 日，习主席向火箭军授予军旗并致训词强调："火箭军是我国战略威慑的核心力量，是我国大国地位的战略支撑，是维护国家安全的重要基石。"[③] 2019 年 7 月 24 日国务院新闻办公室发表的《新时代的中国国防》白皮书指出："核力量是维护国家主权和安全的战略基石……中国始终奉行在任何时候和任何情况下都不首先使用核武器、无条件不对无核武器国家和无核武器区使用或威胁使用核武器的核政

---

① 许鹿希，邓志典，邓志平，邓昱友．邓稼先传[M]．北京：中国青年出版社，2015：182.

② 许鹿希，邓志典，邓志平，邓昱友．邓稼先传[M]．北京：中国青年出版社，2015：147.

③ 陆军领导机构火箭军战略支援部队成立大会在京举行[EB/OL]．(2016-01-01)[2023-10-26]. https://www.gov.cn/xinwen/2016-01/01/content_5030142.htm.

策，主张最终全面禁止和彻底销毁核武器，不会与任何国家进行核军备竞赛，始终把自身核力量维持在国家安全需要的最低水平。中国坚持自卫防御核战略，目的是遏制他国对中国使用或威胁使用核武器，确保国家战略安全。”①中共中央总书记、国家主席、中央军委主席习近平多次公开指出，核武器用不得、核战争打不得，国际社会应共同反对使用或威胁使用核武器。②

1966 年 10 月 27 日“两弹结合”飞行试验获得成功标志着中国拥有了最基础的“核盾牌”。经过 20 多年的努力，到 20 世纪 80 年代末，中国初步实现了“核三位一体”③，有力地提升了我国国防的核威慑力，维护了国家的安全。进入 21 世纪，随着采用固体燃料和轮式机动发射的新型洲际导弹、潜射洲际导弹、新型战略核潜艇等新式武器不断入役，以及陆基、海基、空基和天基弹道导弹预警系统的建设与完善，中国的“核盾牌”越来越坚固，也越来越全面，有效地保障了中国的战略安全。

吃水不忘挖井人！没有历代党和国家领导人、国防科技工作者、解放军指战员“为国铸盾”，负重前行，我们何来今日的“岁月静好”！

---

① 中华人民共和国国务院新闻办公室．新时代的中国国防[EB/OL]．(2019-07-24)[2023-01-03]．http://www.scio.gov.cn/zfbps/32832/Document/1660314/1660314.htm.

② 外交部网站．中方呼吁核武器国家谈判缔结“互不首先使用核武器条约”[EB/OL]．(2023-08-02)[2023-10-25]．https://export.shobserver.com/baijiahao/html/638747.html.

③ “核三位一体”是指一国同时具备陆基洲际弹道导弹、潜射弹道导弹和战略轰炸机三种核打击方式的能力，等同于具有全面的核威慑能力。因为具备了在承受第一次打击后还能反击的能力，再没有一国能够一次性摧毁对方核打击能力而不受对方的核报复。

结　语

冷战期间美苏争霸，超级大国恃强凌弱，经常挥舞“核大棒”，挑起战争，例如朝鲜战争、越南战争等。冷战结束并没有给全世界人民带来期盼已久的和平，相反，冲突与战争在多个热点地区爆发。看到世界各地不断发生的军事冲突，试想，中国如果没有战略核打击能力，没有核盾牌，还能在冷战结束后拥有几十年的和平发展时期吗?

中国在20世纪60年代先后研制出原子弹和氢弹是中国人民在攀登现代科技高峰的征途中创造出的重大奇迹。中国共产党为什么能够带领中国人民克服各种困难，只用了不到十年时间就爆炸了原子弹，接着只用两年零八个月又爆炸了技术含量更高的氢弹？1999年9月18日，中共中央总书记、国家主席、中央军委主席江泽民在中共中央、国务院、中央军委表彰为研制“两弹一星”作出突出贡献的科技专家大会上给出了答案。他在讲话中指出：“我国在物质技术基础十分薄弱的条件下，成功地研制出‘两弹一星’，为我们实现技术发展的跨越创造了宝贵的经验。这些经验主要是：第一，坚持党的统一领导，充分发挥我国社会主义制度的政治优势。第二，坚持自力更生，自主创新。第三，坚持有所为有所不为，集中力量打‘歼灭战’。第四，坚持尊重知识，尊重人才。第五，坚持科学管理，始终抓住质量和效益。”[①]

“两弹一星”事业的成功离不开举国体制的支撑和保障。“两弹一星”时期的举国体制具有鲜明的特点：一是中共中央和中央专委的领导；二是尊重科学，实行民主集中制；三是个人利益服从国家利益；四是部门利益服从国家利益；五是尊重和厚待科技人员；六是为攻克科技难关要“舍得”。举国体制在“两弹一星”事业中的作用给我们很多启示：第一，举国体制适合中国国情，能够充分发挥中国特色社会主义的制度优势；第二，举国体制能打破利益壁垒，增强各类主体协同攻关的荣誉感和使命感；第三，举国体制在大科学时代能实现科技资源基于国家利益导向的优化配置。

伟大的事业，产生伟大的精神。在为“两弹一星”事业进行的奋斗中，广大科研工作者培育和发扬了一种崇高的精神，这就是“热爱祖国、无私奉献，自力更生、艰苦奋斗，大力协同、勇于登攀”的“两弹一星”精神。“两弹一星”精神，是爱国主义、集体主义、社会主义精神和科学精神的活生生的体现，是中国人民在二十世纪为中华民族创造的新的宝贵精神财富。[②] 爱国主义是“两弹一星”精神的基石。广大科技人员把个人的理想与祖国的命运紧紧联系在一起，把个人的志向与民族的振兴紧紧联系在一起。当年钱学森、钱三强、朱光亚、郭永怀、邓稼先等老一辈科学家放弃国外优厚的待遇，义无反顾地回到祖国，就是因为他们胸怀爱国之心，践行报国之志。如果一个科技人员不爱国，他就不可能甘愿为了国家利益无私奉献、大力协同。如果一个中国培养的科技人员不爱国，

① 江泽民．在表彰为研制“两弹一星”作出突出贡献的科技专家大会上的讲话[J]．科学新闻周刊，1999(28)：2.

② 江泽民．论科学技术[M]．北京：中央文献出版社，2001：163－167.

那么无论他取得多少科技成果，最大的受益者不是他个人，就是其他国家。

党的十八大以来，习近平总书记多次强调在科技事业中要大力弘扬“两弹一星”精神。2018年7月13日，他主持召开中央财经委员会第二次会议并发表重要讲话，强调关键核心技术是国之重器，对推动我国经济高质量发展、保障国家安全都具有十分重要的意义，必须切实提高我国关键核心技术创新能力，把科技发展主动权牢牢掌握在自己手里，为我国发展提供有力的科技保障。会议指出，突破关键核心技术，关键在于有效发挥人的积极性。要发扬光大“两弹一星”精神，形成良好精神面貌。① 2020年9月11日，习近平总书记在科学家座谈会上谈到，希望广大科技工作者不忘初心、牢记使命，秉持国家利益和人民利益至上，继承和发扬老一辈科学家胸怀祖国、服务人民的优秀品质，弘扬“两弹一星”精神，主动肩负起历史重任，把自己的科学追求融入建设社会主义现代化国家的伟大事业中去。②

中国原子弹、氢弹的成功打破了超级大国的核垄断，熔铸了维护国家安全的核盾牌，振奋了中国人民的精神，为中华民族实现伟大复兴创造了更大的战略空间。“两弹一星”是中国共产党领导中国人民在社会主义革命和建设时期，在工程技术和技术科学领域，依靠自己力量，踔厉奋发、勇攀高峰取得的最具代表性的成果。当今世界并不安宁。以美国为首的北约国家秉承冷战思维，不断挑起国际争端，一方面投入巨资加快核力量现代化建设，并公开实施“核共享”，破坏国际核不扩散体系，另一方面，抹黑中国，渲染所

① 习近平：提高关键核心技术创新能力　为我国发展提供有力科技保障[EB/OL].（2018-07-13）[2023-10-26]. http://www.xinhuanet.com/politics/2018-07/13/c_1123123961.htm.

② 习近平．习近平总书记关于“两弹一星”精神的重要论述摘录[EB/OL].（2021-10-11）[2023-10-26]. https://www.cntheory.com/xxsbzl/xxsbzywzxd/lskj/dsgs/202110/t20211011_37040.html.

谓“中国威胁论”。而对于日益复杂的国际核态势，新一代核科技工作者更需要有力弘扬“两弹一星”精神，接续奋斗，不辱使命，为国防现代化建设和国民经济建设作出新的贡献，铸造新的辉煌。

参考文献

一、外交档案

[1] Office of the Historian in the United States Department of State. FRUS[A]. 1952 - 1954, Korea, vol. XV, part 1, doc. 391, 427, 500.

[2] Office of the Historian in the United States Department of State. FRUS[A]. 1952 - 1954, China and Japan, Vol. XIV, part1, doc. 180.

[3] Office of the Historian in the United States Department of State. FRUS[A]. 1955 - 1957, China, Vol. II, doc. 266.

[4] Office of the Historian in the United States Department of State. FRUS[A]. 1958 - 1960, China, Vol. XIX, doc. 364.

[5] Office of the Historian in the United States Department of State. FRUS[A]. 1961 - 1963, Northeast Asia, Vol. XXII, doc. 36, 185, 186, 188, 304.

[6] Office of the Historian in the United States Department of State. FRUS[A]. 1964 - 1968, China, Vol. XXX, doc. 13, 14, 25, 38, 43, 50, 55, 58, 60, 61.

[7] 中国外交部．美国部分媒体对我第一颗原子弹试验的反应[A]．档号：113 - 00198 - 01.

[8] 中国外交部．英国对我第一颗原子弹试验的反应[A]．档号：113 - 00198 - 03.

[9] 中国外交部．法国对我第一颗原子弹试验及赫鲁晓夫下台的反应[A]．档号：113 - 00198 - 02.

二、普通图书

[1] 陈丹，葛能全．钱三强传[M]．北京：中国青年出版社，2017.
[2]《陈赓传》编写组．陈赓传[M]．北京：当代中国出版社，2018.
[3] 东方鹤．上将张爱萍[M]．北京：人民出版社，2007.
[4] 葛能全．钱三强年谱[M]．济南：山东友谊出版社，2002.
[5] 耿云志．胡适年谱[M]．成都：四川人民出版社，1989.
[6] 光明日报出版社．聂荣臻同志和科技工作[M]．北京：光明日报出版社，1984.
[7] 郭兆甄．王淦昌传[M]．北京：中国青年出版社，2015.
[8] 江泽民．论科学技术[M]．北京：中央文献出版社，2001.
[9] 姜长斌，罗斯．从对峙走向缓和：冷战时期中美关系再探讨[M]．北京：世界知识出版社，2000.
[10] 科学时报社．请历史记住他们：中国科学家与“两弹一星”[M]．广州：暨南大学出版社，1999.
[11] 李海娈．红色记忆：221 基地建设者采访纪实[M]．北京：中国原子能出版社，2019.
[12]《当代中国》丛书编辑部．当代中国的核工业[M]．北京：中国社会科学出版社，1987.
[13] 李烈．贺龙年谱[M]．北京：人民出版社，1996.
[14] 李旭阁．原子弹日记（1964—1965）[M]．北京：解放军文艺出版社，2011.
[15] 梁东元．596 秘史[M]．武汉：湖北人民出版社，2007.
[16] 刘纪原．中国航天事业的 60 年[M]．北京：北京大学出版社，2016.
[17] 孟昭瑞，孟醒．中国蘑菇云[M]．沈阳：辽宁人民出版社，2008.
[18] 聂冷．吴有训传[M]．北京：中国青年出版社，1998.
[19] 聂力．山高水长：回忆父亲聂荣臻[M]．上海：上海文艺出版社，2006.
[20] 聂荣臻．聂荣臻军事文选[M]．北京：解放军出版社，1992.
[21] 聂荣臻．聂荣臻科技文选[M]．北京：国防工业出版社，1999.
[22] 聂荣臻．聂荣臻元帅回忆录[M]．北京：解放军出版社，2005.
[23] 彭继超．东方巨响：中国核武器试验纪实[M]．北京：中共中央党校出版社，1995.

[24] 彭继超，伍献军．核盾牌：国家最高决策（1949—1996）[M]. 北京：中国青年出版社，2012.

[25] 清华大学校史研究室．清华大学校史选编（四）[M]. 北京：清华大学出版社，1994.

[26] 石磊，王春河，张宏显，等．剑指苍穹：钱学森的航天传奇[M]. 上海：上海交通大学出版社，2024.

[27] 谭邦治．梁守槃院士传记[M]. 北京：中国宇航出版社，2018.

[28] 王霞．彭桓武传[M]. 北京：中国青年出版社，2015.

[29] 王焰．彭德怀年谱[M]. 北京：人民出版社，1998.

[30] 温卫东．叶子龙回忆录[M]. 北京：中央文献出版社，2000.

[31] 奚启新．钱学森传[M]. 北京：人民出版社，2011.

[32] 奚启新．朱光亚传[M]. 北京：中国青年出版社，2017.

[33] 谢光．当代中国的国防科技事业（上）[M]. 北京：当代中国出版社，1992.

[34] 许鹿希，邓志典，邓志平，等．邓稼先传[M]. 北京：中国青年出版社，2015.

[35] 杨树标，杨芳．百年宋美龄[M]. 南昌：江西人民出版社，2002.

[36] 张现民，陈华新，史贵全，等．钱学森年谱[M]. 北京：中央文献出版社，2015.

[37] 中共中央文献研究室．朱德年谱[M]. 北京：人民出版社，1986.

[38] 中共中央文献研究室．不尽的思念[M]. 北京：中央文献出版社，1987.

[39] 中共中央文献研究室．周恩来年谱（1949—1976）[M]. 北京：中央文献出版社，1998.

[40] 中共中央文献研究室．邓小平年谱（1904—1974）[M]. 北京：中央文献出版社，2009.

[41] 中共中央文献研究室．毛泽东传[M]. 北京：中央文献出版社，2011.

[42] 中共中央文献研究室．毛泽东年谱（1949—1976）[M]. 北京：中央文献出版社，2013.

[43] 周均伦．聂荣臻年谱[M]. 北京：人民出版社，1999.

[44] 周均伦．聂荣臻的非常之路[M]. 北京：人民出版社，2004.

[45] 周日新．跻身喷气时代：中国航空工业（1951—1965）[M]．北京：北京航空航天大学出版社，2013.

[46] 加尔布雷．日落东瀛[M]．王宏林，译．合肥：安徽文艺出版社，2011.

[47] 邦迪．美国核战略[M]．褚广友，译．北京：世界知识出版社，1991.

[48] 施莱辛格．一千天：约翰·菲·肯尼迪在白宫[M]．仲宜，译．北京：生活·读书·新知三联书店，1981.

[49] 张纯如．蚕丝：钱学森传[M]．鲁伊，译．北京：中信出版社，2011.

[50] WILLIAM L R, SAM S. The China cloud[M]. London: Hutchinson, 1969.

三、期刊中析出的文献

[1] 边东子．为原子弹加铀的功臣杨承宗[J]．炎黄春秋，2019（3）：30－34.

[2] 蔡漪澜，马彤军．为了祖国，为了科学——记赵忠尧教授[J]．自然杂志，1983（10）：776－785＋800.

[3] 陈波．危局中的赌局：第二次台海危机中美国使用核武器决策再考察[J]．军事历史研究，2021（3）：84－100.

[4] 崔丕．美日对中国研制核武器的认识与对策（1959—1969）[J]．世界历史，2013（2）：4－20.

[5] 代兵．印度对1964年中国原子弹爆炸的反应[J]．南亚研究，2012（3）：75－86.

[6] 邓小平．党的领导干部要为科学家服务[J]．党的文献，1996（1）：11.

[7] 杜祥琬．关于氢弹原理试验的一些回忆与感受[J]．中国核工业，2015（2）：58－59.

[8] 葛能全．钱三强和早期中国原子能科学[J]．中国科技史料，2004（3）：189－198.

[9] 顾迈男．他用自己的智慧和心血圆了一个梦：采访著名核物理学家朱光亚教授的经过[J]．新闻爱好者，2006（3）：10－12.

[10] 郭学堂．美国对华核威胁政策和中国的反应：50年代两次台海危机的历史考察[J]．美国问题研究，2004（1）：242－263＋456.

[11] 江峡．论冷战时期美国对中国的核讹诈与核威胁[J]．湖北行政学院学报，2014（4）：91－96.

[12] 金志涛，王士波，许运江，等．为“两弹一星”殉职的郭永怀[J]．炎黄春秋，2001（3）：12－16.

[13] 柯遵科．赵忠尧赴美购置加速器始末[J]．民主与科学，2014（5）：34－37.

[14] 李家春，戴世强．郭永怀传略[J]．中国科技史料，1985（1）：42－51.

[15] 李新市．周总理在中国第一颗原子弹爆炸的前前后后[J]．福建党史月刊，2011（13）：38－40.

[16] 李艳平，王士平，戴念祖．20 世纪 40 年代在中央研究院和北平研究院流产的原子科学研究[J]．自然科学史研究，2006（3）：193－204.

[17] 梁俊英．“两弹一星”元勋郭永怀：用生命保护国家绝密数据[J]．党史纵览，2012（1）：34－38.

[18] 刘少奇．我们要进一步掌握科学技术工作的规律性[J]．党的文献，1996（1）：11.

[19] 刘艳琼．中国科学院与“两弹一星”工程[J]．中国科学院院刊，2019（9）：1003－1013.

[20] 刘子奎，王作成．美国政府对中国发展核武器的反应与对策（1961—1964）[J]．中共党史研究，2007（3）：44－53.

[21] 罗平汉．聂荣臻主持拟定“科学宪法”[J]．党史文苑，2008（9）：24－27.

[22] 毛泽东、周恩来关于原子弹和原子能问题的若干论述（一九五五年一月——一九六四年十一月）[J]．党的文献，1994（3）：13－18.

[23] 孟兰英．早逝的“两弹一星”元勋：郭永怀[J]．党史纵横，2009（1）：14－17.

[24] 孟昭瑞．聂荣臻：中国国防科技事业的奠基人[J]．现代军事，1995（3）：4－8.

[25] 欧阳雪梅．第一代中央领导集体的科技战略思想与新中国的科技进步[J]．毛泽东邓小平理论研究，2012（1）：45－51＋116.

[26] 邵一江．杨承宗：没有勋章的“两弹一星”功臣[J]．百年潮，2008（4）：39－42.

[27] 沈志华．援助与限制：苏联与中国的核武器研制（1949—1960）[J]．历史研究，2004（3）：110－131＋191－192.
[28] 谭幼萍．聂荣臻与科学工作十四条[J]．毛泽东思想研究，2000（2）：75－77.
[29] 王炳南．中美会谈九年回顾（八）[J]．世界知识，1985（2）：20－21.
[30] 王士平，李艳平，戴念祖．20 世纪 40 年代蒋介石和国民政府的原子弹之梦[J]．中国科技史杂志，2006（3）：197－210.
[31] 王春良．完整地准确地理解毛泽东思想与世界现代史研究：关于原子弹历史作用与“纸老虎”问题的思考[J]．山东师大学报（社会科学版），1993（1）：30－34.
[32] 新闻公报．我国第一颗原子弹爆炸成功[J]．江苏教育，1964（Z4）：4.
[33] 杨佳伟．原子弹知识在中国的传播及其影响（1945—1949）[J]．广西民族大学学报（自然科学版），2021（2）：59－67.
[34] 尤若，荣正通．见证“两弹结合”试验的日记[J]．北京档案，2021（10）：56－58.
[35] 曾敏．聂荣臻对党的知识分子政策的理论与实践的贡献[J]．毛泽东思想研究，1998（3）：58－66.
[36] 詹新．美国情报部门对中国核武器计划的评估与预测（1955—1967）[J]．华东师范大学学报（哲学社会科学版），2007（3）：19－24.
[37] 詹欣，石丽娜．试析艾森豪威尔政府对中国核武器计划的评估与预测[J]．东北师大学报（哲学社会科学版），2015（2）：81－86.
[38] 张锋．新中国成立初期党集聚优秀人才的四大举措[J]．中国人才，2021（3）：38－41.
[39] 张现民，周均伦．1961 年两弹“上马”“下马”之争[J]．理论视野，2016（12）：54－59.
[40] 赵学功．核武器与美国对第一次台湾海峡危机的决策[J]．美国研究，2004（2）：100－115＋5.
[41] 赵学功．核武器与美国对朝鲜战争的政策[J]．历史研究，2006（1）：136－156＋192.

[42] 赵学功．第二次台湾海峡危机与美国核威慑的失败[J]. 历史研究，2014（5）：143－161＋192.

[43] 中共中央关于自然科学工作中若干政策问题的批示（一九六一年七月十九日）[J]. 党的文献，1996（1）：11－31.

[44]《周恩来传》编写组．周恩来与中国的第一颗原子弹[J]. 党史博览，1998（1）：15－19＋30.

[45] 周均伦．聂荣臻与“科学十四条”[J]. 百年潮，2017（6）：72－79.

[46] Keeping up with the atom[J]. Popular Mechanics, 1956（11）：126.

四、报纸中析出的文献

[1] 从原子炸弹所想到的[N]. 新华日报，1945－08－09（2）.

[2] 刘宜伦．原子炸弹[N]. 中央日报，1945－08－14（5）.

[3] 杨昌俊．原子弹[N]. 中央日报，1945－08－20（5）.

[4] 原子炸弹威力空前，灭亡大雨将降倭上，美总统发表声明各方震惊，盟国已获控制和平之武器[N]. 中央日报，1945－08－08（2）.

[5] 郭永怀．我为什么回到祖国：写给还留在美国的同学和朋友们[N]. 光明日报，1957－06－07（3）.

[6] 张爱萍．无险不可攀：读叶帅《攻关》奉和[N]. 人民日报，1977－09－21（1）.

[7] 张劲夫．请历史记住他们：关于中国科学院与“两弹一星”的回忆[N]. 光明日报，1999－05－06（2）.

后　记

“两弹一星”是新中国伟大成就的象征，是中华民族的骄傲，也是党史、新中国史中的重要篇章。笔者从事“两弹一星”研究始于对中国研制导弹和人造卫星的研究。在经过了十多年的积累后，我对中国航天史比较熟悉，对中国航空史也有所涉猎。在这个背景下，2022 年 8 月，上海交通大学出版社主题出版中心副主任、副编审吴雪梅老师有一次给我打电话，建议我发挥对近现代科技史和“两弹一星”历史研究的特长，写一本介绍中国原子弹研制历程的以学术研究为基础的通俗读物，以此纪念中国第一颗原子弹爆炸成功 60 周年和“两弹一星”精神提出 25 周年。

对于吴老师的热情建议，我最初感到有些意外，随即意识到这是一个难得的机会。当时我认为如果能够补上“核弹”这一块，我对“两弹一星”的研究就比较全面了，而且我也有信心能够做好关于中国研制原子弹、氢弹历程的研究。就如何创作这本书，我们电话沟通了近一个小时，在写作目标、定位、框架、逻辑、文风等方面达成了共识。随后，我收集了很多参考书和论文，并在广泛阅读的基础上初步筛选出大量可信或比较可信的史料。广泛调研之后，我每创作完一章，就发给吴老师，我们讨论后再对这章内容进行修改。在吴老师的悉心指导下，我花了半年多时间就完成了本书的初稿。初稿完成后，经与吴老师反复沟通，我又对全书进行了一次大规模的修改和多轮小的修改，深深体会到创作的不易。

本书的写作过程对我来说是一次“两弹一星”精神的洗礼。从事“两弹一星”事业不仅是“干惊天动地事，做隐姓埋名人”，有时还意味着牺牲家庭乃至牺牲生命。2019 年 4 月 3 日，我有幸参观了山东荣成郭永怀事迹陈列馆。郭永怀以身许国、无私奉献的感人事迹，在讲解员饱含深情的讲解下，深深地触动了我。当听到郭永怀还没给女儿郭芹买到合适的棉鞋就因公牺牲时，我感动得泪流满面。郭芹病重期间曾诚恳地对住在楼下的作家边东子说：“写写我爸爸吧！”我没有能力为郭永怀烈士写一本传记，但是我可以在本书中专门用一节的篇幅来介绍他的感人事迹。2023 年，当我在书稿中写到这一段历史时，我再次被郭永怀的事迹感动到热泪盈眶。当然，“两弹一星”事业中还有很多感人的故事，让我深受教育。我相信，这些故事不仅会感动我，也会感动万千读者，让大家在这份感动中更好地传承这种精神——“两弹一星”精神。

为了把这样一个宏大主题的图书做好，除了常规的三审三校，出版社方面不仅增加了审次校次，还多方邀请各个领域的专家审读这本书稿或者提供帮助，专家们为本书提出了非常多的宝贵意见，给予了很大支持。

感谢胡思得院士倾情作序，审定全书书稿，提出重要修改意见并担任本书的主审。

感谢中国核工业集团原副总工程师李景、青海原子城纪念馆副馆长杜文林审读书稿并提出诸多宝贵意见。

感谢北方导航科技集团科技委原委员张玉民、四川两弹一星干部学院副院长梁胜朝、中国翻译协会科技翻译委员会秘书长李伟格等领导为本书提供的帮助。

感谢上海交通大学出版社诸位领导、老师对本书的帮助。社长陈华栋对本书非常重视，大力推动本书的各项工作，编委会主任许仲毅为书稿提供了很多重要指导，科技分社副总编辑杨迎春审读书稿并提出专业修改意见，吴雪梅在本书的选题、创作、修改、审校、出版等诸多环节付出大量心血，编辑曹婷婷辛勤校稿。

感谢上海交通大学钱学森图书馆馆长钱永刚、执行馆长李芳、党总支书记兼副馆长张勇、党总支副书记兼副馆长吕成冬对本书的支持。他们审读书稿后从拓展钱学森图书馆的“两弹一星”研究、弘扬“两弹一星”精神和科学家精神的高度，充分肯定本书的学术价值和现实意义，并提出很多修改意见。

诸位专家、领导的指导和帮助保证了本书的高质量出版，在此，一并表示我诚挚的谢意！

最后，我要感谢妻子潘奇佳女士，她的全力支持和默默付出使我有更多的业余时间用于写作本书。

荣正通

2024 年春于上海

内容提要

本书回顾了新中国第一颗原子弹的研制攻关之路，反映在当时的国际环境下，在国力极度薄弱，工业基础、科技基础几乎空白，科技人员非常短缺的艰苦条件下，毛泽东、周恩来、聂荣臻等老一辈革命家审时度势、高瞻远瞩、英明决策，钱三强、朱光亚、邓稼先等老一辈科学家、科技工作者、解放军指战员、工人等无私奉献、奋力拼搏，在党的领导下，全国大协作，共同攻坚克难，铸造中国之盾的故事。这既为中国的持续发展创造了时间和空间，同时，又增加了世界和平的力量，是中国历史长河中浓墨重彩的一个篇章，值得特别书写和代代传颂。

本书兼具学术研究的严谨性和通俗文学的可读性，读来感人至深，使人心潮澎湃。

图书在版编目(CIP)数据

为国铸盾：中国原子弹之路／荣正通著. —上海：上海交通大学出版社，2024.6(2025.5 重印)
ISBN 978-7-313-30481-0

Ⅰ. ①为… Ⅱ. ①荣… Ⅲ. ①纪实文学—中国—当代
Ⅳ. ①I25

中国国家版本馆 CIP 数据核字(2024)第 062457 号

为国铸盾——中国原子弹之路
WEI GUO ZHU DUN——ZHONGGUO YUANZIDAN ZHI LU

著　　者：荣正通
出版发行：上海交通大学出版社
地　　址：上海市番禺路 951 号
邮政编码：200030
电　　话：021-64071208
印　　制：上海盛通时代印刷有限公司
经　　销：全国新华书店
开　　本：710 mm×1000 mm　1/16
印　　张：21
字　　数：258 千字
插　　页：4
版　　次：2024 年 6 月第 1 版
印　　次：2025 年 5 月第 4 次印刷
书　　号：ISBN 978-7-313-30481-0
定　　价：88.00 元